W0252211

CRUCIFÈRE

DU MÊME AUTEUR

Chez le même éditeur

LE ROMAN DE LA CROIX

1. *Les Chevaliers du Royaume,* 2005.
2. *Morgennes,* 2008

Chez d'autres éditeurs

Les Sous-marins-fantômes des profondeurs
(en collaboration avec Alexandre Sheldon-Duplaix),
« Découvertes », Gallimard, 2006

DAVID CAMUS

CRUCIFÈRE

Le Roman de la Croix

***

roman

ROBERT LAFFONT

AVERTISSEMENT

Crucifère est le troisième tome d'une fresque en cinq volumes intitulée *Le Roman de la Croix*

L'action de *Crucifère* se déroule juste après celle du premier tome, intitulé : *Les Chevaliers du Royaume*

Chaque tome peut être lu indépendamment des autres.

Et dans n'importe quel ordre.

© Éditions Robert Laffont, S.A., Paris, 2009
ISBN 978-2-221-10514-6

Pour Cath

« Et je tombai comme tombe un corps mort. »

(Dante, *L'Enfer.*)

FRANCE
MARSEILLE
NAPLES
CONSTAN
MER MÉDITERRANÉ
AFRICA

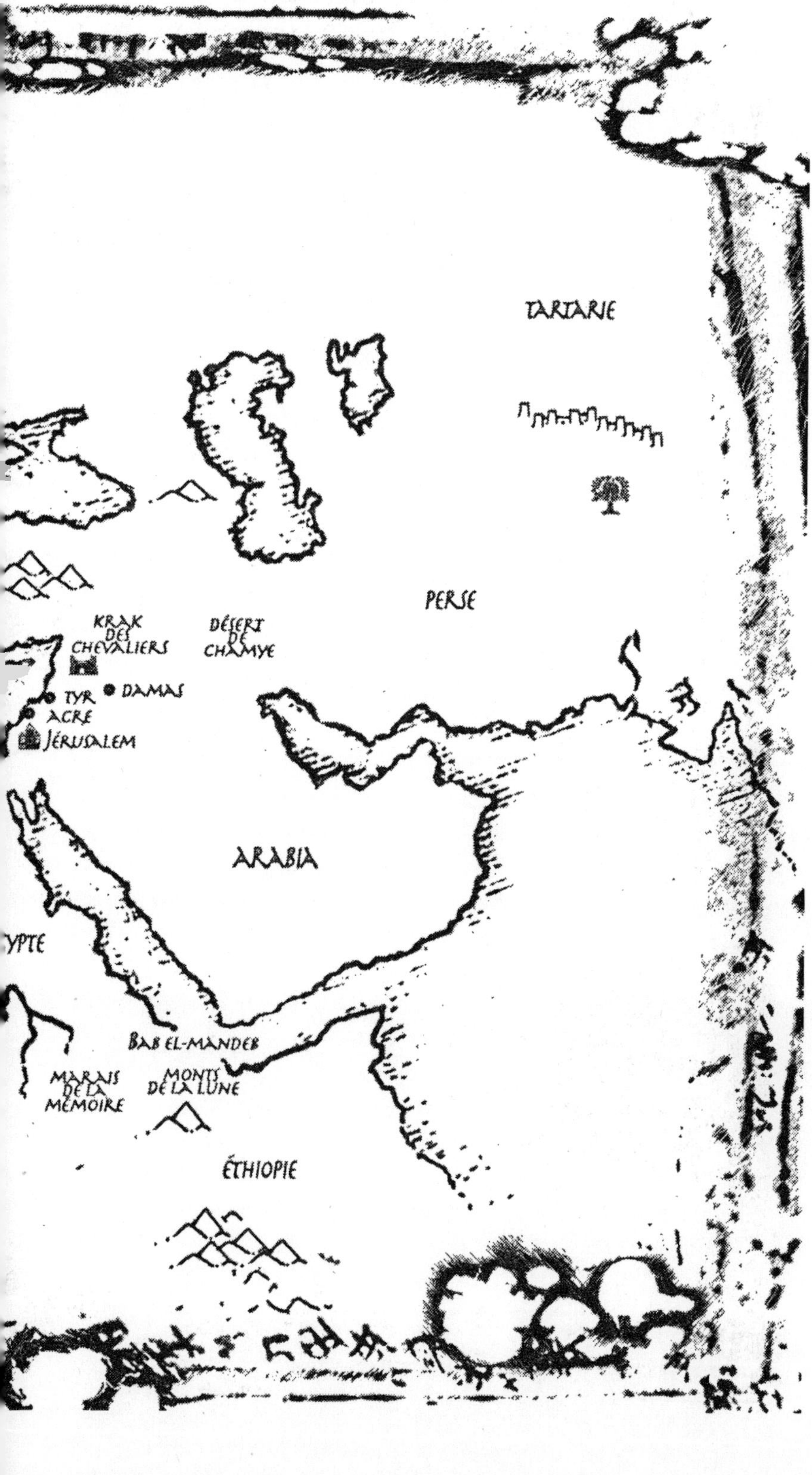
TARTARIE
PERSE
KRAK DES CHEVALIERS
DÉSERT DE CHAMYE
TYR
DAMAS
ACRE
JÉRUSALEM
ARABIA
YPTE
BAB EL-MANDEB
MARAIS DE LA MÉMOIRE
MONTS DE LA LUNE
ÉTHIOPIE

Prologue

> « Je ne mourus pas, et je ne restai pas vivant : juge par toi-même, si tu as fleur d'intelligence, ce que je devins, sans mort et sans vie. »
>
> (DANTE, *L'Enfer.*)

Lieu indéterminé, date indéterminée

Emmanuel s'éveilla, couvert de contusions, le dos et les épaules meurtris. Il ne sentait plus ses membres, et son torse n'était plus qu'une immense douleur. Il tenta de pousser un cri, mais ne put rien articuler. Il voulut bouger la tête, mais son cou ne lui obéissait pas. Cherchant à saisir son épée, il ne put remuer le bras. « En ai-je seulement encore un ? »

Il regarda autour de lui.

« Où suis-je ? »

Dans la pénombre d'une grotte, sur la berge d'un fleuve. Serait-ce l'Achéron, que les morts traversent pour entrer au royaume des Ombres ? Emmanuel se trouvait en partie sur sa rive. Seuls ses mollets baignaient dans l'eau.

« Mais je ne sens rien ! Que m'arrive-t-il ? Je n'ai ni chaud ni froid, ni faim ni soif, seulement atrocement mal… »

Il essaya d'appeler à l'aide, en vain. Sa langue restait collée à son palais. « Du calme », se dit-il. « Essaie de te rappeler ce qui s'est passé… »

Il ferma les yeux, tâchant par un effort de volonté de se remémorer ses dernières heures. Il vit un mystérieux cavalier noir au torse emmailloté de chaînes, monté sur un immense destrier de couleur rouge. Le cavalier le menaçait de sa puissante épée bâtarde, et il était accompagné de moines soldats, brandissant lances et épées longues.

« Les Templiers blancs ! Ils s'étaient alliés aux Assassins, dans le but de... »

Mais sa mémoire ne lui fut d'aucun secours. Il ne parvenait pas à rassembler ses esprits. Soudain, son cœur se mit à palpiter douloureusement. S'il avait pu, il aurait porté la main à sa poitrine, mais il ne réussit même pas à bouger un doigt. Baissant les yeux, il vit qu'il était nu. « Où est mon armure ? Mon épée ? »

Il regarda de droite et de gauche autant qu'il lui était possible. « Où est mon cheval ? » Cherchant à percer l'obscurité de la caverne où il gisait, il entrevit un paysage désolé. Un mélange de ruines, de roches éboulées et de palmiers brisés l'entourait. Dans la lumière sépulcrale de la grotte, les palmiers semblaient blancs. Sans doute étaient-ce de très vieux arbres, décolorés par les ans. Finirait-il ainsi, aussi livide et sec que ces troncs décharnés ? « Le fleuve m'a rejeté, je suis aux portes de l'Enfer. Mais qu'ai-je fait pour mériter ce sort ? »

Dressant l'oreille, il écouta l'eau s'écouler dans un calme que rien ne troublait, sinon son propre sang battant à ses tempes. « Au moins suis-je toujours en vie... » Scrutant les bâtisses effondrées, il distingua un amas de décombres noircis par les flammes, ainsi qu'un reste de façade – et partout des colonnes renversées. Dans l'air flottaient des odeurs d'excréments, de poussière et d'humidité.

« Serait-ce la tanière d'un animal sauvage ? Je dois sortir d'ici ! »

Il perçut un frôlement indistinct, juste derrière lui. Du coin de l'œil, il vit une main s'avancer vers son front. Une petite et très vieille main, toute fripée, presque aussi blanche que les palmiers. On aurait dit une araignée à cinq pattes.

« Par la Vierge Marie ! »

La main tenait une serviette imbibée d'eau, qu'elle lui pressa sur le visage. Quelques gouttes ruisselèrent sur son front en une ondée réconfortante.

« Ça fait du bien. Merci, qui que vous soyez. »

Une fois encore, la main pressa le linge. Emmanuel tenta d'ouvrir la bouche. À sa grande surprise, ses lèvres s'entrouvrirent et il sentit sur sa langue – « Dieu soit loué ! » – la caresse liquide.

Il se revit tomber dans le fleuve.

Une chute de plusieurs battements de cœur, incroyablement longue. Son cheval et lui, soudés jusqu'au moment du choc, s'étaient séparés en heurtant l'eau. Prisonnier de sa cotte de mailles, Emmanuel avait sombré de son côté, pendant que sa monture s'éloignait, emportée par les flots rougissants.

Et tandis qu'il coulait à pic dans ce qui était apparemment un fleuve sans fond, Emmanuel s'était senti saisi par les bras et les jambes. « Des néréides ? » Ces nymphes de la mer étaient en effet réputées avoir tour à tour sauvé, ou perdu, bien des naufragés. « Sainte Mère de Dieu, que j'ai toujours servie, je m'en remets à Vous ! »

Des mains – ou de puissants courants marins – l'avaient tiré vers l'amont de l'al-Assi, ce fleuve étrange qui coulait à l'envers, de la mer vers la terre. La bouche et les poumons pleins d'eau salée, Emmanuel s'était senti ballotté dans tous les sens, comme un enfant qui vient de naître et passe de bras en bras à sa sortie du ventre maternel. Jusqu'au dernier moment, il avait récité dans sa tête : « *Ave, Maria, gratia plena : Dominus tecum; benedicta tu in mulieribus...* »

Telles avaient été ses dernières paroles – ou plutôt ses dernières pensées. Du moins le croyait-il. Tout ce dont il se souvenait avec certitude, c'est qu'il avait été blessé : à la cuisse, par un coup de lance, et au bras droit, par deux carreaux d'arbalète. Malheureusement, le visage de ses agresseurs s'était effacé de sa mémoire. C'était à peine s'il se rappelait un jeune Templier, d'un peu moins de vingt ans.

Un Européen. Certainement une oie blanche, fraîchement débarquée en Terre sainte pour y casser du Sarrasin. Un Oriental d'une trentaine d'années l'accompagnait. Un Assassin ? Ses yeux luisaient comme deux braises au milieu des cendres ; deux braises qui le brûlaient encore. Mais ce qu'il n'oublierait jamais, c'était le son de l'olifant qu'il avait entendu résonner dans la brume – le son du cor qui les avait attirés, ses frères d'armes et lui, dans un piège mortel.

Emmanuel aspira une goulée d'air humide, et gonfla sa poitrine. « Cela, du moins, fonctionne encore… » Tournant son regard vers son bras droit, il chercha les blessures causées par les carreaux. Il ne vit que deux grosses cicatrices, en forme d'étoile. Et sa jambe ? Il ne la voyait pas. Mais il avait l'impression que cette plaie, elle aussi, avait cicatrisé.

« Ma mort ne t'appartient pas ! » s'entendit-il crier au mystérieux chevalier noir. Comment s'appelait-il déjà ?

« Renaud de Châtillon ! »

Il avait cru en prononcer le nom, mais de sa gorge n'avait jailli qu'un râle. La main revint lui caresser le front.

« Merci, merci… », pensa-t-il de nouveau, comme si l'énigmatique propriétaire de cette main pouvait l'entendre. « Mais s'il vous plaît, dites-moi où je suis… »

La main disparut de son champ de vision, mystérieuse et comme n'appartenant à personne.

« Par pitié, non ! Ne partez pas ! Revenez ! »

Il crut entendre un corps se déplacer dans la caverne, juste derrière lui. Quelque chose d'incroyablement léger glissait sur la pierre, dans un froissement de tissu. Ce n'était pas un animal, et encore moins une bête sauvage. Ce devait être un homme. Probablement un ermite. Il s'en trouvait dans le désert, disait-on. Ils vivaient dans des grottes, où ils se nourrissaient d'insectes et buvaient l'eau des cactus. Était-ce l'un de ces êtres solitaires qui l'avait tiré hors de l'al-Assi, déshabillé, soigné, nourri ?

Il lui devait la vie. Comment le remercier ?

« Pour commencer, il faudrait que je recouvre l'usage de mes membres… Ensuite, il me faudra sortir d'ici, et regagner le Krak… »

La main revint. Cette fois, Emmanuel l'observa de son mieux. C'était une petite main, extrêmement fine. Presque une main d'enfant. Ses ongles étaient incrustés de crasse, et elle était si maigre que ses os saillaient. Il aurait donné cher pour voir la tête de son propriétaire.

Puis une seconde main, jumelle de la première, lui écarta les lèvres et lui enfonça dans la bouche un objet rond et moelleux. Une datte ! Craignant d'en avaler le noyau, Emmanuel tenta de la recracher, mais elle avait été dénoyautée. Ressuscitée par ce contact, sa langue pressa le fruit sur son palais, en aplatit la pulpe, en extirpa le suc.

— Parlez-moi, parvint-il enfin à articuler, après avoir avalé la datte. Dites-moi quelque chose…

La main le caressa, lui posa un doigt sur les lèvres, et disparut comme elle était venue.

— Dites-moi où je suis ! Suis-je mort ?

— Non, souffla une voix étrange, semblable au bruit du vent dans les arbres.

— Qui me parle ? Est-ce vous ?

— Vous ? reprit la voix. Mais à qui vous adressez-vous, chevalier ?

Emmanuel comprit l'incongruité de sa question, et reformula sa question :

— À celui qui me soigne.

Il y eut un bruit de branches s'entrechoquant, puis la voix frémit :

— Ce n'est pas moi.

— En ce cas, à qui ai-je l'honneur ?

— C'est que, je me le demande aussi, parfois… Il y a très longtemps, dans une autre vie, je m'appelais Guillaume de Tyr. Mais maintenant je n'ai plus de nom.

— Guillaume de Tyr ? Est-ce vous, Excellence ? demanda Emmanuel, en reprenant espoir.

Il cherchait désespérément à tourner son visage en direction de celui qui prétendait être l'ancien archevêque de Tyr – alors que tout le monde savait qu'il était mort depuis plusieurs années. Il fit si bien que ses efforts aboutirent. Il bascula la tête sur sa droite, et aperçut un très bel arbre – un sycomore –, à demi camouflé par l'obscurité. Une forme enveloppée dans un drap se blottissait au creux de ses racines.

— Excellence, pourquoi vous cachez-vous ?

Une tête affublée d'affreux cheveux, raides et secs, pareils à des branches de céleri, émergea de sous le drap tel un rat de sa tanière. C'était une femme, aux yeux pareils à des raisins, enfoncés dans leurs orbites. Elle ne dit rien, mais rampa vers Emmanuel, qui ne put s'empêcher de frémir.

— N'ayez pas peur, reprit la voix. Vous lui devez la vie.

Emmanuel cilla, tenta de pénétrer l'obscurité qui baignait l'arbre – en vain.

— Mais où êtes-vous ? demanda-t-il. Pourquoi ne vous montrez-vous pas ?

— Je ne peux pas me déplacer…

Et c'est alors qu'Emmanuel comprit que la voix provenait directement de l'arbre, d'une cavité creusée dans ce qu'il avait d'abord pris pour un nœud. Juste au-dessus de cette cavité, deux autres nœuds figuraient une paire d'yeux, auxquels les veines du bois donnaient deux sourcils en broussaille. Les branches, qu'un vent invisible agitait parfois, formaient les cheveux et la barbe. On aurait vraiment dit un homme, taillé dans un sycomore.

— Excellence ? Que vous est-il arrivé ?

— Je suis devenu arbre, frère Emmanuel, fit Guillaume de Tyr en agitant les branches.

— Vous me reconnaissez donc ?

— Ayant en guise de paupières deux lourds morceaux d'écorce que j'ai grand-peine à soulever, je suis pour ainsi dire frappé de cécité… Mais elle m'a dit ton nom. Tout comme elle m'avait prédit que tu viendrais.

— Elle ?

— L'Emmurée.

Et c'est ainsi qu'Emmanuel apprit que l'endroit où il se trouvait s'appelait l'« oasis des Moniales ». Cette oasis avait été, jusqu'à une date récente, le royaume des Amazones.

Mais, en septembre 1187, une horde de bédouins sans foi ni loi l'avait saccagée puis rasée – sur ordre des Assassins. Guillaume n'avait survécu que grâce à cet arbre, planté du temps d'Abel. Un sycomore dans lequel les Romains avaient jadis taillé le bois de la Vraie Croix. Ils y avaient laissé une profonde plaie, purulente de sève, où Guillaume s'était réfugié lors de la destruction de l'oasis. Quant à l'Emmurée, c'était probablement une immortelle.

— Je te présente la reine Marie. C'est elle qui – en l'an 614 de l'Incarnation de Notre-Seigneur Jésus-Christ – a demandé à son mari, le roi des Perses, de lui rapporter la Vraie Croix. Elle a longtemps régné sur cette oasis, avant de la léguer aux Amazones...

— Est-elle vraiment immortelle ?

— Elle est en tout cas la seule – avec moi – à avoir survécu à la destruction de cette oasis.

— Alors, elle doit souffrir terriblement.

— Non, je ne crois pas, bruissa le vieil arbre. Je pense même pouvoir dire qu'elle ne s'en souvient pas. Car elle était l'oracle des Amazones, leur devineresse. Le don que Dieu lui a fait a sa contrepartie. Elle connaît l'avenir, mais ne sait rien du passé...

— Le passé ? haleta Emmanuel. Allons, il n'est plus temps de s'en soucier ! Je dois rentrer au Krak, prévenir mes frères hospitaliers. Le convoi a été attaqué. Les Templiers nous ont trahis !

Emmanuel faisait allusion à la mission que lui avait confiée le commandeur du Krak des Chevaliers, Alexis de Beaujeu : se porter à la rencontre des Hospitaliers chargés d'apporter au Krak la rançon destinée à racheter la Vraie Croix, prise aux Francs par les Arabes lors du désastre de Hattin. Cette mission avait échoué, des Templiers et des Assassins les ayant ignominieusement attaqués, pour leur dérober l'or et les massacrer.

— Patience, souffla le vieil arbre. Commence donc par guérir, ensuite nous aviserons.

— Mais quand ? s'écria Emmanuel. Je dois partir d'ici ! Jérusalem est en danger !

— Elle est déjà tombée.

— Comment le savez-vous ? Depuis combien de temps suis-je ici ?

— Depuis plus de trois mois. C'est bientôt le 1er janvier, jour de la Circoncision de Notre-Seigneur, de l'an 1188…

Pris de panique, Emmanuel essaya de se redresser – mais la tête lui tourna. Sa vision s'obscurcit, comme envahie par un essaim de grosses mouches noires.

— Je dois m'en aller, haleta-t-il. Je ne veux pas mourir ici…

— Ta mort ne t'appartient pas, rétorqua simplement le vieil arbre.

Mais Emmanuel ne l'entendit pas. Il s'était de nouveau évanoui.

LE DERNIER DES ROQUEFEUILLE

1.

« Ici prennent fin nos tourments, ici sera notre domaine. »

(ANONYME, *Le Roman d'Énéas.*)

Nord de la France, 1er janvier 1188

Quelques jours après avoir reçu des mains de son fils le fragment de Vraie Croix qu'il l'avait envoyé chercher en Terre sainte, le comte Étienne de Roquefeuille mourut. Ce ne fut pas une mort triste. Persuadé d'aller au Paradis – grâce à la sainte relique rapportée par Simon –, il rendit l'âme en souriant, fier et heureux de savoir que son dernier-né était enfin devenu un homme. Et qu'il s'était trouvé, en la personne de Cassiopée, une jeune femme digne de lui.

Mais alors qu'on descendait dans le caveau des Roquefeuille le lourd cercueil contenant la dépouille du comte, Cassiopée ne pouvait s'empêcher de penser à son père. Lui aussi était mort. Et, dans son cas, point de tombeau en marbre ni d'oraison, point de prêtre officiant, point de messe, point de foule attendant au-dehors en pleurant. Rien qu'une immense douleur, et pour linceul des flammes lui dévorant le corps. « Simon ! » s'entendait-elle encore hurler. « Il faut sauver Morgennes ! »

Hélas, Simon, pas plus qu'elle, n'avait pu empêcher le courageux Hospitalier de tomber dans le puits des Âmes, et de là en Enfer.

Cela s'était passé en 1187, au tout début du mois d'octobre – jour de gloire pour les Sarrasins, puisqu'ils s'emparaient de Jérusalem ! La Ville sainte, après avoir été conquise en 1099 par les armées chrétiennes, redevenait musulmane. La chrétienté était en deuil. Mais pas autant que Cassiopée, dont la douleur s'était accrue lorsqu'une lettre de sa mère lui avait appris que Morgennes était son père.

Prise d'un malaise, au moment même où le cercueil entrait dans sa niche de pierre, elle s'appuya sur Simon – qui la soutint d'une main ferme.

— Tu peux te reposer sur moi, dit-il. Je suis là.

— Merci, murmura-t-elle.

Un prêtre donna de vigoureux coups d'encensoir, tandis que dans l'air glacé vibraient les notes funèbres du glas.

— Attendez ! fit Simon alors qu'un ouvrier soulevait une plaque, destinée à sceller l'ouverture du tombeau. J'aimerais le voir une dernière fois…

Deux aides tirèrent le cercueil, seulement fermé d'un tissu de lin où figurait le blason des Roquefeuille : un ours dressé sur ses pattes de derrière. Simon souleva l'étoffe, et regarda son père. Un franc sourire se dessinait sur son visage aux yeux clos. Alors Simon tira un peu plus sur le drap, l'amenant juste au-dessous des mains du défunt. Elles étaient croisées sur sa poitrine, et enserraient un minuscule objet : le fragment de Vraie Croix qu'il lui avait rapporté.

Sauf qu'il ne s'agissait pas exactement de la Vraie Croix, mais de celle que tous – en Terre sainte et ailleurs – avaient prise pour telle. Ils n'étaient qu'une poignée à avoir découvert, en même temps que Morgennes, que cette croix-ci n'était pas la Vraie Croix. « C'est la croix de Morgennes », se dit Simon.

« Et maintenant c'est la mienne. »

Il l'arracha aux doigts de son père, en prenant soin de ne pas se faire voir du prêtre et de ses aides. De toute façon, ils s'étaient pieusement détournés.

— Que fais-tu ? demanda Cassiopée à Simon.

— Je récupère mon bien…

Son forfait accompli, Simon enfouit le petit bout de croix dans sa bourse de ceinture, remit le tissu en place et donna l'ordre aux ouvriers d'enfoncer le cercueil dans sa niche, puis de la sceller.

Comme il n'avait aucun cousin et que ses quatre frères étaient morts, Simon était le dernier des Roquefeuille. Mais il n'avait aucunement l'intention de le rester.

2.

« Pensant au Jugement, elle s'estimait coupable ; pensant à l'Enfer, elle s'estimait digne d'y être torturée. »

(JACQUES DE VORAGINE, *La Légende dorée.*)

Port de Marseille, 8 janvier 1189

Malgré le grésil qui tombait sur Marseille, Cassiopée refusait de quitter le pont de *La Stella di Dio* – la nef qui devait la ramener en Terre sainte. Les deux mains appuyées sur la fine pellicule de givre qui recouvrait le bastingage, elle regardait Marseille enveloppée de neige. La ville, à l'autre bout de la jetée, était d'une beauté surprenante, irréelle. De petites fumées bravaient la pluie pour monter se perdre dans les nuages.

« Brrr », grelotta-t-elle en se frottant les bras, les yeux rivés sur la blanche cité. « Vivement qu'on retrouve le soleil... »

Et pourtant, elle ne pouvait s'empêcher d'appréhender ce qui l'attendait, sur l'autre rive de la Méditerranée. Un terrifiant voyage, que très peu d'hommes – et encore moins de femmes – avaient accompli avant elle. Car elle avait l'intention de mettre ses pas dans les pas des plus grands héros de l'Antiquité, et de se rendre aux Enfers. Pour rejoindre son père, elle descendrait au fond du puits des

Âmes, à Jérusalem. « Si ça se trouve, se dit-elle, je regretterai bientôt ce froid... »

Soudain, une ombre la recouvrit, et elle fut à l'abri de la pluie. C'était Simon, qui étendait une couverture au-dessus d'elle.

— Tu vas attraper froid, lui dit-il. Viens t'abriter à l'intérieur.

Cassiopée tourna vers lui son beau visage endeuillé, aux cheveux ruisselants de pluie.

— Je ne peux pas, j'attends.

— Qui ça ?

— Conrad de Montferrat.

Tout en continuant d'abriter Cassiopée, Simon regarda lui aussi vers la ville. D'une minute à l'autre, Conrad de Montferrat reviendrait avec le jeune Josias de Tyr, qu'il était allé chercher à Notre-Dame de la Galline – et ils pourraient enfin partir pour la Terre sainte, et les Enfers.

— Nous retrouverons ton père, je te le promets, dit-il en s'approchant un peu plus de Cassiopée.

Il percevait la chaleur de son corps, l'odeur de ses cheveux, et voyait même sur sa peau – là où le cou se fondait dans l'épaule – un petit grain de beauté en forme de haricot. « Je t'aime », pensa-t-il. « Mais comment te le dire ? »

Il inspira une profonde goulée d'air humide, sentit le froid pénétrer ses poumons et songea : « Depuis que Morgennes est mort, et que ta mère t'a appris qu'il était ton père, c'est comme si toute vie s'était enfuie de toi. Tu es pareille à la bougie qu'on vient de souffler. Ô Cassiopée, ma chère et douce et tendre, ne te laisse pas éteindre ! Je suis là, je suis fort. Assez pour raviver ta flamme, et vous sauver ton père et toi ! N'oublie pas, n'oublie jamais, que je suis seul à pouvoir te comprendre... »

Il s'approcha un peu plus de sa belle, se collant presque contre son corps. « J'aimerais tellement te réchauffer, t'apporter espoir, chaleur et lumière. »

C'est alors qu'il eut une idée. Il avait, dans son aumônière, le petit bout de croix qu'il avait pris à son père. Et, dans son aumônière, le petit bout de croix semblait lui crier : « Vas-y, prends-moi, je suis la solution ! Tu m'as volé à ton père pour qu'il aille en Enfer, je le sais. Mais tu m'as pris aussi pour m'offrir à Cassiopée. Après tout, ne suis-je pas un fragment de la croix que son père avait gardé en croyant que j'étais la Vraie Croix ? Tu devrais m'offrir à elle. Elle te tomberait dans les bras… »

Simon cligna des yeux. Il pleuvait si fort que par endroits la pluie perçait la couverture, plaquant ses cheveux noirs sur son visage.

— Nous devrions redescendre, insista-t-il.

— C'est idiot, répondit-elle. Mais j'ai l'impression que si je reste là à l'attendre, Conrad de Montferrat reviendra plus vite.

— Peut-être que Josias n'est pas encore arrivé ?

Josias de Tyr était le jeune archevêque que feu Sa Sainteté Urbain III avait chargé de convaincre les rois de France et d'Angleterre de partir en croisade… Conrad et lui étaient convenus de se retrouver à Marseille, une fois la mission du prélat accomplie.

« Surtout, se dit Simon, j'ai une faveur à lui demander, une fois qu'il sera monté à bord. » Prenant son courage à deux mains, il dit à Cassiopée :

— J'aimerais te parler, avant qu'ils n'arrivent. Ce n'est peut-être pas le moment idéal, mais étant donné ce qui nous attend de l'autre côté de la Méditerranée, je crains que nous n'ayons pas de meilleure occasion…

Malheureusement, Cassiopée ne l'écoutait pas. Son cœur et ses pensées étaient entièrement tournés vers Morgennes. « Il est mort sans savoir que je suis sa fille. Si seulement je pouvais le lui dire… » Mais comment parler aux morts ? En priant ? « Hélas, s'il est vrai qu'il se trouve en Enfer, il ne peut pas m'entendre… »

Son regard se porta vers la mer, où un pâle soleil affleurait – fin cil de lumière jaunissant l'horizon. « Je veux lui dire qui je suis pour lui. Je veux lui dire : “Morgennes, je suis ta fille, Cassiopée. Tu es mon père. Guyane de Saint-Pierre est ma mère…" » Mais elle était obligée d'attendre, d'attendre et d'attendre encore – ce qu'elle avait beaucoup de mal à supporter. « Chaque minute que je passe ici correspond peut-être à une année de supplice pour mon père… »

— Alors? demanda Simon.

Cassiopée le regarda et comprit qu'il lui avait posé une question importante. Elle avait l'impression d'entendre un point d'interrogation s'agiter fébrilement dans les airs, autour d'elle. Comme pour confirmer cette impression, Simon avait dans les yeux la sorte d'inquiétude qu'on réserve d'ordinaire aux affaires les plus graves. Malgré cela, il avait toujours son visage d'enfant de chœur. Sa courte barbe n'y changeait rien. Il sentait le cierge et l'hostie.

Elle prit une attitude embarrassée. Que lui avait-il demandé? Comment ne pas le vexer? Que lui répondre? Trop tard. Il y a des questions auxquelles on doit répondre sans réfléchir, d'un seul allant. Celle de Simon appartenait à cette catégorie.

— Tu ne m'écoutais pas, n'est-ce pas? demanda Simon.

— Pardon, je pensais à Morgennes. Je me disais que j'aurais bien aimé avoir un père, comme toi.

— Mon père ne m'aimait pas, répondit-il amèrement.

— Mais c'était quand même un père. Moi j'ai grandi sans. Entre ma mère et deux parrains…

De ses deux parents disparus – l'un en Enfer, l'autre parti à sa recherche en Terre sainte –, Cassiopée ne savait lequel lui manquait le plus. Probablement Morgennes, à l'absence duquel elle ne s'était pas encore habituée. « À l'absence duquel, rectifia-t-elle, je ne m'habituerai jamais. » Il est des drames dont chaque épisode, chaque détail, est si profondément inscrit dans la mémoire qu'on ne saurait les oublier. Elle revoyait la barbe de son père, ravagée par les flammes au moment de sa chute dans le puits des Âmes. Ni Simon ni elle ne l'y avaient suivi, contrairement à son cousin Taqi – qui y avait précipité sa monture tout en leur criant : « Déguerpissez ! » Elle l'entendait encore, ce cri. « DÉGUERPISSEZ ! »

— Je comprends, dit Simon.

Il se pinça les lèvres et se contint pour ne pas lui déposer dans le cou le baiser qu'il retenait depuis tant de jours, tant de semaines, tant de mois…

La première fois qu'il l'avait vue, elle était enchaînée. Prisonnière des Assassins qui l'avaient capturée pour la livrer aux Templiers blancs. En ce temps-là, elle se trouvait en son pouvoir. Tandis que maintenant… Dieu que cela semblait loin ! Existaient-ils seulement encore, ces fameux Templiers de la première loi, maintenant que leur sénéchal, Renaud de Châtillon, était mort, et que Kunar Sell et lui-même avaient rendu les armes ? Probablement pas…

Alors que la pluie cessait, rendant la couverture de Simon inutile, un cri d'oiseau leur parvint. Levant les yeux, Simon aperçut une minuscule tache de bleu et de brun, tournoyant dans le ciel.

— Je me demande ce que fait Montferrat, s'interrogea Cassiopée, impatiente. Il aurait déjà dû rentrer. Nous étions censés partir au plus tard ce matin…

— Je vais le chercher ! s'écria Simon, trop heureux de pouvoir rendre service à Cassiopée.

Il se débarrassa de sa couverture mouillée, et se précipita hors du bateau.

3.

« Il en est de l'amour comme de l'étincelle qui couve le feu dans la suie, puis brûle et le bois et la paille – Écoutez ! – et alors il ne sait plus où fuir, celui qui est dévoré par le feu. »

(MARCABRU, *Invectives contre « Fausse Amour »*.)

« C'est tout Simon », se dit Cassiopée. « Pareil à un feu de paille, il s'embrase, il s'emporte et ne sait plus que faire pour tromper son ennui, sinon agir – peu lui importe de savoir comment... Comme s'il n'y avait que l'action pour nous consoler, triompher du malheur et nous permettre de reprendre en main notre destinée... »

Les bras croisés, elle regarda Simon remonter la jetée verglacée puis disparaître dans un dédale de ruelles d'où surgirent quelques pêcheurs matinaux. Le corps recouvert de plusieurs couches de vêtements, ils ressemblaient à des ours patauds. Mettant l'aube à profit pour s'installer aux meilleures places le long des quais, ils déballèrent leur matériel, tendirent leurs lignes et appâtèrent leurs hameçons. Une nouvelle journée commençait, et la lumière drapait d'or la cité blanche et l'eau bleue. Alors, seulement, Cassiopée s'ouvrit aux bruits du port, annonciateurs d'appareillages. Cogues, huissières, galées militaires, chaloupes et nefs, s'entrechoquant ou gémissant, tels des amants pressés de s'unir une dernière fois avant de partir en mer ; voiles claquant contre le mât, grincements de poulies et de planches, gémissements des rames, appels des marins debout pour la corvée de pont, haleines s'exhalant en fumées dans l'air glacé, puis cris de l'oiselle saluant l'ascension du soleil. Se protégeant de la lumière avec une main, tout en refermant son mantel de l'autre, Cassiopée regarda son oiselle tournoyer dans le ciel, puis redescendre à la hauteur de Notre-Dame de la Galline. Cette petite chapelle, bâtie sur les hauteurs de Marseille, était depuis deux siècles le lieu de fervents pèlerinages. Été comme hiver, on y venait en foule honorer une statue de la Vierge à l'Enfant Jésus enserrant en ses bras une poule. Cette poule, curieusement, fascinait l'oiselle. Depuis qu'ils étaient à Marseille, pas une journée ne s'était écoulée sans qu'elle aille y faire son propre petit pèlerinage – ce qui faisait sourire Cassiopée, qui se disait : « Ce n'est pas un faucon pèlerin pour rien… »

À ce moment précis, Conrad de Montferrat sortit de Notre-Dame de la Galline. Surprise de le voir seul, Cassiopée haussa un sourcil en voyant l'intrépide marquis, vêtu d'un épais manteau taillé dans une fourrure d'ours, descendre gaillardement la grand-rue, puis la jetée où ils étaient amarrés.

Quand il eut regagné le bord, elle lui demanda :

— Vous n'êtes pas avec Josias ?

— Hélas, trois fois hélas ! s'écria-t-il en levant les mains au ciel, d'un air désolé.

— Comment cela ? s'inquiéta-t-elle.

— Vous connaissez les rois… Toujours à babiller : faut-il partir maintenant, ou dans six mois ? Faut-il partir ensemble, ou séparément ? Faut-il partir par voie de mer, ou par la terre ? Faut-il, faut-il… Que sais-je encore ? Des « faut-il ? », ils sont capables d'en inventer jusqu'au Jugement dernier. En attendant, Jérusalem est entre les mains des mécréants, et Tyr risque de tomber si je ne me dépêche pas de rentrer…

Ses doigts couraient sur le givre du bastingage de *La Stella di Dio*. Le marquis bouillonnait car c'était un homme plus habitué à agir qu'à temporiser. La preuve en était que de tous les nobles présents en Terre sainte au moment du désastre de Hattin, à la suite duquel Saladin s'était emparé de la Vraie Croix et avait repris Jérusalem, le seul à s'être déplacé à Rome et dans toutes les cours d'Europe pour tenter de convaincre les puissants de contre-attaquer, c'était lui – et aucun autre.

Cassiopée eut un sourire en songeant à toutes les concessions que le marquis avait offertes aux Marseillais, aux Pisans, aux Génois, pour se concilier leurs bonnes grâces. En échange, il avait récolté le droit d'utiliser leurs ports, et de commercer avec eux sans acquitter de taxes. Ainsi, Tyr avait échappé au désastre économique qui avait ravagé les rares cités franques établies en Terre sainte à n'avoir pas été conquises par Saladin. Avec Montferrat, la chrétienté avait peut-être trouvé son nouveau roi de Jérusalem. À moins que son ancien roi, Guy de Lusignan, responsable du drame de Hattin, ne s'y accroche bec et ongles… Créant ainsi parmi les Francs une fâcheuse division, facilitant la tâche aux Sarrasins.

— D'après mes informations, ajouta Montferrat, Josias est désemparé. Certes, il a réussi à se lier d'amitié avec le deuxième fils du roi Henri II Plantagenêt, le jeune Richard, mais le vieux roi ne veut pas quitter ses territoires normands tant que Philippe de France campe à côté…

— Et ce dernier, pourquoi ne bouge-t-il pas ?

— Pour les mêmes raisons. C'est une situation inextricable. Aucun ne veut partir le premier. Alors ils restent tous les deux…

Les mains du marquis de Montferrat avaient fini de courir sur le bastingage et se pressaient maintenant l'une l'autre.

« Évidemment, songea Cassiopée, cela n'est pas pour m'arranger. Mais je comprends qu'on fasse passer l'intérêt des nations avant la libération de mon père… Oui, je le comprends. Mais je ne puis l'accepter. »

— Cela signifie-t-il que nous ne partons pas ? demanda-t-elle, anxieuse.

— Heureusement non ! s'exclama Montferrat. Mais...

Sa main fouilla sous son manteau et en extirpa un parchemin, au sceau de cire noire brisé.

— Josias nous charge d'une mission de la plus haute importance, poursuivit-il en agitant le parchemin sous le nez de Cassiopée.

— En quoi consiste-t-elle ?

— Il nous supplie d'aller plaider auprès de Sa Sainteté Clément III la libération de son père, le capitaine Tommaso Chefalitione, qui se meurt dans les geôles du Vatican.

— Je comprends sa douleur.

— Qui est d'autant plus grande qu'il a été injustement emprisonné, pour un crime dont il est innocent... C'est pour cela, poursuivit-il en rangeant le parchemin sous son manteau, que si Son Excellence refuse de le laisser sortir, il faudra peut-être l'aider à s'évader.

Cassiopée eut un sourire, et réfléchit un instant. D'un côté, cette mission leur ferait perdre un peu de temps – en les obligeant à faire escale à Rome. Mais, de l'autre, ils accompliraient une bonne action et rendraient service à Josias de Tyr, l'un des meilleurs serviteurs de la chrétienté en Terre sainte. Aussi répondit-elle :

— Si Simon n'y voit pas d'inconvénient, nous aiderons Josias à libérer son père.

— En fait, continua le marquis de Montferrat d'un air embêté, Chefalitione n'est pas exactement son père.

Cassiopée haussa un sourcil interrogateur.

— C'est plutôt son beau-père...

— Et vous le roi des négociateurs ! Mais dites-moi, le capitaine Chefalitione n'est-il pas le véritable propriétaire de *La Stella di Dio* ? Je crois l'avoir déjà rencontré...

— Si, répondit Montferrat. D'ailleurs, il en reprendra le commandement, une fois libéré.

Cassiopée se remémora la première fois qu'elle avait vu Chefalitione. C'était au Krak des Chevaliers. Avec Morgennes et le commandeur de la forteresse, Alexis de Beaujeu, le brave capitaine avait imaginé de remplacer la dépouille du comte Raymond de Tripoli par la Vraie Croix, afin de l'apporter au pape, incognito. Hélas, une fois à Rome, où le cercueil avait été rouvert, la sainte relique avait disparu. Elle était tombée en poussière au cours de la traversée… Chefalitione avait été jeté en prison pour s'être moqué de l'Église et de Dieu, quand il aurait dû, au contraire, être récompensé pour s'être mis à leur service.

— Son sort n'est pas si éloigné de celui de Morgennes, soupira Cassiopée.

— Alors je vous dois toute la vérité, sourit Montferrat. Chefalitione n'est pas tout à fait le beau-père de Josias. Ou du moins pas encore. La mère de Josias et le capitaine Chefalitione n'ont pas eu le temps de se marier, à cause de la prison. Mais ils souhaitent célébrer leurs noces le plus tôt possible. Comme vous savez, ils ne sont plus tout jeunes.

— Josias peut compter sur moi, dit Cassiopée avec un généreux sourire.

Les mains du marquis de Montferrat parurent applaudir d'elles-mêmes.

— Je savais que vous ne resteriez pas insensible à l'argument du mariage, surtout aujourd'hui !

Cassiopée ne comprit pas sa remarque, et s'apprêtait à l'interroger lorsqu'elle l'entendit crier à l'équipage :

— Hardi, compagnons ! Levez les ancres ! Nous partons libérer votre ancien capitaine !

— Attendez ! s'écria Cassiopée. Simon est descendu à terre pour vous chercher. On ne peut pas partir sans lui !

Trop tard ! Déjà, des « Hé ! Ho ! », des cavalcades et des coups de sifflet retentissaient sur tous les ponts. Comme les pièces d'une mécanique de précision – de celles qui font se mouvoir les astrolabes –, les marins s'activaient en cadence, rapidement. La nef même s'extirpait de sa gangue hivernale. On l'aurait crue vivante, impatiente de retrouver le large, de se frotter à l'écume et de fendre les vagues.

— Enfin, fit Montferrat sans tenir compte de la remarque de Cassiopée. Je gelais dans ce port. J'avais besoin de mettre entre l'hiver et moi plusieurs centaines de milles… Et de retrouver la douce chaleur de ma chère Terre sainte, même si je n'y ai passé qu'un seul été !

Il sortit de sous son manteau un paquet de tissu noir entrelardé de blanc. Avisant un mousse, il lui confia son ballot :

— Hisse-moi ça à la grand-vergue !

— À vos ordres !

Le mousse attrapa un cordage, y noua ce qui se révéla être un pavillon noir orné d'une tête de mort, et le hissa au sommet du mât. Ce pavillon provenait de la tour de David, à Jérusalem, où l'avait fait flotter son patriarche, Héraclius. Après la chute de la ville, Balian II d'Ibelin l'avait récupéré pour l'offrir à Conrad de Montferrat. « Ce drapeau, lui avait-il dit, est le symbole de notre résistance. Il ne doit pas tomber aux mains des musulmans. Jamais ! »

Cassiopée, elle, était uniquement préoccupée du retour de Simon.

— Simon ! criait-elle, les mains en porte-voix. Reviens !

Conrad de Montferrat surgit à ses côtés, et lui demanda :

— Mais où donc est-il ? J'étais persuadé qu'il était avec vous...

— Je viens de vous le dire, répondit Cassiopée sans cesser de regarder en direction du port, il est parti à votre recherche...

— Alors descendez vite le retrouver, dit Montferrat en redressant le col de son manteau. Nous vous attendrons le temps qu'il faut.

Cassiopée tourna vers lui les deux saphirs de son regard, et murmura :

— Merci !

— Ne me remerciez pas, je sais ce que c'est. Moi aussi j'ai été amoureux...

— Que voulez-vous dire ?

Un fin sourire illumina la figure du marquis, qui demanda :

— Allons, ne me dites pas qu'il ne vous a pas parlé, ce matin ?

— Si, bien sûr…

— Ah, formidable ! Et vous lui avez dit oui, j'espère ? Puis-je vous féliciter ?

Le visage du marquis irradiait une joie qui se voulait contagieuse, mais qui ne tarda pas à s'effacer devant l'expression d'incompréhension de Cassiopée. Comprenant sa bévue, Conrad de Montferrat enfouit sa tête dans son col fourré et s'éloigna, engueulant au passage le mousse qui venait de dresser le pavillon à tête de mort :

— Hé toi ! Brique-moi le pont, et plus vite que ça !

Alors que la silhouette de Simon se dessinait dans le lointain, Cassiopée lui fit signe de revenir. Tout en agitant les bras, elle se dit : « C'était donc ça… Il m'a demandée en mariage. Pardon, Simon, de ne pas avoir compris. Mais je ne peux accepter. Mon cœur est comme pris en glace… »

4.

« Quiconque ne fut pas trouvé écrit dans le livre de vie fut jeté dans l'étang de feu. »

(Apocalypse, XX, 14-15.)

Plusieurs jours s'écoulèrent, durant lesquels un vent glacial, chargé de flocons neigeux, chassa dans la panse de *La Stella di Dio* tous ceux dont la présence n'était pas nécessaire à la marche du navire. Afin d'éviter Simon, Cassiopée n'avait pas reparu sur le pont depuis leur départ de Marseille, prétextant un impérieux besoin de repos. Elle avait délibérément choisi d'établir ses quartiers dans un minuscule réduit situé sous le château de poupe. Les grincements du navire y résonnaient jour et nuit, et le plafond y était si bas qu'elle s'y tenait généralement allongée, dans un hamac tendu entre deux poutres. À ses pieds, sur un paquet de cordes, Rufinus lisait, une bougie allumée sur la tête.

La chandelle s'était presque entièrement consumée, et la petite flamme commençait à roussir les rares poils que l'ancien évêque d'Acre avait encore sur le crâne.

— Hum, hum, fit-il à l'intention de Cassiopée. Je crooois qu'il me faut un nouuuveau ciiierge.

Cassiopée baissa les yeux vers lui. Depuis qu'un Sarrasin l'avait décapité, à la bataille de Hattin, Rufinus s'était trouvé réduit à l'état d'assisté, forcé de quémander l'aide d'autrui pour se déplacer, ou – comme dans le cas présent – qu'on remplace sa bougie.

— Sans cooompter que la ciiire m'a brûlé les oreeeilles, glapit-il.

Cassiopée tendit la main, et éteignit la flamme entre ses doigts, ce qui plongea le réduit dans l'obscurité.

— Monseigneur est satisfait?

— Peux-tu tooourner ma paaage, s'il te plaît?

Cassiopée eut un rire.

— Tu ne vas pas continuer à lire?

— Si tu m'alluuumes un autre ciiierge, si. Ce que j'ai lu jusqu'à présent m'a beaucoooup plu.

— C'est vrai?

— Ouiii. C'est empooorté, c'est vivaaant. Les scènes sont originaaales et fort bien décrites. Tu as énormément d'imaginatiooon. Et il y a un sooouffle. On sent que tu l'aimes vraiment, ton personnaaage.

— Perceval.

— Moooi, je dirais Morgeeennes.

Silence.

Cassiopée ne répondit rien. Mais Rufinus avait raison : pour elle, Morgennes et Perceval ne faisaient qu'un. Car Perceval avait été inspiré par Morgennes, dont Chrétien de Troyes avait été l'ami, bien des années auparavant. Aujourd'hui, Chrétien de Troyes était mort. Il avait rendu l'âme sans avoir eu le temps d'achever son *Perceval ou le Conte du Graal.* Et Morgennes était mort lui aussi. Souvent, Cassiopée se demandait comment poursuivre l'œuvre d'un tel conteur, et quelle fin donner à celui qu'elle rêvait de sauver des Enfers : son propre père.

Elle poussa un soupir, et finit par avouer :

— J'ai parfois l'impression que je suis comme mon père, comme Perceval. En quête de l'impossible, d'un Graal inaccessible.

— Ton pèèère a bien retrouvé la Vraie Croooix, qu'on disait à jamais perduuue.

— Ce qui ne l'a pas empêché de finir en Enfer! Mais après tout, c'était peut-être écrit. « Tu retrouveras la Vraie Croix. Puis tu iras en Enfer. »

— Alooors, qui sait s'il n'est pas égaaalement écrit quelque paaart : « Tu iras en Eeenfer. Puis tu retrouveras ton Pèèère. »

— Si ça n'est pas écrit, compte sur moi pour le faire ! dit-elle avec un sourire avant de fermer les yeux.

Faisant le vide en elle, elle se concentra sur ce qui l'attendait. D'abord le Vatican. Puis Tyr et Jérusalem. Et enfin l'inconnu. Où se trouvait l'Enfer ? Qui pourrait le lui dire ? Un sentiment d'angoisse l'étreignit. Elle se sentait tellement seule. Heureusement que Simon était là.

— Pourquoooi veux-tu sauver Mooorgennes ? demanda subitement Rufinus.

— Comment ? s'écria-t-elle. Tu me demandes pourquoi je veux sauver mon père ? Mais parce que c'est mon père, justement !

— Et alooors ? Je connais bien des persooonnes qui n'ont aucuuune envie de sauver leur pèèère, et je ne paaarle pas que pour moooi...

— Leur père n'est pas Morgennes.

Rufinus se tut. À vrai dire, il ne la comprenait que trop. Ce qu'il comprenait, surtout, c'est que Cassiopée – comme Morgennes – ne supportait pas l'injustice. Or il y avait quelque chose de profondément injuste à finir en Enfer après avoir rapporté à la chrétienté sa relique la plus précieuse.

— Je compreeends, murmura-t-il. Je compreeends.

Celui qu'il ne comprenait pas, en revanche, celui contre lequel il avait lui aussi envie de se révolter, c'était Dieu. Alors quoi ? Un homme renonçait à ce qu'il avait de plus cher – son âme, l'estime des siens, l'amour de sa femme – pour se mettre en quête d'un simple bout de bois auquel il ne croyait peut-être pas ; il affrontait de terribles épreuves, il triomphait de tous les obstacles, et Dieu le punissait ? Non seulement Dieu, mais Rome et les moines chevaliers ! C'était plus qu'une injustice – c'était la preuve que le monde ne tournait pas rond, que la Création était pervertie.

Ils n'étaient qu'une poignée d'hommes à avoir cru en Morgennes – à croire encore en lui. Pour un peu, Rufinus en aurait pleuré. Alors, songeant au manuscrit qu'il avait lu, il dit à Cassiopée :

— Je t'accompaaagnerai. Partout où tu iraaas j'irai, quel qu'en soit le priiix...

Sa voix lancinante se perdit dans le bruit des vagues, ponctué des craquements de la coque et des appels de l'équipage.

Parmi ces cris, ils crurent entendre : « *Roma !* »

Des pas dévalèrent le petit escalier qui menait au réduit. Un fin rai de lumière apparut sur le plancher. Puis on frappa à leur porte.

— Entrez, dit Cassiopée.

Simon fit son apparition, une lanterne à la main. Il avait l'air gêné.

— Pardon de vous déranger, murmura-t-il, mais nous arrivons à Rome...

— Merci de nous prévenir, dit-elle en baissant les yeux. Peux-tu nous prêter un peu de ta lumière ?

Il lui tendit sa lanterne. Elle l'approcha des parchemins sur lesquels elle avait commencé d'écrire sa *Suite et fin de Perceval,* et tourna la page que Rufinus venait de lire. Une feuille apparut, aussi vierge que Marie au moment de recevoir Dieu.

— Et voilà, dit-elle.

— C'est tooout ? s'offusqua Rufinus.

— Pour le moment, oui, ajouta-t-elle d'un air désolé.

— Oooh...

— Tu pourras toujours lire les nombreuses *Suite et fin* que les Manessier, Gerbert de Montreuil et autres continuateurs de Chrétien de Troyes ont entrepris de donner à l'œuvre de mon parrain.

— Mais c'est la tiiienne qui m'intéresse ! Pour moi, il n'y a qu'elle qui vaaaille.

— En ce cas, il te faudra attendre.

— Attendre quoooi ?

— Que j'aie sauvé mon père.

5.

« Beau doux ami, qui oserait combattre tout seul contre l'Enfer ? »

(Anonyme, *Suite et fin de Perceval.*)

Forcée de rester au milieu du Tibre, à cause de son fort tirant d'eau, une *Stella di Dio* arborant fièrement un pavillon à tête de mort remontait vers Rome, toutes voiles dehors. Les collines et les plaines qui bordaient le fleuve étaient recouvertes d'une épaisse cuirasse de neige, qui luisait sous la lune. Puis, comme sortie d'un rêve, la capitale autoproclamée du monde apparut. Des dômes baignés d'or et d'argent scintillaient tranquillement, vaste méli-mélo de ruines et de modernité, mélange de colonnes, de bâtiments et d'arcs à demi éboulés. Des restes de fumée montaient lascivement vers le ciel, le striant de profonds sillons gris.

— Rome ! Quand on arrive par la mer, on la croirait surgie des eaux, commenta Simon, accoudé à la proue du navire.

Cassiopée hocha la tête, tout en cherchant des yeux, ici le Colisée, là-bas la basilique Saint-Pierre de Rome et les murailles de la Cité léonine.

Elle tenait Rufinus dans ses bras, afin de lui faire voir le paysage.

— S'il te plaaaît, lui dit-il, tiens-moi bien faaace au vent.

— À ton service, répondit Cassiopée. Mais pourquoi ?

— Je veux me rappeler ce que ça fait d'avoir un cooorps...

Pour lui faire plaisir, elle le mit donc face au vent. Les rares mèches de cheveux de Rufinus à n'être pas recouvertes de cire jouèrent sur son front, se plaquant d'un côté puis de l'autre, dans un mouvement qui n'était pas sans rappeler celui d'une queue d'âne chassant les mouches.

— Dieuu que c'est booon, soupira Rufinus. Dire qu'autrefois j'adoraaais monter au sommet du clocher d'Acre, sentir le vent souffler sur mon visaaage...

Il ferma les yeux, s'abandonnant au vent gelé, chargé d'odeurs de neige et de feux de bois.

Enfin, la colline du Latran émergea de la brume, non loin du port d'Ostie où ils pensaient accoster. Rufinus ronchonna, exhalant une haleine aussitôt transformée en brouillard par le froid.

— Dire que nous en arpeeentions les rues pas plus taaard que le mois deeernier, se lamenta-t-il. Parfoooois, j'ai l'impression de tourner en rooond...

Simon fouilla dans sa bourse de ceinture et en tira quelques noix qu'il entreprit d'écraser entre ses doigts. Puis, tandis que le pilote faisait entrer *La Stella di Dio* dans l'avant-port, le marquis de Montferrat s'approcha.

— Puis-je vous demander, beau doux seigneur, comment vous comptez vous y prendre pour libérer Chefalitione ? lui demanda Simon tout en brisant une noix.

— Je connais plusieurs façons d'agir, déclara le marquis. La voie diplomatique. La voie des armes, celle des espèces sonnantes et trébuchantes, celle du chantage, celle de la ruse. Dans le cas qui nous concerne, la voie diplomatique est préférable, dans un premier temps. Si ça ne marche pas, nous n'aurons hélas pas le temps d'emprunter celle du chantage. Resteront alors la voie des armes, celle de la ruse et celle de l'argent.

— Laquelle a votre préférence ?

— Généralement, celle de la ruse – moins onéreuse, plus élégante et surtout moins sale.

— Bien.

— Sauf que…

Rufinus, Cassiopée et Simon tournèrent leurs yeux vers le marquis de Montferrat, qui se frottait la barbe.

— Sauf que celle-ci demande également du temps, et des informations. Or nous manquons des deux.

— C'est fâcheux, dit Simon.

— Très.

— Ce qui ne nous laisse plus que la voie des armes et celle de l'argent, dit Cassiopée.

— Hélas, étant donné l'état de nos finances, nous n'irons pas plus loin que ce petit débarcadère, dit Montferrat en leur montrant un minuscule espace laissé libre à l'une des extrémités du port d'Ostie. Et encore, ce sera en chaloupe…

— Je croyais que vous aviez dans vos cales plus d'or et d'objets précieux qu'il n'en fallait pour sauver Jérusalem, objecta Simon.

— Ces trésors m'ont été confiés par Balian II d'Ibelin, déclara Montferrat, une main sur la poitrine. En remerciement des terres et châteaux de Provence que Chefalitione lui a rendus, après les avoir reçus de lui pour emmener l'archevêque Josias de Tyr à Ferrare. Ces richesses sont expressément, et uniquement, destinées à m'ouvrir les portes de Jérusalem – non celles du Vatican. Je n'ai aucune envie de me retrouver seul face aux démons de Saladin, et suis contraint d'engager moult mercenaires…

Cassiopée se rappela les deux barres d'or et de diamants que lui avait remises Saladin, et était sur le point de les offrir à Montferrat, lorsque Simon s'exclama :

— Alors, renonçons ! Allons à Tyr, et revenez ensuite ici, sans nous.

— Je n'ai pas envie de passer ma vie à traverser la Méditerranée, grommela Montferrat. J'ai une ville à gouverner, un royaume à reconquérir et un peuple à sauver. D'ailleurs, nous sommes arrivés. Je vais donner l'ordre de mouiller les ancres…

Le marquis parti, Cassiopée se pencha vers Simon et lui susurra à l'oreille, sur un ton glacé :

— Pas question de renoncer. N'oublie pas l'or et les diamants que Saladin nous a offerts pour nous récompenser d'avoir sauvé son fils.

— Dois-je te rappeler que ces richesses doivent nous servir à sauver ton père ?

— Qui te dit que le chemin de sa libération ne passe pas par Chefalitione ?

Simon séparait les bouts de noix des débris de coque, sans un regard pour Cassiopée. Qu'elle décide. Après tout, c'était son père…

— Cela nous laisse la manière forte, dit-il cependant en avalant un premier morceau de noix. Moi, ça me va.

Il posa sa main libre sur le pommeau de son épée, et promena son regard sur la rive enneigée. Elle était encombrée d'estaminets d'où montaient des clameurs étouffées, des chansons à boire et de chaudes lumières; clameurs, chansons et lumières que Simon semblait défier du regard tant il les regardait avec animosité.

— Pourquoi faut-il commencer par libérer un homme des geôles du Paradis pour en sortir un autre des Enfers? soupira-t-il en mâchonnant.

— Question d'équilibre? suggéra malicieusement Cassiopée.

Simon lui jeta un tel regard qu'elle crut qu'il allait lui bondir dessus, pour l'embrasser ou la dévorer. Elle recula d'un pas. Simon baissa les yeux, lèvres tremblantes.

« Dois-je lui dire que je sais? » se demandait Cassiopée. « Est-ce à lui de me reparler de mariage, ou à moi ? »

Mais elle n'eut pas le temps de se poser plus longtemps la question : Simon venait de lancer à Rufinus son dernier cerneau, que l'évêque goba tel un crapaud avalant un moustique.

— Pourquoi fais-tu ça? demanda Cassiopée à Simon. Tu sais qu'il n'a pas d'estomac. Comment veux-tu qu'il le digère ?

— Oh, désolé, hoqueta Simon.

Cassiopée souleva Rufinus à la hauteur de ses yeux, et s'enquit :

— Ça va ?

— Hum, hum, fit l'évêque en mâchant son cerneau de noix, avant de l'avaler. Ça vaaa…

En vérité, le résultat ne se fit pas attendre. L'évêque fit la grimace et commença à toussoter. Le fond de sa gorge ayant été obstrué par une plaque de métal, les morceaux ne pouvaient s'échapper. Saisi de démangeaisons au niveau de la glotte, il se mit à tousser comme un damné. Cassiopée n'eut d'autre solution que de le retourner et de le secouer vigoureusement.

Des débris de noix tombèrent sur le pont du navire.

— Ne recommence jamais ça ! dit-elle à Simon.

Puis elle tourna les talons pour se diriger vers la petite échelle de corde qui permettait d'accéder à la chaloupe de *La Stella di Dio.*

Simon la suivit, provoquant sa colère :

— Laisse-moi y aller seule avec Montferrat ! Tu serais capable de faire échouer l'opération…

Simon s'apprêtait à lui répondre, mais le marquis de Montferrat s'interposa entre eux.

— Mes enfants, mes enfants, dit-il en posant une main sur le bras de Simon, s'il vous plaît, ne vous disputez pas. Il y a tant à faire, tant d'ennemis à combattre, que je pense qu'il vaut mieux être unis que divisés. Ne croyez-vous pas ?

— Là où tu vas, je vais ! dit Simon à Cassiopée.

— Très bien, rétorqua-t-elle. Mais prends garde, car je compte aller loin.

6.

« C'est, je crois bien, le grand maître de l'ordre des assassins, des meurtriers, il en est l'abbé ou le cellérier ; c'est lui qui guide tous les autres, il guette notre or et notre argent. »

(CHRÉTIEN DE TROYES, *Guillaume d'Angleterre.*)

Durant le court trajet en barque de leur nef jusqu'au débarcadère, Montferrat ne cessa de tripoter entre ses doigts un magnifique collier d'or, orné d'une croix de pierres précieuses. « Même les gonds du Vatican ont besoin d'huile pour s'ouvrir », expliqua-t-il à Cassiopée.

Mais les dieux se moquaient bien des richesses terrestres. Car s'ils avaient favorisé les riches, alors il aurait suffi de payer pour arracher au Diable les âmes qui lui avaient été confiées, et les Enfers auraient été bien vides. Non, si les dieux avaient soif, c'était d'une tout autre devise – que Cassiopée n'était pas encore parvenue à identifier.

L'or, c'était bon pour les hommes.

Justement, le pape prétendait en être un. Le Chef de l'Église, notre Frère en Christ, l'Évêque de Rome, le Successeur de Pierre, le Vicaire du Christ, le Très Saint-Père, Sa Sainteté, le Souverain Pontife et Serviteur des Serviteurs de Dieu, comme il aimait à se faire appeler, aimait autant l'argent que les titres et les majuscules.

À l'instar de Charon, le nocher des Enfers qui permettait aux âmes des morts de franchir le Styx en échange d'une obole, les papes autorisaient celles et ceux qui croupissaient en leurs geôles à en sortir en échange d'une aumône. En cette fin de XIIe siècle, ils avaient même redoublé d'imagination puisque, non contents d'enfermer les vivants, ces brillants cerveaux avaient mis au point une nouvelle invention permettant d'enfermer les morts. Non plus entre quatre planches, mais dans un lieu étrange, antichambre à la fois des Enfers et du Paradis : le *purgatorium.*

Pourtant, dans la chaloupe qui les conduisait au port, Cassiopée se doutait bien que, contrairement à Charon, l'Église ne se contenterait pas d'une obole. Et elle se demandait si le collier de Montferrat suffirait.

Une fois descendus à quai, ils passèrent devant la longue enfilade de tavernes qui tenaient lieu d'exergue à la Cité léonine, et qui étaient ornées de cette inscription : « *Fortunatus vinum et cratera quod sitis bibe.* » Autrement dit : « Si tu as de l'argent, tu bois. Sinon… »

— Ça augure bien de ce qui nous attend, souffla Simon.

Il promena son regard sur les nombreuses fenêtres qui ponctuaient les quais. Avec leurs gros carreaux de verre dépoli, par où sortaient de vives lueurs jaunes, on aurait dit les yeux d'une bête féroce.

— Autant de pièges dressés par le Diable sur le chemin du Paradis…

— Alors, ne nous arrêtons pas. En route ! fit Cassiopée en pressant le pas.

Après avoir remonté une avenue bordée de statues à l'air hautain, toutes drapées de neige, ils s'approchèrent du Vatican proprement dit. De hautes colonnades décoraient les façades de bâtiments si grands qu'ils n'en voyaient pas les sommets.

Minuscules fourmis dont les pas résonnaient sous un péristyle s'étendant à perte de vue, ils grimpèrent plusieurs séries d'escaliers, et frappèrent le heurtoir d'une porte de bronze si gigantesque qu'elle paraissait tombée du Paradis.

Sa céleste provenance ne l'empêcha pas de s'ouvrir en grinçant de façon infernale, et ils furent obligés de décliner leur identité et d'exposer une première fois l'objet de leur visite à deux gardes habillés et casqués de fer. Une fois autorisés à entrer, ils durent patienter dans une salle immense, sous les regards dédaigneux de nombreuses statues d'angelots et d'Adam à moitié dévêtus.

Montferrat ne cessait de jouer nerveusement avec son magnifique collier d'or.

— Sa Sainteté ne peut vous recevoir, leur annonça finalement l'un des camériers de Clément III. Elle vous prie de me communiquer l'objet de votre visite.

— Nous souhaiterions lui demander de gracier l'un de vos prisonniers.

— Le Vatican n'étant point une prison, nous n'avons point ici de prisonniers, répliqua-t-il sur un ton offusqué.

Simon et Cassiopée échangèrent un regard; et comme Simon posait la main sur le pommeau de son épée, Montferrat se dépêcha de sortir le collier de son aumônière.

— En vérité, ce n'était là que la seconde raison de notre visite. La première, la voici, fit-il en montrant le collier. Nous espérions que Son Excellence accepterait cette modeste offrande, en remerciement pour tous les présents spirituels dont nous comble notre sainte mère l'Église, et pour l'aider à poursuivre son combat contre les Forces du Mal...

— C'est en effet une excellente raison. Et qui me paraît tout à fait digne du Christ, susurra le camérier en tendant la main vers la croix de pierres précieuses.

Mais Montferrat la souleva hors de sa portée, et ajouta :

— Notre seconde raison s'appelle Chefalitione. Laissez-le sortir et cette croix le remplacera, fit-il en agitant le bijou sous les yeux du prélat.

— Quel est son nom, dites-vous ? Il me semble l'avoir déjà entendu...

— Tommaso Chefalitione. Un capitaine vénitien, un marchand, un marin.

Le visage du camérier prit un air endeuillé.

— Oui, oui, je vois… Hélas, le Seigneur l'a rappelé à lui, fit-il en tournant ses paumes vers le ciel.

Cassiopée s'approcha du vieux camérier :

— Il est mort, vraiment? Alors pourquoi n'en avoir pas informé Josias de Tyr ? Sa Sainteté lui avait promis de libérer le capitaine Chefalitione s'il parvenait à convaincre les rois de partir en croisade. Si la nouvelle de la mort du capitaine parvenait aux oreilles de l'archevêque de Tyr, je suis certaine qu'il ne pourrait plus mener la tâche qui lui a été confiée…

— Nous en chargerons quelqu'un d'autre. Ce ne sont pas les serviteurs qui font défaut au Serviteur des Serviteurs de Dieu.

— Mais combien de temps vous faudra-t-il pour lui trouver un remplaçant doté d'autant de qualités ? Or, en ce moment, chaque jour compte…

Le camérier réfléchit un instant.

— Attendez-moi ici, finit-il par leur dire.

Et il s'en alla, gravissant pesamment les immenses escaliers de marbre qui menaient aux appartements de l'évêque de Rome.

— Tu vas nous attirer des ennuis, dit Simon à Cassiopée en regardant nerveusement les hallebardiers qui faisaient les cent pas autour d'eux.

— Tais-toi. Tu ne vois donc pas qu'il a menti ? Chefalitione est vivant.

— Alors pourquoi nous avoir dit qu'il était mort?

— Il négocie, lui apprit Montferrat. C'est un marchand.

Deux oraisons plus tard, le camérier revint. Il se frottait les mains d'un air ennuyé, comme ployant sous le poids d'un fardeau trop lourd pour ses grasses épaules.

— Sa Sainteté m'a chargé de vous informer que Chefalitione n'était point mort au sens littéral du terme, mais au sens *spirituel.*

— C'est-à-dire ? demanda Montferrat.

— Il a été excommunié.

— N'y a-t-il rien que l'on puisse faire ? s'enquit Cassiopée.

— Eh bien, pour le ressusciter – spirituellement, s'entend –, il va falloir des indulgences. Dire des messes. Célébrer de nombreux offices. Brûler moult cierges et bâtonnets d'encens...

— Cela doit coûter cher.

— Exactement. Mais notre sainte mère l'Église...

— N'a plus un sou vaillant, tant sont nombreux les pauvres dont elle doit s'occuper.

— Vous comprenez vite et bien. C'est un réel bonheur que de parler religion avec vous.

— Combien ?

— Deux cent mille besants d'or.

Ils en restèrent bouche bée. Même l'or et les diamants donnés à Cassiopée par Saladin ne suffiraient pas à s'acquitter d'une telle somme. Quant à Simon, il crut s'étrangler :

— C'est la rançon d'un roi !

— Celle de la Vraie Croix, à vrai dire, précisa le camérier en se signant rapidement. Or j'ai cru comprendre que ce capitaine Chefalitione avait partie liée avec, comment dire... ? cet autre personnage qui avait soi-disant retrouvé le Saint Bois.

— Morgennes ?

— Lui ou un autre, j'ai oublié son nom.

Pendant un bref instant, Cassiopée envisagea – comme Simon – de prendre la voie des armes. Mais elle se ressaisit. Un bain de sang ne réglerait pas leurs problèmes.

— Nous reviendrons vous voir, dit Montferrat en invitant ses amis à se retirer.

Le camérier de Clément III leur adressa un grand sourire, et fit signe aux hallebardiers de les raccompagner.

Quand ils ressortirent, il pleuvait à verse. Ils durent s'abriter sous une statue équestre représentant un cheval cabré et son cavalier. Là, ils reprirent leur souffle, comme s'ils s'étaient retenus de respirer au Latran tant l'atmosphère y était malsaine.

— Je crois qu'il va falloir employer la manière forte, dit Simon.

— Non, dit Montferrat. Assez de sang versé. Je vais payer ce qu'ils demandent.

7.

« Il te faut faire un sacrifice auparavant,
au roi des Enfers. »

(ANONYME, *Le Roman d'Énéas.*)

Et c'est ainsi que peu après laudes, un Montferrat couleur d'hostie proposait au camérier de Sa Sainteté de lui verser son trésor de guerre, en échange de Chefalitione.

La scène se déroulait à bord de *La Stella di Dio*, et plus précisément dans la cabine du capitaine. Autour d'une table, le prélat avait débattu avec Montferrat, plusieurs pichets de vin durant, parlant aussi bien de guerre et de religion que de l'hiver ou de la mauvaise volonté que les rois de France et d'Angleterre mettaient à se croiser.

Finalement, quand la dernière bouteille de vin fut débouchée, les deux négociateurs trouvèrent à s'accorder.

— J'accepte, fit un Montferrat anormalement blême malgré la quantité de vin ingurgitée. Seulement, dites bien à Sa Sainteté à quel usage était destiné cet argent.

— N'ayez crainte, répliqua le camérier de Clément III. Le Très Saint-Père m'a chargé de vous rassurer sur ce point. Grâce à cet or, nous financerons des bataillons de guerriers saints, et reprendrons Jérusalem !

Montferrat n'en croyait pas un mot, mais se garda bien de le dire. Il raccompagna son visiteur à la jolie chaloupe, ornée d'un dais rehaussé de fines broderies représentant les armes de la papauté, qui l'attendait contre le flanc de *La Stella di Dio*, et poussa le plus triste soupir qu'il ait jamais poussé en le voyant repartir vers le port d'Ostie.

— Deux cent mille besants d'or ! Et dire que pour ça nous ne sauvons qu'un…

— Qu'un homme, fit Cassiopée en s'approchant de lui.

— Quel homme peut valoir une telle somme ?

Elle eut un petit sourire, et répliqua :

— Désormais, il la vaut.

— C'est donc l'homme le plus cher du monde. Et il va bientôt monter sur son bateau…

— Et en reprendre le commandement.

— J'ai tout perdu.

— Non.

Elle le prit par les épaules, et l'embrassa sur la joue.

— Je suis fière de vous !

Montferrat dodelinait de la tête, se demandant s'il n'avait pas commis la pire bêtise de sa vie.

— Je suis ruiné.

— Mais non. Pourquoi ne considérez-vous pas plutôt que cet or ne vous appartenait pas ? D'une certaine façon, il est retourné à l'homme qui le premier l'avait reçu des mains de Balian II d'Ibelin. Peut-être son destin était-il de sauver Chefalitione. Pas de libérer la Terre sainte…

Elle avait à peine terminé de parler qu'un choc ébranla *La Stella di Dio.* Montferrat se pencha par-dessus bord, et vit la ligne de flottaison de la nef remonter au fur et à mesure que la garde papale en sortait ses trésors. Chaque fois qu'une caisse passait des cales de *La Stella di Dio* à l'une des barques de la papauté, la nef avait comme un hoquet. On aurait dit un malade souffrant d'une indigestion et rendant son trop-plein de victuailles.

— Voyez, commenta Cassiopée, à quel point *La Stella di Dio* s'en porte mieux. Ne trouvez-vous pas qu'elle est plus heureuse d'être ainsi allégée ?

— Peut-être, murmura Montferrat, de plus en plus blême.

— Qui sait si des pirates ne nous auraient pas rattrapés et coulés, si nous avions gardé cet or au fond des cales ?

— Vous devez avoir raison.

— Et songez que le pape, a contrario, s'enfonce vers les Enfers...

Le marquis eut un demi-sourire, s'efforçant de faire contre mauvaise fortune bon cœur, puis exécuta un rapide signe de croix.

— Dieu m'est témoin que je ne fais pas ça contre Lui, mais pour Lui.

— Dieu est amour, répliqua Cassiopée. Songez à la joie de Fenicia, la mère de Josias, quand elle retrouvera son capitaine.

— Ce qu'on ne fait pas pour l'amour...

Quand la dernière chaloupe de la papauté fut partie, sous bonne escorte, une petite barque quitta le port d'Ostie. À son bord, deux rameurs, avec entre eux quelque chose de vaguement humain. Mais était-ce vraiment un homme ? C'est ce que se demandaient Montferrat et Cassiopée, tandis que la barque émergeait de la brume. Enfin, quand elle se fut un peu rapprochée, Cassiopée reconnut celui qu'elle avait brièvement croisé autrefois, au Krak des Chevaliers : l'intrépide capitaine Tommaso Chefalitione.

On l'aurait dit vieilli d'une vie. Le brave et fort capitaine avait été réduit à l'état de poupée, de ces jouets composés de chiffon et de paille que l'on donne aux enfants pour qu'ils cessent de brailler. « Ce doit être un effet, produit par la distance et le brouillard », se disait Cassiopée. Mais non. La barque se rapprochait toujours, et l'ombre d'homme restait une ombre d'homme. Brindille vêtue d'un fantôme de feuille, ou bourgeon racorni par un gel tardif, le capitaine était une esquisse, une approximation d'être humain. Une barbe embroussaillée se perdait sur sa poitrine étroite, et ses yeux – deux minuscules billes noires – semblaient perdus dans l'infini.

Enfin, quand la petite barque heurta le flanc de *La Stella di Dio,* il fallut les rameurs et deux hommes d'équipage pour aider Chefalitione à monter à bord.

— Capitaine, vous êtes ici chez vous, dit le marquis de Montferrat en lui montrant les ponts du navire.

Il n'y eut pas de réponse, sinon le grincement des rames que les rameurs manœuvraient pour repartir au port.

— Je vais vous conduire à vos quartiers...

Montferrat prit le capitaine par le bras, et l'emmena vers la poupe.

S'approchant de Cassiopée, Simon lui demanda :

— Tu es sûre que c'est vraiment Chefalitione ? Je ne le reconnais pas.

Un instant de silence, au terme duquel elle répondit :

— Laisse-lui le temps. Cela fait des mois que le soleil n'a plus été pour lui qu'un mot, dont même le souvenir s'est effacé...

— Le temps, maugréa Simon. Toujours le temps... Pourquoi ne saute-t-il pas de joie ? Il a coûté une fortune à Montferrat, et ce n'est plus qu'une loque humaine. Ça m'étonnerait beaucoup que la mère de Josias se réjouisse de le revoir.

Cassiopée regarda Simon droit dans les yeux :

— Et si c'était à moi que c'était arrivé ? N'aimerais-tu pas me savoir libre, même en mauvaise santé, plutôt qu'agonisante dans les geôles du Vatican ?

— Jamais je n'aurais permis qu'on t'emprisonne !

— Crois-tu que Fenicia ou Josias aient eu le choix ?

— On a toujours le choix.

— Alors, tu as choisi de laisser tomber mon père en Enfer ?

— Ton père, non. Le mien, oui ! répliqua rageusement Simon en tournant les talons.

Cassiopée le regarda s'en aller donner un coup de main aux marins qui relevaient les ancres et faisaient tourner les gouvernails, afin de redescendre le Tibre vers la Méditerranée.

8.

« Pierre Damien dit aussi que saint Odilon découvrit qu'auprès du volcan de Sicile on entendait souvent les voix et les hurlements de démons qui se plaignaient de ce que les âmes des défunts étaient arrachées de leurs mains par les aumônes et les prières. »

(JACQUES DE VORAGINE, *La Légende dorée.*)

Malgré tout, Cassiopée était certaine qu'ils avaient pris la bonne décision. Arracher Chefalitione aux geôles du Vatican était peut-être la première des nombreuses épreuves dont il lui faudrait triompher pour sauver son père. En sacrifiant son trésor de guerre, Montferrat n'obéissait-il pas à Jésus ? Celui-ci ne disait-il pas : « Heureux vous qui êtes pauvres, car le royaume de Dieu est à vous » ? N'avait-il pas maintes fois expliqué qu'il serait plus facile à un chameau de passer par le chas d'une aiguille qu'à un riche d'entrer au Paradis ?

Bras croisés sur la poitrine, face au vent marin et à la nuit qui montait, Cassiopée avait envie de rire. Pour la première fois depuis longtemps, elle se sentait emplie de joie ; un feu lui chauffait la poitrine.

Le vent soufflait, semant sur tous les ponts de gros paquets d'embruns. Cassiopée n'en avait cure. Elle se sentait habitée.

Elle avait envie de remercier la mer, et d'embrasser le vent. De se laisser fouetter par les froids paquets d'eau qui se fracassaient sur *La Stella di Dio.* Elle avait envie de crier, de remercier Dieu. Elle retrouverait son père ! Elle en avait la conviction. Elle ne savait ni où ni quand, mais elle savait qu'elle le retrouverait, et qu'ils pourraient s'étreindre et se parler. Ensuite, elle reprendrait la rédaction de sa *Suite et fin de Perceval,* pour y coucher l'histoire du meilleur chevalier du monde.

Soudain, elle fut traversée par la pensée que Chefalitione pouvait avoir besoin d'elle. Quittant le pont principal, elle se dirigea vers la poupe du navire, où se trouvait la cabine du capitaine.

Après avoir frappé à la porte, et n'ayant pas obtenu de réponse, elle s'apprêtait à partir, lorsqu'une voix faible s'enquit :

— Qui va là ?

— C'est moi, Cassiopée. Nous nous sommes rencontrés…

— Je me souviens très bien de vous, souffla Chefalitione. Entrez donc.

Elle ouvrit la porte et pénétra dans une cabine encombrée de livres, de portulans et d'instruments de navigation – astrolabe de mer, sphères armillaires. Dans une alcôve, un lit à une place – où reposait Chefalitione. Il paraissait moins mal en point, mais était encore incapable de se lever seul.

— Comment vous sentez-vous ? demanda Cassiopée en lui prenant la main.

— Mieux, grâce à vous, susurra Chefalitione.

Il était si fatigué que ses yeux se fermaient parfois malgré lui.

— Remerciez surtout le marquis de Montferrat. C'est lui qui a payé votre rançon.

— Je n'y manquerai pas…, dit-il en fermant les yeux tout à fait.

Il s'était endormi. Cassiopée le regarda. La tête appuyée sur un oreiller, on aurait dit un enfant. Malgré sa barbe et ses longs cheveux gris, son visage avait quelque chose d'ingénu.

Les jours suivants, alors qu'ils longeaient l'Italie, Cassiopée avait pris l'habitude de lui apporter un bol de soupe et du pain. Quand il dormait, accablé de fatigue, elle restait auprès de lui. Puis un matin, un marin vint lui dire que le capitaine allait mieux, et qu'il demandait à lui parler. « Il veut vous remercier d'avoir veillé sur lui. »

Cassiopée le trouva, assis dans son lit, en train de manger. Des parchemins étaient étalés autour de lui. Des cartes maritimes.

— Capitaine ?

Il regarda Cassiopée, un grand sourire sur le visage, et lui demanda :

— Saviez-vous que cette nef s'appelait simplement *La Stella*, autrefois ?

— Oui. Elle est vraiment superbe.

— Avez-vous remarqué comme elle est bien gréée ? Connaissez-vous seulement le nombre de ses gouvernails ?

— Trois.

— Au moins avez-vous remarqué cela. Mais ce n'est pas tout…

Cassiopée était heureuse de voir qu'il allait beaucoup mieux. En parlant de sa nef, Chefalitione reprenait vie. Une petite flamme s'allumait au fond de ses yeux, et ses mains se mettaient à danser. Il repoussa l'une de ses couvertures, et dit à Cassiopée :

— Je manque à tous mes devoirs ! En tant que capitaine, je dois vous faire visiter.

— Non, reposez-vous…

— Billevesées !

Elle n'eut pas le temps de lui proposer de l'aider qu'il était déjà debout, passant par-dessus sa chemise de nuit un pantalon de toile épaisse et chaussant de grosses bottes de marin.

— Vous ne devriez pas !

Mais il n'écoutait pas, uniquement préoccupé de s'habiller pour retrouver son navire, sa place de capitaine.

— Je suis de retour ! s'exclama-t-il.

Aussi étonnant que cela paraisse, il reprenait forme humaine. Comme si, tel Antée recouvrant ses forces lorsqu'il touchait terre, Chefalitione renaissait lorsqu'il était à bord de *La Stella di Dio.*

— Cette nef a une âme, vous savez ?

Il effleura l'une des parois de sa cabine, et *La Stella di Dio* émit un sourd craquement, comme réagissant à sa caresse.

— J'adressais mes prières à Marie, poursuivit-il à mi-voix. Je lui demandais, non pas de me sauver, mais de sauver ma chère Fenicia.

— Vous allez bientôt la retrouver, et vous pourrez vous marier.

Il secoua la tête.

— Non, pas tout de suite...

Il se sentait une dette envers elle et le marquis de Montferrat – qui lui avait raconté l'histoire de Cassiopée.

— Certes, expliqua-t-il, j'ai retrouvé mon navire et son équipage. Mais je dois vous conduire à bon port, et ensuite tout faire pour vous aider dans vos quêtes respectives. Vous, à sauver votre père ; le marquis, à sauver la Terre sainte des hordes de Saladin. Dès que possible, j'enverrai un courrier à Fenicia, afin de la prévenir. Mais, pour l'instant, cap sur Tyr... À moins que vous ne préfériez débarquer avant ?

— Débarquer avant ? Pour quelle raison ?

Il eut un sourire énigmatique, et répondit comme si c'était la chose la plus évidente du monde :

— Mais pour aller aux Enfers...

Ayant enfilé une veste, il montra à Cassiopée les nombreuses cartes maritimes qui s'empilaient sur son lit et sur son bureau.

— J'ai là toute la Méditerranée, et tous les fleuves circulant à la surface et au-dessous de la Terre ! Tout ce qui peut se naviguer se trouve représenté sur l'une ou l'autre de ces cartes, héritées d'une collection commencée par mon auguste ancêtre, l'immense poète Virgile. C'est ma passion ! Vous ai-je dit que je collectionnais les portulans ? Les astrolabes ? Les clepsydres ? Tout ce qui peut aider à se situer dans l'espace et le temps ?

Elle eut à peine le temps de répondre que Chefalitione continuait :

— Vous comprenez mon désarroi quand dans les geôles du Vatican j'en ai été privé. Je ne savais plus ni où ni quand j'étais, ayant perdu le sens de l'orientation à cause de l'obscurité permanente où j'étais plongé

Rivant sur elle deux yeux injectés de sang, il poursuivit :

— Avec *La Stella di Dio*, je rêve de faire le tour du globe. Un exploit que personne n'a accompli avant moi ! Le sillonner en long, en large et en travers, sous toutes les latitudes !

Ses yeux jetaient des éclairs, il revivait. Il se mit à fouiller dans sa montagne de cartes, à la recherche d'un document. Le cœur de Cassiopée battait la chamade. Enfin, il extirpa de sous une pile de manuscrits un parchemin enroulé. À en juger par son aspect, il semblait fort ancien. Des taches brunâtres le rendaient presque illisible, mais en le plaçant devant la lampe qui brûlait au plafond de sa cabine, Chefalitione fit apparaître neuf lugubres points noirs, de la taille d'un ongle.

— Croyez-le ou non, c'est la carte des Enfers. Ou, plutôt, des portes de l'Enfer…

Il la tendit à Cassiopée, et se replongea dans ses documents, à la recherche d'un autre parchemin, qu'il lui présenta en disant :

— Celle du royaume des Ombres, la voici. Voyez comme on y distingue les trois principales régions infernales, l'Érèbe, le Tartare et les champs Élyséens…

Cassiopée vit trois zones colorées d'orange et de rouge, parcourues par des veines ressemblant à des fleuves. Elle approcha le doigt pour la toucher, puis le recula – de crainte de l'abîmer.

— N'ayez pas peur ! dit Chefalitione. Cette carte en a vu d'autres !

Pour le lui prouver, il l'approcha de sa lampe, au point de la mettre en contact avec la flamme. Cassiopée crut que le parchemin allait brûler, mais il n'en fut rien. Au contraire, il semblait se plaire au contact du feu.

— Observez, dit-il. Voyez comme elle réagit à la chaleur…

Sous les yeux étonnés de Cassiopée, les lignes se mirent à luire et prirent une jolie couleur mordorée.

— Ce sont les cinq fleuves de l'Enfer. Ils séparent le royaume des Ombres de celui des vivants. Mieux que des barreaux de prison, ils empêchent les morts de revenir sur terre.

Du bout de l'index, il caressa l'un des fleuves qui serpentait sur la carte :

— L'Achéron, encore appelé « fleuve de l'Affliction ». C'est le premier fleuve des Enfers, celui que Charon vous aide à traverser, si vous avez de quoi payer.

— Et sinon ?

— Sinon, vous errez sur ses rives, éternellement. Ensuite, voici le Cocyte, le « fleuve des Gémissements ». On dit que ses eaux sont formées par les larmes des voleurs et des meurtriers – par les pleurs des méchants.

Cassiopée déglutit, en ouvrant de grands yeux.

— Là, c'est le Phlégéthon, poursuivit Chefalitione en lui montrant un trait rutilant. Un affluent de l'Achéron. On dit que c'est un fleuve de flammes. Sa source se trouverait du côté de Naples, dans les champs Phlégréens.

— Naples ? Mais c'est tout près d'ici…

Chefalitione releva les yeux de sa carte, et regarda Cassiopée :

— Ce n'est qu'à deux jours de navigation. Or, si ces cartes disent vrai, vous rejoindrez l'Enfer directement – sans avoir besoin de passer par le puits des Âmes. Ce qui vous épargnera plusieurs mois de voyage !

Le visage de Chefalitione se rembrunit, et il ajouta :

— Je dois cependant vous mettre en garde. Si vous parvenez à gagner les Enfers, promettez-moi de ne jamais vous approcher de ce fleuve-ci…

Il lui montra du doigt l'un des cinq fleuves qui sillonnaient la carte.

— C'est le Styx ?

— Non. Le Léthé. Le fleuve de l'oubli, auquel les morts sont obligés de boire, pour oublier leur vie passée. Si par malheur vous y buviez, vous vous condamneriez à errer dans les Enfers pour l'éternité !

— Je vous promets de m'en tenir à l'écart, dit Cassiopée. Mais parlez-moi un peu plus de ces champs Phlégréens.

Chefalitione hocha doctement la tête.

— Si l'on en croit mon ancêtre Virgile, dont les récits ont bercé mon enfance, deux des neuf portes des Enfers s'y trouveraient – même si, comme il le disait, « toutes les routes conduisent en Enfer ». Elles seraient localisées en Campanie, aux abords du Vésuve. L'une d'elles serait tout près de l'Averne, dans le marais de l'Achéron...

— L'Averne ? Ne serait-ce pas ce lac au fond duquel Énée serait descendu, guidé par la Sibylle de Cumes, afin d'aller retrouver son père aux Enfers ?

— Si. Mais ce passage est impraticable, faute de pouvoir respirer sous l'eau. Il va donc vous falloir chercher ailleurs, et notamment près des volcans. Ce n'est pas pour rien que les Italiens les appellent « rendez-vous du Diable » ou « bouches des Enfers ». Sans doute tiennent-ils ces informations des anciens Grecs qui, eux, situaient plutôt l'entrée du royaume d'Hadès au sud des plaines du Péloponnèse, dans une grotte du côté de Ténare... C'est par elle qu'Héraclès et Orphée sont descendus aux Enfers ; l'un pour en ramener Cerbère, l'autre la dryade dont il était épris.

Cassiopée connaissait parfaitement cette histoire, pour l'avoir lue et relue dans la bibliothèque de l'abbaye où elle avait passé son enfance. Eurydice était une nymphe protectrice des arbres dont Orphée, un grand poète et un grand musicien, était follement amoureux. Lorsque Eurydice mourut, d'une morsure de serpent, il se rendit aux Enfers pour l'en arracher. Une fois arrivé au royaume des Ombres, il joua de sa lyre pour charmer Charon, puis Cerbère, afin qu'ils l'autorisent à passer. Parvenus devant Hadès et Perséphone, les maîtres de ces lieux, il joua encore – et, une fois encore, obtint d'eux ce qu'il voulait. Qu'ils lui permettent de ramener Eurydice dans le monde des vivants...

— Hélas, expliqua Cassiopée, alors que la lumière du jour éclairait le tunnel par lequel ils montaient, Orphée se retourna vers Eurydice, pour voir si elle suivait...

— Ce que lui avait formellement interdit Perséphone.

— Il eut à peine le temps d'entrevoir son visage qu'elle redevenait ombre et se retrouvait prisonnière des Enfers – à tout jamais.

Ils se turent, méditant sur le sens de ce conte.

— Venez, dit-il au bout d'un moment. Chose promise, chose due : je vais vous faire visiter ma nef !

Cassiopée donna le bras à Chefalitione, qui s'y cramponna. Malgré la présence de sa nef, il n'avait pas encore recouvré suffisamment de forces pour en reprendre le commandement, en arpenter les ponts sans aide.

Le drapeau à tête de mort claquait au vent du soir comme des dents qui s'entrechoquent. Les marins s'affairaient de droite et de gauche, et redoublèrent d'activité quand leur capitaine reparut, au bras de Cassiopée. Des coups de sifflet furent donnés, des ordres lancés. Les hommes se redressaient, bombaient le torse, et même *La Stella di Dio* fendait l'écume avec une ardeur renouvelée.

— Une douzaine d'ancres sont nécessaires pour l'immobiliser, sourit Chefalitione. Elle est comme un géant, qui veut toujours aller sans jamais s'arrêter. Et si le vent vient à manquer, une trentaine de rames peuvent y suppléer.

Il fit quelques pas sur le pont principal, le regard étincelant, et s'approcha du mât.

— Elle n'en a qu'un seul, dit-il en posant la main dessus. Mais il porte deux voiles. Si l'une d'elles se déchire, nous avons tout ce qu'il faut pour la recoudre ou, dans le pire des cas, la remplacer. D'ailleurs, sur ce navire, tout a été prévu en double – à l'exception du mât et de la chaloupe. Ainsi, voyez ces cordages, fit-il en lui montrant les lieues de cordes qui couraient sur *La Stella di Dio.* Nous en avons de tous les genres, et en triple quantité.

On aurait dit un père vantant les qualités de ses enfants.

— Je n'avais pas remarqué, reconnut Cassiopée.

— Cela ne me surprend guère. Personne ne peut la voir comme moi. Je suis tout à la fois son capitaine, son père et son fils. Je lui dois tout. J'ai tant et tant navigué sur elle. Combien d'années avons-nous passées côte à côte ? Plus de vingt, assurément. Saviez-vous que j'ai personnellement supervisé la façon dont elle a été conçue, dessinée ? Après l'avoir rêvée, je l'ai vue naître dans mon arsenal vénitien. Sa construction a occupé les meilleurs charpentiers pendant plus de trois années. Ensuite, j'ai moi-même recruté et formé le pilote chargé de la faire naviguer, et j'ai choisi son équipage – refusant près de mille matelots pour les quinze que j'engageai.

Cassiopée regardait Chefalitione, la main posée sur le mât de *La Stella di Dio*, et tout à coup elle comprit pourquoi Fenicia était tombée amoureuse de lui. Cet homme était un passionné que sa passion rendait magnifique. Naviguer, commercer, échanger. Certes, faire des affaires, s'enrichir, emplir ses coffres de plus de trésors qu'il n'en pourrait dépenser dans sa vie, empiler dans ses étagères les cartes de plus de mers qu'il n'en pourrait sillonner ; mais s'attachant maintenant à faire le bonheur de celle qu'il aimait – Fenicia – et de ses nouveaux amis, le marquis de Montferrat et elle-même.

— Venez, dit Chefalitione. Je vais vous montrer les cales.

Elle le suivit jusqu'à la grande grille qui menait aux profondeurs du navire, où les nombreux trésors donnés par Balian II d'Ibelin avaient été entassés.

— Les cales sont divisées en différents compartiments, expliqua-t-il pendant qu'on lui en ouvrait les grilles. Certains sont destinés à accueillir une quarantaine de chevaux, et tout ce qui est nécessaire à l'équipement de leurs cavaliers. Ils sont répartis le long des flancs du navire, de manière à ne pas le déséquilibrer. Une quarantaine de soldats et une quinzaine de marins peuvent également loger ici, quoiqu'on y soit fort à l'étroit…

Il s'engagea sur la pente qui descendait au premier niveau des cales.

— Ici, ce sont donc leurs quartiers. Vous sentez cette odeur d'écurie ?

Cassiopée renifla, et perçut autour d'elle une odeur de crottin et de paille.

— Je l'avais déjà remarquée, en me promenant sur le pont, certains jours de mer calme.

Au milieu d'une coursive, à peine éclairée par la lueur des étoiles, une ouverture conduisait vers d'autres cales plus profondes.

— En bas, dit Chefalitione, c'est beaucoup plus humide. Et aussi plus sombre. C'est là généralement qu'on entrepose le matériel de rechange et la nourriture, pour les chevaux et les hommes.

Il se retourna vers Cassiopée, et lui dit :

— Il y a de quoi les nourrir pendant une année entière, et assez d'eau pour tenir deux mois. Ainsi, si l'on se ravitaille…

Il marmonna quelques phrases dans sa barbe, parlant d'îles et de sources d'eau fraîche ; paroles que Cassiopée ne comprit pas mais qui évoquaient probablement des souvenirs ou des projets d'incroyables voyages.

On aurait un Sindbad le Marin italien.

Quand ils regagnèrent le pont principal, Chefalitione alla trouver le marquis de Montferrat.

— Messire, si vous le permettez, lui demanda-t-il, j'aimerais m'adresser au pilote.

— C'est vous le capitaine, répliqua Montferrat en s'inclinant légèrement. Que voulez-vous lui dire ?

— De continuer à longer la côte italienne. Nous aimerions aller à Naples, où Cassiopée a un volcan à explorer.

9.

> « Au fond du précipice, il vit un terrible dragon qui soufflait du feu et qui, la gueule ouverte, espérait le dévorer. »
>
> (JACQUES DE VORAGINE, *La Légende dorée.*)

La nuit, les phares guident les navires jusqu'au port. Le jour, les pilotes se servent des côtes, ou du soleil. Mais certains phares naturels existent, qui aident les bateaux durant le jour. Ces phares, ou plutôt ces phares inversés, ce sont les volcans. Quand une éruption se prépare, un long panache de fumée s'élève dans le ciel. On sait alors qu'il vaut mieux se tenir à l'écart des côtes, de crainte de recevoir des pierres ou des cendres. Heureusement, les éruptions sont rares.

Cependant, en cette sombre matinée de janvier, Chefalitione était inquiet.

— Cela ne présage rien de bon, dit-il en regardant l'épaisse nuée rouge et noire qui s'enflait au-dessus de Naples.

Le ventre des nuages reflétait la colère du Vésuve. Des reflets écarlates y naissaient soudainement, en même temps que la terre grondait. Puis une courte pluie de gouttes incandescentes tombait sur le rivage ou sur la mer, où elle se transformait en cendres et en vapeur d'eau.

— Les anciens dieux ne veulent pas de nous, murmura le capitaine Chefalitione.

— J'ai l'impression d'entendre la forge d'Héphaïstos gronder au fond des entrailles du Vésuve, commenta Montferrat.

— Elle se trooouve dans l'Etnaaa, le corrigea Rufinus d'un air sévère.

— Au temps pour moi !

Cassiopée ne les écoutait pas. Fascinée, elle contemplait les faubourgs de Naples, bordés de collines grisâtres. Des toits de pierres jaunes couvraient les maisons des habitants de la région, qui cultivaient des champs de vignes plantés au bord du Vésuve – vignes qui donnaient un vin célèbre dans le monde entier : le lacryma-christi.

— Que fait-on, capitaine ? demanda le pilote de *La Stella di Dio*. Faisons-nous toujours voile vers Naples, ou nous déroutons-nous de façon à rester en sécurité ?

Chefalitione se tourna vers Cassiopée :

— Qu'en pensez-vous ?

— J'en pense, répondit Cassiopée, qu'il ne devrait pas y avoir trop de danger à s'approcher un peu.

— C'est juuustement en contemplaaant le Vésuuuve de loin que Pliiine l'Ancien a perdu la viiie, ajouta Rufinus.

— Eh bien moi, dit Simon, je suis d'accord avec Cassiopée. Nous n'avons pas à avoir peur de quelques gerbes d'étincelles et de deux ou trois nuages. Approchons-nous, ou bien éloignons-nous rapidement. Dans tous les cas, il n'y a pas de temps à perdre.

— Cap à l'est, dit simplement Chefalitione au pilote.

Après avoir longé la côte, piquetée de navires à bord desquels s'étaient refugiés les habitants du golfe de Naples, ils se retrouvèrent sous un dense couvercle nuageux, strié de fumées jaunes et noires.

Comme ils continuaient de s'approcher, un homme dans un petit bateau de pêche dont le pont disparaissait sous les enfants et les femmes en robe noire leur cria :

— Vous êtes fous !

Ils le dépassèrent sans répondre, sachant qu'il avait raison.

Au bout d'un petit quart d'heure de navigation, ils purent distinguer les fourrés qui bordaient la côte. Beaucoup étaient indemnes, même si certains avaient été réduits en cendres par les prémices de l'éruption. Deux ou trois continuaient de brûler, fanaux signalant le danger.

— Ça sent le soufre, constata Cassiopée.

— La bouche des Enfers, commenta Chefalitione. Elle s'est ouverte. Vous voulez toujours débarquer ?

— Oui.

— Bien entendu. Mais pour le retrouver, il faut rester vivante, n'est-ce pas ?

Cassiopée eut un sourire, et répliqua :

— Approchons-nous autant qu'il est raisonnable de le faire. Je ne veux pas vous mettre en danger. Vous avez déjà assez perdu.

— Quelques centaines de milliers de besants d'or, précisa le marquis de Montferrat. De quoi équiper une armée…

— Laissez-moi débarquer, puis partez. Je me débrouillerai seule.

— Pas question ! tonnèrent d'une seule voix Chefalitione et Montferrat.

— Où tu vas, je vais ! renchérit Simon.

— Cooomme tu voudraaaas, susurra Rufinus.

Finalement, le marquis prit les mains de Cassiopée :

— Si par malheur nous devions fuir à cause d'une violente éruption, je m'en voudrais éternellement de vous avoir abandonnée dans cet Enfer…

Elle garda le silence, puis le remercia :

— Vous êtes le roi dont la Terre sainte a besoin. Vous devez rester en vie.

Il lui lâcha les mains, puis Cassiopée se tourna vers Chefalitione :

— Quant à vous, Fenicia ne nous pardonnerait jamais de vous avoir sorti des geôles du Vatican pour que vous mouriez sur les flancs du Vésuve. Restez avec vos hommes. Ils ont besoin de vous. Et Montferrat aussi.

Le capitaine hocha la tête, sans piper mot.

— Je t'accompagne, dit simplement Simon quand Cassiopée le regarda.

— Merci, répondit-elle du bout des lèvres.

Le navire s'avançait dans les eaux noires du golfe de Naples, là où la cime du Vésuve apparaissait, grondant et fumant à la fois. En cette saison, il aurait dû être recouvert de neige. Mais à en juger par sa teinte terreuse, il semblait avoir perdu son capuchon. Probablement à cause de l'éruption qui se préparait.

— Il sent que nous arrivons, dit Cassiopée sans quitter son oiselle des yeux.

Elle volait au-dessus du volcan, dont les deux sommets dominaient une baie festonnée d'oliviers, de vignes et de masures abandonnées.

— Notre prochain adversaire, murmura Simon en enserrant la poignée de son épée.

Cassiopée ne put s'empêcher de sourire. « On n'affronte pas un volcan avec une épée », songea-t-elle en se gardant bien d'exprimer sa pensée à haute voix.

Finalement, on convint d'un endroit où *La Stella di Dio* les attendrait, à l'écart des humeurs du volcan. Quand on eut mouillé l'ancre, Chefalitione s'approcha de Cassiopée, une carte à la main :

— Tenez. C'est la carte des Enfers qu'a tracée mon ancêtre Virgile. Elle vous sera utile.

Cassiopée prit la carte en le remerciant, puis gagna la chaloupe où l'attendait Simon. Deux courageux marins les aidèrent à ramer pour atteindre la côte. Par endroits, la mer bouillonnait. Des bulles crevaient les vagues, lâchant dans l'air des effluves soufrés. Des poissons morts flottaient à la surface en montrant leur ventre.

— Ce n'est pas la bouche du Diable, grommela Simon. C'est son cul !

Ils débarquèrent sur une plage de galets, faisant rouler les pierres noires sous leurs bottes pour gagner au plus vite les hauteurs de la baie. Derrière eux, la petite chaloupe s'éloigna de quelques coups de rames, suffisamment loin de la berge pour rester à l'abri d'une éventuelle coulée de lave, suffisamment près pour que Cassiopée et Simon puissent l'atteindre à la nage.

C'était la fin de matinée, et pourtant la journée avait des allures de nuit. Nerveuse, Cassiopée regarda autour d'elle.

— Que cherches-tu ? demanda Simon.

— Mon oiselle. Je ne la vois plus.

Il leva les yeux, scruta les nuages amoncelés au-dessus d'eux, et dit :

— Elle est peut-être dans l'un d'eux ?

— Peut-être.

Ils se dirigèrent vers une pente montant au milieu de vignes où circulaient des vapeurs soufrées qui les forcèrent à se placer un linge sur le nez. Une terre brûlée, avec çà et là quelques haies et des pins parasols réduits à l'état de moignons calcinés... Et nulle trace de vie animale ou humaine. « Où sont les habitants ? Et les oiseaux ? » Cassiopée sentit son cœur s'accélérer et un début de panique la gagner. Elle déglutit, s'efforçant d'oublier sa peur et de garder les yeux fixés sur le sommet du Vésuve.

En fait, celui-ci en comportait deux. L'un et l'autre fumaient, celui vers lequel ils montaient un peu moins que l'autre. Chefalitione lui avait expliqué que ce sommet – le plus petit des deux – bordait deux immenses vallées, l'une appelée la « vallée de l'Enfer », l'autre la « vallée du Géant ». Ce qui avait paru de bon augure à Cassiopée. Le géant, pour elle, c'était Gargano – une montagne faite homme, qui lui avait tenu lieu de parrain, dans ses jeunes années. « Gargano, pensa-t-elle, guide-moi... »

Baissant les paupières, elle gravit encore quelques toises de terrain, sentant le sol lui brûler les pieds tandis qu'un air torride lui grillait les poumons et que des panaches de vapeurs jaunes s'échappaient de la terre en sifflant.

— Cassiopée !

Elle s'arrêta et regarda derrière elle. Simon était là, pantelant. Il avait les yeux rouges, et des cernes immenses, où se lisaient la fatigue et la peur.

— Tu vas trop vite, dit-il.

— Je te croyais pressé ?

Les mains sur les genoux, il supplia :

— Reposons-nous un peu…

Elle s'assit à même les pierres brûlantes, songeant qu'à seulement quelques pieds au-dessous d'eux grondait un torrent de lave. Le Phlégéton ? Au loin, derrière Simon, un carré blanc perdu au milieu des flots signalait *La Stella di Dio* – veillant sur eux telle une poule sur ses poussins. Cette vision lui redonna de l'espoir, et elle se dit qu'ils devaient continuer. « Nous ne pouvons renoncer, alors que nous n'avons encore rien affronté. Aucun obstacle ne s'est dressé devant nous, aucun démon. »

À cette pensée, elle frémit. Et dégaina Crucifère. L'épée avait la particularité d'émettre une froide lueur bleue en présence du danger. Or sa lame restait couleur d'acier. Soudain, Cassiopée croisa le regard de Simon. Elle se sentit ridicule et rengaina Crucifère. « Ce n'est pas elle qui nous sauvera… »

Simon eut un sourire, baisa le fragment de croix qu'il avait pris sur la dépouille de son père, et déclara :

— On peut y aller, merci.

Il s'approcha de Cassiopée, et la saisit par le bras.

— J'espère que ton capitaine Chefalitione ne s'est pas trompé, et que son Virgile dit vrai.

— Moi aussi.

Dans l'air saturé de brouillard, il garda le silence un instant, puis déclara crânement :

— Tu remarqueras qu'il n'y a que moi qui t'accompagne. Tous tes amis, ce capitaine, le marquis, sans parler de Rufinus… ils sont restés à l'abri, à bord de *La Stella di Dio*.

— C'est moi qui leur ai dit de ne pas venir.

— Ils n'étaient pas forcés de t'écouter.

— Chacun sa quête.

— N'empêche que je suis là et pas eux, insista-t-il en s'épongeant le front.

— Je suis contente que tu sois là, répondit-elle tout en songeant que, s'il était effectivement un compagnon, il n'était peut-être pas le compagnon idéal.

« Mais qui pourrait l'être ? »

Le raidillon qu'ils suivaient en toussant bifurqua, laissant sur sa droite l'un des cônes du volcan. Puis le sol changea. Les pierres furent remplacées par des coulées de lave à l'agonie, d'où s'échappaient moult fumées. Par endroits, des intumescences d'un rouge orangé étaient l'indice de souffrances dont il valait mieux se tenir à l'écart – de ces souffrances qui embrasaient subitement tel arbuste, échappé on ne savait comment aux premières colères du volcan.

Soudain, un sourd grondement leur fit lever la tête. Ils crurent à un orage, mais déchantèrent au grondement suivant. Cela venait d'en bas. « Les clameurs de la terre... », songea Cassiopée. « Le Diable sent ma présence... »

Une fois encore, elle dégaina Crucifère, et une fois encore sa lame conserva sa couleur de métal. Alors elle déplia la carte de Chefalitione, en quête d'un repère.

— Je crois que l'entrée que nous cherchons n'est pas loin, dit-elle.

Simon ne lui répondit pas, se contentant de hocher la tête tout en continuant d'avancer pesamment.

Ils avaient maintenant gravi plus de la moitié du volcan, et se trouvaient environnés de nuages. Il neigeait des cendres qui recouvraient tout de gris. Cassiopée et Simon ressemblaient à deux êtres minéraux, deux pauvres âmes de pierre regagnant en geignant le ventre dont ils étaient sortis. Le vent soufflait depuis la mer, leur apportant des clameurs de vagues, des cris d'oiseaux marins... « Qu'est-ce que je fais ici ? » s'interrogea Cassiopée. « Ai-je seulement le droit d'y entraîner Simon ? Le marin disait vrai. Je suis complètement folle... »

— Tu es sûre que nous pourrons passer ? s'enquit Simon. N'y a-t-il pas un prix à payer ? Quelque chose, je ne sais pas ?

— Peut-être, peut-être..., répondit-elle en s'abritant la bouche derrière un mouchoir.

Cassiopée commençait à douter. « Ce n'est pas ainsi que je retrouverai mon père. Cette porte des Enfers est inaccessible. Il faut que j'en trouve une autre. Après tout, il en existe neuf. Il faut... »

Elle se rappela qu'Énée, avant d'être autorisé à pénétrer dans le royaume des morts, avait dû accomplir certains rites propitiatoires. Afin de se gagner les faveurs des dieux, il avait été obligé de cueillir le rameau d'or.

« Et moi? Quelle sorte de rameau devrais-je me procurer? »

Scrutant les alentours, elle ne vit que des amas de cendres, surmontés de brouillard. À côté d'elle, Simon n'était plus qu'un fantôme toussotant; et elle savait bien qu'elle-même ressemblait à un spectre.

— Rentrons, dit-elle tout bas, comme pour ne pas se faire entendre.

— D'accord, convint Simon en baissant les yeux.

Soudain honteuse, non pas seulement pour elle, mais aussi pour Simon, elle se corrigea :

— Je veux dire : "Rentre." Moi, je continue. C'est trop risqué pour toi...

Mais elle savait qu'en finissant sa phrase ainsi, il ne la quitterait pas. « Ai-je donc à ce point besoin de lui? »

— Pas question, haleta-t-il en la fixant du regard. Je reste avec toi. Jusqu'au bout...

Elle ravala sa salive, au goût de cendre, et continua de marcher, au hasard dans la brume. Finalement, ils atteignirent la bouche du volcan, qui soufflait une haleine infernale.

— Nous y sommes, dit-elle.

Une fois n'est pas coutume, elle tira son épée du fourreau. Celle-ci ne brillait toujours pas. « Crucifère, Crucifère... comment peux-tu nous dire qu'il n'y a aucun danger, alors que les Enfers sont à deux pas? »

Désespérée, elle baissa le regard. Le cratère n'était pas éclairé par en haut, mais par en bas. Des feux brûlaient au hasard de ses flancs, qui descendaient en entonnoir vers le fond où palpitait une fournaise, œil de lave incandescente les défiant d'approcher.

Cassiopée avait si chaud qu'elle retira sa veste avant d'entamer sa descente. Derrière elle, Simon n'avait pas bougé. Il avait le visage écarlate, et ses vêtements fumaient.

— Tu viens ? demanda-t-elle.

Il ne répondit pas – silence éloquent, qui parlait pour sa peur.

— Comme tu veux.

Ayant trouvé une pente moins abrupte que les autres, elle entreprit de s'approcher de l'œil luisant au fond du gouffre. Son front était couvert de suie et sillonné de sueur. Jamais elle ne s'était sentie aussi crasseuse. Malgré sa peur, sa crainte de mourir sans avoir revu son père, elle continuait d'avancer. Autour d'elle, l'air vibrait sous l'effet de la chaleur – et, par endroits, semblait se consumer quand la terre s'ouvrait pour vomir une flamme. À deux reprises, elle manqua d'être brûlée. À sa grande surprise, et alors qu'elle était descendue si loin qu'elle n'apercevait plus Simon, elle vit que la lave avait pris une teinte bleutée, ourlée de courants jaunes et orangés. Puis il y eut un sifflement, si fort qu'elle dut se boucher les oreilles. Là, devant elle, des vapeurs montaient en chuintant vers les cieux – remparts méphitiques barrant la porte des Enfers.

« Qu'importe », se dit Cassiopée. « Je passerai ! » Elle avança la main, mais se brûla malgré son gant – et en fut presque étonnée. D'ordinaire, elle résistait assez bien à la chaleur. Encore un sifflement. Se retournant, elle vit d'autres vapeurs converger vers elle, compactes et menaçantes. Paniquée, elle chercha qui appeler au secours, et ne trouva d'autre nom à crier que :

— Simon !

Elle voulut dégainer son épée, en saisit la poignée – et se brûla encore. Crucifère était si brûlante qu'elle ne pouvait la tenir. Cassiopée commençait à étouffer. La fumée lui piquait les yeux, et il faisait si chaud qu'une de ses manches s'enflamma. Elle l'éteignit avec son gant, se demandant si elle n'allait pas mourir comme son père. Elle regardait de droite et de gauche, telle une bête prise au piège, et qui n'a d'autre issue que d'être mise à mort par son prédateur.

Elle examina une dernière fois le fond du gouffre, et crut y voir la gueule d'un dragon immense – qui s'apprêtait à souffler. Elle manqua s'évanouir, crut défaillir de terreur, mais un cri dans les cieux lui redonna courage. Son oiselle veillait sur elle.

Après s'être épongé le front, elle décida de faire demi-tour. Hélas, le terrain par où elle était descendue s'était transformé en un chaos de laves tourmentées, serpents ardents s'entremêlant.

Elle songea à l'abîme qui s'étendait sous elle, et se dit qu'à descendre dans la gueule du dragon on ne gagnait qu'à se faire dévorer. Elle se rappela comment Pline était mort, tandis que le Vésuve emportait Herculanum et Pompéi, et se dit qu'elle ferait mieux de chercher une autre porte des Enfers.

— Cassiopée ! cria une voix.

C'était Simon. Jamais elle n'avait été aussi heureuse de l'entendre.

— Oui ! toussa-t-elle.

— Où es-tu ?

— Par ici !

Elle agita le bras, comme s'il pouvait l'apercevoir, et, malgré les larmes qui lui brouillaient la vue, scruta les nuées depuis lesquelles Simon avait crié. Plissant les yeux, elle crut alors discerner une forme à cheval – chose impossible en ces lieux. Son cœur se mit à battre la chamade, et elle se dirigea – comme malgré elle – en direction de l'étrange cavalier.

— Taqi ?

Son nom lui avait échappé. Elle se mit à courir, insouciante des vapeurs torrides et des coulées de lave qui voulaient l'entraver, courant vers Taqi ad-Din, son cousin adoré qui avait suivi Morgennes aux Enfers.

— Taqi !

La forme se précisa, gagna en densité. Cheval cabré, glaive au poing, Taqi était là – par quel miracle, elle n'aurait su le dire.

— Taqi !

— Cassiopée !

Simon émergea de la brume devant elle, et la prit dans ses bras au moment même où elle s'effondrait.

LE FEU ÉTAIT EN LUI

10.

« Il faut chasser et culbuter cette crainte de l'Achéron, qui, pénétrant jusqu'au fond de l'homme, jette le trouble dans la vie, la colore tout entière de la noirceur de la mort. »

(LUCRÈCE, *De natura rerum.*)

— Où suis-je ? demanda Cassiopée en s'éveillant.

— À bord de *La Stella di Dio*, lui répondit une voix qu'elle eut du mal à reconnaître.

Ses yeux se firent à la pénombre, et elle finit par distinguer Simon, penché sur elle.

— Tout va bien, dit-il.

Il approcha la main pour la caresser, mais elle tourna la tête. « Sommeil dans un nid de flammes… »

— Que dis-tu ?

— Rien.

Fermant les yeux, elle revit les images qui avaient hanté ses cauchemars. « Vivants et morts tourmentés par les morts, cercles de flammes et puits de feu, couteaux de feu, étincelles, âmes, et tout un paysage en feu, vallées, fleuves, montagnes et forêts, arbres et plantes en feu, maisons dévorées par les flammes, charbons ardents, murs, fosses, monstres cracheurs de feu, colères d'eau bouillonnante, ombres sans sépulture… »

— Il n'a pas été enterré, soupira-t-elle.

— Qui ça ?

— Mon père.

— Prends garde, lui dit-il, à ne pas te transformer en Antigone. N'oublie pas qu'à force de vouloir à tout prix enterrer son frère, elle a fait son malheur et celui des siens.

— Mais moi, de qui fais-je le malheur ?

Simon se pinça les lèvres et décida de changer de sujet.

— Je suis content de voir que tu vas bien. Tu as étonnamment bien récupéré. Il s'en est fallu de peu pour que tu y restes. Si tu ne m'avais pas appelé…

— Alors c'était toi ? J'ai vraiment cru que c'était Taqi !

— Taqi ?

— Sur son cheval, dans le volcan.

— Tu délirais.

Elle ferma les yeux. Oui, c'était évident.

— Tu dois avoir raison.

— Tu as été sévèrement brûlée. Je ne sais même pas comment tu as fait pour t'avancer aussi loin dans le cratère. Cela fait trois semaines que tu divagues. Trois semaines que nous avons quitté Naples. Aussi, quand Chefalitione a proposé d'aller voir l'Etna, où selon lui se trouvait une autre porte des Enfers, je lui ai dit…

— Non.

— Effectivement, j'ai refusé.

— Tu as bien fait.

Il hocha la tête pensivement.

— Je t'ai soignée à l'aide des onguents que nous avait donnés Guillaume de Tyr à l'oasis des Moniales, dit-il en indiquant une série de fioles colorées, dans un coin de la cabine.

— Je savais qu'ils finiraient par servir, dit-elle.

— On peut même dire qu'ils t'ont sauvé la vie.

— Je veux aller à Jérusalem. Je dois trouver le corps de mon père, et l'enterrer. Je dois…

La tête se mit à lui tourner.

— Nous n'aurions jamais dû aller sur le Vésuve, dit Simon. On aurait pu s'y tuer… Tout ça, c'est à cause de

Chefalitione, et de ses cartes de malheur ! Ce fut une erreur magistrale. D'ailleurs, on devrait les brûler !

— Elles résistent au feu, dit Cassiopée en souriant. Car, n'oublie pas, elles sont faites pour renseigner les voyageurs des Enfers.

— Vraiment ? J'aimerais bien voir ça...

Cassiopée regarda de droite et de gauche, pour voir où se trouvait la carte que Chefalitione lui avait donnée.

— Si tu cherches ta carte, je l'ai rendue à son propriétaire..., lui apprit Simon.

— Elle aurait pu servir. Il y a neuf portes des Enfers, nous n'en avons essayé qu'une, dit-elle en se redressant sur un coude.

Elle fut traversée par un éclair de douleur – s'efforça de l'ignorer et tendit l'oreille :

— Entends-tu ?

Flots se brisant contre la coque de *La Stella di Dio*, grincements du navire, cris des marins s'interpellant d'un pont à l'autre. Appel d'un premier oiseau marin. D'un deuxième. Puis d'un troisième.

— Nous approchons de la terre ?

— Oui. Tyr n'est pas loin.

— Je veux la voir. Sortons.

— Tu n'es pas en état.

— Si !

Ils s'entreregardèrent, songeant à toutes les épreuves qu'ils avaient endurées. D'abord le fief des Assassins, puis le château de la Fève. Ensuite une longue traversée du désert, puis l'oasis des Moniales. La découverte de la Vraie Croix, suivie du retour au Krak des Chevaliers. Et enfin, le siège de Jérusalem, avec Saladin. C'était au terme de celui-ci que Morgennes était tombé en Enfer, lors d'un impressionnant combat. Et maintenant, le Vésuve... Le sort les avait fait se rencontrer, mais leurs routes paraissaient devoir se séparer. C'était du moins le sentiment de Cassiopée qui, escortée par Simon, fit son apparition sur le château de proue de *La Stella di Dio*.

La nef arrivait en vue du port de Tyr, dont les eaux étaient étrangement calmes.

— Trop calmes, commenta Montferrat en caressant sa barbe.

Chefalitione, depuis le château de poupe, donna l'ordre d'amener les voiles.

— Je suis heureux de vous revoir, dit Montferrat à Cassiopée. Comment vous sentez-vous ?

— Bien.

La Stella di Dio ralentit.

Chefalitione descendit les rejoindre, et vint baiser la main de Cassiopée.

— Gente dame, je suis affreusement désolé. S'il avait su à quoi ces cartes serviraient, jamais mon ancêtre Virgile n'aurait commencé à les collectionner. D'ailleurs, j'envisage de vendre ma collection.

— N'en faites surtout rien ! répondit Cassiopée. La prochaine fois que j'explorerai un volcan, j'attendrai qu'il n'y ait pas d'éruption !

Il la salua, bafouilla encore mille excuses, puis retourna auprès du pilote du navire.

Tous avaient les yeux rivés sur la ville, ses rives basses perdues dans la brume, ses blanches murailles, l'étroite entrée de son port que deux tours défendaient. De là où ils étaient, ils n'y distinguaient pas d'embarcations – ce qui ne signifiait nullement qu'il ne s'en trouvait pas.

— La ville a été bâtie de telle sorte qu'on puisse observer la mer depuis l'entrée du port, sans que depuis la mer on puisse voir à l'intérieur. Des musulmans – la peste soit sur eux ! – peuvent fort bien s'y tenir embusqués, précisa le marquis de Montferrat.

— Et nous n'en saurons rien tant que nous n'y aurons pas pénétré, fit remarquer Simon.

— De plus, ajouta Montferrat, l'entrée du port n'a que soixante-dix pieds de large. Ce qui est peu pour manœuvrer. Et l'on peut aisément la fermer d'une chaîne. Si l'ennemi s'est emparé de la ville, nous risquons d'y être pris au piège.

— Tout est si calme, dit Cassiopée. Point de guetteurs sur les murailles, point de soldats faisant la ronde. Que des murailles crénelées, ponctuées de tours et de terrasses.

— Qu'en pensez-vous ? Faut-il ou non s'approcher ?

— Si c'est un piège, ils nous ont vus, dit Simon.

— Si tout va bien, il faut les rassurer, ajouta Cassiopée.

— Nous devons penser à nous !

— On doit penser à eux !

— Du calme, coupa le marquis de Montferrat. Je sais ce qu'il faut faire...

Se tournant vers le mousse, il ordonna :

— Abaisse le drapeau à tête de mort, hisse le bouclier !

Le mousse fila exécuter son ordre. Puis, quand le pavillon à tête de mort fut descendu, un bouclier orné d'une immense croix rouge fut hissé en haut du mât, de façon à signaler que leurs intentions n'étaient point belliqueuses.

— Et si la ville est musulmane, demanda Simon, que ferons-nous ?

Montferrat le regarda, en se frottant la barbe.

— J'ai une idée, dit Cassiopée.

Montferrat lui sourit.

— Vous ai-je dit que j'étais content de vous revoir ?

Elle lui rendit son sourire et tendit le poing vers le ciel. Son oiselle vint s'y poser presque aussitôt. Cassiopée lui parla à l'oreille, tout doucement, lui murmurant des paroles que ni Montferrat ni Simon ne comprirent. Étaient-elles seulement compréhensibles ? Ils n'auraient su le dire. Puis l'oiselle s'envola brusquement, gagnant la partie du ciel à la verticale de la ville.

— Grâce à elle, nous saurons si nous pouvons nous approcher, murmura Cassiopée.

— Les liens qui vous unissent à cette oiselle me surprendront toujours, dit Montferrat en souriant.

— Et moi donc, ajouta Simon sur un ton amer.

« Serais-tu jaloux ? » pensa Cassiopée. Mais elle se garda bien de le lui demander, surtout devant Conrad de Montferrat. Aussi garda-t-elle le silence, se contentant d'observer son oiselle. À l'instar de Noé, qui avait lancé corbeaux et colombes depuis son arche pour savoir si les eaux du Déluge étaient enfin redescendues, l'équipage de *La Stella di Dio* s'en remettait à un volatile pour savoir si Tyr était ou non entre les mains de l'ennemi.

Car depuis le départ de Montferrat, six mois auparavant, la situation des Francs en Terre sainte s'était grandement détériorée. Aux dernières nouvelles, les chrétiens ne possédaient plus que deux places fortes importantes – Marqab et le Krak des Chevaliers – et une poignée de villes, parmi lesquelles Antioche, Tripoli et Tyr – que le marquis de Montferrat avait pour ainsi dire sauvée. Mais qui pouvait leur assurer qu'en leur absence la Terre sainte tout entière n'était pas devenue musulmane? Peut-être que Tyr était tombée.

Et avec elle la base d'où pouvait être lancée la contre-offensive qui permettrait de reprendre Jérusalem.

Montferrat se sentait personnellement responsable du sort de Tyr. Quand il s'y était présenté, au beau milieu de l'été 1187, la ville était déjà sur le point de se rendre. Qui sait si elle n'avait pas cédé aux musulmans, dont les troupes la cernaient?

Égrenant dans sa tête les secondes qui s'étaient écoulées depuis que son oiselle avait pris son essor, Cassiopée guettait le ciel au-dessus de Tyr, et soudain s'écria :

— La voici!

Tous levèrent les yeux, et virent une tache bleue descendre en piqué vers eux.

— Parfait, fit Cassiopée, à demi soulagée. On peut y aller…

— Comment le savez-vous? demanda Montferrat. L'oiselle n'a même pas crié.

— Pour nous signifier de partir, elle aurait fait un cercle. Or elle vient en piqué, signe qu'il faut se dépêcher…

— Alors hâtons-nous!

Sur le château de poupe du navire, un coup de sifflet retentit. Chefalitione multipliait les ordres :

— Hissez les voiles ! Sortez les rames ! Je vous veux tous à la manœuvre, comme si la mer allait se retirer !

Il n'avait pas achevé sa phrase que l'équipage lui obéissait, unissant tous ses efforts pour gagner celle que le maître de Josias, son prédécesseur sur le trône d'archevêque de la magnifique cité, avait coutume d'appeler « l'illustre métropole de Tyr ».

11.

« C'est une ville tellement bien fortifiée qu'on en parle proverbialement.

Une ville qui refuse obéissance ou soumission à qui veut s'en emparer. »

(Ibn Jubair, *Récit de voyage.*)

Tyr, mars 1188

Tyr s'apprêtait à capituler.

Après avoir été conquise une première fois par Alexandre le Grand, en 332 avant J.-C., l'orgueilleuse et soi-disant indomptable Tyr envisageait maintenant de se livrer à Saladin. Déjà, les bannières noires des Ayyubides avaient été accueillies à l'intérieur de la cité, et c'est là que Conrad les découvrit, alors que *La Stella di Dio* pénétrait dans le port.

Deux soldats – deux Francs – gravissaient l'étroit escalier extérieur qui conduisait du port au sommet des murailles, sur le chemin de ronde. Ils portaient sur leurs épaules deux drapeaux noirs dont le fardeau était surtout moral.

— Vous deux ! leur cria Conrad depuis le pont. Arrêtez-vous !

Les soldats le regardèrent sans le reconnaître, et poursuivirent leur ascension.

Conrad laissa exploser sa colère.

— Si je vous attrape, je vous fais frire après vous avoir découpés en rondelles !

Les soldats ralentirent l'allure, hésitant sur la conduite à adopter. Ce qui était certain, c'est qu'ils n'avaient guère envie d'être l'objet des fureurs de cet individu qui n'avait même pas attendu que son bateau soit convenablement amarré pour sauter à quai et leur courir après.

— Je suis le marquis de Montferrat, seigneur de cette ville !

Surpris, les soldats s'observèrent puis s'arrêtèrent d'un commun accord.

— Seigneur...

Conrad montait vers eux à toute allure.

— Qu'est-ce que c'est que ça ? glapit-il en désignant leurs étendards.

Honteux, les soldats ne surent quoi répondre ; et quand l'un d'eux fit mine d'ouvrir la bouche, Montferrat ordonna :

— Foutez-moi ça au fossé !

— Mais Saladin...

Conrad de Montferrat fit mine de dégainer son épée. Alors, pris entre ces deux tempêtes humaines, les soldats se résignèrent à obéir à celle dont les éclairs crépitaient le plus près de leurs crânes.

Et c'est ainsi que les nobles bannières des Ayyubides, au lieu d'être hissées au sommet de la cité, furent jetées dans ses douves.

La Stella di Dio venait enfin d'être amarrée, et les deux soldats francs étaient redescendus avec Conrad de Montferrat, lorsqu'un violent éclat de voix résonna de l'autre côté du port. Un chevalier, suivi d'une dizaine d'hommes en armes, arrivait à grands pas.

— Qui a osé ? cria-t-il en agitant les bras.

— Qui ose s'en enquérir ? répliqua froidement Montferrat.

— Moi, Renaud, baron de Sidon, à la tête de Tyr depuis que Montferrat l'a lâchement abandonnée.

— Lâchement? Maintiendrez-vous cette accusation devant moi?

Un brouhaha gagna les hommes en armes derrière Renaud de Sidon, qui reconnut alors le marquis de Montferrat. Rouge de confusion, il bredouilla force excuses.

Montferrat eut un geste de la main pour lui dire que ses excuses étaient acceptées, et lui demanda :

— Quelles étaient vos intentions en accueillant ici ces bannières? Entendiez-vous tous nous convertir à l'islam?

— Non pas. Nous sauver la vie, plutôt.

— Comment cela?

— Saladin est à nos portes. Passez la tête par-dessus les créneaux. Vous le verrez faire les cent pas devant la ville, les bras croisés. Je lui ai promis notre reddition...

— En échange de...?

— En échange de nos vies, monseigneur. Le sultan m'a promis de tous nous épargner si nous lui livrions la cité.

— Lui livrer la cité? Alors qu'Acre est tombée? Et d'où comptez-vous reconquérir Jérusalem, si cette ville est prise?

— Ma foi... je pensais à Tripoli.

— Vous déraisonnez. Tripoli est trop au nord. Il faut absolument conserver Tyr.

— Mais nos vies...

— Sont entre mes mains, où elles sont bien gardées!

Un grondement de colère parcourut la dizaine de fantassins qui suivaient Sidon.

— Grondez, oui, grondez, leur dit Montferrat. Mais ne grondez pas contre moi. Et plutôt que d'y envoyer des drapeaux, montez vous-mêmes en haut de ces créneaux pour y crier votre colère. Si vous devez gronder, grondez contre Saladin. Gueulez-lui dessus à grands coups de perrières et de traits d'arbalètes. Insultez-le avec vos flèches et, s'il n'entend pas vos paroles, sortez à cheval les lui ficher en travers des oreilles!

— Mais alors, tous nos efforts diplomatiques, nos pourparlers..., reprit Sidon.

— Terminés! Je suis de retour, je suis votre chef et j'opte pour la voie des armes. Que ceux qui y trouvent à redire s'en aillent sans plus attendre. Je ne les retiens pas.

Nouveau brouhaha parmi les compagnons du baron de Sidon – dont une poignée accepta de le suivre, à l'extérieur de la cité.

— Bon vent ! leur cria Montferrat en les regardant s'éloigner. Et ne vous avisez pas de revenir, ou je vous fais embrocher comme des porcs !

Le dernier homme de Sidon parti, Conrad de Montferrat se calma. Alors, se tournant vers Simon et Cassiopée, il respira une bouffée d'air de la cité et déclara :

— Ça sent déjà nettement meilleur !

Ayant regagné *La Stella di Dio*, où il supervisa le déchargement du matériel de guerre, Conrad de Montferrat dit à Simon et Cassiopée :

— Nos routes vont se séparer. Mais vous êtes mes amis. Les seuls, avec Josias de Tyr et le capitaine Chefalitione, en qui je puis avoir une confiance aveugle.

Tout en veillant à ce que les tonneaux de vivres et d'eau soient répartis entre les habitants de la cité, il dit à ses amis qu'il entendait préparer la venue des souverains européens en faisant de Tyr la base à partir de laquelle reconquérir Jérusalem.

— Ces rois sont peut-être lents à mouvoir, mais ils finiront par venir. Josias ne peut pas échouer. Alors, ils auront besoin de Tyr. Sans elle, il n'y a pas d'espoir.

Prenant une profonde inspiration, et alors qu'autour de lui matelots et soldats s'affairaient à vider les cales de *La Stella di Dio*, il continua d'expliquer à un Simon et à une Cassiopée tout ouïe :

— La ville est comme l'oignon de ce conte où une vieille mégère tente de sortir des Enfers en s'accrochant à celui qu'elle a un jour donné à un pauvre… Si nous perdons Tyr, c'en est fini de nos rêves de revanche sur les musulmans. Et ce sera l'Enfer sur terre.

— Parce qu'on peut sortir des Enfers en s'accrochant à un oignon ? demanda Simon, stupéfait.

— Il s'agit d'un conte, répliqua Cassiopée.

— N'empêche, c'est intéressant, poursuivit Simon. Est-ce que ça pourrait nous servir, pour sauver Morgennes ?

— Que t'imagines-tu ? Qu'on va jeter des oignons en Enfer, en espérant que Morgennes s'en servira pour s'envoler ?

— Excusez-moi tous les deux, intervint Montferrat, mais je crois utile de préciser que cet oignon donné à un pauvre représente la seule et unique bonne action accomplie par cette vieille femme dans sa vie. Morgennes, lui, a donné sa vie pour la Vraie Croix et la chrétienté.

— Et c'est pour ça qu'il se retrouve en Enfer, conclut amèrement Cassiopée.

— Ne t'inquiète pas, lui dit Simon. Je te promets qu'on trouvera un moyen de l'aider. Tu peux compter sur moi.

Cassiopée était en colère. Si elle était furieuse, c'était à cause du peu de cas que la chrétienté semblait faire de son père. Alors que Saladin, au contraire, avait promis de tout faire pour sauver Morgennes et Taqi. N'avait-il pas déclaré, peu après leur chute aux Enfers : « Allah n'accepterait pas que nous ne fassions rien. Nous devons les aider » ?

Bien sûr, c'était la guerre. Et la chrétienté avait d'autres soucis que d'aller sauver des Enfers un héros qui, après tout, avait accepté de se sacrifier pour elle. Mais Saladin, assurément, avait été plus généreux envers Morgennes que tous les papes et souverains européens. D'ailleurs, c'était auprès de lui que Cassiopée comptait se rendre, une fois la sécurité de Tyr assurée.

— Justement, précisa Montferrat. Pour que la ville tienne, il va falloir se retrousser les manches. Il faut renforcer les murailles, élever les talus et creuser de nouveaux fossés. Tyr doit être comme un îlot, entre mer et terre ferme. Un îlot sur lequel les musulmans ne pourront pas prendre pied, parce que nous le défendrons bec et ongles.

— Avec Chefalitione et vous, je suis certaine que Tyr résistera à toutes les armées, dit Cassiopée.

Montferrat lui plaisait. Il avait de l'énergie à revendre, et ne se déclarait jamais vaincu. Pourquoi ne se joignait-il pas à leur quête ?

— Nous restons avec vous à Tyr, lui dit-elle, le temps que les rois arrivent. Et ensuite vous viendrez avec nous, à la recherche de mon père.

— Hélas, chère Cassiopée, est-ce bien raisonnable ? Les rois, vous le savez, peuvent arriver dans un mois comme dans une année. Êtes-vous prête à attendre tout ce temps ? Quant à moi…

Il secoua la tête, comme rechignant à lui dire ce qu'il avait sur le cœur.

— Je me demande si votre quête n'est pas totalement insensée. Avez-vous seulement l'ombre d'une chance de réussir ? Non, croyez-moi… En ce qui concerne votre père, mieux vaut prier que de parcourir le monde à la recherche de je ne sais quelle grotte ou volcan conduisant aux Enfers. Pensez à tous ces héros de l'Antiquité. Pensez à Thésée, qui fut l'un des plus grands. Même lui s'y est fait prendre au piège, et a été condamné à s'asseoir sur les Chaises de l'Oubli.

— Jusqu'à ce qu'Hercule le sauve, expliqua Cassiopée.

— Et dans votre cas, qui sera votre Hercule ?

Simon allait dire que c'était lui, mais Cassiopée le devança :

— Hercule, c'est moi. Et Thésée, c'est mon père.

Montferrat lui prit les mains, les serra dans les siennes et lui dit :

— Ce qui se joue avant la naissance et après notre mort est le domaine réservé des dieux. Laissez-les régler cela entre eux. N'y pensez même pas. Efforcez-vous plutôt de considérer que la mort n'existe pas – ce qui dans une certaine mesure est la stricte vérité. En tout cas, moi, comme disait notre cher saint Augustin, « si je savais que mon père était en Enfer, je ne prierais pas plus pour lui que pour le Diable ».

— Je ne suis pas d'accord, répliqua Cassiopée. Si on ne prie pas pour ceux qui sont en Enfer ou qui méritent d'y aller, alors pour quoi, pour qui prions-nous ? Même le Diable a besoin de notre amour, et de notre compassion.

— Parole de sainte ! Hélas, je ne suis qu'un homme – et surtout un soldat.

Sur ce, il alla donner des ordres à ses officiers. Il voulait qu'avant la nuit plusieurs nefs aient quitté la ville, avec à leur bord autant d'arbalétriers qu'il était possible d'en embarquer. Son but était double. Il s'agissait premièrement d'assurer la défense de la ville, côté mer. Secondement, d'aller harceler l'assaillant, en le prenant en tenaille de part et d'autre de l'isthme où il avait son camp. À la perspective de ses futurs succès, Montferrat se frottait les mains.

Ses instructions transmises, il regagna à grands pas sa cabine, suivi de Cassiopée et de Simon :

— J'ai un cadeau à vous faire, leur dit-il.

De retour dans sa cabine, il se dirigea vers un coffret. L'ayant ouvert, il en sortit le petit tableau qu'il avait promené dans toutes les cours d'Europe – tableau cher à son cœur, et commandé à grands frais au plus talentueux des peintres de Terre sainte : Hassan Basras. L'artiste y avait représenté un cavalier musulman monté sur un magnifique cheval blanc victorieusement cabré au-dessus du Saint-Sépulcre. Ce tableau avait considérablement impressionné Cassiopée, qui était persuadée que le cavalier était son cousin Taqi.

Malheureusement, lorsque Montferrat regarda la peinture, il poussa un cri de stupeur :

— Par la langue de Dieu !

— Que se passe-t-il ? s'inquiéta Cassiopée.

— Taqi ! Taqi ! bégayait Montferrat. Il a disparu !

Cassiopée et Simon échangèrent un regard, interloqués.

— Que voulez-vous dire ?

— Voyez vous-mêmes.

Tournant le tableau dans leur direction, il leur montra la toile qu'ils connaissaient si bien. Sauf qu'au lieu d'y voir Taqi – ou en tout cas un cavalier qui lui ressemblait énormément –, il n'y avait rien. Seulement le Saint-Sépulcre, au-dessous d'un ciel bleu.

Taqi a disparu, murmura Simon tandis que Cassiopée repensait à l'étrange cavalier qu'elle avait aperçu dans le cratère du Vésuve.

12.

« Toutes les fois qu'il s'emparait d'une ville ou d'une forteresse, il accordait la vie sauve aux habitants et leur permettait de se retirer à Tyr avec leurs femmes, leurs enfants et leurs richesses. »

(IBN AL-ATHÎR, *Histoire parfaite.*)

Saladin écumait de rage.

Le Chef des Armées de l'Islam, celui que son peuple avait coutume d'appeler le « Clément », l'« Unique », le « Généreux », le « Vainqueur des Infidèles, des Rebelles et des Polythéistes », le « Soleil des Mérites », celui dont la grandeur d'âme faisait oublier la petite taille, débordait de colère.

— Par la barbe du Prophète ! J'accorde à ces mécréants le libre passage vers Tripoli et même la possibilité, si c'est là ce qu'ils désirent, de poursuivre le combat, et voilà comment ils me récompensent ?!

Tête humblement baissée, ses auxiliaires se tenaient piteusement devant lui. Pourquoi était-il si furieux ? Parce qu'il venait d'apprendre que les nobles bannières des Ayyubides avaient été jetées dans les douves de Tyr. Lui qui tâchait en toutes circonstances de faire preuve d'humanité, voici qu'on bafouait sa générosité.

— Je ne me laisserai pas ainsi traîner dans la fange !

À côté de lui, son fils caressait d'une main distraite les deux panthères qui l'accompagnaient partout. Depuis que les Assassins avaient cherché à le tuer, Saladin ne se déplaçait jamais sans ses deux mortelles compagnes, aux crocs comme des poignards. Jetant sur les félins des regards inquiets, le cadi Ibn Abi Asroun – qui s'occupait des affaires judiciaires, civiles et religieuses du royaume – proposa au sultan :

— Nous pourrions peut-être bombarder Tyr, en guise de représailles ?

Saladin tourna vers lui un regard noir où brillaient deux cimeterres :

— Pas avant d'avoir récupéré nos bannières. Qu'on aille me les chercher !

Malheureusement, l'hiver et six mois de siège avaient usé les troupes de Saladin, qui n'aspiraient qu'à retrouver leur foyer. Sur la digue de terre où campait l'armée, bien des braves refusèrent l'honneur d'aller récupérer les étendards que Conrad de Montferrat avait propulsés dans la boue.

« Par Allah, songea Saladin, c'est mauvais signe… Signe que mes troupes sont à deux doigts d'abandonner le combat. Signe qu'elles sont lasses de se voir interdire de piller… »

Mais il n'était pas question de revenir sur cette dernière décision. Il n'avait pas oublié de quelle façon, plusieurs années auparavant, le roi Amaury Ier de Jérusalem s'était privé du soutien des territoires qu'il avait conquis parce qu'il n'avait pas su empêcher ses armées de les mettre à sac.

« Ah, se dit-il en se remémorant l'époque où il avait accompagné son oncle conquérir l'Égypte, que tout cela semble loin. »

Même Amaury lui semblait à présent sympathique. « Dommage que nous n'ayons pas eu le temps de devenir amis… »

Ces pensées le troublaient. Pourquoi l'assaillaient-elles maintenant, ici ? « Je vieillis… » Encore une fois, il regarda ses hommes, dont aucun ne s'était porté volontaire pour aller recherches les nobles bannières des Ayyubides.

« Si Taqi avait été là, il s'y serait précipité, lui ! »

Puis il regarda son fils, al-Afdal, dont les jeunes années n'étaient pas à ses yeux une excuse suffisante pour justifier son inaction. « Al-Afdal, est-ce à cause de moi si tu es aussi pleutre ? T'ai-je mal éduqué ? Une vie d'opulence t'a-t-elle gâté l'âme ? Mes exploits te condamnent-ils à ne rien accomplir ? Ou n'es-tu tout simplement qu'un poltron, indigne de son père ? »

Réprimant une bouffée de colère mêlée de tristesse, il ordonna :

— Puisque c'est ainsi, j'y vais. Seul ! Qu'on m'amène Extase mystique !

Un battement de cœur plus tard, le noble étalon de Saladin lui était présenté, piaffant d'excitation. L'ayant enfourché, Saladin partit au triple galop en direction des murailles de Tyr, sous les regards médusés de ses gardes du corps, de ses conseillers et – surtout – de son armée.

Quand il se fut éloigné d'une vingtaine d'arpents, le cadi Ibn Abi Asroun alla trouver le chef des mamelouks et lui ordonna :

— Suivez-le, mais à distance. Il ne faut surtout pas qu'il vous voie…

Vingt mamelouks lourdement armés sautèrent en selle et disparurent dans un nuage de poussière.

— Par Allah tout-puissant, je le jure ! S'il meurt, vous le paierez de votre vie, siffla dans leur dos le cadi Ibn Abi Asroun.

« Prenez-en de la graine », pensait Saladin tout en galopant vers la cité. Voici comment un chef d'armée doit se conduire. Au combat, en première ligne… » Et tout en talonnant Extase mystique, il se remémora les paroles de son oncle, Chirkouh le Volontaire : « Le chef d'armée doit avoir les qualités naturelles de huit animaux différents : la bravoure du coq, l'audace du lion, la force d'attaque du sanglier, la circonspection de la grue, la prudence du corbeau, l'élan du loup, la ruse du renard et la constance du chameau. »

— Toutes ces bêtes pour une armée de porcs, quelle ironie ! dit-il au vent. Enfin, c'est comme ça.

Saladin conduisit sa monture en direction de Tyr, et murmura une prière lorsqu'une pluie de flèches s'abattit sur lui : « Ma prière et mon sacrifice et ma vie et ma mort appartiennent à Allah le Maître des Mondes. » Allah l'entendit-il ? Toujours est-il qu'à peine arrivé en vue des lourdes portes de la ville, les projectiles s'arrêtèrent de pleuvoir – et les portes s'ouvrirent. L'invitait-on à entrer ? Non, elles ne s'étaient ouvertes que pour laisser sortir Renaud de Sidon et la poignée de soldats qui avaient accepté de le suivre au-dehors.

— Par la barbe du Prophète ! s'exclama Saladin en reconnaissant le chevalier avec qui il avait négocié la reddition de Tyr. Si je m'attendais à te voir là !

— Par saint Martin de France et de Navarre ! s'écria Sidon. Et vous-même, Excellence, puis-je vous demander ce que vous venez faire ici, si près de nos murailles ?

— Je viens chercher mon bien, répondit Saladin en montrant ses bannières boueuses.

— Excellence, au nom de tous les Francs, je vous prie d'accepter nos plus plates excuses. Même si je ne suis pour rien dans cet outrage.

— Qui en est responsable, alors ?

— Le nouveau chef de Tyr.

— Le nouveau ? Mais je croyais que c'était toi…

— Je le fus. Un temps…

Avant de s'expliquer plus avant, Sidon descendit dans les douves, et s'y enfonça jusqu'à mi-corps. Marchant, s'enfonçant puis nageant dans la fange, il s'avança vers les bannières des Ayyubides, les ramassa puis remonta sur la rive. Là, dégoulinant de crasse et puant comme un bouvier d'étrons, il mit un genou en terre, baissa la tête et présenta humblement les deux bannières à Saladin :

— Excellence, ceci est à vous. Je vous le rends.

— Merci à toi, noble Sidon, dit Saladin en acceptant les bannières merdeuses. J'avais raison de traiter avec toi. Tu es un homme de cœur.

— Tout le monde n'est pas de cet avis.

— Eh bien, ce « tout le monde », si c'est de ton remplaçant que tu parles, paiera cet affront de sa vie ! J'en fais le serment, sa tête roulera de ses épaules au moment où il s'y attendra le moins.

Renaud de Sidon n'eut pas le temps de répondre que déjà les mamelouks arrivaient, dans un sourd fracas d'armes et de hennissements. Environnant les Francs, ils les menacèrent de leurs lances.

— Qu'on les laisse ! tempêta Saladin. Ils sont sous ma protection.

Puis, levant bien haut ses bannières noires dans le ciel pour les montrer à ses hommes, il s'exclama :

— Ce que vous avez craint d'aller prendre, un Franji me l'a apporté !

Un lourd silence s'installa sur la digue de terre, où des milliers de regards, chargés de jalousie et de haine, se tournèrent vers Renaud de Sidon.

— Honte sur vous !

Sous l'auvent de la tente de Saladin, le cadi Ibn Abi Asroun observait la scène, admiratif. Puis son regard se porta sur al-Afdal, et il pensa : « Quel drôle de petit garçon... Est-ce là son héritier ? Je ne suis même pas sûr qu'il ait saisi la portée de ce drame... Quand je pense que lui aussi a été sauvé par des Franjis – ce Morgennes et la cousine de Taqi... »

Comme l'enfant le regardait, le cadi lui adressa un large sourire. Et l'enfant lui sourit en retour, avant de se remettre à jouer.

Ayant regagné son camp avec ses invités, Saladin fit apporter du linge et une bassine d'eau à Renaud de Sidon. Pendant qu'il se lavait, il lui demanda :

— Qui donc est le nouveau chef de Tyr ?

Renaud lui parla de Conrad de Montferrat, en dressant un portrait que des années plus tard l'historien Ibn al-Athîr résumerait de la sorte, dans son *Histoire parfaite* : « Un homme semblable à un démon, plein de prudence et de vigilance, doué d'une grande bravoure. »

Saladin écoutait Renaud avec la plus grande attention, piochant distraitement des pistaches dans une coupe de cuivre tout en caressant le fin bouc qu'il avait au menton.

— Hum, fit-il enfin quand Renaud eut terminé de se laver. Je connais cet homme. C'est grâce à lui que la ville a déjà été sauvée une première fois, l'été dernier... C'est effectivement un adversaire redoutable.

Il aurait dû s'en trouver catastrophé, mais se contenta d'un sourire amusé.

— Loué soit Allah, j'ai plus d'une carte en main...

Claquant des doigts, il attira l'attention de son cadi :

— Approche.

Le cadi se pencha tellement qu'il parut toucher le nez de son sultan, lequel lui murmura une phrase à l'oreille. Que dit-il ? Renaud de Sidon – pourtant doté d'une ouïe extrêmement fine – ne l'entendit pas, car Saladin parla très bas.

Mais le cadi, lui, l'avait parfaitement compris.

— À vos ordres, Splendeur de l'Islam. Il en sera fait selon votre noble commandement !

À son tour, le cadi ordonna qu'on lui prépare sa monture, sortit de la tente et détala vers l'intérieur des terres.

Alors Renaud de Sidon, habillé d'un turban et d'un bliaut de soie à la mode orientale, s'éclaircit la gorge et demanda à Saladin :

— Excellence, pardonnez ma curiosité, mais pouvez-vous me dire pourquoi vous n'attaquez pas ?

— Parce que j'ai un marché à proposer à ce Conrad de Montferrat.

— Lequel ?

— La vie de son père en échange de la cité, dit Saladin en croquant une pistache.

13.

« Si je savais que mon père était en Enfer, je ne prierais pas plus pour lui que pour le Diable. »

(Saint Augustin, *La Cité de Dieu.*)

Conrad de Montferrat s'était assis dans sa cabine et se tenait la tête entre les mains.

— Où donc a pu filer ce Sarrasin ? Je ne l'ai pas rêvé !

— Nooon, mugit Rufinus que Cassiopée avait ramené, pour qu'il voie lui aussi le tableau. Même moi je l'ai vuuu.

Pour la cinq centième fois, Conrad orienta le tableau vers la lumière d'une lanterne dans l'espoir d'y trouver une trace du passage de ce mystérieux cavalier qui ressemblait tant à Taqi.

— Ça alors ! Il n'y a rien. C'est inexplicable… Pourtant, je suis sûr qu'il était là.

Du bout du doigt, il effleura la peinture à l'endroit où Taqi s'était trouvé.

— Pas l'ombre d'une trace…

— Puis-je regarder ? demanda Cassiopée.

— Volontiers, répondit Conrad en lui tendant le petit tableau.

Cassiopée l'examina à son tour, sous les yeux de Simon.

— Le plus étrange, fit-elle remarquer, c'est que même si l'on réussissait à expliquer la disparition du cavalier, cela ne nous dirait pas pourquoi il y a du ciel au lieu de rien, là où il se trouvait.

— Bien observééé, souffla Rufinus.

Les trois amis et la tête coupée échangèrent un long regard en silence ; silence bientôt interrompu par Simon, qui demanda à Rufinus :

— Tu ne pourrais pas faire un effort et apprendre à parler normalement ?

— Mais ouiii, mugit Rufinus. Mais bien sûûûr…

Simon lui jeta un regard sombre, alors il ferma la bouche et baissa les yeux. Cassiopée, elle, s'était tournée vers Montferrat.

— Puis-je emporter ce tableau ? J'aimerais beaucoup retrouver l'artiste qui l'a peint, pour l'interroger. Peut-être a-t-il rencontré Taqi.

— Très chère, je comptais justement vous l'offrir. Il ne m'est plus d'aucune utilité, et comme ce Taqi est – si j'ai bien compris – votre cousin, je me suis dit que ça vous ferait plaisir de l'avoir auprès de vous.

Regardant une dernière fois la peinture d'où s'était échappé Taqi, Cassiopée déclara :

— Je vous remercie.

Au même instant, elle sentit une brûlure sur son bras droit. Elle y plaqua sa main gauche en blêmissant.

— Ça ne va pas ? lui demandèrent d'une même voix Simon et Montferrat.

— Ce n'est rien. Juste un petit souvenir de mon expédition dans le Vésuve, qui croit bon de se manifester pour une raison qui m'échappe.

— Hum, fit Montferrat. Il faudra songer à montrer cela à un vrai médecin. Il est vrai qu'à bord de *La Stella di Dio* nous n'en avions pas…

— Tout va bien, dit Cassiopée en enfouissant le tableau dans sa besace. Et puis je n'ai pas le temps d'aller voir un médecin.

Ils s'apprêtaient à ressortir de la cabine, lorsque des bruits de pas précipités se firent entendre et que le mousse surgit pour prévenir Montferrat.

— Un Sarrasin veut vous parler !
— Où se trouve-t-il ?
— À l'entrée de la ville.

Comme Montferrat bondissait au-dehors, suivi de Simon, Cassiopée tira de son aumônière les bourses d'or et de diamants offertes par Saladin. En prenant soin de ne point se faire voir, elle les glissa dans la cassette de Montferrat, dont elle rabattit le couvercle. « Pour vous aider dans votre quête, très cher marquis », songea-t-elle. « Pourvu que Simon ne m'en veuille pas... »

Elle esquissa un sourire, puis sortit à son tour.

Montferrat gravit l'escalier qui menait au chemin de ronde, et se pencha par-dessus les créneaux. Apercevant un Sarrasin muni d'un drapeau blanc, il lui cria :

— Encore un drapeau à crotter ?

L'émissaire de Saladin ne s'offusqua point de cette parole, et déclara :

— Le salut soit sur vous, beau doux seigneur ! Saladin, l'Auxiliaire de la Doctrine, la Grandeur de la Nation, l'Honneur des Rois et le chef des armées musulmanes, a un marché à vous proposer.

— Sur vous le salut aussi ! Mais je ne suis pas intéressé, merci.

Il fit mine de s'éloigner, mais le messager reprit :

— Messire, ne partez pas ! Venez plutôt admirer ce que Son Excellence est prête à vous offrir, en échange de votre reddition.

Curieux, Conrad de Montferrat repassa la tête par-dessus les créneaux et aperçut deux mamelouks en train de conduire une forme encapuchonnée, aux pieds et aux poings enchaînés. Quand ils ne furent plus qu'à quelques pas des douves, ils soulevèrent la capuche – et Montferrat vit alors ce qu'il redoutait le plus de voir : son père.

Le vieux marquis Guillaume de Montferrat, à la barbe et aux cheveux blancs comme neige, avait l'air de souffrir terriblement. Mais ce n'était pas à cause de ses chaînes, car elles étaient suffisamment lâches pour ne pas le gêner dans sa marche. De toute façon, il n'avait nulle part où aller, sinon dans les douves ou les bras de ses ravisseurs.

— Conrad ! cria le vieux Guillaume de Montferrat d'une voix qui se voulait aussi ferme que possible. Ne cède pas !

Conrad ne répondit rien, et se cacha derrière un créneau. D'un geste furtif, il essuya du bout du doigt la petite larme qui perlait à son œil tandis que Cassiopée lui posait la main sur l'épaule, pour le réconforter.

— Père, murmura le marquis, dans quel mauvais pas vous êtes-vous fourré ?...

Puis, reprenant courage, il hurla à l'intention de l'envoyé de Saladin :

— Écoute-moi bien, fils de chien ! Si vous ne repartez pas immédiatement, j'ordonne à tout ce que cette cité compte d'archers et d'arbalétriers de vous transformer en porcs-épics !

Sans attendre la réponse de l'envoyé de Saladin, il quitta les créneaux, rageant dans sa barbe.

— Qu'on fasse venir dans la grande salle du palais tous les chevaliers et moines soldats qui ont eu le courage de rester ! tempêta-t-il.

Dévalant d'une seule traite une volée de marches, il songea : « Par Dieu, c'est bien le Diable s'il n'en est pas plusieurs dizaines, tant Saladin a laissé venir à Tyr tous les Francs désireux de quitter la Terre sainte, ou d'y poursuivre le combat... »

Suivi de Cassiopée et de Simon, il s'engouffra sous un porche et pénétra dans le palais, l'esprit toujours en ébullition : « Ce porc de sultan ne le sait sans doute pas, mais il me rend un fier service. En annonçant publiquement les termes de son odieux marché, il renforce mon autorité auprès des habitants de Tyr – qui savent désormais ce que je sacrifie pour la sauvegarde de leurs libertés... »

Malgré tout, cette « bonne nouvelle » ne lui rendit pas le sourire, et c'est le cœur lourd qu'il pénétra dans la grande salle du palais. Sous des bannières de divers pays européens, plus d'une trentaine de chevaliers l'y attendaient. Parmi eux, Conrad distingua une bonne dizaine de moines soldats, au manteau orné d'une croix rouge ou blanche, ainsi qu'un véritable colosse, vêtu d'une magnifique armure verte finement ciselée.

— Messires, je suis enchanté de vous trouver aussi nombreux, déclara Montferrat.

Il les passa en revue, s'arrêtant devant certains d'entre eux pour les saluer d'un signe de tête ou d'une accolade. Arrivé à la hauteur du chevalier vert, il lui demanda :

— Votre nom, chevalier ?

Pour toute réponse, le mystérieux chevalier vert – qui avait, contrairement à ses compagnons, gardé son heaume sur la tête – s'inclina, une main sur la poitrine.

— Eh bien, un Sarrasin vous aurait-il coupé la langue ? Et pourquoi gardez-vous votre heaume ? Un coup de masse vous l'aurait-il enfoncé sur la tête ?

Une voix haut perchée s'éleva, venue de l'autre côté de la grande salle.

— Mon maître, grinça un affreux nain vêtu d'un pourpoint jaune et d'un bonnet à clochettes, a fait vœu de silence.

— Pour quelle raison ? s'enquit Montferrat.

Le nabot s'approcha en boitant de Montferrat, si près que ce dernier fut obligé de se pencher pour le regarder. Bossu et rabougri, il portait des chausses se terminant par des grelots, qui auraient prêté à rire s'il n'avait pas agité devant lui un fouet dont les triples lanières s'achevaient par un nœud. Ce fouet était celui avec lequel les orsalhers – les montreurs d'ours – domptaient leurs bêtes.

— Il s'est juré de garder le silence tant que l'ennemi n'aura pas été éradiqué de ce monde et envoyé aux Enfers.

Montferrat fit une moue admirative, et demanda :

— Puis-je savoir comment vous vous appelez ?

— J'ai nom Billis, répondit la créature en s'inclinant, une main sur la poitrine. Et mon maître n'a d'autre nom que le Chevalier Vert.

— Alors, Chevalier Vert, Billis et vous autres, venus de toute la Terre sainte…

— Pardonnez-moi, beau doux seigneur, l'interrompit Billis. Mais nous, nous venons de Sicile. C'est Sa Majesté Guillaume II qui nous a envoyés ici…

— Ah oui, très bien, répliqua Conrad légèrement agacé.

Quand le silence se fut rétabli, il se tourna vers tous les chevaliers de l'assemblée, et poursuivit solennellement :

— Adonc, vous tous, nobles chevaliers venus de Terre sainte et de Sicile, je veux que vous sachiez que vos anciens chefs, autrefois à la tête des armées chrétiennes, ont pactisé avec l'ennemi. Alléguant la défaite de nos armées, ils se sont entendus avec Saladin pour cesser le combat. Certes, nous avons été, nous sommes submergés par les forces du sultan. Mais, infiniment plus que leur nombre, ce sont leurs stratégies, leur magie noire, leurs djinns et leurs démons qui nous font reculer. Ce sont les stratégies, la magie noire, les djinns et les démons des Infidèles qui ont surpris vos anciens chefs au point de les amener là où ils en sont aujourd'hui.

Prenant une grande inspiration, sentant à ses côtés la présence réconfortante de Cassiopée et de Simon, il ajouta :

— Je ne suis pas de cette trempe-là. Sachez que je m'engage à défendre Tyr, dussé-je y perdre ce que j'ai de plus cher. Je veux que vous embarquiez dès maintenant sur *La Stella di Dio* et les différents bateaux qui sont restés au port. Prenez à votre bord tous les hommes qui se peuvent trouver, et munissez-les d'arcs et d'arbalètes. Nous tenons déjà la mer. Il ne nous reste plus qu'à transformer l'isthme en un enfer de flèches et de traits ! Je sais que vous vaincrez !

Dans un cliquetis de métal, les chevaliers se dirigèrent vers les portes de la grande salle, se dépêchant d'aller réunir leurs gens. Beaucoup, qui avaient participé à la débâcle de Hattin, n'avaient qu'une envie : prendre leur revanche.

— Messire, dit Cassiopée au marquis peut-être devriez-vous attendre un peu… Attaquer maintenant, c'est condamner votre père à une mort certaine.

— Qu'il meure de ma main, plutôt que de celle des Sarrasins.

— Écoutez, votre père a jadis aidé le mien à se sortir du mauvais pas où il se trouvait…

Devant l'étonnement du marquis, Cassiopée lui raconta comment Morgennes avait réussi à fausser compagnie aux mamelouks chargés de le garder, grâce à Guillaume de Montferrat et à deux courageux Francs.

— Laissez-moi une heure ou deux, le temps d'aller parler à Saladin.

— Comment traverserez-vous ses lignes ?

— J'ai un sauf-conduit, portant la signature et le sceau du sultan.

Le marquis se mordit les lèvres. Ça pouvait marcher. Mais avait-il le droit de changer de stratégie, alors qu'il venait de dire aux habitants de Tyr qu'il était prêt à tout risquer pour sauver leur cité ?

— Écoutez, ajouta Cassiopée, je n'ai besoin que d'une petite poignée d'heures, le temps d'aller trouver Saladin. Il m'écoutera. Et, si Dieu veut, il épargnera votre père…

— Il vous écoutera sans doute, étant donné la nature de vos liens, mais pourquoi vous accorderait-il la vie de mon père ?

Cassiopée regarda autour d'elle. Elle n'avait pas envie que ce qu'elle allait dire tombe dans de mauvaises oreilles.

— J'ai sauvé son fils. Lors du siège de Jérusalem.

— Vous ? Vous êtes donc responsable de la chute de notre sainte cité ?

— Je n'ai pas dit ça.

— Mais enfin, de quel bord êtes-vous ?

— D'aucun en particulier, je le crains. Ou alors de celui de mon père. Mais laissons là ces affaires de famille, et donnez-moi jusqu'à complies. Si d'ici là vous n'avez pas de mes nouvelles, attaquez – et priez pour moi.

— Comment saurai-je que vous avez réussi ?

— Je trouverai bien un moyen de vous prévenir. Au mieux, c'est votre père qui vous l'apprendra. Au pis, ce sera mon oiselle.

Montferrat paraissait sur le point d'accepter, mais les bruits de branle-bas de combat qui leur parvenaient du dehors le faisaient hésiter.

— Pour une fois, une toute petite fois, poursuivit Cassiopée, laissez sa chance à la voie diplomatique. Faites-moi confiance !

Elle lui prit les mains, l'implorant du regard.

— Juste cette fois, alors, céda Montferrat.

— Vous n'avez rien à perdre, conclut-elle.

Puis elle se tourna vers Simon :

— Tu viens ?

— Évidemment.

— Et moooi aussiii ! s'écria Rufinus, avant de se corriger : Moi aussi !

Tous trois saluèrent Montferrat, ne sachant pas s'ils se reverraient, puis se mêlèrent à la masse des soldats qui sortaient. Nul ne remarqua que Billis et le Chevalier Vert n'avaient pas quitté Cassiopée du regard durant toute sa conversation avec le marquis de Montferrat. Et quand ils eurent quitté la grande salle, Billis dit tout bas :

— C'est son épée, c'est Crucifère…

Pour toute réponse, l'étrange chevalier se contenta de hocher la tête, comme réagissant aux ordres d'un invisible montreur de marionnettes.

14.

« Bien souvent, on ne peut pas connaître
à l'héritier qui fut son père. »

(CHRÉTIEN DE TROYES, *Guillaume d'Angleterre.*)

Cassiopée et Simon se firent remettre deux chevaux munis de sacoches de selle, deux arbalètes avec leurs carquois de carreaux, puis demandèrent qu'on leur ouvre les portes de la cité. Ayant franchi le pont-levis dans un tonnerre de sabots, ils abordèrent une vaste étendue de sable où leurs montures trottèrent avec plaisir.

Cassiopée était enchantée à l'idée de revoir son oncle, Saladin. Elle était si contente qu'elle n'entendit pas tout de suite Simon se plaindre. Mais bientôt, comme celui-ci n'arrêtait pas de se tourner en tout sens sur sa selle, elle lui demanda :

— Qu'y a-t-il ?

— Ils m'ont donné une jument !

Elle étouffa un petit rire, trouvant amusant qu'il soit uniquement préoccupé du sexe de sa monture alors qu'ils couraient droit chez l'ennemi.

— Tu devrais te réjouir, au moins tu n'es pas à pied.

— Je n'ai jamais monté que des étalons. Qui sait comment se comportera cette pouliche au moment du combat ?

— Ils auraient pu te donner une mule, ou rien du tout. Songe à leur situation. Ils ont besoin de tous les destriers possibles.

Simon se rembrunit, et baissa le regard.

— Attention, murmura Cassiopée.

Levant les mains pour indiquer qu'ils venaient en paix, Cassiopée expliqua en arabe aux mamelouks qui les menaçaient de leurs lances qu'elle avait un sauf-conduit, marqué du sceau de Saladin lui-même.

— Montre-le-moi, répliqua l'un d'eux.

Lentement, elle abaissa la main droite vers son aumônière, et en sortit le fameux sésame. Tandis que le mamelouk l'examinait, elle lui dit :

— Va dire à ton sultan que sa nièce a hâte de le serrer dans ses bras.

Comme il rechignait à obéir, Rufinus – que Cassiopée avait en partie enfoui dans un sac de selle – lui lança :

— Hââây-toi, où je te change en moooi !

Les sentinelles détalèrent, et coururent prévenir les mamelouks postés devant la tente de Saladin qu'une jeune fille – prétendument sa nièce – souhaitait saluer le sultan.

— Porte-t-elle un voile ? s'enquit Saladin.

— Non, Excellence, bafouilla l'une des sentinelles en mettant un genou en terre.

— Alors c'est Cassiopée ! Qu'elle vienne, par Allah !

Un verset du Coran plus tard, oncle et nièce tombaient dans les bras l'un de l'autre. La serrant sur son cœur avec effusion, Saladin dit à sa nièce :

— Tu as tenu parole ! Tu es revenue chercher Morgennes.

— Et Taqi, oncle très estimé.

En entendant le nom de son neveu, Saladin ne put s'empêcher d'arborer un étrange sourire, des plus énigmatiques.

— Ces derniers temps, continua Saladin, j'ai beaucoup prié pour lui. Ainsi que pour Morgennes.

Cassiopée se demandait si elle devait lui dire que Morgennes était son père, mais préféra s'abstenir pour l'instant. « Il sera bien temps de le lui apprendre le moment venu », pensa-t-elle en regardant son oncle, qui paraissait fort troublé. Il n'arrêtait pas de se frotter la barbe – signe qu'il avait une importante décision à prendre, ou quelque pénible nouvelle à annoncer.

— Vois-tu, comme il est dit dans la soixante-dix-huitième sourate du Très Saint Coran, ceux qui sont tombés en Enfer « y demeureront des siècles sans goûter ni fraîcheur, ni boisson – à part une eau bouillante et une boisson fétide – Ce sera une rétribution équitable. »

— Raison de plus pour les en sortir au plus vite !

Saladin dodelina de la tête, se caressa la barbe de plus belle et demanda dans un mélange de *lingua franca* et d'arabe :

— En avons-nous vraiment le droit ? N'est-ce point trop d'orgueil, très chère Cassiopée ?

Il la fixa de ses yeux gris.

— Il s'agit de Morgennes, répliqua-t-elle d'une voix tremblante. Il a sauvé votre fils !

— D'après le Très Saint Coran, poursuivit Saladin, Morgennes devrait se trouver devant l'une des toutes dernières des sept portes des Enfers. Serait-ce la sixième porte – celle de la Fournaise – qu'Allah a destinée aux mécréants ? C'est possible.

— Qu'est-ce que c'est que cette histoire ? demanda Simon. La dernière fois, il était question de trois régions et cinq fleuves, et maintenant ce sont sept portes ?

Saladin ne lui adressa pas un regard, et continua comme si personne n'avait parlé.

— Beaucoup de choses sont possibles. Seules pour moi sont exclues les première et dernière portes, réservées aux musulmans et aux hypocrites. Car ce Morgennes n'a été musulman qu'un temps, et n'a certainement jamais été un hypocrite…

— Ça, dit Cassiopée en se sentant soudain bien seule, c'est pour Morgennes. Mais pour Taqi ?

— Ah, Taqi ! dit Saladin avec tendresse tout en regardant son fils du coin de l'œil. Mon cher Taqi... Je crois qu'Allah l'a en sa très sainte garde, alors réjouissons-nous pour lui.

— Que voulez-vous dire ?

— Taqi..., poursuivit Saladin en se peignant la barbe avec les doigts. Sache que ce n'est pas la première fois qu'il meurt, si j'ose m'exprimer ainsi. Déjà, il y a longtemps, bien longtemps...

Et il raconta à Simon, Rufinus et Cassiopée comment – au mois de décembre 1169, pour parler comme les Franjis – Taqi n'était pas revenu de la mission qu'il devait accomplir, avec les troupes d'élite du Yazak, dans le tombeau de saint Georges.

— Il s'agissait d'empêcher le roi Morri (ainsi les Sarrasins appelaient-ils Amaury Ier de Jérusalem) de mettre la main sur l'épée de saint Georges, expliqua Saladin sans remarquer que l'épée que portait Cassiopée était justement Crucifère. À la tête d'une troupe d'élite, Taqi se rendit au tombeau du saint, dans la banlieue de Lydda... Ils y furent massacrés par des soldats venus du royaume des Ombres.

Il prit une gorgée d'eau dans une simple timbale en étain, et regarda vers le lointain, les yeux embrumés. Cependant, il aurait été difficile d'affirmer que c'étaient de pénibles souvenirs. Ses relations avec Amaury puis Baudouin IV de Jérusalem, sa jeunesse, celle de Taqi, les derniers jours de son oncle Chirkouh le Volontaire, la conquête de l'Égypte... au fond, toute cette époque était peut-être ce qu'il avait eu de meilleur. Les Franjis allaient être chassés de Terre sainte. Néanmoins, sans qu'il puisse s'expliquer pourquoi, Saladin les regrettait déjà. « Quel dommage que nous n'ayons pas su tisser de liens d'amitié... »

Il vida sa timbale et reprit son histoire :

— J'étais au Caire, en train de consolider mon pouvoir, lorsque j'entendis des hurlements de douleur. Des cris de femmes, surtout, car toutes les femmes aimaient Taqi. Et puis aussi des cris d'hommes, car beaucoup d'hommes l'estimaient. Sais-tu que c'est à ton cousin que nous devons d'avoir déjoué la tentative de prise de pouvoir fomentée par les hommes de Morri et les coptes, peu après que je fus nommé vizir d'Égypte ?

Cette dernière question n'en était pas vraiment une, aussi Cassiopée ne répondit-elle pas. En outre, elle n'avait aucune envie d'avouer à Saladin qu'elle savait à peu près tout ce qu'il y avait à savoir – côté insurgés – de cette tentative de coup d'État, puisque sa mère y avait participé.

— Je me rappelle… Son corps, dans les bras de Tughril, mon plus fidèle garde du corps. Que j'ai pleuré ! Que j'ai crié ! Et puis, alors que dans ma douleur j'avais malencontreusement laissé passer l'heure de la prière, j'ai entendu battre son cœur… Là, sous mon oreille, dans sa poitrine… Son cœur battait ! Taqi était en vie. Ô mon cher Taqi. Allah – gloire à Lui – n'avait pas permis que tu meures !

Saladin parlait maintenant avec émotion, sans remarquer que son fils l'écoutait avec une pointe de tristesse et, peut-être aussi, de jalousie.

— Je te tenais la main. Rouge du sang de tes ennemis. Je la couvris de baisers, l'embrassai avec effusion, comme si mes lèvres pouvaient te transmettre les forces qui te faisaient défaut pour te relever… En vérité, c'est ce qui arriva. Alors que je lui baisais les mains, Taqi rouvrit les yeux, et m'interrogea : « Où suis-je, mon oncle ? Ai-je échoué ? »

Saladin se resservit une timbale d'eau claire – si fraîche qu'il n'eut pas besoin d'y ajouter une cuillerée de neige de l'Hermon.

— Tout cela pour te dire, ma très chère nièce, que Taqi est plus qu'il ne paraît. Son voyage dans l'au-delà l'a métamorphosé en ange, j'en mettrais ma main au feu. Enfin, non, se reprit Saladin. Pas au feu. C'est trop dangereux maintenant que Sohrawardi m'a trahi et qu'il a invoqué les djinns !

Cassiopée eut un vague sourire, un peu triste, en entendant le nom de ce nécromancien. C'était à lui que Rufinus devait d'avoir survécu à sa décapitation. À lui aussi qu'elle devait la mort de son père, puisque lors du combat qui avait

VII Morgennes affronter Renaud de Châtillon pour la possession de la Vraie Croix, Sohrawardi avait invoqué les djinns, ce qui avait eu pour conséquence d'enflammer le puits des Âmes où ils étaient tombés. Puis elle se rappela son voyage au fond du Vésuve, et le fait qu'elle avait cru y voir Taqi... Mais elle décida de ne pas en parler pour l'instant, et préféra demander à Saladin :

— Avez-vous vu Guyane de Saint-Pierre ? Celle que Franjis et mahométans appelaient la « femme qui n'existe pas » ? Votre cousine ?

Saladin eut un sourire, comme si Cassiopée lui avait demandé s'il avait rencontré un fantôme. En vérité, si la mère de Cassiopée avait été affublée d'un tel surnom, c'est parce qu'elle était le fruit de l'union illicite d'Aliénor d'Aquitaine et de Chirkouh le Volontaire. Furieux, Louis VII et Nur al-Din avaient alors passé un accord, stipulant que l'existence de la fillette ne serait jamais reconnue officiellement tant qu'elle n'aurait pas choisi sa religion : musulmane, comme son père ? ou chrétienne, comme sa mère ? En attente de quoi, elle n'était qu'une rumeur, condamnée à séjourner dans une sorte de prison située dans Le Caire des Fatimides. C'est là qu'elle avait rencontré Morgennes, qui l'avait aidée à échapper à ses geôliers alors qu'elle n'avait toujours pas choisi sa foi.

— Je n'ai jamais eu cet honneur, avoua Saladin. Tu la cherches ?

— Oui et non. Pour ne rien vous cacher, c'est elle qui est à ma recherche.

— Si nos chemins se croisent, je lui dirai que je t'ai vue. Veux-tu que je lui transmette un message de ta part ?

— Dites-lui que je cherche Morgennes. Et que je vais à Jérusalem. Qu'elle y interroge Massada, l'ancien marchand de reliques juif. Je crois qu'il s'est établi dans la léproserie, où il s'occupe des malades. Je lui laisserai mes instructions.

— Fort bien.

— Et les Muhalliq ? Font-ils encore partie de vos armées ?

— Non. L'hiver approchant, ils ont préféré regagner leur désert. Sans doute sont-ils quelque part du côté de Damas. C'est bien dommage, car je manque de braves...

Il y eut un bref silence, durant lequel Cassiopée se dit que le moment était venu d'avouer à Saladin le véritable objet de sa visite. Elle toussota derrière son poing fermé pour se donner contenance, puis se lança :

— Excellence, à vrai dire, indépendamment de l'immense plaisir que j'ai à vous revoir, je ne suis pas venue uniquement pour m'entretenir de Taqi. Ni de Morgennes d'ailleurs, même si l'un et l'autre sont la raison de mon retour en Terre sainte.

— Alors, que me vaut l'honneur de ta visite ?

— J'aimerais que vous libériez Guillaume de Montferrat.

— Le vieux marquis ? Le père de Conrad ?

— Lui-même.

Saladin avala une pistache, avant de dire :

— Son fils me cause bien des soucis. Il semble avoir repris les choses en main, et ne veut pas me remettre Tyr.

— Il m'a juré qu'il était prêt à tirer sur son père et à démolir la cité pierre à pierre plutôt que d'accepter votre marché.

— Quelle tristesse !

— Libérez son père, je vous en conjure. C'est un homme de bien, et il vous en saura gré. Conrad n'oublie jamais une offense, ni un bienfait d'ailleurs. Qui sait ? Peut-être aurez-vous besoin de lui, plus tard ?

— Il a jeté mes bannières dans les douves de Tyr !

— Justement. Il n'attend rien de vous. Un geste généreux de votre part aura d'autant plus de poids. Je vous en supplie !

Simon et Rufinus gardaient le silence, mais ne quittaient pas Cassiopée des yeux. Ils se joignaient – par la prière – à ses efforts.

Après avoir réfléchi un long moment, Saladin secoua la tête.

— Non…

Cassiopée ouvrit la bouche, mais il lui intima de se taire et poursuivit :

— Je ne laisserai pas tuer Guillaume de Montferrat, mais je ne lui rendrai pas non plus sa liberté. En tout cas, pas tout de suite…

Tapant dans ses mains, il convoqua un mamelouk et lui ordonna :

— Amène-moi Guillaume de Montferrat.

Une poignée de pistaches plus tard, deux gardes escortaient sous la tente du sultan le vieux marquis de Montferrat, aux pieds et aux poings toujours enchaînés.

— Détachez-le, dit Saladin.

Les gardes libérèrent le prisonnier, qui se massa les mollets et les poignets, sans quitter Cassiopée des yeux.

— Merci, murmura-t-il à l'intention de Saladin. Dois-je comprendre que je suis libre ?

— Libre d'aller à ta guise sous ma tente, rétorqua le sultan. Mais pas d'en sortir. Dès que tu en auras refranchi le seuil, tu retrouveras tes chaînes.

— Alors, avec votre permission, je vais rester un peu... Mais à qui ai-je l'honneur ? demanda-t-il en regardant Cassiopée, Rufinus et Simon.

Saladin présenta Cassiopée comme sa nièce, Rufinus et Simon comme deux amis de celle-ci.

— Nous nous connaissions autrefooois, glapit Rufinus en s'efforçant de réfréner son phrasé lancinant. J'étais évêque d'Acre. Mon père s'appelle Héraclius, c'était le patriarche de Jérusaleeem.

— Ah oui. Je me souviens de vous, dit Guillaume de Montferrat. Vous avez bien euh... changé.

— Hélaaas, dit Rufinus en baissant les yeux.

— Quant à moi, intervint Simon, je suis le nouveau comte de Roquefeuille.

Guillaume de Montferrat s'inclina vers Simon, l'interrogeant :

— L'emblème de votre famille n'est-il pas un ours en pied ?

— De gueules, semé de grains de sel d'argent, à l'ours de sable.

— Alors j'ai connu vos frères. Des garçons valeureux... L'un d'eux était un Templier, si je me rappelle bien ?

— Je l'étais moi aussi, dit Simon.

— Ah. Et vous ne l'êtes plus ?

— Je vous l'ai dit. Je suis le nouveau comte de Roquefeuille. Tous mes frères sont morts, et mon père aussi. Il faut quelqu'un pour s'occuper de nos domaines. J'ai donc quitté les ordres…

Enfin, Guillaume de Montferrat se tourna vers Cassiopée :

— N'était-ce pas vous qui aviez dansé, sous cette tente même, peu après la bataille de Hattin ?

— C'était moi, en effet.

— Sachez que depuis la perte de la Vraie Croix, seule votre danse a réussi à apaiser mes souffrances. Mon cœur n'a pas trouvé de plus joli souvenir auquel se raccrocher pour essayer de ne pas sombrer… Mais puis-je vous demander, puisque vous m'avez l'air d'être aussi franque que musulmane, par quel miracle vous vous êtes retrouvée sous cette tente, à danser pour Saladin ?

— Vous avez raison, j'ai des origines mêlées, dit Cassiopée sans préciser lesquelles. Et si j'ai dansé sous cette tente, c'est parce que j'avais fait un pari…

— Lequel ? s'enquit Saladin.

— J'avais parié avec Taqi que les Francs gagneraient.

— Vous avez perdu, hélas, dit Guillaume de Montferrat.

— Hélas pour vous, corrigea Saladin.

— Pour m'acquitter de mon pari, Taqi m'a demandé de distraire les prisonniers avec une danse.

— Et vous avez accompli un exploit, concéda Guillaume de Montferrat. Car, le temps d'une danse, j'ai oublié la perte de la Vraie Croix…

Sous la tente s'installa un certain malaise, que dissipa Saladin.

— Beau doux seigneur, dit-il à Guillaume, je ne puis rester insensible à votre noblesse et à la hardiesse de Conrad. Vous avez dû être un père exceptionnel pour avoir un tel fils. C'est pourquoi j'ai une offre à vous faire…

Comme Guillaume ne demandait pas laquelle, Saladin poursuivit :

— Je vous propose de fixer vous-même le montant de votre rançon.

— De le fixer moi-même ? Mais Diable, quel chiffre suis-je supposé donner ?

— Que valez-vous ?

— Pour mon fils ? Beaucoup, je suppose.

— Dites un chiffre.

— Je ne voudrais pas abuser…

— Faites-moi plaisir, dit Saladin en levant la main. Je vous fais confiance.

Guillaume de Montferrat ferma les yeux, et se recueillit un instant avant de déclarer :

— Deux cent mille besants d'or.

— Décidément ! s'exclama Simon.

Saladin et Guillaume de Montferrat le regardèrent sans comprendre, puis le sultan déclara :

— Ce me semble être une juste estimation. Fort bien, qu'on informe Conrad du montant de la rançon demandée par son père, dit-il en se tournant vers le cadi Ibn Abi Asroun.

— Merci, mon oncle, dit Cassiopée à Saladin. Qu'Allah vous garde. Vous êtes bien le Clément qu'acclament vos sujets.

— Ce que je fais, je le fais pour toi, déclara le sultan. Et dans le vain et orgueilleux espoir d'inspirer Allah. Car si je suis capable de faire une faveur à l'un de mes pires ennemis, peut-être le Très-Haut fera-t-il de même avec ce chevalier Morgennes, que tu tiens tant à sauver.

— Merci encore, très cher oncle, dit-elle en s'inclinant bien bas.

Elle ressentait néanmoins une pointe d'amertume à l'idée qu'il ne l'aiderait pas plus que cela à sauver son père. Enfin, les pourparlers qu'elle avait entrepris n'avaient pas totalement abouti, ni complètement échoué. Guillaume de Montferrat ne serait pas tué.

Saladin donna l'ordre d'envoyer le vieux Guillaume de Montferrat en prison à Damas, où il attendrait que sa rançon soit payée.

— Je ne pensais pas coûter un jour aussi cher à mon fils, soupira Guillaume en jetant un dernier regard à Cassiopée. En tout cas, ça m'a permis de vous revoir…

— Tout le plaisir était pour moi, dit Cassiopée.

Guillaume de Montferrat s'apprêtait à retrouver ses chaînes, lorsqu'il se tourna brusquement vers Cassiopée pour lui avouer :

— Au fait, si vous cherchiez votre foulard, c'est moi qui vous l'ai pris.

— Mon foulard ? demanda Cassiopée, qui ne voyait pas à quoi le vieux marquis faisait allusion.

— Celui avec lequel vous avez dansé. Je vous l'ai volé, pour avoir un souvenir. Avant de m'en servir pour aider un ami à s'enfuir…

— Qui donc ? demanda Cassiopée, qui se souvenait fort bien d'avoir récupéré ce foulard sur Morgennes, avant de le perdre à nouveau pour le retrouver finalement noué autour du bras de Massada.

— Morgennes. Le connaissez-vous ?

Cassiopée hésita un instant, mais devant l'expression de remords et d'espoir qu'arborait le vieux Guillaume de Montferrat, elle murmura – en espérant que Saladin n'entendrait pas :

— C'était mon père.

— C'était ?

— Il est mort.

Guillaume de Montferrat inclina la tête, signalant qu'il avait compris, puis fit un autre pas vers la sortie de la tente. Où il se retourna encore une fois, pour dire à mi-voix :

— Vous faites mentir Chrétien de Troyes quand il écrivait : « Bien souvent, on ne peut pas connaître à l'héritier qui fut son père. » Je savais bien que vous me rappeliez quelqu'un. Maintenant je sais qui, et je suis heureux de savoir qu'un tel homme continue d'exister. À travers vous…

15.

« Amour est de détestable lignée ; il a tué sans glaive des milliers d'hommes.

Dieu n'a pas créé de plus terrible enchanteur – Écoutez ! – plus capable de faire un fou du sage qui est tenu dans ses lacs. »

(Marcabru, *Invectives contre « Fausse Amour »*.)

Grâce au sauf-conduit délivré par Saladin, Cassiopée et Simon purent traverser en toute tranquillité un vaste territoire tombé aux mains des musulmans. Leur intention était de gagner Jérusalem puisque c'était là que Morgennes était mort. Là qu'il était tombé dans le puits des Âmes, là que Taqi l'avait suivi jusqu'aux Enfers.

Cassiopée repensa à ce que Saladin venait de leur raconter au sujet de Taqi.

Quand elle fut certaine que personne ne les épiait, elle sortit de son sac de selle le petit tableau donné par le marquis de Montferrat. Taqi n'y était – évidemment – pas réapparu. « Taqi », murmura-t-elle. « Où es-tu ? Aux Enfers, avec mon père ? Ou quelque part autour de nous ? »

Promenant son regard sur les plaines désolées qu'elle et Simon traversaient, elle ne vit que des successions de champs ravagés par la guerre, ponctués ici et là de bâtisses et d'églises ruinées, brûlées.

Comme c'était encore l'hiver, ils ne croisèrent pas âme qui vive. Les paysans reviendraient au printemps, pour labourer les champs. Probablement les mêmes qu'à l'époque du roi Guy de Lusignan. Des paysans qui travailleraient la terre, comme l'avaient fait leurs parents avant eux, et acquitteraient plus ou moins les mêmes taxes qu'auparavant, mais au bénéfice d'un nouveau souverain, appelé Saladin.

Cassiopée rangea le petit tableau dans son sac de selle et en sortit le parchemin que sa mère lui avait fait parvenir peu après son retour de Terre sainte. Elle l'avait lu et relu tant de fois qu'elle le connaissait par cœur. « D'ailleurs, se demanda-t-elle, pourquoi le relire encore ? » Elle n'avait pas besoin de le dérouler pour revoir l'écriture de sa mère, et pour l'entendre lui dire :

« Ma chère et tendre Cassiopée,

« Je n'ai pas toujours été une bonne mère. Je le sais, et je te demande de me pardonner, si une telle chose est possible. Toutes ces années passées auprès de toi et de tes parrains, Gargano et Chrétien de Troyes, ont été les plus belles de ma vie. Te voir grandir a fait ma joie, et je n'oublierai jamais ton visage de petite fille, quand Gargano t'apprenait à parler à Galline. Est-elle toujours avec toi ? T'accompagne-t-elle toujours partout où tu vas, veillant sur toi depuis les cieux ? Je pense souvent à cette oiselle, dont l'œuf a éclos le jour même de notre rencontre avec Chrétien de Troyes.

« Notre cher Chrétien, qui se meurt à petit feu, de solitude, de vieillesse et de chagrin. J'ignore si tu es au fait de cette triste nouvelle. Si ce n'est pas le cas, pardonne la brutalité avec laquelle cette information te parvient et hâte-toi de revenir, si tu veux avoir une chance de l'embrasser avant qu'il ne rejoigne le Seigneur. Si c'est le cas, sache que je partage ta douleur. Chrétien de Troyes est, avec Gargano, mon seul ami ici. En cette terre, froide et austère, si différente de mon Moyen-Orient natal.

« Depuis que tu es partie, si jeune, apprendre le métier des armes à Constantinople, la vie m'est insipide. Enluminer les manuscrits de ce bon Chrétien de Troyes ne suffit plus à mon bonheur. Cela n'a d'ailleurs jamais suffi, et aujourd'hui tout est bien fade.

« *Mes épices, mon sel, c'était toi.*

« *Même s'il y avait beaucoup de ton père, de ton pauvre père, en toi.*

« *Je ne t'ai jamais dit pourquoi je l'avais quitté, ni qui il était.*

« *Tu trouveras, vers la fin de cette lettre, son véritable nom.*

« *Car j'ai fini par apprendre de Philippe d'Alsace que Chrétien t'avait envoyé en quête de l'inspirateur du principal personnage de son dernier roman,* Perceval ou le Conte du Graal. *Au fil des années, j'ai appris à lire les silences de notre cher Chrétien de Troyes, et à communiquer avec lui à travers ses œuvres. Je le soupçonne d'avoir jadis connu ton père. Pour une raison que j'ignore, il ne m'a jamais parlé de lui.*

« *Mais ce qu'il m'a tu, je l'ai perçu entre les lignes de ses livres, et je trouve bon qu'il ait tenu – parce qu'il t'aimait comme la fille qu'il n'a jamais eue – à te le révéler.*

« *En t'envoyant en quête de son personnage…*

« *Vois-tu, fille adorée, il n'y a pas de hasard. Moi-même, en peignant les portraits de ce valeureux Perceval parti en quête du Graal, je pensais sans arrêt à ton père.*

« *Et je ne doute pas – te connaissant – que tu réussiras à le trouver. Quelque part en Terre sainte, en quête de je ne sais quel improbable Graal, tâchant d'accomplir l'impossible. Réussissant là où tous ont échoué.*

« *Peut-être l'as-tu déjà retrouvé.*

« *Je vous imagine, dans les bras l'un de l'autre, heureux d'être enfin réunis.*

« *J'aurais tellement aimé que nous soyons une famille; et non pas seulement une femme et sa fille, sur cette rive de la Méditerranée, et un preux chevalier, perdu sur l'autre rive.*

« *Mais c'est un rêve irréalisable. Je ne pourrai jamais pardonner à ton père ce qu'il m'a fait jadis, et comme tu es désormais une femme, il est maintenant temps pour moi d'abandonner le monde.*

« *J'ai décidé d'entrer au couvent.*

« *Ayant vécu toute mon adolescence dans un petit jardin entouré de murs, j'aspire à retrouver pour la fin de ma vie ce qui en a bercé les prémices. Ce que je souhaite aujourd'hui, c'est finir mes jours auprès de ce dieu que j'ai finalement accepté comme mien – celui que les chrétiens appellent tout simplement Dieu. "Va vers la Croix", disait souvent ton père.*

« J'y vais.

« Mais avant – je sais que Dieu me pardonnera – je souhaite te revoir.

« Si je ne pouvais te serrer une ultime fois dans mes bras avant de me retirer du monde, c'est moi qui ne me le pardonnerais pas.

« Je sais que si tu lis cette lettre, c'est que tu es en Flandre.

« Sache alors que je suis en Terre sainte.

« Retournes-y si tu souhaites me revoir. Ou reste en Flandre si tu refuses que nos chemins se croisent à nouveau.

« Mais si tu viens en Terre sainte, je te retrouverai toujours.

« Va à Jérusalem, va à Damas.

« Interroge Saladin. Peut-être saura-t-il te dire où je suis. Après tout c'est ton oncle, et mon cousin germain.

« Il ne me reste plus qu'à t'écrire deux choses. Tout d'abord, je veux que tu saches que tu es la fille que j'ai toujours rêvé d'avoir. Mieux. Tu es celle qui a réécrit mes rêves, et m'a permis de les porter vers de nouveaux sommets.

« Enfin, il est grand temps pour moi de t'apprendre que le personnage que Chrétien de Troyes t'a demandé de retrouver, ce Perceval, c'est ton père.

« Je n'ai pas le droit de t'en priver.

« Perceval, c'est Morgennes.

« Et Morgennes, c'est ton père.

« Je t'aime et t'aimerai toujours.

« Ta mère,

Guyane, dite de Saint-Pierre. »

Cassiopée fut de nouveau gagnée par la léthargie qui l'avait envahie lorsqu'elle avait lu cette lettre, dans le comté de Flandre. Elle se sentait coupable, coupable de n'avoir pas su reconnaître en Morgennes son père. Pourtant, la première fois qu'elle l'avait vu, elle avait cru voir un fantôme. Cela signifiait-il qu'elle l'avait reconnu, sans le savoir ? Pourquoi ne s'était-elle pas alors jetée dans ses bras ? Pourquoi, surtout, ne s'était-elle pas mise en quête de son père ? Fallait-il être sourde et aveugle à ce point, privée de cœur et de tout ce qui fait qu'un être éprouve, ressent ?

Perdue dans ce labyrinthe de questions, il lui fallut un peu de temps avant de se rendre compte que Simon lui parlait :

— Ce que je ne comprends pas, disait-il, c'est pourquoi ta mère ne t'a pas dit où elle allait.

— Elle me l'a dit.

— Tout ce qu'elle a dit, c'est qu'elle se rendait en Terre sainte. Ce n'est pas très précis.

Cassiopée leva les yeux, à la recherche de son oiselle. Quand elle l'eut aperçue, volant sous un nuage gris acier, elle répondit à Simon :

— Elle ne pouvait pas l'être plus. Mais nous savons aussi qu'elle s'y est rendue pour me revoir, et qu'elle me retrouvera toujours, où que je sois en Terre sainte.

— En ce cas où est-elle ? demanda-t-il sarcastiquement en se retournant sur sa selle.

— Peut-être pas très loin.

— Si tu le dis.

Cassiopée expliqua que sa mère avait toujours été farouchement indépendante. Elle lui avait appris à se débrouiller par elle-même, sans se décourager, quelles que soient les circonstances.

— Maman n'aura pu faire autrement que de passer par Jérusalem, Damas et le Krak des Chevaliers... Je sais qu'elle a fait, grâce à Chrétien de Troyes, la connaissance du cheik des Muhalliq ; et nous savons que mon père était un ami d'Alexis de Beaujeu. C'est bien le Diable si elle n'a pas laissé dans l'un ou l'autre de ces lieux, à l'une ou l'autre de ces personnes, un message à mon intention. Je suis sûre qu'on va la retrouver !

Simon maugréa, caressa distraitement l'olifant qui pendait à son cou – olifant qu'il avait pris, l'été précédent, sur le cadavre d'un Hospitalier chargé d'escorter la rançon de la Vraie Croix. Pour lui, le maintien des Francs en Terre sainte, la défense du tombeau du Christ, le massacre des musulmans, tous ces somptueux projets, tout cela, c'était terminé. Tout ce à quoi il aspirait désormais, maintenant que son père était mort et qu'il était le dernier des Roquefeuille, c'était fonder une famille et se donner un héritier – mâle, cela va de soi.

— Cassiopée, commença-t-il comme s'il s'amusait à prononcer son nom pour avoir le plaisir de l'entendre résonner dans les airs. Cassiopée, je…

— Je sais, l'interrompit-elle.

— Tu sais ce que je vais te dire ?

Il arrêta sa jument.

Cassiopée l'imita, et se retourna sur sa selle pour le regarder.

— Oui. C'est non. Pas maintenant.

— Alors quand ?

— Quand j'aurai retrouvé ma mère. Et que mon père…

— Tu veux leur consentement ?

Elle secoua la tête, ferma les yeux et dit :

— J'ai besoin d'eux. Il est trop tôt… J'ai surtout besoin de lui. Besoin de savoir qu'il n'est pas en Enfer. Besoin de lui dire qui je suis pour lui.

— Je t'ai promis de t'aider à le sauver. Ne suis-je pas là, à côté de toi ? À croire en toi ? À te rassurer, quand tu doutes ? Regarde Chefalitione, pour qui nous avons tant donné : est-il ici ? Et Montferrat ? Tu as sauvé son père. Nous a-t-il rejoints ? Non. Il préfère sauver sa cité. Et Saladin ? Il dit que Taqi est sauvé, et que ton père… mérite son sort !

— Il ne sait pas que c'est mon père.

— N'empêche. Il dit que Morgennes mérite son sort, ce qui revient au même.

— Si je lui avais dit que Morgennes était mon père, il aurait tout fait pour nous aider.

— Alors pourquoi ne le lui as-tu pas dit ?

— Je ne veux pas l'embarrasser.

— L'embarrasser ? Lui, le Chef des Armées, l'Ornement de l'Islam, le Protecteur des Créatures, l'Associé de la Dynastie…

— Arrête, c'est mon oncle ! Je t'interdis de te moquer de lui.

— Il croit que Morgennes mérite son sort !

Cassiopée accusa le coup, et baissa les yeux. Jouant avec les rênes de sa jument, elle était torturée par l'idée que Saladin n'avait peut-être pas tort. « Ma quête est insensée… Impossible et insensée… »

— Qui te dit, demanda-t-elle, qu'il n'a pas raison ?

— S'il a raison, que faisons-nous ici ?

Nouveau silence de Cassiopée. Avait-elle le droit de priver Simon de ses héritiers ? De l'entraîner dans une terre aux mains des musulmans, de l'emmener en Enfer ? Quel genre d'ami était-il pour oser l'accompagner, sinon le meilleur qui se pouvait rêver ?

— Je te demande pardon. Je suis injuste envers toi. C'est seulement que j'ai peur. Peur de ce qui va nous arriver…

Simon parut hésiter. Sa monture exécuta de petits pas de danse – trois pas en arrière, deux pas en avant – comme si son cavalier ne savait où la mener.

— Très bien, dit-il. Alors que veux-tu faire ? Retraverser la Méditerranée ?

— Je ne veux plus t'imposer quoi que ce soit. Mais je veux retrouver ma mère, et enterrer mon père. Quoi qu'il arrive, même s'il est aux Enfers, son corps mérite une sépulture.

— Je suis du même avis. Alors je t'accompagne.

— Je ne te l'ai pas demandé.

— Je ne le fais pas que pour toi. C'est aussi pour Morgennes. Si c'est ça qui te gêne, sache que tu ne me dois rien.

Il ne put s'empêcher de regarder Cassiopée. Son visage était indéchiffrable. Était-elle heureuse ? Malheureuse ? C'était impossible à dire. Mais, en tout cas, ses yeux n'étaient pas emplis d'amour. De sympathie, peut-être. Mais d'amitié, certainement pas. Au pis, il pouvait y lire de la pitié.

Alors il commença de la haïr.

16.

« La Géhenne leur suffira comme brasier.

Nous jetterons bientôt dans le Feu ceux qui ne croient pas à nos Signes.

Chaque fois que leur peau sera consumée, nous leur en donnerons une autre afin qu'ils goûtent le châtiment. »

(Coran, IV, 55-56.)

Au sud de Jérusalem, dans la vallée de la Géhenne, un brasier brûle depuis la nuit des temps. Ce feu terrifiant, dont les fureurs ont teint de noir et de jaune l'enceinte sud de la ville, sert de décharge aux Hiérosolomytains.

C'est là qu'ils abandonnent leurs ordures : vieux mobilier, restes de nourriture, excréments et même – à l'occasion – un criminel ou deux, condamnés à rôtir. La légende raconte qu'autrefois des prêtres y faisaient brûler vifs des enfants, qu'ils sacrifiaient au dieu Moloch.

Ainsi ce brasier, qui ne s'était jamais éteint en un peu plus de trois mille ans d'incandescence, était-il pour les voyageurs un repère indiquant la cité. Comme il était écrit dans Isaïe, « le peuple qui marchait dans les ténèbres vit une grande lumière ». Et c'est ce que virent Simon et Cassiopée, quand ils arrivèrent dans les faubourgs de la trois fois sainte cité, peu après la prière d'el-Icha – celle de la deuxième heure de la nuit.

Les cris des muezzins se mêlaient aux ténèbres, amenant aux hommes le réconfort, leur disant : « Dieu est là. »

Loin d'être effrayées par les flammes de la Géhenne, les juments de Cassiopée et Simon s'en rapprochèrent. Sans doute espéraient-elles s'y réchauffer un peu. Cassiopée ne quittait pas la fournaise des yeux, se demandant si son père s'y trouvait. Elle entendait les flammes crépiter, voyait des objets y noircir et se tordre, basculant d'un côté ou de l'autre. « Eux aussi cherchent à échapper à cet enfer », se dit-elle.

Aux rares endroits où le brasier s'était éteint, des asticots grouillaient. Ils dépouillaient les carcasses de leurs restes de chair, les nettoyaient jusqu'à l'os. Puis tout cela mourait quand des employés venaient y verser un mélange de soufre et de poix, auquel ils mettaient le feu.

Ces employés, recrutés dans le corps des sapeurs, étaient chargés de maintenir le feu en activité. Cassiopée les voyait se mouvoir dans l'ombre, munis de gants, de casques et d'épaisses combinaisons de cuir, entretenant le cœur même de la Géhenne.

Beaucoup ne parlaient pas. Ils se déplaçaient en silence, lentement. Avec des gestes précis. On aurait dit des automates. Elle en vit deux jeter un cadavre de chèvre, qui arracha au feu un soupir d'étincelles.

« Étrange, étrange endroit », songea-t-elle. « Mélange de chaud et de froid, d'ombre et de lumière. »

— Des vers, du feu. La nuuuit. Le froid et en même temps la brûlure des flaaammes. C'est peut-être un aperçu de ce qui nous atteeend, murmura Rufinus.

Cassiopée essaya d'en éloigner sa monture, mais celle-ci – malgré les vapeurs soufrées – restait auprès des flammes.

Ils allaient au pas, au milieu des sapeurs qui faisaient la navette entre la Géhenne et leurs charrettes pleines de détritus. Cassiopée les regarda travailler, répétant des gestes hérités des Jébuséens et des Juifs; des gestes que les

Romains, puis les Byzantins, les Arabes, et enfin les chrétiens puis de nouveau les Arabes, avaient effectués pendant des siècles et des siècles.

Les sapeurs les ignoraient, et Cassiopée eut la sourde impression de ne pas exister. « Savent-ils seulement que nous sommes là ? Nous voient-ils ou ne sommes-nous pour eux que des fantômes ? »

Elle se demandait s'il n'y avait pas sous ce brasier une ouverture permettant de descendre aux Enfers. Mais son voyage dans le cratère du Vésuve lui avait servi de leçon, et elle n'avait aucune envie de s'aventurer au milieu de cet incendie. « Qui plus est, songea-t-elle en se rappelant les paroles de son oncle, le feu de la Géhenne est destiné aux musulmans qui ont péché. Il s'agit d'un Enfer provisoire. Ce n'est ici que la première porte… »

— Qu'en penses-tu ? s'enquit Simon.

— Il faut entrer dans la cité et trouver Massada. Il pourra peut-être nous aider.

Simon opina du chef, et ils dépassèrent le brasier. Seules restaient leurs ombres, qui dansaient en face d'eux, sur les murailles de Jérusalem, et la puanteur soufrée qui leur chauffait le dos.

17.

« On dit que certains morts se sont montrés, soit pendant le sommeil, soit de toute autre manière, à des personnes vivantes. Ces personnes ignoraient l'endroit où leur cadavre gisait sans sépulture. Ils le leur ont indiqué et les ont priées de leur procurer la tombe qui leur manquait. »

(SAINT AUGUSTIN, *De cura pro mortuis gerenda.*)

Cassiopée mit un voile sur ses cheveux et tendit à Simon le sauf-conduit signé par Saladin :

— Il vaut mieux que ce soit toi qui le montres aux gardes.

— Mais je ne parle pas arabe !

— Tu n'auras pas besoin de parler. Quand ils verront le sceau des Ayyubides, ils ouvriront les portes sans discuter.

— Espérons-le.

Ils se dirigèrent vers la porte de David, dont les épais battants sertis de bronze étaient fermés. D'ordinaire, personne n'avait le droit d'entrer ou de sortir de Jérusalem à cette heure de la nuit, surtout en ces temps troublés. Mais quand les gardes approchèrent leur flambeau du sauf-conduit, ce fut un peu comme si Saladin s'était lui-même trouvé devant eux. Après mille courbettes, ils ordonnèrent qu'on ouvre les portes; et les juments de Cassiopée et Simon entrèrent dans la cité.

Les murailles s'élevaient autour d'eux comme des montagnes, leur donnant l'impression d'avancer dans un gouffre. La nuit étant totale, ils n'avaient pour se repérer que la lumière des étoiles.

— Où allons-nous ? demanda Simon.

— À la maladrerie de Saint-Lazare.

— Mais c'est une léproserie !

— Celle-là même où les premiers croisés ont découvert la Vraie Croix. Du moins, celle qu'ils croyaient telle.

Simon sembla hésiter.

— Je vais peut-être t'attendre dehors.

— Alors c'est terminé ? Ce n'est plus : « Où tu vas, je vais » ?

Un coin de sa bouche se leva pour sourire, puis retomba rapidement.

— C'est bon. J'ai compris…

Ils suivirent une avenue qui montait, dans un bruit de sabots frappant sur les pavés. Cassiopée n'avait presque pas besoin de regarder où ils allaient – elle aurait pu se rendre à la maladrerie les yeux fermés. Hormis Constantinople, où elle avait appris le métier des armes, Jérusalem était la ville qu'elle connaissait le mieux. Avec sa tour de David et ses hautes murailles, son Saint-Sépulcre et son tombeau du Christ, son mont Moriah, son dôme du Rocher, Jérusalem était un condensé de la vie de Cassiopée. Un mélange de croyances et de mœurs impossibles à distinguer les unes des autres tant la vie, les épreuves et le temps les avaient soudées – leur conférant une nouvelle identité.

Effleurant de sa main gantée de cuir la façade d'un bâtiment du vieux quartier juif, elle eut la sensation que la cité lui disait : « Bienvenue chez toi. »

— Nous y voilà, dit-elle enfin.

La maladrerie de Saint-Lazare avait été bâtie au cours du règne de Charlemagne, pour accueillir les pèlerins venus prier sur la tombe du Christ. Au fil des siècles, l'endroit avait fini par s'ouvrir à toutes sortes de malades – juifs, chrétiens ou musulmans. On y soignait tout le monde, à l'exception des femmes. Celles-ci étaient dirigées vers une autre bâtisse, où des nonnes les prenaient en charge.

Cassiopée descendit de selle et s'approcha de la lourde porte qui barrait l'entrée de la maladrerie. Elle souleva un lourd battant en forme de serpent enroulé sur lui-même, puis le laissa retomber sur son contre-heurtoir de bronze. Il y eut un bruit sourd, suivi d'un silence, puis la porte s'ouvrit.

— Dépêchez-vous d'entrer, leur dit une voix. Ne laissez pas la chaleur s'échapper.

Ils attachèrent leurs juments aux anneaux placés sur la façade du bâtiment, et se hâtèrent d'entrer. Un chevalier de l'Hôpital, en manteau noir à croix blanche, leur demanda ce qu'il pouvait faire pour eux.

— Nous venons voir Massada, expliqua Cassiopée. C'est un de nos amis. Je m'appelle Cassiopée, et voici Simon.

— Comte Simon de Roquefeuille, précisa Simon.

— Salutations à vous, répliqua l'Hospitalier. Attendez là, je vous prie. Je vais chercher frère Massada.

— Frère Massada ?

Trop tard. Sans plus d'explications, l'Hospitalier s'en alla, après les avoir invités à prendre place sur un petit banc de bois. Combien de temps attendirent-ils ? C'est difficile à préciser. En tout cas, Simon eut largement le temps de s'ennuyer.

— Il ne pourrait pas se dépêcher un peu ?

— C'est la nuit, expliqua Cassiopée en soufflant sur ses doigts. Tu devrais au contraire te réjouir qu'on ne nous ait pas demandé d'attendre demain matin.

— Et puis quoi encore !

Le vieil Hospitalier revint les voir, avec un pichet d'eau et deux quignons de pain.

— Tenez, restaurez-vous. Vous avez dû faire un long voyage pour venir jusqu'ici. Vous devez avoir faim.

— Merci, dit Cassiopée en prenant le pichet et l'un des quignons.

— Comment se fait-il que vous soyez ici ? s'enquit Simon.

— Que voulez-vous dire, beau doux seigneur ?

— Ne devriez-vous pas vous trouver à Tyr, pour aider le marquis de Montferrat à reconquérir Jérusalem ?

Un éclair de compréhension traversa le regard de l'Hospitalier.

— Oh, je vois ! Vous voulez savoir pourquoi mes frères et moi-même avons été autorisés à rester auprès du Saint-Sépulcre ? C'est que, voyez-vous, ici nous sommes utiles à tout le monde. Nous soignons les lépreux. Notre présence a fait l'objet d'un accord avec Saladin, peu après la chute de Jérusalem. Bien sûr, je regrette amèrement la défaite de nos frères et la perte de la Vraie Croix. Mais je remercie le sultan de nous avoir permis de demeurer ici, non loin du tombeau de Notre-Seigneur.

— C'est un homme de parole, dit Cassiopée avant de boire une gorgée d'eau à même le pichet.

— Et un sage ! précisa l'Hospitalier.

— Allons, n'exagérez pas, s'offusqua Simon. C'est aussi un démon, animé des pires intentions. C'est surtout notre ennemi, voué à notre destruction.

L'Hospitalier se frotta les mains, et dit :

— Quand les Francs prirent la ville, en l'an de grâce 1099, ils massacrèrent tout le monde – sans distinction d'âge, de sexe, de race ou de religion. Il y eut tant de morts que les rues débordaient de cadavres. Les chevaux pataugeaient dans le sang.

— C'est ce que disent les musulmans.

— Non. C'est ce que dit Guillaume de Tyr. Et il n'est pas le seul…

— Je ne vois pas le rapport avec Saladin.

— C'est que vous avez oublié la façon dont il a repris Jérusalem. Rachetant lui-même certains des prisonniers, pour qu'ils soient épargnés. Autorisant ceux qui voulaient la quitter à gagner Tyr ou Tripoli, et leur donnant une escorte pour qu'ils ne soient pas attaqués en route. Si tous les musulmans étaient comme Saladin, je crains qu'il n'y aurait plus beaucoup de chrétiens…

Des bruits de pas se firent entendre à l'autre bout du couloir. La lumière d'une lanterne s'approchait en se balançant. Puis apparut un petit homme, vêtu d'une robe de bure noire. Seul son nez dépassait de la capuche qui lui tombait sur le visage. Un nez que Cassiopée reconnut aussitôt :

— Massada !

— Cassiopée !

L'ancien marchand juif, dont le magasin de reliques était célèbre dans le monde entier, souleva sa robe d'une main et se mit à courir.

— Par Notre-Dame et par saint Georges, quelle surprise incroyable ! s'écria-t-il, aussi blême que s'il avait vu un fantôme. C'est extraordinaire ! C'est miraculeux !

Ils s'étreignirent, se regardant longuement.

— Je vous laisse, dit l'Hospitalier. Faites-moi mander si vous avez besoin de quoi que ce soit.

— Comment allez-vous ? leur demanda Massada, avant de s'exclamer à nouveau : Quel prodige ! Quel miracle !

Cassiopée, qui ne voyait pas ce que sa visite avait de si prodigieux, trouvait en revanche miraculeuse la guérison de Massada :

— Comment va votre lèpre ?

— Je suis guéri ! Grâce à Morgennes !

— Je vois que vous avez changé d'habits, remarqua Simon.

Sans l'écouter, Massada continua :

— C'est un saint ! un thaumaturge ! Grâce à lui je suis un nouvel homme. Morgennes m'a transformé, révélé à moi-même.

Il bredouillait, ne trouvant plus ses mots.

— Venez, dit-il enfin. Allons dans ma cellule.

Il leur fit traverser une longue salle décorée de vitraux, où des malades étaient allongés sur des paillasses posées à même les dalles du sol. Une odeur de mort émanait de leurs corps pourrissants – corps privés pour la plupart d'un ou deux membres, de trois ou quatre dans certains cas.

— C'est ici que nous soignons nos malades, chuchota Massada. Ne faites pas de bruit...

De mauvaises toux se répondaient en écho, avec çà et là quelques lamentations. Un torse se dressa, darda une moitié de coude et réclama à boire.

Massada se dépêcha d'aller lui verser un peu d'eau dans un bol et l'aida à l'avaler. Le malade en répandit la moitié sur son drap, puis retomba dans un sommeil comateux agité de cauchemars. L'ancien trafiquant de reliques eut alors un geste qui stupéfia Simon et Cassiopée : il embrassa le lépreux sur le front.

— Venez, leur dit-il.

Sans mot dire, Simon et Cassiopée le suivirent dans sa cellule.

Celle-ci se composait de quatre murs blanchis à la chaux, d'une paillasse identique à celles des malades, d'un seau et d'un petit coffre. Une croix était accrochée à un mur. C'était tout. Point de fenêtre pour laisser entrer la lumière du jour, point de tabouret ni de table.

— Il faut m'excuser. Je reçois si peu, dit-il en posant sa lanterne par terre.

Cassiopée le trouvait si différent de l'égoïste et gras Massada qu'elle avait connu autrefois qu'elle se demandait s'il ne fallait pas le prendre au pied de la lettre quand il disait que Morgennes l'avait transformé.

— Ne doutez pas, lui dit Massada comme s'il l'avait entendue penser. Je suis effectivement un autre homme, mais j'ai gardé la mémoire de mon prédécesseur, fit-il en se tapotant le crâne. Du Massada que vous avez connu, j'ai conservé les dettes et le savoir. Et perdu la maladie.

— À force d'embrasser tous vos malades, vous finirez par la retrouver, dit Simon.

— Peut-être que oui, peut-être que non. Ce qui est certain, c'est que ces malheureux ont besoin qu'on les aime.

Cassiopée eut un sourire. Elle se rappelait les mille et une breloques qu'elle lui avait jadis achetées, et qu'il lui avait vendues comme autant d'authentiques reliques. À sa façon, Massada œuvrait toujours dans le domaine du miraculeux. La seule différence, c'était qu'au lieu de vendre il offrait. Et, curieusement, cette fois les miracles avaient lieu.

— Je suppose que vous n'êtes pas revenue à Jérusalem pour le seul plaisir de parler avec moi, dit le petit homme. Puis-je faire quelque chose pour vous ?

— Nous sommes là pour Morgennes, expliqua Cassiopée.

— Hélas…, fit Massada.

— Je veux retrouver son corps, et lui offrir une sépulture.

Massada prit un air embêté :

— Très chère Cassiopée…

— C'était mon père !

— Ah ! Alors, ça explique bien des choses. Malheureusement…

— Vous n'allez pas me dire vous aussi que son sort est mérité, ou qu'il n'est peut-être pas en Enfer, ou qu'il est impossible de l'en sortir, ou qu'on ne doit pas défier les dieux…

— Non, non, rien de tout cela, c'est juste que…

Il se tordit les mains, croisa et décroisa les doigts avant d'avouer :

— Je rêve de lui chaque nuit.

Il prit une profonde inspiration. Ses yeux étaient incandescents, veinés de rouge.

— Est-ce lui ou son fantôme ? Je ne saurais le dire. Je le vois, flottant dans une eau noire… Il cherche à me parler. Je tends l'oreille, mais j'ai du mal à l'entendre. Il me parle de si loin. Alors j'essaie de m'approcher, mais j'ai du mal à avancer. Comme si j'étais prisonnier de la vase. Tout ce que j'entends, c'est qu'il crie : « Cassiopée ! » Ce n'est pas moi qu'il appelle, c'est vous ! Et voici que vous arrivez. Quel prodige, quel miracle ! Loué soit Morgennes, loué soit-il !

— Il m'appelle ? Moi ? Pourquoi ?

Massada écarta les mains :

— Est-ce que je sais ? Toujours est-il qu'il vous réclame. Cela arrive parfois, quand un mort est privé de sépulture.

— Et moi ? Il ne m'appelle pas ? s'enquit Simon.

— Non.

— Vous êtes bien sûr d'avoir tout entendu ?

— Il crie : « Cassiopée », et c'est tout.

— Et Taqi ?

— Il ne crie pas : « Taqi » et Taqi ne crie pas, si c'est ça votre question.

— Quoi qu'il en soit, dit Cassiopée, nous sommes revenus pour l'enterrer.

Une fois encore, Massada se tordit les doigts, comme s'il cherchait à en exprimer le jus.

— Malheureusement, il n'y a nulle dépouille à récupérer.

— Mais je sais où chercher ! Sous le dôme du Rocher. Il suffit de sonder le puits des Âmes.

— Ma chère Cassiopée, croyez bien que cela a déjà été fait.

— Je veux le faire moi-même !

Il la regarda, les yeux baignés de larmes.

— Vous ne le savez sans doute pas, mais l'incendie qui a ravagé le puits des Âmes a été d'une puissance telle qu'il a provoqué l'effondrement du rocher qui se trouvait juste au-dessus. Du coup, les flammes se sont éteintes, et le puits des Âmes a été bouché.

— Eh bien ? Il suffit de creuser, ou de soulever le rocher.

— Cela a pris un mois à une centaine d'hommes. Les sapeurs de Saladin ont travaillé jour et nuit pour réussir à le soulever. Ils y sont en partie arrivés, ce qui leur a permis de fouiller le puits des Âmes de fond en comble. Vous pouvez faire confiance à Saladin et à Yahyah pour n'avoir pas laissé un seul pouce de terrain inexploré. Hélas, ils n'ont rien découvert, sinon une importante quantité de naphte… Il n'y a plus aucun espoir de récupérer quoi que ce soit. Tout a été broyé, rongé, dissous…

— Et la porte des Enfers ? Celle que Renaud de Châtillon prétendait ouvrir à l'aide de la Vraie Croix ?

— La tradition catholique soutient en effet que les Enfers se trouvent dans les régions inférieures du monde, « *in medio terrae* » – au centre de la Terre. Dans un magma informe, mélange de soufre, de roches et de bitume en fusion, où les damnés sont plongés pour l'éternité, sans que leur corps se consume. Mais…

Il croisa les mains, jouant avec ses doigts.

— Bien que les Hiérosolomytains aient eux-mêmes affirmé que l'une des neuf portes menant aux Enfers se trouvait juste sous le puits des Âmes, rien n'est jamais venu corroborer cette assertion.

— Allons ! s'exclama Simon. Vous ne pouvez pas me dire ça. Pas vous.

— Je sais de quoi je parle. N'oubliez pas que je suis un ancien marchand de reliques. Ce n'est pas à moi que vous allez apprendre à quel point les mensonges les plus gros sont aussi ceux qui marchent le mieux.

— Je veux aller vérifier par moi-même, dit Cassiopée. S'il n'y a vraiment aucun espoir de descendre aux Enfers par le puits des Âmes ou de récupérer le corps de mon père, je veux m'en assurer.

— Comme vous voulez. Mais l'esplanade des Mosquées est surveillée. N'y accède pas qui veut.

En guise de réponse, Simon lui montra le sauf-conduit signé par Saladin.

18.

« Le mystère éternel, qui le connaît? Ni toi ni moi
Cette énigme qui nous poursuit, qui l'a vaincue? Ni toi ni moi
Derrière le rideau, de toi et de moi, qui s'occupe?
Et le rideau se lève-t-il, la scène est nue. Ni toi ni moi. »

(Omar Khayyâm, *Les Quatrains Rubbâ'yât.*)

Le petit homme s'aspergea le visage avec un peu d'eau fraîche. Il paraissait très fatigué. Cassiopée se dit qu'il ne devait pas beaucoup dormir, avec tous ses malades. Mais s'il était épuisé, il n'en disait rien et ne se plaignait pas.

On était loin du Massada qui avait accompagné Morgennes dans sa quête des larmes d'Allah; plus loin encore de celui qui se rendait régulièrement à l'oasis des Moniales pour y transformer ses esclaves en remède contre la lèpre.

— Qu'est devenu Yahyah? demanda subitement Cassiopée, en repensant à l'adolescent que Massada s'était acheté au marché de Damas.

— Il n'a cessé de parcourir la Terre sainte, à la recherche d'un moyen de faire sortir Morgennes et Taqi des Enfers. À la tête de ceux qu'on appelle les « Dix », ils sont même allés en Égypte, en Syrie... Sans jamais rien découvrir, hélas. La dernière fois que je l'ai vu, c'était peu avant la Noël, quand il est venu fouiller le puits des Âmes. Je lui ai demandé de ses nouvelles, et il m'a répondu qu'il était inquiet. Les Assassins ne cessaient de le harceler et avaient déjà tué plus de la moitié de ses hommes. « Comme si ma quête était un sacrilège, ou un danger pour eux », me dit-il. Ce qui ne l'a pas empêché de préparer une nouvelle expédition, pour une terre inconnue appelée « Ténébroc », ou « Tartarie ». « Là-bas, m'a-t-il expliqué, il n'y a même pas besoin de descendre sous terre pour trouver l'Enfer – car Ténébroc, c'est l'Enfer. » Vous vous rendez compte ?

Cassiopée opina du chef, en se rappelant sa courte expédition dans le Vésuve. Y avait-il également des torrents de lave et des éruptions en « Tartarie » ?

— Et Babouche ? s'enquit-elle.

— Elle est toujours avec lui.

— C'est une brave petite chienne.

— La plus brave qui soit !

Ils rirent, ce qui leur fit du bien. En vérité, Babouche était tout sauf brave. Mais la vie, le hasard – ou la Providence – l'avait placée en compagnie de formidables aventuriers ; ce qui avait fait d'elle aussi une aventurière ; une aventurière malgré elle.

— Tenez, dit Massada en prenant dans son petit coffre un foulard de soie noire. C'était à Morgennes, je veux dire : à votre père…

Cassiopée eut un sourire en reconnaissant le foulard avec lequel elle avait dansé il y avait si longtemps – une éternité – pour Saladin et les prisonniers francs. Il était passé entre tant de mains : celles de Guillaume de Montferrat, puis celles de Morgennes… avant de revenir entre ses propres mains, pour atterrir enfin dans celles de Massada.

— Non, gardez-le. Je suis heureuse de savoir qu'il est ici. C'est comme si mon père y était aussi, auprès de vous.

— Merci, murmura Massada.

Il replaça le foulard dans son petit coffre, puis les guida vers la sortie.

Une fois hors de la maladrerie, Simon remarqua que leurs juments avaient disparu.

— On a volé nos montures !

— Mais non, dit Massada. L'un de mes frères, vous sachant en visite parmi nous, les aura probablement conduites à l'écurie. Auprès de Carabas, conclut-il avec un clin d'œil.

— Carabas, votre âne ! Comment va-t-il ? demanda Cassiopée.

— Ma foi, plutôt très bien pour un âne qui a plus de mille ans.

— Plus de mille ans ? fit Simon, étonné. Je croyais qu'il avait à peine plus d'un siècle.

Massada s'arrêta de marcher et fronça les sourcils :

— Êtes-vous prêts à garder un secret ?

— Oui, répondirent-ils en chœur.

— C'est juré ?

— Juré !

— Alors voilà, dit-il en baissant la voix. J'ai la conviction que Carabas a bien connu Jésus…

— Jésus ? fit Simon.

— Absolument. Le Jésus-Christ des chrétiens, notre Sauveur. Le Fils de Dieu.

— Puis-je vous demander… ?

— Oh, ce n'est pas compliqué. C'était au moment de Noël. Les frères hospitaliers de la maladrerie de Saint-Lazare ont voulu installer une crèche, dans la grande salle, pour aider l'Esprit Saint à descendre sur les malades. Mais si une poupée peut figurer l'Enfant Jésus, et quelques bonnes âmes saint Joseph, Marie et les Rois Mages, qui pouvait faire la vache et l'âne ?

— Une vache et Carabas ? proposa Cassiopée.

— De vache, nous n'en avions plus. Quant à l'âne, ce fut d'une simplicité biblique, si jose m'exprimer ainsi. À peine avions-nous terminé la crèche que la porte s'ouvrit d'elle-même pour laisser passer Carabas. La grande salle, ordinairement dans l'ombre en cette saison de l'année, fut traversée d'un rayon de lumière qui le guida jusqu'à l'Enfant Jésus. Non qu'il en ait eu besoin pour le trouver, remarquez. Mais ça faisait un sacré spectacle. Enfin, arrivé à la hauteur du poupon, Carabas s'inclina comme devant un roi. Puis, ayant plié les deux jambes avant, il ploya celles de derrière. Et s'installa auprès de l'Enfant Jésus. C'était une vision si extraordinaire que beaucoup d'entre nous pleurèrent. Et croyez-moi ou non, au moment même où Carabas s'assit, les cloches du Saint-Sépulcre se mirent à sonner à toute volée. Or il n'y avait pas de raison de les sonner ! N'est-ce pas prodigieux ?

— Si, répondirent ensemble Cassiopée et Simon.

Ils échangèrent un rapide sourire, puis remontèrent la rue du Temple, qui menait au mur des Lamentations puis à l'esplanade des Mosquées. Comme ils se dirigeaient vers l'une des quinze portes qui permettaient d'y accéder, un garde les arrêta.

— Interdiction de passer, cria-t-il en arabe.

Simon lui tendit le sauf-conduit de Saladin.

Méfiant, le garde l'examina attentivement puis, ayant reconnu le sceau des Ayyubides, leur proposa de les accompagner.

— Comme ça personne ne vous fera d'histoire, une fois sur l'esplanade.

— Merci beaucoup, dit Massada.

Les hautes portes qui barraient l'entrée de l'esplanade des Mosquées s'entrouvrirent. En face d'eux, le dôme du Rocher – que les Arabes appelaient « Qoubbat al-Sakhra » – se dressait vers le ciel, portant sur sa coupole dorée les reflets de la nuit. Sur leur droite, l'ancien Temple de Salomon où les Templiers avaient établi leurs quartiers, au début du siècle, était redevenu la mosquée al-Aqsa.

Hormis quelques gardes, on ne voyait pas âme qui vive.

Cassiopée éprouvait une certaine tristesse à l'idée que ces lieux, pour lesquels tant de chrétiens avaient trouvé la mort, soient de nouveau musulmans. « À quoi leur sacrifice a-t-il servi ? »

À côté d'elle, Simon était encore plus nerveux. Il jeta un regard méprisant aux soldats qui montaient la garde à l'entrée de la mosquée al-Aqsa, et se tourna vers Cassiopée :

— Dépêchons-nous. Je n'ai nulle envie de m'attarder ici…

Ils se hâtèrent d'aller au milieu de la vaste esplanade des Mosquées – le « Haram al-Sharif » de Taqi – et pénétrèrent à l'intérieur du Dôme.

Il y régnait un froid si intense que leur haleine fit aussitôt des petits nuages de buée. En outre, des odeurs de cendre froide, de naphte et de bois calciné y planaient, alors que…

— Cela fait plusieurs mois que l'incendie est éteint, expliqua Massada en se déchaussant. Mais on vient seulement de soulever le rocher. Par ailleurs, certains sapeurs affirment que tous les foyers n'ont pas encore été maîtrisés. Ils n'ont peut-être pas tort, cette puanteur en témoigne.

Simon étouffa un début de toux derrière son poing fermé, et demanda :

— On est obligés d'enlever nos bottes ?

— S'il te plaît, dit Cassiopée. Obéis.

Simon se déchaussa, pestant à cause du froid qui lui glaçait les pieds :

— On gèle, ici !

— C'est à cause des morts, lui dit le garde.

— Comment cela ?

— Les oulémas prétendent qu'il est causé par les âmes stagnant dans le puits des Âmes, incapables de trouver leur route vers les Enfers ou le Paradis.

Simon regarda l'endroit où il s'était battu, moins de six mois auparavant, aux côtés de Morgennes et de Cassiopée contre Sohrawardi et les Templiers blancs.

— Que cela semble loin, soupira-t-il. Presque dans une autre vie.

Massada les mena vers un immense rideau obstruant le milieu de la pièce. L'ayant écarté d'une main, il les invita à le précéder dans un escalier qui descendait lentement en tournant autour d'un échafaudage en forme de colonne creuse.

— C'est ici que se trouvait autrefois le rocher d'Abraham, expliqua Cassiopée.

— C'est exact, ajouta Massada. Mais depuis sa chute dans le puits des Âmes, il n'y a plus que ce trou. Alors prenez garde à ne pas trop vous approcher du centre…

Examinant l'échafaudage et les palans qui serviraient à remonter le rocher au niveau de l'esplanade des Mosquées, Cassiopée ne put s'empêcher de s'exclamer :

— Quel travail de titan !

— Quand il s'agit de religion, dit Massada, les hommes sont capables d'accomplir les pires horreurs comme les plus incroyables exploits.

L'escalier s'arrêtait quelques toises plus bas, au pied d'un immense rocher suspendu dans les airs par d'imposants cordages.

— Ces cordes, expliqua Massada, servent à empêcher le rocher de revenir obstruer le puits des Âmes. En attendant de le remettre en place, une fois tous les palans installés.

D'un bond, Simon grimpa sur le rocher, ce qui le fit vaciller.

— Et maintenant ?

Personne ne lui répondit, hormis les terrifiants grincements des cordes et de l'échafaudage.

— Descends ! lui ordonna Cassiopée.

Il sauta à terre, à l'endroit même où il avait compris que la croix sur laquelle il s'était allongé, après s'être enfoncé son couteau d'arme dans le ventre, la croix que Morgennes avait gardée, en croyant garder la Vraie Croix, la croix dont les armées de Saladin s'étaient emparés lors de la bataille de Hattin… n'était certes pas la Vraie Croix – au sens où ce n'était pas celle sur laquelle le Christ avait été crucifié – mais était mieux que cela : la Sainte Croix de Morgennes, celle pour laquelle le père de Cassiopée avait donné sa vie, sacrifié son honneur et son âme. Cette croix valait plus pour lui que la Vraie Croix, et il était heureux de l'avoir reprise à son père. Qui ne la méritait pas. « Qu'il pourrisse en Enfer », songea-t-il en rejoignant Cassiopée.

Agenouillée à côté du rocher d'Abraham, la jeune femme cherchait à distinguer ce qu'il y avait au-dessous.

— On n'y voit goutte, maugréa-t-elle.

Serviable, le garde se pencha pour lui porter assistance, et approcha sa torche du puits des Âmes.

— Attention ! hurla Massada. Vous allez tout faire ex…

Il n'eut pas le temps de terminer sa phrase. Une violente détonation retentit dans la grotte, projetant Cassiopée en arrière. Simon eut à peine le temps de se jeter sur le garde pour le plaquer à terre ; et Massada se retrouva cul par-dessus tête dans l'escalier. La chaleur était telle qu'ils crurent qu'ils allaient s'embraser. La flamme avait bondi si haut qu'elle avait brièvement illuminé toute la grotte, avant de diminuer.

— Imbécile ! tempêta Massada en se relevant, les membres endoloris. Bougre d'idiot, on n'a pas idée !

Un nuage de fumée noire jaillit de sous le puits des Âmes, les plongeant dans d'épaisses ténèbres, à peine dissipées par les flammes du brasier.

— Il faut sortir d'ici ! s'écria Massada. Dépêchez-vous !

Cassiopée se releva, et se passa les mains sur le corps. Elle avait eu de la chance. Ses sourcils étaient entièrement brûlés, mais elle n'avait rien de cassé. En outre, ses cheveux, protégés par son voile, avaient été quasiment épargnés. Quant à Simon, il était toujours allongé sur le garde – qui gisait inanimé à côté d'un début d'incendie gagnant l'échafaudage.

— Simon ! s'écria Cassiopée en bondissant sur le rocher. Emmène le garde hors d'ici ! Massada, allez chercher du secours !

Alors que Simon prenait le garde sous les bras pour le traîner vers l'escalier, Cassiopée sortit Crucifère du fourreau et s'attaqua aux cordes qui maintenaient le rocher dans les airs. Mais des flammes et de la fumée jaillissaient du puits des Âmes. On aurait dit de tout petits démons qui tentaient de l'attraper. Courageusement, elle trancha un, deux, trois filins.

Il fallait se hâter. Déjà, des parties de l'échafaudage commençaient à flamber. Si elle ne se dépêchait pas, le feu gagnerait tout le bâtiment, et il faudrait des années pour réparer les dégâts. Enfin, le rocher bascula d'un côté. Puis de l'autre.

— Prends garde à ne pas glisser ! lui cria Simon.

Pour toute réponse, elle étouffa une violente quinte de toux, et abattit Crucifère une dernière fois. Il y eut un craquement assourdissant. Le rocher d'Abraham retomba lourdement sur le puits des Âmes, entraînant l'échafaudage dans sa chute. C'était fini. Le flot de fumées âcres se tarit, et l'incendie se réduisit à quelques menus départs de feux çà et là.

Cassiopée avait roulé à terre et rengainé Crucifère. Elle rejoignit l'escalier, où elle aida Simon à porter le garde.

— Faites vite, leur dit Massada. J'entends des cris !

L'endroit fut bientôt envahi par une multitude de soldats. Ils portaient avec eux des pelles et des seaux, et s'engouffrèrent dans les entrailles du dôme du Rocher pour s'attaquer à l'incendie. Leur capitaine était dans une colère noire. Tenant entre ses mains les bottes des coupables, il réclamait aussi leur tête !

— Il vaut mieux nous éclipser, murmura Massada. Nièce du sultan ou pas, je ne donne pas cher de nous s'ils nous trouvent.

Simon et Cassiopée l'approuvèrent. Après avoir abandonné le garde dans un coin frais de la mosquée, ils profitèrent de l'intense confusion causée par l'incendie pour regagner la maladrerie de Saint-Lazare.

— Il va leur falloir un temps fou pour tout remettre en état, souffla Massada en trottant devant Simon et Cassiopée.

— Combien de temps ? demanda Cassiopée.

— Trois ou quatre mois, peut-être une douzaine... Aïe, ouille, aïe ! s'exclama-t-il à cause des petits cailloux qui lui blessaient les pieds. Dieu seul le sait !

Alors, malgré les flammes qui lui avaient roussi les poils, Cassiopée se sentit envahie par un froid intense.

— S'il y avait encore un minuscule espoir de retrouver le corps de mon père, il vient d'être anéanti...

— Ne le prenez pas mal, dit Massada, mais moi… aïe ! si j'étais vous… ouille ! je considérerais que ce rocher est sa pierre tombale.

— Et sa tombe les Enfers ?

— Allons, dit Simon, ne nous désespérons pas ! Il en reste cinq !

— Cinq quoi ? questionna Cassiopée.

— Cinq portes des Enfers, puisque d'après Chefalitione et son ancêtre Virgile il y en a neuf en tout, et que nous en avons déjà éliminé quatre – celle-ci, celles des volcans et celle des marais de l'Achéron…

Serrant les poings, Cassiopée se demanda quelles autres épreuves les attendaient, puis se ragaillardit. Elle reprenait espoir. « Cinq portes, c'est plus qu'il ne m'en faut pour réussir. »

19.

« Cette haute montagne, quelle est-elle ?
Et quel est ce grand rocher ? »

(SOHRAWARDI, *L'Exil occidental.*)

Après avoir chaleureusement salué Massada, ils lui firent cadeau des onguents que leur avait donnés Guillaume de Tyr.

— Pour vos pieds, ce malheureux garde et vos malades, dit Cassiopée.

Massada les remercia avec effusion, tout en massant ses pauvres pieds endoloris.

— Y a-t-il quoi que ce soit que je puisse faire pour vous ? s'enquit-il.

— Eh bien, si vous pouviez nous dire où trouver les Muhalliq...

— J'ai cru comprendre qu'ils avaient quitté le service de Saladin et regagné leur désert, au nord et à l'est de Damas. C'est tout ce que je sais. Puis-je être utile à autre chose ?

— Oui, s'il vous plaît. Si vous voyez ma mère, Guyane de Saint-Pierre, dites-lui que j'ai bien eu sa lettre. Nous partons pour le Krak des Chevaliers. Où nous laisserons de nos nouvelles au frère commandeur, Alexis de Beaujeu.

— Comptez sur moi. Quant à cette malheureuse affaire, je me charge de tout. Ne vous inquiétez pas, ça va s'arranger.

Je vais vous faire quitter la ville par une poterne discrète, qui n'est généralement pas gardée.

— Si vous pouviez également nous donner des bottes, dit Simon, ce ne serait pas de refus.

Massada regarda leurs pieds.

— Je vais demander à l'intendant.

Une fois chaussés de neuf, Simon et Cassiopée prirent leur jument par la bride et suivirent Massada vers une porte dérobée, qu'ils durent franchir tête baissée.

— Voilà. C'est ici que nos chemins se séparent, leur dit Massada. Adieu.

— Adieu, répondit Simon en le saluant de la main.

— Au revoir, ajouta Cassiopée.

Ils s'embrassèrent, puis Massada les prévint :

— N'oubliez pas qu'à force de chercher l'Enfer, vous ferez de votre vie un enfer.

— La mienne l'est depuis longtemps ! lança Simon en remontant sur sa jument.

— Merci du conseil ! dit Cassiopée en l'étreignant une dernière fois.

Et ils partirent vers le Krak, sous les regards de Massada qui ne détourna les yeux que longtemps, longtemps après qu'ils eurent disparu à l'horizon.

Derrière eux, le ciel rosissait, sans qu'ils sachent si c'était à cause de l'aube ou de l'incendie.

— Depuis combien de temps n'avons-nous pas dormi ? demanda Simon, épuisé.

— Deeepuis que nous avons quitté Tyyyr, répondit une voix dans le sac de selle.

C'était Rufinus. Ils l'avaient complètement oublié.

— Je suis désolée, lui dit Cassiopée.

Pour se faire pardonner, elle le prit contre elle quand ils furent remontés à cheval. Ils avaient décidé d'aller au Krak des Chevaliers, l'une des deux forteresses franques à ne pas avoir été emportées par le raz-de-marée musulman qui avait déferlé sur la Terre sainte après la déroute de Hattin.

Preuves de la violence avec laquelle les troupes de Saladin avaient bousculé les Francs, des ruines de châteaux se voyaient çà et là. De loin en loin, des pierres calcinées sortaient de la terre noircie comme autant de chicots. Au printemps, les herbes les recouvriraient; et, dans quelques années, plus personne ne se rappellerait qu'en tel ou tel endroit s'étaient dressés les fiers maillons de la chaîne de places fortes que les Francs avaient passée autour de leurs ennemis.

D'anciennes églises avaient perdu leur croix, remplacée par un croissant; et Cassiopée, malgré son quart de sang musulman, se sentait aussi peu à sa place en ces lieux que Simon.

— Dépêchons-nous, dit-elle.

— Ne crois-tu pas qu'on devrait d'abord se reposer?

— Nous nous reposerons ce soir, au Krak. Je te rappelle que nous avons toute une journée de chevauchée devant nous, et derrière nous, peut-être, des poursuivants...

Il opina du chef, flanqua un vigoureux coup de talon dans les flancs de sa jument, et ils partirent au grand galop vers le nord.

Aux yeux du visiteur peu accoutumé à la rugosité de la montagne sur laquelle il se dresse, le Krak des Chevaliers peut ressembler à un dragon. Surtout quand il fait nuit. Tapi sur son rocher, il a tout du chasseur à l'affût, gueule posée sur ses pattes avant, griffes sorties, prêt à bondir.

Quand le Krak ouvre l'œil, c'est une sentinelle qui au sommet d'une de ses tours de guet allume un feu pour signaler à l'adversaire : « Nous sommes là qui veillons. N'approchez pas ou il vous en cuira! »

Beaucoup de Sarrasins préféraient passer leur chemin plutôt que d'oser s'attaquer à cette forteresse, qui n'avait plus été assaillie depuis qu'en 1163 Nur al-Din lui-même s'y était cassé les dents. La légende racontait qu'il avait fui si précipitamment qu'il en avait perdu une pantoufle; pantoufle ramassée par un courageux Templier prénommé Galet le Chauve qui l'avait conservée comme trophée.

Malheureusement, cette nuit-là, quand Cassiopée et Simon se présentèrent aux abords du djebel Ansariya, nulle lumière ne brillait tel un phare au sommet du vieux roc où se tenait perché le Krak.

— Par où aller ? haleta Simon.

Cassiopée scruta l'obscurité, impatiente elle aussi de découvrir la route qui montait au Krak. Elle rêvait d'une paillasse où s'allonger ! Simon et elle étaient épuisés, et leurs montures encore plus qu'eux. Hélas, d'épais nuages noirs volaient au-dessus d'eux dans un bruit de tempête, et bloquaient la lumière. La nuit était d'une profondeur inouïe – inexplicable si l'on songe que d'ordinaire les étoiles servent de chandelles aux voyageurs.

— On se croirait dans le cul d'un chaudron, dit Cassiopée. Même mon oiselle ne veut pas me quitter.

L'oiseau de proie, perché sur l'arrière de la selle de Cassiopée, y avait planté si profondément ses griffes qu'elles y semblaient incrustées.

— Il se passe quelque chose de pas naturel, murmura Simon.

Il dégaina son épée, aussitôt imité par Cassiopée. La lame de Crucifère émit une froide lueur bleue – signe qu'il y avait du danger.

— Rengaine-la ! dit Simon. Tu vas nous faire repérer…

Cassiopée ne se le fit pas dire deux fois. Pourtant, le fait d'en tenir la poignée l'avait réconfortée. Son père y avait incrusté une croix, pour une raison qu'elle ignorait. Peut-être sentimentale. Ou bien, plus simplement, parce que les Hospitaliers avaient pour coutume de décorer ainsi la base de leur arme…

— Regarde ! souffla-t-elle soudain. Là-bas, sur cette crête !

Du doigt, elle désigna un mamelon rocheux, où se tenait un cavalier.

Simon regarda dans la direction qu'elle lui indiquait, et vit une tache lumineuse. C'était peut-être, effectivement, un homme à cheval. Mais ce pouvait être aussi un reflet, une lanterne filtrée par un nuage. D'ailleurs, il n'avait aucune idée de la distance à laquelle se trouvait le prétendu cavalier.

— Qu'est-ce que c'est ?

— Je pense que c'est Taqi, dit Cassiopée qui venait d'arrêter sa jument. Il nous montre où il faut aller.

Simon se dressa sur ses étriers, fronça les sourcils et mit sa main en visière au-dessus de ses yeux :

— Tu es sûre ?

— Sûre et certaine !

Retombant sur sa selle, il enfonça ses éperons dans les flancs de sa monture.

— Allons voir !

Sa jument hennit puis bondit en avant, suivie de celle de Cassiopée. Ils se retrouvèrent au bas d'un chemin en pente, qui montait vers le Krak.

— C'est bien la route que nous cherchions, dit Cassiopée.

Nerveux, Simon se retourna sur sa selle, afin de s'assurer que personne ne les suivait. Il craignait une embuscade. Du même type que celle qu'il avait lui-même organisée avec les Templiers blancs, pour prendre au piège des Hospitaliers... pour la plupart issus du Krak. Chercheraient-ils à se venger ? Mais non, c'était impossible. « D'une part ils sont tous morts. Et d'autre part, je suis déjà allé au Krak, avec Morgennes et Cassiopée. »

Tout s'était très bien passé – puisque nul n'avait su le rôle qu'il avait joué dans le massacre des Hospitaliers chargés d'escorter la rançon du Saint Bois. Serrant de nouveau l'olifant qui pendait à son cou, il chercha Taqi du regard.

Mais il avait disparu. Où était-il allé ?

— Là-bas, plus haut ! s'écria Cassiopée.

Il leva les yeux et le découvrit, perché sur un nouvel éperon rocheux. Mais était-ce vraiment lui ? D'ailleurs, comment avait-il fait pour surgir si loin de l'endroit où ils l'avaient aperçu pour la première fois ? « Est-ce un rêve ? Après tout c'est possible, nous sommes si fatigués... » Simon se frotta les yeux, se pinça le dessus de la main. Rien n'y fit.

— Incroyable...

— Dépêche-toi, lui cria Cassiopée. J'ai un mauvais pressentiment.

— Comme dans le volcan ?

— Si Taqi apparaît, c'est qu'il y a un danger.

— Que dit Crucifère ?

Cassiopée rangea un Rufinus glapissant dans sa sacoche de selle, et dégaina de nouveau Crucifère. Une fois encore, la lame émit une froide lueur bleue – bien plus vive que la précédente. Sa lumière révéla des formes, tapies dans les rochers tout autour d'eux. Le visage peinturluré de vert et noir, frondes et couteaux en main, elles jetaient sur eux des regards sinistres.

— Au galop ! s'écria Cassiopée.

Talonnant son cheval, elle fila droit devant. Simon l'imita. Au moment même où il partait au grand galop, un homme s'abattit avec un hurlement de bête sauvage à l'endroit où il s'était trouvé.

— Les Assassins ! Attention !

D'un coup d'épée, il tenta d'en écarter un deuxième, mais l'Assassin parvint à agripper sa selle. Faisant brusquement faire demi-tour à sa monture, Cassiopée vint secourir Simon, à qui l'Assassin cherchait à faire vider les étriers. Coup d'épée à droite, coup d'épée à gauche, elle lui planta Crucifère dans les reins, et l'Assassin glissa à terre.

Mais d'autres arrivaient déjà. Combien ? Impossible à dire. Cassiopée et Simon avaient l'impression que même les rochers se transformaient en créatures démoniaques. La nuit n'était qu'un cri – un cri dont la vibration suraiguë perçait l'obscurité telle une flèche. Alors, comme par enchantement, la nuit vomit dans la montagne des flots de créatures à demi nues, tenant une dague, une fronde, qu'elles maniaient avec des mouvements de bêtes sauvages et dans les yeux des lueurs farouches.

Simon et Cassiopée s'efforçaient de rallier le Krak tout en donnant de grands coups d'épée autour d'eux. Parfois, leur lame rencontrait une armure, qu'elle transperçait de part en part.

— Ils sont trop nombreux ! dit Simon.

— Courage !

D'une ruade, la jument de Cassiopée fracassa le crâne de deux Assassins. Son oiselle avait quitté sa selle, afin de participer au combat. Avec ses griffes acérées, elle tailladait les visages et les bras. Mais Cassiopée lui siffla de gagner le refuge des nuages.

— Envole-toi plus haut !

Bizarrement, l'oiselle restait dans les parages, se contentant d'éviter les pierres de frondes qui lui étaient lancées.

« Décidément, ce n'est pas normal... », pensa Cassiopée.

— Simon, sonne du cor !

— Ne plaise à Dieu, lui répondit-il avec un orgueil qu'elle trouva particulièrement inapproprié, qu'homme vivant dise jamais que j'ai sonné du corps pour des païens !

— Pas des païens, Simon. Des démons !

Ils venaient de se libérer d'une grappe d'assaillants, et les Assassins restants étaient repartis se cacher derrière les rochers.

— C'est le moment. Sonne, te dis-je ! Tu as les bras en sang !

— Jamais !

Autour d'eux, l'espace s'assombrit. La nuit gagnait en densité. Puis, tout à coup, Cassiopée fut giflée. Portant la main à sa joue, elle y vit...

— Du sang !

— Qu'est-ce qui t'a frappée ? demanda Simon.

— On aurait dit le vent...

Ils regardèrent autour d'eux, mais les Assassins n'avaient pas reparu. Ce fut alors comme si la nuit elle-même les attaquait. Des hordes de corbeaux surgirent de l'obscurité, tentèrent de leur crever les yeux, affolèrent leurs montures et se jetèrent sur l'oiselle.

— Sonne ! s'époumona Cassiopée en tentant de calmer sa jument tout en se protégeant le visage. Sonne ! Par pitié !

Alors Simon lâcha les rênes de sa monture et saisit son cor. L'ayant porté à sa bouche sans se soucier des corbeaux qui volaient autour de sa tête et donnaient force coups d'aile ou de bec pour le lui arracher des mains, il souffla de toutes ses forces.

Le son de l'olifant déchira l'air, et repoussa les corbeaux pendant un court instant. Simon et Cassiopée en profitèrent pour contraindre leurs montures à aller de l'avant, malgré leurs blessures, la peur et l'épuisement.

— Pas là-bas, haleta Cassiopée. Je le vois toujours ! C'est lui ! Taqi !

Simon ne regarda même pas. Il souffla encore – la toute dernière fois, car les corbeaux revinrent, plus agressifs qu'auparavant. Ils volaient si près de son visage qu'ils l'empêchaient de sonner du cor et lui griffaient les mains. Du sang perlait à grosses gouttes sur sa selle, et il crut que sa dernière heure arrivait.

— Ô Dieu en moi ! s'écria-t-il. Je dois être fort ! *Gloria, laus et honor Deo in excelsis !*

Il essayait vainement d'exécuter un signe de croix, lorsqu'un tumulte lui parvint aux oreilles. On aurait dit un torrent dévalant la montagne. Levant les yeux, il distingua la forme lumineuse que Cassiopée nommait Taqi et la vit s'agiter, s'agrandir et se tordre pour laisser apparaître…

— Les Hospitaliers ! Nous sommes sauvés ! s'écria Cassiopée.

« Toi peut-être, mais moi… », songea Simon en se disant que, s'ils venaient, c'était parce qu'ils avaient entendu sonner le cor d'un de leurs frères, mort assassiné par lui l'été précédent.

— Par ici ! s'époumona Cassiopée. Par ici !

Renonçant à souffler comme à se servir de son épée, Simon tapa avec son olifant sur les corbeaux qui l'agressaient. L'un d'eux reçut un tel coup qu'il virevolta sur lui-même et tomba. Le cor était rouge de sang. Des plumes s'y trouvaient collées. Simon en donna encore plusieurs coups, en abattant deux autres.

Puis les corbeaux disparurent aussi mystérieusement qu'ils étaient arrivés. Quelques étoiles se mirent à scintiller, et les ténèbres se firent obscurité, l'obscurité pénombre. Derrière les rochers, les Assassins dressèrent la tête afin de voir ce qui faisait un tel raffut. C'étaient de blancs Hospitaliers, portant lances et flambeaux. Ils galopaient si près les uns des autres qu'on n'aurait pu introduire la lame d'un couteau entre leurs rangs.

— Montjoie ! tonnèrent-ils d'une seule voix. Pour la Vierge et le Christ !

— Pour la Mère et le Fils ! reprit Cassiopée en brandissant Crucifère. Par ici ! Par ici !

Dans les rangs des Assassins, ce fut la débandade. Alors qu'ils avaient l'avantage du nombre, ils choisirent de s'enfuir. Ils dévalèrent la montagne, où tombèrent plusieurs des leurs – transpercés par un coup de lance.

— Par ici ! cria encore Cassiopée en se dressant sur ses étriers. Nous sommes là !

Elle agitait Crucifère, qui laissait dans la nuit de profonds sillons bleus. À sa lueur, elle aperçut son oiselle, gisant dans la poussière, le corps ensanglanté.

— Galline !

Sautant à bas de sa monture, elle prit son oiselle dans ses bras et posa l'oreille sur sa poitrine. Son cœur battait encore, faiblement. Après lui avoir murmuré des paroles rassurantes et donné de petits baisers, elle la plaça sous sa chemise et remonta en selle. Ce fut le moment où les secours les rejoignirent. La colonne de frères chevaliers eut tôt fait d'envelopper Cassiopée et Simon, les vêtant d'un cocon protecteur. Puis, tels les affluents d'un vaste et puissant fleuve, deux files de cavaliers se lancèrent à la poursuite des derniers assaillants – en vain. Ils s'étaient évaporés. La montagne les avait-elle avalés ? Avaient-ils trouvé refuge dans un souterrain, une faille ?

— Nommez-vous ! gronda alors une voix que Cassiopée reconnut aussitôt.

— Beau doux sire Alexis, est-ce vous ?

— Cassiopée ?

— Elle-même, et Simon.

— Et moooi, ajouta Rufinus depuis les profondeurs du sac de selle où Cassiopée l'avait mis à l'abri.

— Ne restons pas ici, dit Alexis de Beaujeu. C'est dangereux. Suivez-nous jusqu'au Krak, où nous vous soignerons.

Cassiopée contempla les hauteurs, plongées dans l'obscurité. Loin de permettre d'y voir mieux, les torches brandies par les Hospitaliers formaient un halo lumineux, derrière lequel la nuit s'épaississait. Et c'est en vain que Cassiopée fouilla l'ombre, à la recherche du mystérieux cavalier blanc qui les avait guidés sur la pente du Krak.

20.

« Après les ténèbres, j'espère la lumière. »

(JOB, XVII, 12.)

Dans la désormais familière grande salle du Krak, un moine soldat leur servit un brouet aussi limpide que de l'eau claire. Cassiopée y trempa un petit bout de pain et le donna à son oiselle, qui l'avala péniblement.

— J'aurais aimé pouvoir vous offrir un festin, leur dit Alexis de Beaujeu. Mais nous n'avons presque plus de viande, et nous gardons nos réserves, en cas de coup dur.

« De coup dur? La perte de Jérusalem et de la quasi-totalité des terres chrétiennes n'en était-elle pas un? »

— C'est parfait, répondit Cassiopée en caressant son oiselle.

— Nous sommes seuls, ici, ajouta Alexis. Et nous ne pouvons compter que sur nous-mêmes...

Il jeta un regard désolé sur les murs froids de l'austère grande salle à la cheminée désespérément vide. Pas de bois, pas de feu. Même les dalles, traditionnellement recouvertes de paille, étaient nues.

— Nous sommes à peine une centaine, poursuivit Alexis, alors qu'autrefois nous étions près de deux mille. J'ai envoyé une douzaine d'hommes à Tyr, prêter main-forte à Conrad de Montferrat. J'espère que ce sacrifice ne sera pas inutile, car ils nous manquent cruellement...

Son regard fit le tour de la salle, et il déclara :

— Il n'empêche que c'est un honneur et une joie de vous accueillir en notre humble demeure. Considérez-vous ici comme chez vous.

— Si la situation est si difficile, pourquoi restez-vous ? s'enquit Simon.

— Qui peut dire avec certitude qu'un combat est perdu d'avance ?

Simon ne répondit pas.

— Et quand bien même ? Cela ne vaut-il pas la peine de lutter ? De témoigner malgré tout que nous croyons en autre chose que la fatalité ? Et de ne jamais, jamais, jamais nous laisser abattre ?

— Ça dépend du combaaat, glapit Rufinus depuis le coin de table où l'avait installé Cassiopée.

— Exactement. Mais mon combat est bon, puisqu'il m'a permis de vous porter assistance, conclut Alexis avec un fin sourire.

Sourire que Cassiopée lui rendit. Alors Alexis donna lui aussi une petite caresse à l'oiselle, et déclara :

— Un ou deux jours de repos, et elle sera remise. Je vais donner l'ordre qu'on lui apporte des souris.

— Merci, souffla Cassiopée.

Elle-même ne se sentait pas très en forme. Brûlée, à moitié asphyxiée sous le dôme du Rocher, les bras et les jambes tailladés, n'ayant pas dormi depuis plus de trente heures, elle n'aspirait qu'à s'allonger et à fermer les yeux.

— Allez vous reposer, leur dit Alexis de Beaujeu. À en juger par votre mine, on vous croirait remontés des Enfers.

— Vous ne croyez pas si bien dire.

Il les escorta à travers la cour principale, dans une petite chambre où se trouvait un grand lit. Et si le sol n'était plus recouvert de joncs, ses murs étaient toujours ornés de belles tapisseries. Cassiopée reconnut la pièce qu'avait occupée autrefois le comte de Tripoli, peu avant d'être assassiné.

— Ça ne vous dérange pas de dormir ici? demanda Alexis. Je sais que de pénibles souvenirs sont attachés à cette chambre, mais c'est la meilleure du Krak.

— C'est parfait, dit Cassiopée en regardant autour d'elle, se demandant d'où viendraient les fantômes.

— Pour moi aussiii, dit Rufinus – qui n'avait nul besoin de dormir.

— Désolé, mais les hommes dormiront au dortoir, lui apprit Alexis de Beaujeu. Avec les soldats.

— Ce sera très bien, dit Simon. Mais ne vous gênez pas pour moi. Je n'ai pas besoin de lit. (Moi non pluuus, éructa Rufinus.) Je puis dormir à même la pierre.

— Heureusement, si j'ose dire, ce ne sont pas les paillasses qui manquent. Alors profitons-en...

Cassiopée déposa son oiselle sur le matelas poussiéreux, s'y allongea et ferma les yeux. Elle était si fatiguée qu'elle n'entendit même pas Alexis, Simon et Rufinus lui souhaiter une bonne nuit.

21.

> « Tout devant lui est vanité, parce que tous ont même sort, juste et méchant, bon, pur et impur, celui qui sacrifie et celui qui ne sacrifie pas ; il en est du bon comme du pécheur, de celui qui jure comme de celui qui craint de jurer. »
>
> (L'ECCLÉSIASTE, IX, 2.)

Quand Cassiopée s'éveilla, il faisait encore nuit.

Elle ausculta son oiselle, qui avait repris des forces. La prenant délicatement entre ses mains, elle l'emmena dans la grande salle du Krak après avoir traversé une cour bien sombre. Des soldats s'exerçaient à la quintaine, à la lueur d'une torche tenue par un frère sergent à la mine sévère.

— Eh là ! l'interpella Cassiopée. Vous ne relâchez donc jamais vos efforts, pour vous entraîner de jour comme de nuit ?

— Bon matin, répondit le frère sergent. Rassurez-vous : si le jour est bel et bien consacré à la prière et aux exercices, la nuit l'est au repos... et à la prière.

— Mais alors, pourquoi vous entraînez-vous ? Je ne comprends pas...

Alexis de Beaujeu surgit alors de la grande salle et marcha droit vers elle.

— Je venais justement aux nouvelles. Avez-vous bien dormi ?

— Trop ou pas assez, puisqu'il fait toujours nuit.

— Détrompez-vous, Cassiopée. C'est bel et bien le matin. Il est tierce passée. Mais, depuis quelques semaines, la nuit s'attarde au-dessus de nous, et ne nous quitte plus...

Levant les yeux, elle vit qu'un voile noir obscurcissait les cieux. Un dais opaque et sombre, et qui tremblait avec un bruit d'averse.

— N'ayez crainte. Ils n'attaqueront pas.

— Mais de quoi, de qui parlez-vous ? s'enquit-elle.

— Des corbins. Nos archers et arbalétriers les tiennent à l'écart. S'ils attaquent, ce sera un carnage. Ils ne sont pas près d'oublier les dégâts que nous leur avons causés lors des tout premiers jours. Nous en avons tellement abattu que la cour en était jonchée. Impossible de ne pas marcher dessus.

— Et vous disiez manquer de viande ?

— Leur chair est si coriace que je vous mets au défi d'en avaler la moindre bouchée. Nous avons dû les brûler, dit-il en indiquant un tas de cendres dans un coin. Ces corbins sont des âmes de damnés auxquelles un maléfice a donné l'apparence d'horribles oiseaux noirs. Le fruit de je ne sais quelle sorcellerie, que pratiquent nos voisins les Assassins.

Elle réprima un frisson, et le suivit à l'intérieur de la grande salle. Où un festin de souris fut servi à l'oiselle. Pendant que son faucon se régalait, Cassiopée remercia Alexis pour son accueil.

— Et surtout pour hier soir. Sans vous, je ne sais pas ce qui serait arrivé.

— J'ai entendu sonner du cor, alors nous sommes sortis.

— Je le dirai à Simon. Il hésitait à s'en servir.

— Ce cor appartenait à l'un des nôtres. Savez-vous comment il est entré en sa possession ?

— Il l'aura ramassé sur un champ de bataille.

— Probablement, souffla Alexis. S'il vous le demande, dites-lui que je l'autorise à le conserver. Je serai toujours ravi de voler au secours d'un ami de l'Hôpital.

Cassiopée avala un peu de l'eau et du pain disposés sur la table, dans l'espoir de calmer sa faim et les gargouillements de son estomac.

— Désolée, je suis affamée.

— Ne vous excusez pas. J'aurais tellement aimé pouvoir vous offrir mieux.

Elle lui prit les mains et lui dit :

— Allons, je ne suis pas venue ici pour manger. Simon et moi…

Elle se demandait comment lui apprendre que Morgennes était son père. Mais quelque chose dans l'expression d'Alexis de Beaujeu lui disait qu'il savait déjà. Alexis et Morgennes se connaissaient depuis si longtemps. Était-il possible qu'il ait deviné ? Avait-il lu en elle les traits hérités de son père ?

— Je crois savoir ce qui vous préoccupe, dit Alexis.

— C'est possible, sourit Cassiopée.

Lui serrant à son tour les mains, il lui dit :

— Il y a quelques semaines de cela, une femme est venue nous voir.

— Ma mère ?

— Qui d'autre ?

Cassiopée se leva. Elle s'efforçait d'imaginer sa mère, à cheval dans la montagne, arrivant au Krak des Chevaliers, s'y entretenant avec Alexis de Beaujeu devant une soupe couleur d'eau.

— Elle vous a rendu visite il y a plusieurs semaines ? Mais comment a-t-elle fait ? Elle venait à peine de partir. J'ai mis moi-même plus d'un mois pour revenir.

— Elle était chaussée d'une étrange paire de bottes, legs d'un certain père Poucet. Grâce à elles, m'expliqua-t-elle, elle pouvait franchir sept lieues en un pas. Il n'y a donc rien d'étonnant à ce qu'elle ait couvert de si vastes distances en aussi peu de temps.

— Et que cherchait-elle ?

— Vous.

— Et Morgennes ?

— C'est moi qui lui ai appris que votre père était mort, dit-il en baissant la tête.

— Alors, vous saviez ?

— Que c'était votre père ? Non. Ça, c'est elle qui me l'a appris...

Alexis releva son visage aux traits taillés à la serpe.

— Vous voyez, nous avions beaucoup de choses à nous dire. J'ai bien connu votre père. Nous avons failli être adoubés ensemble, par le roi Amaury. Mais Morgennes déclara : « Majesté, je ne mérite pas cet honneur. »

— Pour quelle raison ?

— Vous ne savez donc rien de son histoire ?

— Hélas, non. C'était mon père, et j'ignore tout de lui. Je ne l'ai connu que quelques semaines, lors de sa quête de la Vraie Croix. Et encore. Je ne savais même pas qu'il était mon père.

— Tout comme il ignorait que vous étiez sa fille.

Alexis repoussa sa chaise et se leva de table. Marchant vers la cheminée où aucun feu ne brûlait, il raconta à Cassiopée la manière dont il avait fait la connaissance de Morgennes, à Alexandrie, lors des campagnes d'Amaury.

— Au fur et à mesure des années, nous nous sommes liés d'amitié. Je puis vous assurer qu'il aurait été fier de vous. C'était quelqu'un de bien. D'exceptionnel même. J'avais tellement d'estime pour lui qu'en l'an de grâce 1186, lorsqu'il a fallu désigner un nouveau gardien de la Vraie Croix, j'ai vivement insisté pour qu'on choisisse votre père. Je savais qu'il n'en avait pas envie, mais je savais également qu'il était – plus qu'aucun autre de nos frères – le gardien de la Croix idéal... Mais j'ignorais qu'il le serait au point de lui sacrifier son honneur et son âme, dit-il en baissant la voix. J'espère que vous ne m'en tiendrez pas rigueur.

— Je ne peux pas croire qu'un homme qui a tout donné pour la Vraie Croix croupisse en Enfer. Ou plutôt, puisque je l'y ai vu tomber de mes propres yeux, je ne puis accepter qu'il y reste !

— Bah, il ne faut pas toujours croire ce qu'on voit. Je sais qu'il n'a pas été baptisé...

— Il n'a pas été baptisé ?

— Non.

Alexis de Beaujeu parut s'absorber dans ses pensées, comme perdu dans un douloureux passé – mais un passé auquel se réchauffer quand même, tant les temps actuels étaient froids, tant il était privé d'amis.

— Votre père était juif, par sa mère.

Cassiopée ouvrit de grands yeux étonnés, et l'écouta attentivement.

— Je ne l'ai jamais dit à personne. Dans l'Hôpital, personne ne le sait, sauf moi. Ce qui explique qu'il ait pu intégrer nos rangs. Comme je vous l'ai dit, Morgennes était quelqu'un d'exceptionnel. Bref, tout cela pour dire que je suis sûr que votre père ne peut être en Enfer. Demandez-vous plutôt s'il n'est pas au Shéol, dans l'au-delà des juifs.

Il lui expliqua que, dans l'Ancien Testament, le Shéol était cité à de nombreuses reprises. Il désignait à l'origine un lieu « dans les profondeurs de la Terre » où les âmes étaient couchées dans la poussière, sans aucun espoir de résurrection.

— Mais nous avons choisi de rendre ce terme – trop hébraïque au goût des chrétiens – par « fosse », « tombe », « séjour des morts » ou « enfer ». Cela dit, certains Grecs ont choisi de le traduire par « Hadès ».

— Comment savez-vous tout cela ?

— Depuis que votre mère m'a appris la mort de votre père, je n'arrête pas de penser à l'au-delà. Mes fonctions m'interdisent d'abandonner mes hommes, ou de quitter le Krak. Mais elles ne m'empêchent pas de discuter avec notre frère infirmier, qui est un immense érudit, ou de me plonger dans la lecture des livres de notre scriptorium.

Cassiopée songea à tout cela, se rappela les propos exaltés de Chefalitione, les avis de Conrad de Montferrat et de Saladin, sa conversation avec Massada, et dit à Alexis de Beaujeu :

— Peut-être avez-vous raison. Peut-être qu'il n'y a après la mort ni souffrance ni espoir de résurrection. Mais peut-être pas. J'ai l'intention de poursuivre ma quête, car jusqu'à présent elle m'a permis de rencontrer des personnes formidables, qui avaient toutes un avis différent sur cette question.

Je veux me forger le mien. Non plus seulement placer mes pas dans ceux des grands héros de l'Antiquité et de nos moines visionnaires, mais ne me fier qu'à mon cœur, mon intuition, mes sentiments. Mettre mon énergie, ma volonté, au service de ma quête – sauver mon père, non de la mort, mais des Enfers !

Alexis de Beaujeu eut un large sourire, et s'exclama :

— J'ai l'impression d'entendre parler Morgennes !

Il s'approcha d'elle et lui dit :

— C'est vous qui avez raison. Je suis un imbécile, qui a troqué la réflexion contre une foi confortable... Je ne peux malheureusement pas vous accompagner, ni mettre d'hommes à votre disposition. Mais sachez qu'aussi longtemps que je serai au Krak, vous trouverez ici un abri où vous reposer.

— Merci.

Prenant une courte inspiration, il lui proposa :

— Cela vous dirait-il de rendre visite à un vieil ami de votre père ?

— Qui cela ?

— Quelqu'un que vous avez vous-même un peu connu. Si j'ose dire...

— Mais de qui parlez-vous ?

— De Raymond de Tripoli.

22.

« Le feu s'éteindra et le châtiment se dissoudra dans la braise. »

(BÉROUL, *Tristan et Iseut.*)

Après être allés chercher Rufinus et Simon, ils gagnèrent le petit cimetière de la chapelle du Krak, où la dépouille du comte Raymond de Tripoli avait été enfouie sous une dalle anonyme.

— C'est ici, leur dit Alexis de Beaujeu en leur montrant une dalle où ne figurait aucun nom, seulement cette date : « 1187 ».

À sa vue, Cassiopée fut emplie d'émotion. D'une certaine façon, c'était Rufinus et elle qui avaient causé la mort du comte. Même s'ils n'avaient été que des instruments entre les mains des Assassins…

— Nous étions trois à savoir que le comte était ici, continua Alexis. Morgennes, le capitaine Tommaso Chefalitione et moi-même. Mais désormais je crois que je vais pouvoir y faire inscrire son nom. Maintenant que Jérusalem est tombée, et que la Vraie Croix a disparu à tout jamais, je ne pense pas qu'il soit nécessaire de continuer à garder le secret.

— Vous ne croyez pas qu'on reprendra Jérusalem ? lui demanda Simon.

— Avec quels hommes ?

— Ceux qui suivront les rois de France et d'Angleterre.

— S'ils viennent, nous verrons.

— Vous n'avez pas la foi, dit Simon.

Alexis ne répondit rien, et Cassiopée – pour changer de sujet – lui demanda :

— Ma mère vous a-t-elle dit où elle allait ?

— Auprès d'un de ses amis, le cheik des Muhalliq. Elle espérait qu'il saurait où vous trouver, à tout le moins lui laisser un message à votre intention.

Cassiopée opina du chef.

— Savez-vous où ils sont ? J'ai posé la question à Saladin, et même lui n'a pas su me répondre.

— D'après mes informations, à l'est d'ici. Dans le désert de Chamiyé. Je crois qu'ils sont las de combattre, et que leur cheik est reparti à ses premières amours – les arts.

— Nous n'y arriverons jamais, avec tous ces corbins.

— Ne vous inquiétez pas. Une escorte va vous accompagner jusqu'au pied du djebel Ansariya. À partir de là, vous devriez être en sécurité…

— Pourquoi ne pas atteeendre ici ? ronchonna Rufinus. Après tout, Guyane de Saint-Pierre peut très bien reeepasser par ici. Elle se déplace si rapidemeeent.

— On a déjà perdu trop de temps ! s'exclama Simon.

— Quoi qu'il en soit, dit Cassiopée à Alexis, nous n'allons pas abuser de votre hospitalité. Si vous revoyez ma mère, dites-lui simplement que je suis partie moi aussi chez les Muhalliq. Je leur laisserai un message à son intention.

C'est alors qu'un jeune Hospitalier vint trouver Alexis, la mine contrite.

— Beau doux frère commandeur ?

— Oui ?

— Le frère infirmier m'envoie vous mander. Il dit qu'il manque de lits, dans la domus infirmorum.

— Encore ! soupira Alexis. C'est une épidémie…

Il s'excusa auprès de Cassiopée, Rufinus et Simon :

— Pardonnez-moi, mes amis, mais le devoir m'appelle. Je suis obligé de vous abandonner. Comme si nous n'étions pas déjà suffisamment accablés de malheur, une mystérieuse épidémie cloue au lit la moitié de mes hommes. Heureusement, notre bon doux frère infirmier veille sur eux. Mais il est seul, et débordé…

Il les laissa dans la nuit noire, avec une torche et la petite tombe de Raymond de Tripoli pour toute compagnie. Enfin seuls, à l'abri des épaisses murailles du Krak, Simon et Cassiopée se sentirent étrangement en paix. La tension qui avait crû entre eux retomba, et Simon s'assit dans l'herbe qui avait poussé sur le pourtour de la dernière demeure du comte.

— Quel dommage que nous ayons offert tous nos onguents à Massada, dit Cassiopée. On aurait pu en donner un peu à ce frère infirmier, et soigner mon oiselle.

— On aurait surtout dû les garder pour nous. Regarde dans quel état nous sommes !

— Moi, ça va, lui répondit-elle. Cette nuit de sommeil m'a bien aidée à récupérer.

— Je n'ai pas arrêté de faire des cauchemars.

— De quelle nature ?

Simon la fixa du regard et elle s'aperçut qu'il avait les yeux incroyablement rouges, comme injectés de sang.

— Je n'ai pas cessé de penser au cor. Je craignais qu'ils ne m'interrogent à son sujet.

— C'est réglé, dit Cassiopée. Tu peux le conserver.

Mais cela ne le rassura pas. Il semblait anormalement nerveux.

— Merci, dit-il en se relevant.

Il prit maladroitement Cassiopée dans ses bras, et la serra contre lui. Mais elle se dégagea. Peut-être un peu trop vite, sûrement un peu trop brusquement.

— Qu'est-ce que je ne donnerais pas pour serrer mon père dans mes bras, juste une fois, soupira-t-elle pour se donner contenance.

— Et moi dooonc, sanglota Rufinus.

Un vent glacé se leva autour d'eux, soulevant des tourbillons de poussière et de sable. Rufinus cligna plusieurs fois des yeux, se plaignant :

— J'ai du saable plein les yeux! Cassiopée, s'il te plaaît!

Elle eut un petit sourire, se pencha sur Rufinus et les lui nettoya délicatement avec son mouchoir.

— Voilà, dit-elle quand elle eut fini.

Puis elle le plaça contre son aine, où elle le protégea avec sa cape.

— Ne restons pas ici, dit-elle. C'est un cimetière. Disons une patenôtre pour le repos de l'âme de Raymond de Tripoli et partons. Nous n'avons pas de temps à perdre.

Étonnamment, Simon ne semblait plus pressé de s'en aller. Il la regardait tristement, sans bouger.

— Si c'était moi qui avais été en Enfer, lui demanda-t-il, serais-tu venue m'y chercher?

— Mais tu n'y es pas, que je sache?

— Si ç'avait été toi, je n'aurais pas hésité un seul instant. Peu importe les risques.

Elle le considéra longuement, remit ses cheveux en place et dit :

— Le vent se lève, il est temps.

— Partez devant. Je vous rejoins.

Sentant qu'il avait besoin de rester seul avec lui-même, elle s'en alla en lui laissant la torche, retraversa la chapelle du Krak et rejoignit l'escorte de chevaliers qui l'attendait dans la cour.

Simon regardait les tombes, songeant que Cassiopée et lui auraient pu se trouver sous l'une d'elles, s'il n'avait pas soufflé du cor. À défaut d'être réunis dans la vie, ils l'auraient été dans la mort. Mais il y avait Morgennes à sauver, Cassiopée à aider. À aider coûte que coûte. Soudain, la quête de Cassiopée lui parut plus importante que tout le reste. Plus importante que l'amour dévorant qu'il lui vouait. Plus importante que d'être le dernier des Roquefeuille. Que le fait de mourir sans laisser d'héritiers. Il se sentait pour Cassiopée la dévotion que les Assassins avaient pour leur maître, le Vieux de la Montagne. « Prenez-moi », murmura-t-il. « Sauvez Morgennes, et prenez-moi. »

À qui s'adressait-il? À personne en particulier. Au vent. Aux morts. Au vide. Au froid.

Se rappelant qu'il avait dans sa bourse de ceinture le fragment de croix qu'il avait dérobé à son père, il le prit. C'était ce qu'il avait de plus précieux. « La croix de Morgennes », pensa-t-il. Puis il regarda la torche que Cassiopée lui avait laissée. Le feu brûlait avec indifférence le bois qui le rendait vivant.

— Parle-moi, dit Simon à la torche. Toi qui es faite de feu, sais-tu si Morgennes est chez toi? Ou bien est-ce mon père?

La flamme brûlait toujours, imperturbablement.

— Parle-moi, ou...

Mais le feu continua de lécher le pourtour de la torche en crépitant doucement. Il était inutile de menacer les flammes. Il le savait. Le feu pouvait mourir ici, sur ce bout de bois, et continuer de brûler ailleurs.

« Puisque les dieux veulent des offrandes, en voici une... »

Il approcha des flammes son bout de croix tronquée.

— Mange, dit-il à la torche, régale-toi...

Le petit bout de bois ne s'enflamma pas immédiatement. Il commença par chauffer, grésiller puis noircir. Ensuite, comme nées de ses entrailles, de petites flammèches se mirent à ronger son pourtour. En les regardant se nourrir du bois, Simon pensait au cadavre de Raymond de Tripoli, que des vers avaient rongé de même.

— Mène-moi en Enfer, dit-il au feu. Prends-moi à la place de Morgennes. Pour Cassiopée!

Dans son regard, deux flammes incandescentes brillaient.

Le feu était en lui.

TÉNÉBROC

23.

« Ils franchissent les puys et les roches escarpées, les vaux profonds, les défilés pleins d'angoisse. »
(*La Chanson de Roland.*)

Cassiopée se retourna plusieurs fois sur sa selle pour saluer Alexis de Beaujeu. Il se tenait au sommet des plus hautes murailles du Krak, afin de surveiller les corbins. Malgré l'escorte qu'il avait donnée à Cassiopée et à Simon – le temps de descendre le djebel Ansariya –, il craignait une attaque de ces maudits volatiles.

Ce serait une attaque suicide, mais les corbins – comme leurs maîtres, les Assassins – avaient l'habitude de ce mode opératoire. Et peu importait le nombre de torches, de lances ou d'épées qui leur seraient opposées. Une centaine ou des milliers d'entre eux tomberaient. Mais une dizaine réussiraient à passer, et sèmeraient terreur et destruction chez leurs ennemis.

Il murmura une prière, peu sûr qu'elle soit entendue. Qu'importe. Il ne priait pas pour l'être.

Simon, quant à lui, avait le cœur hanté par toutes sortes de pensées contradictoires. Il repensait sans cesse à son expérience du cimetière. Son petit bout de croix s'était entièrement consumé, et il l'avait abandonné dans la poussière des tombes. Maintenant qu'il avait accompli ces fameux rites propitiatoires, si chers aux divinités antiques, lui donneraient-elles ce qu'il désirait si ardemment ? Non pas seulement sauver Morgennes, mais aussi rendre heureuse Cassiopée ?

« Non, se corrigea-t-il. Je n'ai pas besoin de son amour. Pas dans un premier temps, non… »

Ce qu'il voulait, plus que tout pour l'instant, c'était seulement la posséder. L'avoir tout à lui. Coller ses lèvres contre les siennes et lui fourrer sa langue dans la bouche, sentir claquer contre ses dents l'émail des dents de Cassiopée, passer la main dans ses cheveux, presser son sein de l'autre et lui enfoncer son genou entre les jambes…

« Pourquoi n'ai-je pas droit à un petit baiser, alors que les Assassins ont fait d'elle ce qu'ils voulaient, quand ils l'ont capturée ? »

Surtout, il se disait que s'ils parvenaient à faire sortir Morgennes des Enfers, peut-être que Cassiopée aurait plus de temps à lui consacrer. Et puis, qui sait ? Peut-être Morgennes aimerait-il qu'ils se marient ? Ne formeraient-ils pas un beau, un magnifique couple ?

— Simon, lui dit Cassiopée, arrête. Tu me fais peur. J'ai l'impression de t'entendre penser… Tu es sûr que ça va ?

Il ne répondit pas.

— Simon ?

— Avançons, répliqua-t-il d'un ton sec. On parlera plus tard.

Arrivés au pied du djebel Ansariya, l'escorte remonta vers le Krak. Au-dessus d'elle, une nuit d'oiseaux tourbillonnait dangereusement. Puis l'escorte disparut, le sentier faisant un coude. Cassiopée regarda autour d'elle, et tâcha de s'orienter.

Vers l'est – tel était leur but.

Elle s'assura que les rochers ne cachaient pas de dangers – comme la veille au soir –, et dit à Simon :

— Si ce qu'a raconté Alexis est vrai, les Assassins ne sortent pas dans la journée. Nous devrions pouvoir chevaucher tranquillement. Reste à trouver les Muhalliq, quelque part dans le désert.

— Le désert est grand, dit Simon.

— Je sais. Mais il suffit de marcher de point d'eau en point d'eau. Je les connais tous, fais-moi confiance. S'ils ne sont pas au premier, ils seront au deuxième. Et si ce n'est à celui-ci, ce sera peut-être au suivant. Ne t'inquiète pas, nous ne nous perdrons pas…

« De toute façon, je suis déjà perdu… », pensa-t-il.

Simon ne croyait pas au Phlégéton – ce fleuve de feu qui coulait soi-disant aux Enfers. Pour lui, ce n'était qu'une légende, colportée par des gens comme Chefalitione. Pourtant, quelques heures à peine après avoir franchi la ligne qui séparait le désert de la plaine, il jura l'avoir vu. Plus d'une fois, Simon l'entendit grésiller à côté de lui, alors que sa jument peinait à avancer. Sentant sur sa poitrine un souffle chaud, il baissait les yeux, croyait voir brasiller un pan entier du désert et puis… rien. Rien qu'un poudroiement d'or ourlé de bleu, et l'écrasante lumière du soleil.

Au bout de plusieurs heures de chevauchée, il haleta :

— Où est ta première source ?

Cassiopée tendit le bras droit devant elle :

— Par là-bas.

— Tu es sûre ?

— Certaine.

Alors Simon arrêta sa monture et descendit de selle. Après s'être essuyé le front, il prit sa gourde et but une rasade. Puis il versa un peu d'eau dans sa paume pour donner à boire à sa jument et à celle de Cassiopée.

— Il faut leur donner à boire, autrement elles ne tiendront pas.

Cassiopée le regarda, et but un peu elle aussi. L'eau était chaude, très chaude. Franchement désagréable. Elle avait un goût de vieux cuir.

— De l'hiver, nous passons à l'été, dit Simon. Tout cela en à peine une demi-journée de chevauchée.

Il remonta en selle, et s'éloigna vers le soleil. Un soleil immense, qui brillait de façon si insoutenable que Simon crut qu'il s'agissait d'un autre soleil – d'un soleil qui n'existerait que pour ce désert, et dont les feux auraient tous été dirigés contre lui. Du sable voletait au-dessus du sol, piquetant les jambes des chevaux, s'agglutinant contre leur poitrail, semant un voile trouble sur toute la surface du désert.

— Quel endroit ! souffla Simon. Tu es sûre qu'il y a des gens qui vivent ici ?

— Tu connais des régions de la Terre où personne ne vit ?

Il chercha dans sa mémoire, mais n'en trouva pas. Même le Robat el-Khaliyeh – ce terrifiant désert que les Arabes appelaient le « Grand Vide » et où le poète dément Abdul al-Hazred avait erré pendant dix années – était traversé par des caravanes. Quant au Sinaï, plus au sud-ouest de leur position, n'était-il pas la patrie des Maraykhât et des ophites, ces tribus de bédouins qui se disaient « fils des scorpions et des serpents » ?

— Non, répondit Simon sur un drôle de ton. Nous sommes vraiment partout…

Cassiopée haussa les épaules et eut un petit rire.

— À t'entendre, on dirait que « nous » sommes une maladie !

— Parfois, je me demande si la Terre ne se porterait pas mieux sans l'humanité.

— Ne disais-tu pas que la Terre avait été créée par Dieu, pour nous ?

— La Terre, peut-être. Mais ce désert ? Crois-tu vraiment que ce soit Dieu qui l'ait créé ?

Cette fois, ce fut au tour de Cassiopée de ne pas répondre. Effectivement, ce désert – le désert de Chamiyé – avait tout d'une plaine remontée des Enfers. Peut-être y avait-il eu ici autrefois un gigantesque précipice, dont les Enfers avaient profité pour remonter à la surface de notre monde ? Enfin, cette vaste étendue de sable faisait office de muraille aux montagnes où se terraient les Assassins. Saladin l'avait franchie en 1176, lorsqu'il était venu assiéger Masyaf – fief du terrifiant Sinan, le Vieux de la Montagne. En vain. Quelques mois plus tard, il avait dû rebrousser chemin avec ses armées, sans avoir réussi à débusquer de sa tanière le chef des Assassins.

— Comme c'est curieux qu'on dise « un » désert et non « une », dit Simon.

— Comment cela ? demanda Cassiopée. Explique-toi.

— Le désert est une femme, j'en suis sûr. Aussi cruel qu'une femme, aussi indifférent à tout ce qui se passe autour de lui. Comme les femmes il a des seins – ces oasis où nous rêvons de tremper nos lèvres...

— Tiens, d'ailleurs, en voici une ! s'exclama Cassiopée. Quelle étrange coïncidence !

Cassiopée crut s'éveiller d'un long et pénible cauchemar pour basculer dans un doux rêve. L'instant d'avant, elle aurait juré qu'il n'y avait rien, et maintenant voici qu'elle apercevait une petite oasis bordée de palmiers dattiers, où s'abreuvaient des animaux : des antilopes et un vieux couple de lions, qui s'éloignèrent en les voyant approcher. Ici comme ailleurs, le cheval était l'animal noble par excellence. Celui qui avait le droit de boire avant tous les autres. Surtout si l'homme le montait.

Les antilopes détalèrent au loin, tandis que les lions, sans doute plus paresseux – ou plus fiers – escaladèrent nonchalamment la dune la plus proche. De là, ils observèrent Simon et Cassiopée, qui menèrent leurs montures au creux de l'oasis.

Une douzaine de palmiers ployaient la tête en direction de l'eau comme pour s'y mirer. Les troncs tremblèrent à l'unisson lorsque Simon et Cassiopée attachèrent leurs chevaux à l'un d'eux. On aurait dit que leurs palmes se transmettaient ce message : « Des intrus ! Prenez garde ! »

Cassiopée se pencha vers l'eau, qu'une ride parcourut quand elle s'en approcha. Elle pouvait y voir son visage. Ses sourcils, en train de repousser. Et ses cheveux, qui cascadaient sur ses épaules. Quand elle plongea la main dans l'onde, elle eut l'impression d'un baiser. L'eau était tiède, et particulièrement claire. Elle en donna à son oiselle, dont les blessures avaient déjà cicatrisé, et lui caressa doucement le plumage pendant qu'elle buvait.

« C'est étrange, se dit-elle. À croire que cette oasis n'est apparue que pour nous... Comme si l'instant d'avant, là aussi, il n'y avait eu qu'un trou, comblé par son arrivée. »

— Merci, murmura-t-elle.

— À qui dis-tu merci ? demanda Simon, dont elle vit le reflet surgir auprès du sien.

— Aux dieux inconnus.

— Cela me rappelle une histoooire..., ronchonna Rufinus.

— Tu nous la raconteras plus tard, l'interrompit Simon. On donne à boire aux chevaux, on remplit nos gourdes et c'est tout. Pas de temps à perdre à pérorer.

— Oooh, fit Rufinus, choqué.

Pour le consoler, Cassiopée lui proposa :

— Tu veux boire ?

— S'il te plaîîît !

Elle prit de l'eau dans ses mains en coupe et les porta aux lèvres de l'ancien évêque d'Acre.

— Je croyais qu'il ne fallait surtout pas lui donner à boire ? fit remarquer Simon.

— Juste un petit peu, répondit Cassiopée. Ça ne peut pas lui faire de mal, et ça lui fait tellement plaisir...

Quand Rufinus eut terminé, et que toute l'eau bue commença de suinter par la base de son cou, il s'exclama :

— Quel délice ! Que c'est booon !

Considérant probablement qu'il n'y avait pas de danger, la lionne et le lion perchés sur la dune se relevèrent en bâillant. Le lion se risqua même à pousser un timide rugissement, afin d'inviter les antilopes à revenir. Et comme Cassiopée offrait maintenant à boire à son oiselle, les animaux reprirent leur place, à l'ombre des palmiers.

Quand ils se furent suffisamment désaltérés, ils remontèrent en selle.

— Regardez, dit Cassiopée. On dirait que les palmiers nous souhaitent un bon voyage.

Simon se retourna sur sa monture, et vit les arbres se balancer au gré du vent, dans un mouvement de balancier.

— C'est seulement le vent…

Depuis combien de temps chevauchaient-ils ? Le soleil avait dépassé son zénith, et l'ombre des deux cavaliers n'arrêtait pas de s'allonger.

— Il doit être entre none et vêpres, dit Cassiopée. En tout cas, on se dirige à grands pas vers la fin de l'après-midi.

— C'est évident, commenta Simon. Quoi que tu fasses, tu te dirigeras toujours vers la fin de l'après-midi. Y compris dans ton lit.

Cassiopée se dit qu'il valait mieux ne pas lui répondre. Elle avait hâte d'arriver chez les Muhalliq. Une fois chez eux, qui sait ? Peut-être trouverait-elle une bonne excuse pour se séparer de Simon. « Dommage. Il aurait fait un bon ami. Mais comme chevalier servant, il est vraiment insupportable… »

Soudain, un craquement sous les sabots de leurs chevaux les intrigua.

— Que se passe-t-il ? demanda Cassiopée. On dirait que le désert craque, comme dans une forêt.

— Bizarre, dit Simon. Vraiment bizarre.

Ils avaient beau avancer au pas, de sinistres craquements se faisaient entendre à intervalles plus ou moins réguliers. Puis ce fut systématique. Leurs chevaux avançaient parmi des bruits de verre brisé.

— Je vais voir, finit par dire Cassiopée.

Elle descendit de selle et se pencha en avant. Écartant un peu de sable avec la main, elle mit au jour le sommet d'une grosse coquille.

— Je me demande quelle sorte d'oiseau a pu pondre un tel œuf, s'interrogea-t-elle à haute voix.

L'imitant, Simon mit pied à terre lui aussi, et se pencha sur les œufs qui se trouvaient enfouis dans le sable.

— Des œufs de dragon ? On m'a dit qu'ils en avaient retrouvé autrefois, au Krak des Chevaliers.

— Leur coquille serait plus solide, déclara Cassiopée.

— Ce sont peut-être des œufs d'autruuuche, dit alors Rufinus.

— Non, dit Simon en se relevant, un crâne dans les mains.

24.

« Il y avait avec moi des djinns qui étaient à mon service. »

(SOHRAWARDI, *L'Exil occidental.*)

De nouveau, Simon eut la vision d'une tempête de feu s'abattant sur le désert. Des flammes tombaient du ciel. Le sol rougeoyait; l'air vibrait comme la peau d'un tambour.

— Quelle souffrance ! Quelle souffrance terrible ! Ici, des gens sont morts brûlés vifs...

Cassiopée regarda autour d'elle. Par endroits, sous le désert, se devinaient d'immenses plaques de sable vitrifié. On aurait dit une mer transformée en verre, une mer aux arêtes acérées, tranchantes, coupantes – une mer devenue le tombeau de ses habitants.

— Nous sommes dans un cimetière, commenta-t-elle amèrement.

Et le vent continuait de souffler sur le sable, couvrant et découvrant quantité de cadavres figés dans d'affreuses expressions de douleur, des corps calcinés ballottés par les flots d'une mer indifférente. Soudain, le vent découvrit un homme au bras tendu vers un cheval. Sa main émergeait du linceul funèbre, ne tenant plus à son corps que par un lambeau déchiré, d'une rougeur terrifiante. Elle était à demi fermée, crispée, comme pour une ultime tentative d'échapper à la mort. En face d'elle, les dents du cheval parodiaient un sourire, rictus abominable qui donna la nausée à Cassiopée.

— Mais qui est enterré ici ? demanda Simon.

— Serait-ce, interrogea Rufinus, l'antiiique armée de Cambyyyse ?

— Cambyse est mort en Éthiopie, précisa Cassiopée. Ce ne sont donc pas ses hommes. Par ailleurs, ces morts me paraissent récents.

Elle ferma les yeux, et sentit une immense souffrance autour d'elle. Des hommes avaient dressé la tente ici, puis un ciel de feu s'était abattu sur eux. Et il n'y avait plus eu que le vide, un vide immense et douloureux. Ce qu'elle éprouvait était si vif qu'elle porta sa main à la bouche. Du sang ! Une minuscule écharde de verre venait de lui couper la lèvre.

— Il ne faut pas rester ici !

Elle se redressa, et courut voir leurs montures. Sur leurs jambes et leur poitrail, de nombreuses entailles témoignaient de leurs blessures.

— Le vent charrie du verre en plus du sable ! Il faut protéger nos montures !

Simon étendit leurs couvertures sur leurs juments, les recouvrant du mieux qu'il put.

— Que le Diable..., commença-t-il.

Mais il n'acheva pas sa phrase.

Brusquement, ce fut la nuit. Ils ne l'avaient pas vue arriver. Dans le désert, les transitions étaient plus violentes qu'ailleurs.

— Que faisons-nous ? demanda Simon.

Cassiopée se passa la main sur les lèvres – ses lèvres sèches, soudées par la chaleur. « Brûlure ! Brûlure ! » songea-t-elle. Tout danger était-il écarté ? Des gens – des Muhalliq ? – étaient venus par ici, et puis le feu était tombé, comme une pluie incandescente. Ils avaient connu une agonie rapide mais douloureuse, et puis plus rien. Qu'une cage de verre, où leurs cris s'arrêtaient.

— Quelle horreur ! dit-elle.

— Il faut partir, dit Simon. Demande à ton faucon de nous guider !

Cassiopée leva les yeux vers le ciel étoilé, et distingua Galline. Elle volait au-dessus des dunes, qu'une vapeur noire parcourait – telle la main d'un semeur diabolique y larguant de la mort en cristal. Un océan d'un violet sombre, immense et terrifiant, s'étendait jusqu'à perte de vue. Ils étaient naufragés, perdus dans une mer dont chaque vague était aussi tranchante qu'une épée.

Un froid intense les saisit, et Simon regretta d'avoir placé sa couverture sur sa monture. Il grelottait. Était-ce la fièvre ?

— Dirigeons-nous vers ces étoiles, dit Cassiopée en tendant le doigt vers une myriade d'étoiles scintillant juste au-dessus de la ligne d'horizon vers laquelle volait l'oiselle.

Avec leurs lumières chaudes, elles lui semblaient plus réconfortantes que les autres, qui scintillaient d'un froid éclat au-dessus de leurs têtes.

Par curiosité, elle dégaina Crucifère. Mais l'épée ne brillait pas.

— Très bien, dit Simon.

Tenant leurs juments par la bride, les mains et le visage emmitouflés dans des bouts de tissu, ils marchèrent vers ces étranges étoiles qui luisaient parmi les dunes. Le désert craquait sous leurs pas. Ils regardèrent leurs bottes. Elles commençaient à se lacérer, laissant les crocs de verre ensanglanter leurs pieds.

Mais les étoiles s'approchaient. D'ailleurs…

— Ce ne sont pas des étoiles ! s'écria Cassiopée. Ce sont…

— Des feux de camp ! s'exclama Simon.

— Non, pas des feux de camp. Ils viennent dans notre direction.

— Des torches ?

Une nouvelle fois Cassiopée tira Crucifère du fourreau. Simon la regarda faire, légèrement inquiet. Mais l'éclat métallique de l'épée les rassura. Les brillantes lumières qui venaient vers eux ondulaient au gré des dunes. Elles étaient probablement portées par des gens montés sur des chameaux. Des bédouins ?

— Allumons une torche, suggéra Cassiopée.

Simon en sortit une de son sac de selle, l'alluma et la brandit aussi haut que possible. Le feu lui réchauffa la main, et le crépitement de la petite flamme lui arracha un sourire.

— Par ici ! Par ici ! s'écria Cassiopée sans savoir qui elle appelait ainsi.

Dans le lointain, quelques lumières lui répondirent, en oscillant elles aussi.

— Ils nous ont vus. Allons, courage !

Ils continuèrent d'avancer, jusqu'à sortir enfin de la zone maudite. Les craquements de verre et d'os s'étaient tus, et en face d'eux des taches blanches émergeaient de l'obscurité. Une tribu de bédouins. La plupart étaient montés sur des chameaux. D'autres suivaient à pied, en tenant une lance à la pointe dressée vers le ciel. En tête venait un vieillard au visage ridé comme un coing. Cassiopée reconnut son vieil ami le cheik des Muhalliq, Nâyif ibn Adid. Il était apparu presque comme par enchantement, au milieu des lumières. Derrière lui un certain nombre de personnes – impossible de savoir combien – étaient pressées les unes contre les autres. Hommes, femmes, enfants – tous se tenaient sur leur garde, par crainte de l'ennemi. Leurs yeux, enfoncés dans leurs orbites, étaient opaques, vidés de toute substance ; et sur la partie visible de leur peau se lisaient les séquelles de la tempête de flammes et d'échardes de verre qui s'était abattue sur eux.

On aurait dit une tribu de morts vivants.

— Le salut sur vous, dit Cassiopée en s'avançant vers le vieux cheik auprès duquel elle avait si souvent séjourné.

— Sur toi le salut, noble fille du désert, haleta Nâyif ibn Adid en portant la main à son cœur. Peux-tu seulement me dire si c'est à toi ou à ton fantôme que j'ai l'honneur de m'adresser ?

— Par Allah ! C'est bien moi, Cassiopée !

— Alors aide-moi à descendre, fit le vieux cheik en lui tendant la main.

Elle l'aida à descendre de chameau, tandis qu'autour d'eux les Muhalliq faisaient cercle.

— Noble cheik, puis-je vous demander pourquoi vous m'avez demandé si j'étais mon fantôme ?

— Je te dirai pourquoi, ainsi que je l'ai dit à ta mère...

— Ma mère ? s'exclama Cassiopée. Vous l'avez donc vue ? Quand ? Où est-elle allée ?

— Toutes ces questions méritent de s'asseoir autour d'un thé, répondit Nâyif ibn Adid.

Il se tourna vers sa tribu et prononça quelques paroles. Aussitôt, des tentes furent montées dans la nuit, si promptement qu'elles semblaient jaillies des sables.

Le campement prenait vie, comme s'il avait toujours existé.

25.

« J'étais le maître de la source d'airain fondu. Je dis aux djinns :

“Soufflez en elle ! Qu'elle devienne comme le feu.” »

(SOHRAWARDI, *L'Exil occidental.*)

Les ayant emmenés dans sa tente, dressée au beau milieu de nulle part, Nâyif ibn Adid invita Simon et Cassiopée à prendre place sur de moelleux coussins disposés autour d'une petite table basse. Deux femmes – fort vieilles à en juger par leur extrême lenteur – vinrent leur servir un thé odorant, ainsi qu'un plat de dattes et de pistaches. Simon les observait, se demandant comment elles s'y prenaient pour ne rien renverser, tellement leurs yeux disparaissaient derrière leur voile.

— Je ne crois pas connaître tes compagnons, fit Nâyif ibn Adid en les regardant tour à tour.

— Je m'appelle Rufinuuus, ancien évêque d'Aaacre, hoqueta Rufinus depuis le coussin où l'avait déposé Cassiopée.

— Le salut soit sur toi, dit Nâyif ibn Adid en hochant la tête.

— Et moi, je suis Simon, comte de Roquefeuillle, s'inclina Simon.

— Le salut sur toi aussi, Simon, comte de Roquefeuille.

Le vieux cheik eut un geste pour leur indiquer le plateau de fruits secs.

— N'attendez pas que je me serve pour commencer. J'ai perdu l'appétit…

Cassiopée hésita, mais Simon – dont l'estomac gargouillait sous les assauts de la faim – ne se fit pas prier. Il plongea la main dans le plat de pistaches.

— Gloire des Muhalliq, tant de questions me brûlent les lèvres que je ne sais par où commencer, balbutia Cassiopée.

— En ce cas, permets-moi de venir à ton secours en t'épargnant d'y réfléchir. C'est moi qui vais te dire pourquoi j'ai cru voir ton fantôme, quand tu m'es apparue tout à l'heure.

Comme le vieux cheik se levait pour s'approcher d'un meuble dans un coin de la tente, Cassiopée s'autorisa une poignée de dattes, puis une autre. À côté d'elle, Simon mâchait bruyamment – ce qui n'était pas pour déplaire au vieux cheik, ravi de voir ses hôtes faire honneur à son hospitalité. Soudain, un tintement leur fit tourner la tête.

— Reconnais-tu ce bruit ? demanda Nâyif ibn Adid à Cassiopée.

— La cloche du ralliement ! s'exclama Cassiopée, chez qui ce son ravivait de pénibles souvenirs.

Cette cloche de bronze lui avait été donnée l'été dernier, lorsqu'elle avait été chargée par Saladin d'aller réclamer des renforts à Bagdad. On l'appelait « cloche du ralliement » car la tradition voulait que tous ceux qui l'entendent s'écrient : « Renfort ! Renfort ! » et se rallient à son porteur, pour lui porter assistance. Hélas, alors qu'elle faisait route vers Bagdad, Cassiopée était tombée dans une embuscade tendue par les Assassins. La cloche était restée dans le désert, où les Muhalliq l'avaient découverte, auprès du cadavre de la chamelle de Cassiopée. Le cheik avait pleuré des larmes de sang. Non parce que Cassiopée avait échoué, mais parce qu'elle avait été capturée.

— Tu sais que je t'ai toujours considérée comme ma fille, dit-il en lui prenant les mains. Cette petite cloche, et sa cordelette de poils noirs, c'est tout ce qu'il me restait de toi. Je la faisais sonner tous les soirs, pour honorer ta mémoire. Et pour que tous ici se souviennent de la belle et noble nièce de Saladin, partie chercher des renforts à Bagdad alors qu'elle n'était qu'à moitié musulmane !

Simon regarda Cassiopée, et lui dit :

— Toi ! Tu as fait ça ! Grands dieux, c'est une bonne chose que les Assassins t'en aient empêchée !

— Tais-toi, répondit-elle froidement. Tu ne sais pas ce que tu dis.

Simon se renfrogna, et piocha une nouvelle poignée de pistaches.

— Quand ta mère est venue me voir, reprit le cheik des Muhalliq, je n'ai pu m'empêcher de lui parler de cette cloche. Et de ce que sa découverte, au beau milieu du désert, signifiait.

— Vous lui avez donc dit que j'étais morte ?

— Morte, non. Morte peut-être, oui…

À son air contrit, on voyait qu'il le regrettait.

— Comment a-t-elle réagi ?

— Par Allah, elle ne s'est pas laissé abattre ! Elle m'a dit qu'elle ne te croirait morte qu'une fois ton cadavre entre ses bras.

Cassiopée eut un sourire en repensant à sa mère. Cette réponse était typique d'elle. À sa façon, Guyane était une dure à cuire. D'ailleurs, ce n'était pas un hasard si elle l'avait envoyée, à peine entrée dans l'adolescence, à l'académie du mégaduc Coloman, le Maître des Milices de Constantinople. Elle revoyait ses cheveux poivre et sel – pris dans l'étau d'un voile quand ils n'étaient pas cachés par sa tenue de moine… Pour une raison que Cassiopée ignorait, sa mère avait toujours rechigné à la laisser s'éloigner. Peut-être parce qu'elle était une enfant particulièrement casse-cou ? Seuls ses parrains – Gargano et Chrétien de Troyes – osaient jouer avec elle. Sa mère n'était que sévérité. En vérité, Cassiopée comprenait maintenant. Sa mère n'ayant plus de famille, à l'exception de sa fille, elle avait toujours vécu dans la crainte de la perdre… Soudain, une pensée lui traversa l'esprit. Tous ces morts, là-dehors…

— Qui sont ces malheureux, enfouis un peu plus loin dans le désert ?

Deux larmes roulèrent sur les joues du vieux cheik. Sa voix trembla. Il se recroquevilla sur lui-même, comme une feuille à l'automne.

Cassiopée posa la main sur le bras du vieux cheik, qui sanglota :

— C'est mon peuple ! Mes fils, mes filles !

Simon s'arrêta de mâcher et redressa la tête.

— Des forces maléfiques, surnaturelles, nous ont attaqués peu après le départ de ta mère, poursuivit Nâyif ibn Adid. Elles se sont jetées sur nous telles des sauterelles sur un champ de blé. Nous n'avons rien pu faire pour nous défendre, sinon fuir, dans toutes les directions possibles. Peut-être avez-vous croisé certains des membres de ma tribu, errant entre les dunes ?

Il releva les yeux, pleins d'espoir.

Mais Cassiopée et Simon secouèrent la tête. Ils n'avaient vu personne – que des corps prisonniers d'un désert vitrifié.

— En apercevant votre torche, tout à l'heure, je me suis dit que peut-être… Mais non, ce n'était que vous deux. Il va falloir encore chercher.

Cassiopée n'osait pas lui parler des nombreux crânes que Simon et elle avaient écrasés avant d'arriver ici.

— Quelles sortes de forces surnaturelles ? s'enquit Simon.

— En vérité c'étaient des djinns ! Une averse de feu s'est déversée des cieux, alors qu'il n'y avait pas de nuages. Comme si on nous avait renversé sur la tête un plein chaudron de flammes. Mais ce n'était pas un chaudron. C'était l'Enfer ! Alors ne croyez pas, jamais, ceux qui vous disent qu'il est en bas, dans les régions inférieures de la Terre. L'Enfer est tout autour de nous !

— Justement, dit Cassiopée, nous voulons nous y rendre.

Le cheik des Muhalliq darda sur elle deux yeux brillants de fièvre.

— Qui vous dit que vous n'y êtes pas déjà ?

Simon déglutit, et demanda :

— Vous avez parlé de djinns…

— Ce sont des sortes de démons, lui apprit le cheik des Muhalliq. Des esprits malfaisants, même s'il arrive qu'on en trouve de bons. Parfois. Rarement…

Nâyif ibn Adid se servit une tasse de thé, mais sa main tremblait. Renonçant à boire, il reposa sa tasse et poursuivit :

— Les djinns sont des esprits élémentaires. De l'eau, du vent, de la terre ou du feu. En l'occurrence, ceux qui se sont abattus sur nous étaient du feu. C'est Sohrawardi qui les a invoqués.

— Sohrawardi ? Mais il est mort, objecta Simon. Je l'ai vu se faire dévorer par les flammes, lors du combat sous le dôme du Rocher.

— Celui qui commande au feu ne peut pas être tué par le feu…

— Ça, c'est bien vraaai, hoqueta Rufinus.

— Mais que vous voulait-il ?

— À moi ? Probablement rien, sinon je ne serais pas là pour vous parler. Nous supposons qu'il en avait après certains membres ou invités de ma tribu, ajouta-t-il en étreignant la main de Cassiopée.

Des larmes embuèrent les yeux du vieux cheik, qui aimait tant les arts qu'il avait toujours eu à cœur d'inviter à sa cour des artistes du monde entier. C'est ainsi qu'en l'an de grâce 1178, Chrétien de Troyes avait été convié à séjourner chez lui en compagnie de son protecteur et ami le comte de Flandre.

— Comme toutes les mères dont l'enfant s'est absenté trop longtemps, poursuivit le vieux cheik, Guyane de Saint-Pierre s'inquiétait pour toi. Elle arrivait du Krak, où elle espérait qu'on lui apprendrait où tu te trouvais. Mais Alexis de Beaujeu ne t'avait pas revue depuis ton départ de Terre sainte…

— Je sais, nous en venons.

Le vieux cheik hocha lentement la tête, et caressa sa tasse de thé – sans doute pour se réchauffer la main.

— Alors vous savez qu'elle a appris la mort de ce chevalier Morgennes – votre père, m'a-t-elle dit.

— Oui.

— À tort ou à raison, elle était persuadée que vous étiez auprès de lui.

— En Enfer ? fit Simon.

— En Enfer, hélas oui.

Cassiopée tourna la tête du côté du désert où il y avait autant de morts que de graines dans un champ juste après les semailles.

— Ma mère fait-elle partie des victimes des djinns ?

— Heureusement non, Cassiopée. Dans son infinie bonté, Allah n'a pas permis que cela arrive. D'ailleurs, Guyane est beaucoup trop rapide. Quand les feux de l'Enfer se sont abattus sur nous, elle était déjà loin.

— Où est-elle partie ?

Il fit un geste de la main, pour indiquer une direction.

— Beaucoup plus au nord et à l'est. Là où nous n'allons pas. Dans un endroit où personne ne va depuis que les armées d'Alexandre le Grand en ont muré l'accès.

— Mais où ?

— On appelle cet endroit le « Val ténébreux », « Ténébroc » ou encore « Tartarie ». On dit qu'une nuit sans fin y règne, que ce n'est qu'une succession de steppes, sans ravins ni montagnes. On dit aussi qu'Alexandre le Grand le contourna, de crainte d'y perdre son armée. Et qu'il interdit à quiconque d'en fouler le sol, sous peine de voir son âme dévorée par les démons.

— Oui, dit Rufinus. J'ai lu aussi beaucoooup de textes à ce sujet. On dit surtout qu'une pooorte gigantesque en barre l'accès, pour empêcher les démooons d'en sooortir.

— Mais pourquoi ma mère se serait-elle rendue là-bas ?

— Parce qu'elle pensait t'y retrouver, répondit Nâyif ibn Adid. Au côté de Morgennes… Quelle ironie qu'elle soit partie si rapidement ! À force de te courir après, elle t'a dépassée.

— Enfin, elle est en vie… Mais dites-moi, si ce n'était pas ma mère, qui donc était visé par le Maître des Djinns ?

Nâyif ibn Adid écarta les mains, en signe d'ignorance.

— Dieu seul le sait. Ma tribu comptait autrefois trois mille tentes. Depuis que les djinns ont sévi, elle n'en compte plus qu'un millier. Mais ce qui est certain, c'est que les feux de l'Enfer se sont concentrés sur une zone en particulier.

— Laquelle ?

— Celle des invités.

Cassiopée eut une intuition, et s'enquit :

— Hébergiez-vous un artiste du nom d'Hassan Basras ?

— Oui. Pourquoi ?

— Est-il... ?

— Tous les crânes se ressemblant plus ou moins, il est difficile de dire à qui appartenait celui-ci, à qui appartenait celui-là. Mais nous n'avons jamais revu Hassan Basras. Or il n'a pas quitté le camp.

— Une bien triste nouvelle, lâcha Simon en se relevant.

Il se massa les genoux, comme s'apprêtant à repartir, et dit :

— Bien. Nous n'allons pas abuser de votre hospitalité plus longtemps, nous avons une longue route devant nous.

Cassiopée le regarda, interloquée, tandis que Rufinus ouvrait une bouche toute ronde. On ne prenait jamais congé d'un cheik. On attendait que ce soit lui qui nous congédie, fallait-il pour cela patienter plusieurs heures – voire, lorsque son hospitalité se faisait insistante, plusieurs lunes. Simon était on ne peut plus grossier.

— Il se fait tard, dit doucement Nâyif ibn Adid. Et je suis fatigué...

Prenant à son compte le manque de savoir-vivre de Simon, le cheik des Muhalliq conviait ses hôtes à le laisser. Pourtant, Cassiopée était loin d'avoir vidé son carquois de questions. Elle souhaitait l'interroger plus avant sur Hassan Basras, et notamment lui demander :

— Est-ce Hassan qui a peint ceci ?

Elle montra au vieux cheik le petit tableau que lui avait donné Conrad de Montferrat, celui d'où le mystérieux cavalier ressemblant à Taqi s'était évaporé.

— Oui, c'est bien l'une de ses œuvres.

— Quel dommage qu'on ne puisse s'entretenir avec lui ! N'a-t-il pas une famille ? Quelqu'un à qui je puisse parler ?

— Malheureusement, ou heureusement, il n'avait personne. Comme beaucoup d'artistes, c'était un solitaire. Tout ce qui reste, c'est une partie de son matériel. Il l'avait laissé sous ma tente, où il exécutait mon portrait…

Cassiopée regarda dans la direction que lui indiquait Nâyif ibn Adid, et vit quelques petits pots de terre posés à côté d'une planche de bois.

— Ce sont là ses couleurs. Certaines sont très rares, et difficiles à obtenir. Il les a créées lui-même, à partir de pigments provenant de champignons ne poussant que dans un seul endroit au monde. Ces pigments, une fois broyés, sont agglutinés dans de l'huile de lin à laquelle il associe diverses essences… C'est une méthode tout à fait originale, et des plus innovantes. Si j'ai bien compris, il la doit à un moine appelé Pixel, un armier…

— Qu'est-ce qu'un armier ? demanda Cassiopée.

— Quelqu'un qui communique avec les morts.

De toutes les tribus de bédouins, superstitieuses par nature, celle des Muhalliq était probablement la plus encline à croire au pouvoir des pentacles et autres inscriptions cabalistiques. C'étaient eux qui, peu avant la bataille de Hattin, avaient tracé sur la peau de Cassiopée certains versets du Coran et symboles alchimiques destinés à la protéger. Eux qui lui avaient offert le plus célèbre des porte-bonheur de l'islam, la main de Fatima. Ces enchantements, lui avaient-ils assuré, l'aideraient à accomplir son destin.

Mais comme Simon trépignait à l'entrée de la tente, Cassiopée ne s'étendit pas davantage sur ce sujet et posa juste une question :

— Ces champignons, d'où proviennent-ils exactement ?

— Des marécages de Noir Lac, en Éthiopie. D'après Hassan Basras, c'est là que ces champignons – des *Vita verna* – prolifèrent. Ce qui ne les empêche pas de valoir une fortune. Car, pour une raison qu'il ne m'a pas expliquée, ils sont extrêmement durs à obtenir. D'ailleurs, je ne crois pas qu'il soit allé les ramasser lui-même…

Voyant que Simon était parti, Cassiopée se hâta de demander au vieux cheik :

— Puis-je vous emprunter l'un de ces pots ?

— Prends-les tous. Je ne pense pas que qui que ce soit vienne me les réclamer. D'ailleurs, il avait presque achevé mon portrait.

Il s'approcha du tableau auquel travaillait l'artiste, et le considéra d'un air grave. Nâyif ibn Adid s'y trouvait représenté debout, aussi pâle qu'une ombre, sur un fond rouge et noir.

— Comme la tempête qui s'est abattue sur nous, remarqua-t-il amèrement.

26.

« C'est ainsi qu'elle commença sa quête et qu'elle traversa maintes régions sans recueillir la moindre nouvelle. »

(Chrétien de Troyes, *Yvain ou le Chevalier au Lion.*)

— À cause de toi, dit Cassiopée à Simon, on n'a pas pu parler de la disparition de Taqi.

— Il n'avait rien à nous apprendre.

— Au contraire, je trouve qu'on a beaucoup appris.

— Balivernes. Tout juste savons-nous que ta mère lui a rendu visite, et qu'il lui a parlé des plaines de Tartarie.

— C'est déjà beaucoup.

— Pas assez à mon goût ! Moi, tout ce que je retiens de cette rencontre, c'est que ton cheik est féru de peinture à l'huile de champignons...

Cassiopée tira sur les rênes de sa jument, et la força à s'arrêter. Se laissant distancer par Simon – qui ne ralentit pas –, elle lui cria :

— Tu sais que tu es parfois insupportable ? Tu vois le mal partout.

— Peut-être parce que j'y vois clair, moi.

— Ce qui signifie ?

— Que c'est Dieu qui a permis que nous perdions la Vraie

Croix. Dieu qui a permis que ton père se retrouve en Enfer. Dieu qui a permis à Saladin de reconquérir Jérusalem…

— Bon, très bien. Dieu est notre ennemi. Et alors ? Cela justifie-t-il ton comportement ?

Simon ne lui répondit pas, mais eut envie de la gifler. Étrange idée en vérité… Mais tellement savoureuse. Parvenant à se contenir au prix d'un effort de volonté, il poursuivit sa route comme si de rien n'était. Conrad de Montferrat, Alexis de Beaujeu – et même le cheik des Muhalliq… Ils lui étaient tous antipathiques. Mais s'il devait aller en Enfer pour sauver Morgennes – foi jurée ! – , il irait en Enfer.

S'obligeant à mentir, il finit par dire d'une voix doucereuse :

— Ô Cassiopée, ma Cassiopée, ne crois pas que je sois insensible à ton chagrin, au contraire. Mon seul souci est d'être ton obligé. Je suis ton esclave. Ordonne et je t'obéirai.

— Contente-toi d'être toi-même, et redeviens le doux et bon Simon avec lequel je chevauchais, pas plus tard qu'à l'automne dernier, sous ces mêmes cieux.

— Ce Simon-là n'est plus, très chère Cassiopée. Il est mort en même temps que Morgennes.

— Alors, ma peine est double, murmura-t-elle sans qu'il l'entende.

Faisant volter sa monture, elle revint vers Simon. Sur ses gardes, elle se méfiait de l'étrange garçon dont le regard s'embrasait chaque fois qu'il lui parlait.

— Allons vers l'orient, lui dit-elle. La Tartarie se trouve au nord-est de la Perse. Préparons-nous à un long, un très long voyage…

27.

> « Vers et ténèbres, supplice, froid et brûlure
> Regard du démon, remords, douleurs. »
>
> (Jacques de Voragine, *La Légende dorée.*)

Les mois qui suivirent ressemblèrent, pour Cassiopée, à un long et éprouvant chemin de croix. Forcée de chevaucher avec un compagnon dont elle se serait bien passée – mais fort utile pour éloigner les bandits –, elle se mura dans le silence.

« Et dire que c'était ma mère qui désirait entrer au monastère… »

Parfois, elle lâchait un soupir. Ou échangeait quelques mots avec Rufinus – qui s'exprimait de mieux en mieux, et de manière moins exaspérante au fur et à mesure que les semaines succédaient aux semaines.

Surtout, ce qui la minait, c'était le paysage qu'ils traversaient. On aurait dit que le ciel – d'une couleur gris plomb – avait coulé par terre, écrasant les montagnes et bouchant les vallées. Nivelant tout. Ciel et terre se confondaient, jusqu'à ne plus former qu'une seule et même contrée, uniformément grise et plate. Ils pouvaient y chevaucher pendant plusieurs jours, c'était toujours la même bruine, le même brouillard, le même silence.

Chevaucher dans ces plaines, c'était remonter au commencement du monde, là où le temps n'existait pas – avant que Dieu ne crée la terre et la verdure. L'air était lourd, pesant. Souvent, ils plongeaient dans une sorte de torpeur, où ils s'endormaient sans même s'en apercevoir. L'espace n'était qu'une ligne encadrée de leurs cils – pas une montagne, pas une colline, pas un arbre ou un bosquet. Dans le ciel, seule l'oiselle rompait la monotonie des gris mélancoliques que le soleil peinait à dissiper.

Ils avaient parfois du mal à croire qu'ils existaient. À d'autres moments, des bouffées de passé leur revenaient violemment à l'esprit, comme des bulles de gaz s'échappant de la vase. Ils se revoyaient à tel moment de leur vie, où ils avaient été plus heureux. Puis ils rouvraient les yeux. Ils étaient là, toujours à cheval. Et rien n'avait changé. C'était toujours le même paysage, le même calme – qui n'avait rien à voir avec la paix de l'âme.

« Dieu n'a pas fini ce pays », se dit Cassiopée. « Pour une raison indéterminée, il est parti se reposer alors qu'il aurait dû le terminer. C'est le pays du Septième Jour. »

— C'est pire que d'être en meer, dit un soir Rufinus à Cassiopée. En meer, au moins, il y a l'écume et les embruns. Parfois, les vagues font du voluume. Un oiseau pousse un crii. Ou l'aileron d'un dauphiin laisse un sillage sur les floots. Mais ici, tout est toujours pareil. Sommes-nous seulement sûrs d'avanceer ?

— Rien n'est moins sûr, en effet, répondit Cassiopée. C'est peut-être ça, l'Enfer. Tu as beau, t'échiner, rien ne change jamais.

— Alooors – si je puis m'exprimer ainsi – autant rester les bras croooisés.

— Justement non. Il faut se battre.

— Se baattre ? Mais coontre quoi ?

— Pas contre quoi mais *pour* quoi. Pour témoigner de ce en quoi l'on croit. L'espoir. Le mouvement. Le changement. Se battre, justement, parce que tout est peut-être perdu d'avance. Se battre pour exister – sans haine ni colère. Tout simplement pour être en vie. Tu dois avoir confiance, et continuer d'avancer. À la fin, il y aura bien un signe.

— Avant la fiin, j'espèère..., ronchonna Rufinus.

Lorsqu'ils s'arrêtaient pour bivouaquer, Cassiopée trouvait à leur repas un goût de poussière et au vin une acidité de vinaigre. Elle n'avait plus d'appétit, mais s'efforçait de fournir à son corps ce dont il avait besoin pour poursuivre sa quête. Au cours de ces trop rares moments de distraction, elle faisait une orgie d'images. Des chameaux, les uns chargés de lourds bagages, les autres délivrés de leur fardeau, entraient ou repartaient du khan. Généralement, ils étaient chargés de meubles et de tentes pliées, d'armes et d'outres à moitié dégonflées – qu'il était temps de remplir. Mais parfois, l'un d'eux portait un tel attirail d'ustensiles de cuisine, de plats et de bassines en cuivre qu'il tintinnabulait avec un bruit de nef à l'amarrage.

D'un palanquin monté sur un grand chameau blanc, au poitrail orné de bijoux, quatre femmes descendirent. Leur voile n'étant pas aussi fermé que celui des Muhalliq, il laissait voir leurs yeux cernés de khôl et une petite chaîne d'or, passée dans leurs narines. Leurs poignets, leurs chevilles, débordaient d'ornements, et elles devisaient entre elles, se plaquant sur la bouche une main décorée au henné pour étouffer leurs rires. Quand elles aperçurent Simon, elles se hâtèrent de filer.

Ailleurs, des marchands – à en juger par leur bedaine rebondie – devisaient en prenant le café, assis en cercle autour d'un feu. Certains fumaient la pipe ou mâchaient de l'opium, tandis qu'un autre leur donnait des nouvelles de chez lui. Quand venait l'heure de la prière, ils étendaient leurs tapis et se tournaient vers La Mecque, en s'aidant du mihrab creusé dans un coin de muraille.

Mais en dehors des khans, leur seul repère était le disque du soleil. Chose étrange, celui-ci diminuait jour après jour en taille et en intensité, se contentant de n'effectuer qu'un court et timide tour au-dessus de l'horizon. Comme s'il savait qu'il n'était pas le bienvenu ici.

— Ténébrooc, ou la Tartariie, apprit un soir Rufinus à Cassiopée, c'est cet endroit que les Anciens surnommaient le « Val ténébreuux ».

— Tu connaissais ?

— Oui. Enfin, un peu. J'ai lu des liivres à ce suujet, il y a longtemps. Mon pèere avait voulu nous mettre en gaarde, mon frère et moi, contre la présence du Maal… « L'Enfer n'est paas réservé qu'aux moorts ! » avait-il coutuume de dire. « Ceux qui devront y séjoourner portent en eux, dès leurs premiers instants de viie, l'empreinte de ce lieu maudiit… »

— C'est curieux. Si nous sommes, comme tu le prétends, en Enfer, pourquoi n'y a-t-il pas de démons ? On n'a même pas vu de gardiens.

— Pas de Cerbèere…

— Ni de Charon. Je n'ai pas souvenir d'avoir franchi une frontière… Surtout, je m'attendais à des torrents de lave et à des roches incandescentes, un peu comme au fond du Vésuve. Pas à voyager en plein jour à la lumière de torches.

— En plein jour ? intervint Simon. Il fait nuit depuis si longtemps que nous ne savons plus si c'est le jour ou la nuit. Tu parles de journée, mais c'est peut-être la nuit. Ou l'inverse.

— Tu connais bien cet endroit, dirait-on ?

— J'ai l'impression d'y être né, avoua Simon.

Et c'était vrai. Si c'était là l'Enfer, alors il y était né. Un lieu où vos frères passaient toujours avant vous. Un lieu où vous n'existiez pas. Où vous étiez considéré comme quelqu'un de trop – ou au mieux quantité négligeable. Simon le peu. Simon le petit. Simon le pas-grand-chose. Simon qui aurait dû mourir puisqu'il avait causé, en naissant, la mort de sa mère… « Sauf qu'au moment de rendre son dernier soupir, mon père était bien content de m'avoir, ses quatre autres fils étant morts. Voilà ce que j'ai été pour lui. Un vulgaire héritier, chargé d'assurer sa survie dans l'au-delà… »

Le goût amer que Cassiopée reprochait à leurs repas, Simon le leur avait toujours trouvé. Le manque de lumière, Simon l'avait toujours éprouvé – même en Terre sainte. Il n'y avait eu qu'au contact de Morgennes – ou, avant lui, de l'Assassin Wash el-Rafid ou de Renaud de Châtillon – que Simon avait eu le lumineux sentiment d'avoir enfin trouvé sa voie. D'être considéré. L'Enfer, c'était découvrir sa famille attablée pour dîner, sans que personne se soit soucié de vous appeler pour le repas. L'Enfer, c'était ne jamais avoir de fauteuil où s'asseoir à côté des siens. L'Enfer, c'était s'entendre dire que le caveau des Roquefeuille – où votre père et vos ancêtres reposaient – ne pourrait pas vous héberger parce qu'on avait donné votre emplacement à une cousine éloignée. L'Enfer, c'était devoir apprendre le métier des armes en cachette de ses frères, qui tous avaient été placés comme écuyers auprès d'un chevalier ami de la famille. C'était mentir aux officiers de la commanderie de Templiers dont vous aviez forcé l'entrée en disant : « C'est mon père qui m'envoie… »

C'était souffrir au point d'entendre en permanence son cœur pleurer, sa tête crier.

C'était avoir un tel besoin de revanche sur le monde et les siens que rien, jamais, ne pourrait l'assouvir. C'était, surtout, se savoir damné.

Il portait le poids de sa souffrance depuis si longtemps qu'il en avait le dos courbé.

Alors, en cet endroit où le ciel était si bas qu'il ressemblait à la voûte des mines, oui, Simon était chez lui.

Pourtant, ils n'étaient pas encore arrivés en Enfer.

Pas tout à fait.

Mais ainsi que le vieil Héraclius de Jérusalem l'avait expliqué à Rufinus, les steppes qui le bordaient portaient en elles, dès leurs premiers arpents, l'empreinte de ce lieu maudit. Et une frontière existait.

28.

« Aux confins de la Perse, devers la Tramontane, il y a une grandissime plaine où se trouve l'Arbre Seul, que les Chrétiens nomment l'Arbre Sec. »

(Marco Polo, *Le Devisement du monde.*)

Le signe qu'espérait Cassiopée se présenta un jour – ou une nuit – sous la forme d'un arbre. Un arbre comme Simon et elle n'en avaient jamais vu, même à l'oasis des Moniales.

C'était un arbre à la fois blanc et noir, et dont les feuilles, sous l'effet du vent, s'agitaient si rapidement qu'il paraissait gris. Quant à ses fruits, ils ressemblaient à des boules de brouillard.

— Quel drôle d'arbre, dit simplement Cassiopée.

Tout d'abord, ils crurent qu'il serait facile de l'atteindre. Mais au bout de deux repas – c'était désormais leur façon de compter le passage du temps –, ils déchantèrent.

Cet arbre se trouvait encore loin. Pourtant, dans ce paysage désolé, il figurait le phare dont leur expédition désemparée avait besoin. Ils continuèrent de se diriger vers lui, dans l'espoir d'un port. Alors qu'ils avaient bivouaqué loin de lui, ils se réveillèrent juste à côté.

— Ça sent le caféé ! fit remarquer Rufinus, qui avant sa décapitation raffolait de ce breuvage.

— Tu as raison, l'approuva Cassiopée.

Cherchant d'où provenait l'odeur – si incongrue en ces lieux –, ils regardèrent autour d'eux.

— Rien !

C'est Simon qui en trouva l'origine, en levant les yeux :

— Là !

Pointant le doigt en direction de l'arbre, il leur indiqua deux grosses bottes qui pendaient au-dessous des branches.

— Est-ce vous qui faites du café ?

Les bottes s'agitèrent, puis descendirent vers eux. Deux fortes cuisses les prolongeaient, suivies d'un torse, d'une paire de bras et d'une tête affublée d'une barbe fournie…

— Gargano ! s'exclama Cassiopée.

Alors que le géant se laissait tomber à terre et que Simon dégainait son épée, elle se jeta sur son parrain et l'étreignit à l'étouffer.

— Cassiopée ! s'écria-t-il. Toi, ici ? Mais… attention, tu vas me faire renverser mon café !

— Si tu nous présentais ? fit Simon en rengainant son épée.

— C'est mon parrain. Un vieil et grand ami de ma mère. En matière de combat, c'est lui qui m'a tout enseigné.

— Oh, pas tout, gloussa Gargano en rougissant.

— Presque tout. Le reste, je l'ai appris à Constantinople, sous la houlette de Coloman.

— Admettons que je t'aie inculqué les bases. Mais il faut reconnaître que tu avais ça dans le sang.

Bien que dépassant Cassiopée de cinq ou six têtes, il tenait les bras bien haut pour que son pot de café n'ébouillante pas sa filleule. Un franc sourire, surmonté d'une magnifique moustache grise et de deux yeux pétillant de malice, trahissait sa nature profonde : c'était un bon géant, du genre de ceux qu'on ne croise pas assez souvent dans les contes de fées.

Après l'avoir serré une dernière fois dans ses bras, Cassiopée lui demanda :

— Et si tu nous servais du café ?

— Avec plaisir, dit le géant en réprimant un bâillement.

Il sortit de son gros sac à dos une grosse coupelle qu'il emplit de breuvage, et la donna à sa filleule. Elle y but goulûment puis la tendit à Simon. C'est alors que dans le ciel l'oiselle poussa un cri.

— Je vois que tu as amené Galline, dit Gargano. Tu as bien fait. C'est grâce à elle que vous m'avez retrouvé ?

— Non, dit Cassiopée. C'est grâce à...

Mais elle ne voyait pas grâce à quoi, sinon au hasard – ou à la Providence.

— Alors, c'est que c'était écrit, dit Gargano en étouffant un second bâillement. Pardonnez-moi si je bâille, mais je manque tellement de sommeil...

Il se vida la cafetière dans le gosier, puis épousseta sa veste pour en chasser quelques saletés noires et blanches.

— Saleté, dit-il. Ça me rappelle les marécages que...

Il s'interrompit, n'osant parler de Morgennes, conformément à la promesse qu'il lui avait faite vingt ans auparavant.

— Bref, je suis content de vous avoir trouvés.

— C'est nous qui vous avons trouvé, rectifia Simon.

— Peut-être, dit le géant. Peut-être pas. Allez savoir, avec l'étrange géographie de ces lieux. Et tout ce qui peut s'y produire de miraculeux. C'est comme les marécages, je vous dis.

— Quels marécages, parrain Gargano ? demanda Cassiopée. Tu ne cesses d'en parler, mais nous n'en savons rien.

— Oh... des marécages situés en Éthiopie, avec des myriades de petits papillons aux ailes tantôt noires, tantôt blanches, et des tas de...

— Champignons ? l'interrompit Cassiopée.

— Absolument. Comment le sais-tu ?

— Comme ceux qui entrent dans la composition de ces pigments ?

Elle prit dans sa besace l'un des pots de peinture de Hassan Basras.

— Où as-tu trouvé ça ? l'interrogea Gargano.

— Le cheik des Muhalliq me l'a donné.

— C'est infiniment précieux.

— Je sais.

Simon plongea un doigt dans le pot de peinture, et le frotta contre son pouce.

— Ça ressemble à de la poussière.

La humant, il en inhala par mégarde, et fut pris d'une quinte de toux.

Cassiopée s'esclaffa, et Gargano l'aida à faire passer sa toux en lui abattant force claques dans le dos.

— Merci, ça va, ça va, dit Simon.

Un second pot de café plus tard, alors que partout autour d'eux la brume s'épaississait, ils s'allongèrent – pour ceux qui le pouvaient – contre le tronc de l'Arbre Seul.

— Aaah, soupira Rufinus, sentir un tronc contre son doos... Qu'est-ce que ça me ferait plaisiir !

— Votre corps vous manque ? demanda Gargano.

— Énoormément. Je pense à lui en permaanence... J'aimerais bien saavoir où il est.

— Peut-être qu'il n'est tout simplement plus ? suggéra Simon.

— Oh, s'il te plaît, ne dis pas d'horreuuurs ! beugla Rufinus. Évidemment qu'il est quelque paaart !

La tête coupée cligna plusieurs fois des yeux, et eut des mouvements de narines, comme sur le point de fondre en larmes.

— Tu lui as fait de la peine, dit Cassiopée.

— Mais non, objecta Simon. Je ne fais que formuler une évidence.

Gargano les observait avec intérêt, et déclara :

— D'après la Bible, il existerait deux arbres à nul autre pareils, plantés par Dieu dans le jardin d'Éden. L'un d'eux serait l'Arbre de la Connaissance. Mais personne ne sait où il se trouve...

— Dans l'oasis des Moniales, lui apprit Simon.

— Oh... Alors vous l'avez découvert ?

— Oui, poursuivit Cassiopée. Mais c'est une autre histoire…

— L'autre, poursuivit Gargano en tapotant le tronc de l'arbre contre lequel ils étaient appuyés, serait celui-ci : l'Arbre de Vie. On dit qu'il peut ressusciter les morts… Donc, il y a peut-être de l'espoir, si l'on parvient à retrouver votre corps, messire Rufinus.

— Excelleeence, rectifia Rufinus. Même si techniiquement je ne suis plus l'évêêque en charge d'Aacre, j'en ai encore le tiitre. En outre, je sais tout de cet aarbre.

— Ah bon ? Vraiment ?

— Tu es un véritable puits de science, se gaussa Simon. Tu vois, finalement, tu n'as pas vraiment besoin d'un corps…

— Laisse-le parler, l'interrompit Cassiopée. Désolée, Rufinus. Dis-nous ce que tu sais au sujet de cet arbre.

— Il s'agit d'un aaarbre mythique. Certains l'appellent l'« Aaarbre Sec ». D'autres l'« Aaarbre Seul ». Moi je l'ai surnommé l'« Aaarbre du Bout du Monde »… C'est un aaarbre miraculeux. Un aaarbre dont les feuilles sont vertes d'un côté et blaaanches de l'autre, et dont les fruits auraient la vertu de guérir tous les maaaux…

Bercés par ses paroles, ils crurent s'endormir. Autour d'eux, la brume se faisait ouate, et ils avaient l'impression de s'être glissés tous les quatre sous une même couverture de gaze, avec un arbre au milieu.

— Comment êtes-vous arrivé ici ? demanda Simon au géant.

— On est obligé de passer par ici pour aller en Tartarie. Alexandre le Grand lui-même a traversé cette région, avec plus de cent mille cavaliers.

— D'après le Coran, dit Cassiopée, Alexandre le Grand aurait construit une immense muraille aux confins du monde connu, afin d'empêcher Gog et Magog de nous envahir.

— C'est comme dans l'Ancien Testaaament, précisa doctement Rufinus. Où il est écrit que les peuples de Gooog et

Magooog sortiront de leur repaire pour envahir la Teeerre à l'approche des Derniers Jooours.

— Normal, si ce sont des démons, ajouta Simon.

— C'est gai, commenta Gargano.

— Pourquoi vous rendiez-vous en Taaartarie ? lui demanda Rufinus.

— J'étais sur les traces de la mère de cette jeune femme, avoua-t-il en montrant Cassiopée. Guyane est partie si vite que je n'ai pas eu le temps de la mettre en garde. Par ici, une femme seule court bien des dangers... D'ailleurs, je vous suis infiniment reconnaissant d'escorter Cassiopée, dit-il à Simon.

— Nous sommes deux à l'escooorter, s'offusqua Rufinus.

— Je *vous* suis infiniment reconnaissant, reprit Gargano.

Et tandis que Simon se levait pour cueillir quelques pommes d'ombre, Gargano se tourna vers Cassiopée et lui dit :

— Grâce aux bottes dont elle a hérité de Poucet, ta mère se déplace extrêmement rapidement. La rattraper n'a pas été de tout repos.

— Comment ? Alors toi aussi tu l'as retrouvée ? À croire qu'il n'y a que nous pour ne pas y arriver...

— Tu devrais y parvenir facilement, car elle s'est arrêtée de courir.

— Explique-toi. Ne me dis pas que...

Craignant le pire, Cassiopée pâlit. Mais Gargano la rassura :

— Non, non. Ne t'inquiète pas !

Et il partit d'un grand éclat de rire, comme si la mort de Guyane était la chose la plus improbable qui se puisse imaginer.

— Elle n'est pas morte. Au contraire, si j'ose dire. Mais ce que tu vas découvrir ne va peut-être pas te faire plaisir...

— C'est-à-dire ?

— Je ne sais pas s'il m'appartient de te l'apprendre. En fait, je pense qu'il vaut mieux que ce soit ta mère elle-même qui te le dise.

— Encore faut-il que je la retrouve.

— Oh, tu la retrouveras. Deux femmes telles que vous ne peuvent quitter ce monde sans se croiser une dernière fois.

— Tout de même, j'aimerais bien en savoir plus.

— Sache qu'elle se porte comme un charme. Jamais je ne l'ai vue aussi radieuse…

Cassiopée fit une telle mine que Gargano éclata de rire à nouveau.

— Tu comprendras en temps voulu, lui dit-il.

Devant tant de mystère, Cassiopée se tut. Elle comprendrait en temps voulu soit. Mais, quand ? Quoi ? Même si son intuition lui disait qu'elle savait ce dont il s'agissait…

L'heure de partir approchait. Alors que Cassiopée aurait volontiers demandé à Gargano de venir avec eux, Simon se planta devant le géant, un sac à la main, et lui dit :

— J'ai cueilli des fruits de cet arbre. Si, comme vous le prétendez, il a le don de ressusciter les morts, il faut que vous les portiez au cheik des Muhalliq. Vous le trouverez plus à l'ouest, dans le désert de Chamiyé…

Gargano prit le sac, qui disparut entre ses mains immenses.

— Oh, très bien…

Il regarda Cassiopée.

— Tu crois que c'est une bonne idée ?

Cassiopée opina du chef. Oui. Si les fruits de l'Arbre Seul pouvaient aider le cheik des Muhalliq à sauver les siens, alors il fallait absolument essayer. Après avoir déposé un baiser sur la joue de son parrain, elle le gratifia d'une caresse et lui dit :

— Je ne suis plus une petite fille…

— Nous n'avons pas besoin d'un chaperon, ajouta Simon.

Les deux compagnons échangèrent un regard, et Gargano comprit que, plus que les diables de l'Enfer, c'était surtout Simon qui présentait un danger pour Cassiopée.

— Veux-tu que je vienne avec vous ? proposa-t-il.

— Non merci, cher parrain. Cours chez les Muhalliq. Ils ont plus besoin de toi que moi.

Alors, connaissant le caractère inflexible de sa filleule, il dit :

— Fort bien, jeunes gens. En ce cas, il ne me reste plus qu'à me rendre chez les Muhalliq. Si vous avez besoin de moi, vous saurez où me trouver...

29.

« Et vous dis qu'Alexandre fit faire une tour très forte, et une forteresse à l'issue de la passe, de sorte que ces gens ne pussent passer pour tomber sur lui ni sur ses gens ; et jusqu'à ce jour, elle a été appelée la porte de Fer, et c'est le lieu où le Livre d'Alexandre conte comment il enferma les Tartares entre deux montagnes. »

(MARCO POLO, *Le Devisement du monde.*)

Malgré l'envie – parfois – de renoncer, malgré la lassitude qui l'engourdissait, malgré la peur, la faim et la soif, Cassiopée continuait. « Ne pas réfléchir, avancer. Quoi qu'il arrive, avancer. Ne penser qu'à cela, avancer. Pour mon père et ma mère, avancer… »

Ce n'était qu'au moment du bivouac qu'elle s'autorisait à se demander qui sa mère avait pu rencontrer. Car il était évident qu'elle avait rencontré quelqu'un. Morgennes ? Probablement pas, car Gargano l'avait mise en garde : « Ce que tu vas découvrir ne va peut-être pas te faire plaisir… »

Un autre homme, alors ? Mais qui ? Qui rencontre-t-on sur la route des Enfers ?

Le Diable ?

Cassiopée réprima un frisson. Le Diable, avec ses cornes, sa queue et ses pattes de bouc. Avait-il aussi une fourche, comme dans les enluminures que sa mère peignait autrefois, en marge des manuscrits – à l'abbaye Saint-Pierre de Beauvais, où elles avaient longtemps vécu, déguisées en hommes ?

Soudain, un vent d'est se leva. Lui qui était resté si discret depuis plusieurs mois, voici qu'il opposait à leur progression un sournois mur d'air. Le plus étrange, c'était qu'autour d'eux la brume ne bougeait pas. Il y avait du vent – elle le sentait dans ses cheveux, sur ses vêtements –, mais les épais pans de brouillard qui stagnaient autour d'eux demeuraient immobiles. Comme si la brume était si solide, immuable, que même une tempête ne pouvait la dissiper. Au fil des jours, le vent se mit à forcir. Un jour, il fut bourrasque. Cette fois, le brouillard s'agita. Cassiopée rappela son oiselle pour la mettre à l'abri sous sa cape, puis ils furent obligés d'avancer en se protégeant le visage d'un keffieh, tant le vent soufflait fort, leur brûlant les yeux. Puis ils durent s'arrêter, et enfouir la tête de leurs chevaux dans une couverture. Bêtes patientes, ayant confiance en leurs maîtres, les juments se tapirent tête-bêche l'une contre l'autre. Ils restèrent ainsi plus d'une heure, le temps pour Cassiopée et Simon de prendre une décision.

— Renoncer ? hasarda Simon, sans trop de conviction.

— Pas question, dit Cassiopée. Si ma mère a réussi à se rendre en Enfer, alors nous aussi.

— Mais elle avait ses bottes, et cette tempête…

— Finira par se calmer.

Ils prirent les rênes de leurs montures, les firent se coucher et se blottirent contre leur flanc. Cassiopée et Simon passèrent de longs moments à écouter battre les cœurs de leurs chevaux. C'était un son, une musique réconfortante. Parfois, à force d'être ainsi collée contre sa jument, Cassiopée rêvait qu'elle en était une elle aussi. Elle se voyait galoper dans des prairies verdoyantes, sous un vaste soleil. Un horizon bordé de forêts luxuriantes, le tumulte d'un fleuve, la fraîcheur de l'ondée. En rêve, elle vivait l'enfance qu'une jument aurait pu connaître, en Europe.

Soudain, elle s'aperçut que la tempête s'était calmée. Et que le cœur de sa jument ne s'entendait plus ! Après avoir libéré son oiselle, elle plaça la main sur la poitrine de sa monture et tenta de sentir son cœur battre…

« Rien ! »

Elle était morte.

Elle se tourna vers Simon, qui dormait à poings fermés, la tête sur le flanc de sa jument.

— Réveille-toi ! Debout ! cria-t-elle.

Mais il ne bougeait pas. Alors elle le prit par le bras, et le secoua violemment, pour l'inciter à se relever. Simon sortit de sa torpeur, baragouina quelques paroles et regarda autour de lui.

L'air était orange, et même leurs vêtements avaient, entre leurs plis, des petits grains de sable orange. Cassiopée tendit le doigt en direction d'une tache blanche ayant la forme d'un homme à cheval

— C'est Taqi, hurla-t-elle. Il est venu pour nous sauver !

Mais la jument demeurait immobile.

— Viens, dit Simon en la tirant par le bras. Il ne faut pas rester là. Tu vas monter ma jument, et je vais suivre à pied…

Simon et Cassiopée sortirent du brouillard pour entrer dans une profonde vallée encaissée entre deux hautes montagnes servant de contrefort à une imposante muraille, de plusieurs toises de hauteur – immense rempart gris, barrage entre deux mondes.

Hormis les cris que poussait l'oiselle dans le ciel, il n'y avait pas un son. L'air était étrangement immobile, comme saturé de torpeur.

— La porte de Fer, murmura Cassiopée, pleine de respect pour la grande muraille qu'Alexandre avait bâtie près de mille cinq cents ans auparavant.

Cassiopée à cheval, Simon à pied juste derrière, ils avancèrent vers une gigantesque porte métallique encastrée au beau milieu de la muraille. Elle était si haute et si large que les armées d'Alexandre auraient pu la franchir en moins d'une heure. Nul besoin de se mettre en rangs, par deux, cinq ou dix. Un millier d'hommes auraient pu passer en un clin d'œil d'un côté ou de l'autre de la muraille, si l'on avait ouvert cette porte incroyable. Mais elle était fermée, et ils ne voyaient pas comment l'ouvrir. Même Gargano n'aurait pu la pousser.

Scrutant la vallée cernée par les montagnes, Cassiopée chercha Taqi.

— Il apparaît, il disparaît. Impossible de savoir si l'on a vu quelqu'un ou non – et encore moins de savoir si c'était vraiment lui.

Mais Simon ne l'écoutait pas. Peu lui importait Taqi. De toute façon, il ne l'avait jamais aimé. Toujours à se moquer de lui, et à le ridiculiser avec sa connaissance du Coran et des écrits sacrés. « C'était un fat, pensait Simon. Un hypocrite. »

En même temps, il ne pouvait s'empêcher d'éprouver une pointe d'admiration pour celui qui s'était jeté en Enfer, à la suite de Morgennes. Pourquoi n'en avait-il pas fait autant ? À vrai dire, il n'en avait même pas eu l'idée. Et s'il l'avait eue, aurait-il eu ensuite le courage de sauter ? Simon décida de ne surtout pas répondre à cette question, et s'interdit d'y penser.

Plus ils progressaient vers la haute muraille, plus ils entraient dans son ombre. Derrière elle, de gros nuages noirs obscurcissaient le ciel, recouvrant tout d'un dense voile de ténèbres. Simon frémit à l'idée que Morgennes n'était peut-être plus qu'à deux pas.

Arrivés au pied de l'immense porte, dont chacun des battants était au moins aussi grand que la cathédrale qui se construisait à Paris, Cassiopée constata :

— Elle n'a ni serrure ni poignée…

Cassiopée et Simon longèrent la muraille, dans l'espoir d'en atteindre extrémité. La porte de Fer ne pouvait être la seule et unique porte. Il devait certainement en exister d'autres, plus petites.

— À mon avis, dit Cassiopée, la porte principale ne doit s'ouvrir que dans des circonstances exceptionnelles.

— Mais dans quel seeens ? demanda Rufinus. Car d'après ce que je saais, la seule et unique fois où elle s'ouvriira, ce sera pour la fin du moonde.

— Probablement vers les Enfers, répondit Simon. Afin de permettre à nos armées de s'y rendre rapidement, pour y tuer du démon. Sinon, je ne vois pas pourquoi Alexandre, dans son infinie sagesse, aurait inséré une porte au beau milieu de sa muraille…

Ils marchaient depuis un temps infini, et n'avaient vraiment pas l'impression d'avoir beaucoup progressé. Peut-être s'étaient-ils trompés ? Peut-être n'y avait-il pas d'autre façon de traverser cette muraille que de passer par la grande porte…

— Je ne nous vois pas l'escalader, fit Simon.

— Et avec quoi ? demanda Cassiopée. Je peux bien envoyer mon oiselle de l'autre côté, mais à part Rufinus, je ne vois pas qui elle pourrait emmener…

— Quel jour sommes-nous ? demanda brusquement Simon.

— Je n'en ai aucune idée. Pourquoi ?

— Parce qu'une légende raconte que les portes de l'Enfer s'ouvrent une fois par an, pour en laisser sortir les damnés.

— On peut très bien être en septembre, ou en août. C'est un bon mois, ça, pour les morts ?

— Nooovembre serait mieux, dit Rufinus.

— Nous pourrions camper au pied de la porte, et attendre.

— Et si elle ne s'ouvre jamais ?

— Ma mère a certainement réussi à passer, dit Cassiopée. Alors, pourquoi pas nous ?

— Ta mère ceci, ta mère cela…, maugréa Simon. D'abord, nous n'en avons pas la preuve. Enfin, si elle est si maligne que ça, pourquoi ne nous a-t-elle pas attendus ? Et Morgennes, elle l'a sauvé ?

Cassiopée ne répondit pas. À la colère de Simon, elle préférait le semblant de coopération dont ils avaient fait preuve jusque-là.

C'est alors qu'à quelques arpents à peine des premières pentes de la montagne, Cassiopée vit, sertie dans l'une des nombreuses tours qui ponctuaient la muraille, une toute petite porte métallique. Des carcasses de chevaux en état de décomposition jonchaient le sol au-devant, dans un désordre de crânes, de fémurs et de cages thoraciques au milieu desquels moisissaient une douzaine de selles.

— Bizarre, commenta Cassiopée en mettant pied à terre. Une muraille côtoyant les cieux, une porte à faire lever la tête à un Titan, et là, cette porte métallique, à peine plus grande que celle du cellier, à Saint-Pierre de Beauvais, et tous ces cadavres de chevaux... J'aimerais savoir où sont leurs cavaliers.

Simon la rejoignit, foulant du pied les os et les débris de harnachement qui recouvraient le sol. Avisant à hauteur d'yeux un heurtoir en forme de serpent – qui n'était pas sans rappeler celui de la maladrerie de Saint-Lazare –, il demanda à Cassiopée :

— Si je l'actionne, est-ce que la porte s'ouvrira ?

— Il n'y a qu'un seul moyen de s'en assurer...

Elle empoigna le heurtoir, et l'abattit trois fois sur sa platine en forme de lune. Trois coups sourds retentirent à l'intérieur de la forteresse. En attendant l'arrivée du portier, Cassiopée rappela son oiselle, tandis que Simon fourrait dans son sac à dos le peu de vivres et d'eau qui restait dans leurs sacs de selle. Puis, d'une claque sur la croupe, ils chassèrent leur jument. Ils préféraient lui rendre sa liberté, plutôt que de l'attacher à côté des squelettes qui s'étalaient devant l'entrée.

Au bout d'un certain temps, un volet métallique s'entrouvrit dans le haut de la porte. Une forme sombre les dévisagea depuis une grille, puis la porte s'ouvrit en grinçant.

30.

« Par moi on va dans la cité dolente, par moi on va dans l'éternelle douleur, par moi on va parmi la gent perdue. »

(DANTE, *L'Enfer.*)

L'homme, ou plutôt l'être qui leur avait ouvert, était à peu près aussi grand qu'eux et puait le bouc. Il était vêtu d'une robe de bure dont le capuchon lui cachait le visage. Il émit un sifflement, qu'ils interprétèrent comme une invitation à le suivre.

Simon et Cassiopée se retrouvèrent au bas d'un étroit escalier en colimaçon, où ils ne pouvaient avancer à deux de front. La petite porte métallique se referma d'elle-même, et ils furent plongés dans une obscurité mal dissipée par la lanterne du portier. Ils montèrent en silence pendant une éternité, grimpant des marches et encore des marches, jusqu'à en avoir les pieds douloureux.

— Quel endroit fascinant, murmura Cassiopée.

Des motifs géométriques décoraient les murs à intervalles plus ou moins réguliers, représentant des lignes entrecroisées. Quant aux marches, elles portaient des inscriptions que Cassiopée avait du mal à déchiffrer. Probablement parce que le temps et le passage de nombreux autres visiteurs les avaient en partie effacées. Mais elle avait l'impression qu'il s'agissait de noms de personnes et de dates. De naissance et de mort ? Étaient-ils en train de pénétrer aux Enfers en marchant sur les tombes des chevaliers dont ils avaient aperçu les chevaux, au-dehors ?

— Où nous emmenez-vous ? demanda Simon à l'homme en robe de bure.

L'étrange portier ne lui répondit pas. Enfin, après une ascension interminable, ils s'arrêtèrent sur un palier de forme irrégulière. Dans un coin, une petite porte faiblement éclairée par une meurtrière ; dans un autre, l'escalier continuait de monter vers d'insondables ténèbres. Après avoir ouvert la petite porte, le portier les précéda dans une salle assez banale où il claudiqua plus qu'il ne marcha vers une lourde table de bois. Il y posa sa lanterne et tira vers lui une écuelle contenant ce qui ressemblait à un ragoût de viande et de légumes – mais de quelle sorte de viande et de quels légumes ? Simon et Cassiopée n'auraient su le dire.

Cassiopée en avait la chair de poule. Machinalement, sa main se porta sur son flanc gauche, à la recherche de Crucifère. La croix de bronze incrustée dans la poignée de son épée la rassurait.

— À boooire, siffla soudain le gardien en tendant un doigt vers le centre de la table.

Simon frémit en voyant la main de la créature, couverte d'écailles grisâtres, comme celle d'un lépreux. Sans rien laisser paraître de sa peur, il marcha à son tour vers la table, où trois coupes étaient posées. Il en prit une.

— Non, pas celle-là, poursuivit le portier. Celle à moitié viiide...

— Queelle hoorrible façon de paarler, chuchota Rufinus à Cassiopée. Il poourrait faire des effoorts.

— Chut ! fit Cassiopée en lui posant un doigt sur les lèvres.

Simon, lui, regardait les trois coupes. La première était pleine à ras bord, la deuxième était à moitié pleine, et la troisième était totalement vide. Celle qu'il avait prise était la coupe à moitié pleine. Ce n'était apparemment pas la bonne. Mais laquelle était-ce ?

Après avoir échangé un regard avec Cassiopée – qui se contenta de hausser ses sourcils renaissants –, Simon reposa la coupe sur la table, prit celle qui était pleine à ras bord et commença de la vider dans celle qui était vide. Quand il l'eut à moitié vidée, il l'apporta au gardien.

— Merciii, siffla ce dernier.

Il la but avidement. Quand il l'eut terminée, il la reposa sur la table et déclara :

— Parfait... Je suis le Maître des Clés et des Portes. Ceux qui veulent franchir la porte du Vide doivent se soumettre à mes épreuves. Vous avez réussi la première.

— Voilà une bonne nouvelle, souffla Simon d'un air soulagé. Peut-on savoir ce qui arrive à ceux qui échouent ?

— Non, dit le gardien en reprenant une cuillérée de ragoût.

— Qu'est-ce que la porte du Vide ? demanda Cassiopée.

— La porte qu'il faut franchir pour aller de l'autre côté. N'est-ce pas là que vous voulez aller ?

— Je ne sais pas, fit Simon. Tout dépend de ce qui s'y trouve.

— Ça, vous le saurez en vous y rendant.

— Je vois, fit Simon. Je suppose que nous n'avons pas le choix. Alors, dit-il en faisant craquer ses doigts, dites-nous un peu en quoi consistent vos épreuves. Quels démons devrons-nous combattre ? À quelle tentation devrons-nous résister ?

— Il reste trois épreuves, répondit le gardien. Chacun de vous devra se soumettre à l'une d'elles.

— Mais pas moooi, nooon ? demanda Rufinus.

— Bien sûr que siii, siffla le portier.

— Quelles sont ces épreuves ? s'enquit Cassiopée.

— Facile, difficile et moyennement difficile, choisissez.

— Je prends la faciiile ! se hâta de répondre Rufinus.

— Et moi la difficile, dit Cassiopée.

— Bon, dit Simon. Je prends celle qui reste...

— Commençons, continua le gardien. Vous, demanda-t-il à Rufinus, dites-moi combien font dix fois un fois dix fois un fois deux fois un fois un ?

— Mon Dieu ! Mais c'est affreusement difficiiile... Il y a trop de chiiiffres ! Je n'étais pas prêêêt. Pouvez-vous répééééter la question ?

— Non.

— Combien de fois font dix fois un fois dix fois un fois deux fois un fois un ? répéta Cassiopée.

— Ne répondez pas à sa place, ou vous échouerez tous, l'avertit le Maître des Clés et des Portes.

— Voooyons, voooyons, réfléchit Rufinus. Dix fois un font dix. Multipliiiés par dix, cent. Multipliiiés par un, toujooours cent. Multiiipliés par deux... ça fait deux cents. Multiiipliés deux fois par uuun... encooore deux !

— Bravo.

— Ah oui, c'était faciiile. Enfin, facile a prioriii..., dit-il avec un sourire radieux.

Le portier se tourna alors vers Simon, et lui tendit quatre cartes sorties comme par magie d'une de ses manches. Sur la première carte, marquée du chiffre 1, rugissait un lion ; sur la deuxième, marquée d'un 2, volait une sorte de faucon ; et sur les deux dernières, chacune marquée d'un 6, resplendissaient une lune et un soleil.

— À l'aide de ces quatre cartes, écrivez-moi le plus grand nombre possible.

Simon étudia les cartes. Un lion, un faucon, une lune et un soleil. Ainsi qu'un 1, un 2, un 6 et encore un 6. À première vue, le plus grand nombre possible était 6621. Mais il devait y avoir une astuce, sinon son épreuve n'aurait pas été qualifiée de « moyennement difficile ». Cherchant de l'aide auprès de Rufinus et de Cassiopée, il vit l'ancien évêque d'Acre se mordre les lèvres tant cette énigme dépassait son intelligence, et Cassiopée froncer les sourcils avant de – carrément – lui tourner le dos ! Comment osait-elle ?

La rage le saisit, et il faillit envoyer voler les cartes à la figure du gardien. Si cette épreuve était qualifiée de « moyennement difficile », comment qualifierait-il celle qui consistait à lui enfoncer son épée dans le cœur ? D'impossible ? Le Maître des Clés et des Portes avait l'air d'un vieillard, et il ne portait pas d'armes...

C'est à ce moment que le portier siffla :

— Ne faites pas ça, je vous préviens !

Simon s'approcha des cartes et tendit la main vers le 6, s'apprêtant à le poser au tout début d'une ligne de chiffres. Mais il hésita, et examina la carte de plus près. Elle représentait une lune. Ronde et pâle, et sans les taches qui la constellaient d'habitude. Il regarda son verso, où se trouvait la même lune ornée d'un 6. C'est alors qu'il comprit ! Il fallait la retourner. Non pas recto verso, mais de haut en bas. De façon à ce que le 6 se change en 9. Après tout, la lune – même à l'envers – était toujours la lune !

— J'ai trouvé ! s'écria-t-il.

Il disposa les cartes de la façon suivante : lune, soleil, faucon et lion. Autrement dit, 9921.

— Alors pour vous, lui dit le gardien, la lune vient avant le soleil… En tout cas, bravo. Vous êtes plus que perspicace !

— Les astres m'ont un peu aidé, répondit Simon en adressant un petit clin d'œil à Cassiopée.

Il avait l'impression qu'on lui avait ôté un poids immense de la poitrine, et chercha à croiser le regard du Maître des Clés et des Portes. Mais, sous le capuchon, ce n'était que pénombre – comme si le mystérieux gardien n'avait pas eu de tête.

— À nous deux, maintenant, siffla-t-il en s'adressant à Cassiopée. Voyons si vous serez aussi bien inspirée que votre compagnon.

Lentement, il alla chercha sa lanterne et se dirigea de l'autre côté de la table, vers une série de trois portes en bois. Ayant ouvert celle de droite, il demanda à Cassiopée d'approcher. La porte donnait sur les ténèbres.

— Voici l'arche du Vide.

— Je vois. En quoi consiste mon épreuve ?

— Il faut passer.

Cassiopée avança la tête au-dessus du vide, et constata :

— Je ne vois rien. Si je passe, je tombe…

— Je vous le dis, en vérité. Si vous passez, vous serez sauvée.

— Vous permettez ? demanda Cassiopée.

Sans attendre de réponse, elle appela son faucon en dressant le poing. L'oiselle vint s'y percher, en l'enserrant délicatement pour ne pas la blesser.

— Cassiopée, dit Simon. Méfie-toi…

— Je ne fais que ça, répondit-elle.

À pas comptés, elle s'approcha du vide, dont elle tenta désespérément de sonder les dimensions.

— Ça mène où ? s'enquit-elle.

— Pour le savoir, il faut sauter.

— Alors c'est ça, votre épreuve difficile ? Un gouffre où je dois me jeter ? C'est absurde !

Cassiopée fit un pas en arrière et tendit le poing en avant, disant à son faucon :

— Va, et dis-moi !

L'oiselle s'envola sans un cri, et disparut dans l'obscurité. En l'attendant, Cassiopée alla étudier les deux autres portes. Celle du milieu était en métal, et n'avait pas de poignée.

— Comment s'ouvre-t-elle ? demanda Cassiopée.

Le gardien ne répondit pas.

Cassiopée ne lui en tint pas rigueur, et alla regarder la porte de gauche. Celle-ci, au moins, avait une poignée. L'abaissant, elle l'ouvrit – la porte donnait sur un corridor de flammes ! Instinctivement, Cassiopée fit un pas en arrière. Puis s'arrêta brusquement.

— Comment se fait-il que je ne me sois pas brûlée… ?

Elle tourna son regard vers le Maître des Clés et des Portes, et demanda encore :

— Et que la porte ne se soit pas consumée ?

— Le feu que tu n'as pas allumé ne te brûlera pas, déclara le gardien.

— Je vous remercie, répondit Cassiopée. Vous parlez clair, et c'est une grande qualité.

— Et vous entendez bien, gente dame, répliqua le Maître des Clés et des Portes en se courbant légèrement.

Cassiopée retourna à grands pas vers la première porte et siffla entre ses doigts. Quelques battements d'ailes plus tard, son oiselle était de retour sur son poing.

— Qu'as-tu trouvé ? lui demanda-t-elle.

Pour toute réponse, l'oiselle se contenta de déployer les ailes et de pousser un petit cri.

— C'est bien ce que je pensais. Suis-moi, Simon, je connais la réponse.

Sans qu'elle puisse dire pourquoi, Cassiopée était certaine que, dans l'ombre de son capuchon, le mystérieux gardien souriait.

— Je passe, dit-elle. Et je choisis cette porte.

Elle s'approcha du couloir enflammé, et fit un pas en avant.

31.

« La nuit était si noire qu'elle ne voyait même pas son cheval. »

(CHRÉTIEN DE TROYES,
Yvain ou le Chevalier au Lion.)

Lieu indéterminé, date indéterminée

Simon et Cassiopée se réveillèrent au cœur d'épaisses ténèbres, environnés d'une puanteur de chair en décomposition. Les corps déchiquetés de nombreux chevaux achevaient de pourrir au-dessus d'empilements de vieux ossements. De grosses mouches volaient d'une carcasse à l'autre, semant de terrifiants reflets bleutés au milieu de la nuit.

— Pouah ! fit Simon. Quelle horreur ! Tu crois que nous sommes revenus à notre point de départ ?

— Non, dit Cassiopée en s'époussetant nonchalamment. Je ne sais pas d'où proviennent ces montures, mais en tout cas, nous avons réussi à passer de l'autre côté de la porte de Fer.

Elle lui montra le versant obscur des hautes murailles dont les sommets se perdaient dans une nuit orageuse, et dont la base était si solidement plantée dans le sol qu'elle semblait s'enfoncer dans les entrailles de la Terre.

— Je renonce à comprendre, fit Simon. Mais peux-tu me dire comment tu as fait pour deviner ?...

— C'est grâce aux termes que le Maître des Clés et des Portes a employés. Le fait qu'il ait dit : « Il faut passer. » C'était un indice. Comme aux cartes, j'ai « passé mon tour ». Enfin, quand j'ai vu les flammes de la troisième porte, j'ai tout compris.

— Explique-moi.

— Où nous rendons-nous ?

— En Enfer.

— Oui. Or, en Enfer, il y a des flammes, n'est-ce pas ?

— Oui. Des flammes, et des démons munis de piques qu'ils plantent dans le derrière des damnés...

— Je me suis dit, en voyant ces flammes, qu'elles nous montraient la voie.

— Et les deux autres portes ?

— Celle du Vide, à mon avis, ne mène à rien... Tu tombes éternellement.

— Mais alors ? Le Maître des Clés et des Portes aurait cherché à te tromper ?

— En ce qui concerne l'au-delà, je n'écoute que mon cœur. Et non la solution de tel ou tel. Surtout, j'ai eu la chance d'étudier à Saint-Pierre de Beauvais l'œuvre de Bède le Vénérable, où il était écrit : « Le feu que tu n'as pas allumé ne te brûlera pas. » Apparemment, le portier la connaissait aussi.

— Je crois que j'aurais sauté, avoua Simon. Pour prouver ma valeur.

— Et moooi aussi, ajouta Rufinus. En tout cas, autrefooois.

— Hommes de trop de foi, ironisa Cassiopée. Moi, je demande à voir.

Sur ce, ils s'en allèrent vers ce qu'ils supposaient être l'Orient.

Dans cet Enfer étrange, où il n'y avait ni feu ni démons, ils avançaient sur un terrain plat, apparemment infini. À la lueur de leurs torches – réduites par l'obscurité à l'état de lumignons –, ils distinguaient des plaques d'herbe jaunie, desséchée par le froid.

— On s'attendait à une fournaise, fit remarquer Simon, et on se retrouve en plein hiver.

— De l'autre côté du monde. Là où le soleil ne brille pas.

— Cherchons Morgennes...

Simon regarda tout autour de lui, tentant de percer l'ombre. Mais il ne voyait rien, que des pans de nuit noire, qui s'étendaient à l'infini. Souvent, ils bivouaquaient – moins pour se reposer que pour allumer un feu. Comme si ce qui importait était de se nourrir les yeux. Étant repus d'obscurité, ils avaient soif de lumière.

Quand le brasier crépitait, lançant ses courtes flammes à l'assaut des ténèbres, ils lui donnaient à manger tout ce qui leur tombait sous la main : des brindilles ramassées au cours de leur périple, quelques brins d'herbe friables, une plante jaunie. De petits arbres secs, des buissons d'épineux poussaient au hasard de la steppe. Ils s'arrêtaient pour les ramasser, les arrachant à la terre avec leurs racines.

— J'aimerais revoir le ciel, souffla Simon au cours d'une de ces haltes.

— Alors patiente, répondit Cassiopée. Car, comme disent les Touaregs, « au bout de la patience, il y a le ciel ».

— Mais je ne fais que ça..., dit-il en poussant un soupir d'exaspération.

Il jeta un caillou dans le feu, minuscule pierre blanche, aussitôt recouverte de cendres. Au-dessus d'eux, l'oiselle poussa un cri, et Cassiopée leva les yeux.

— Comment sais-tu où elle est ? lui demanda Simon.

— Je ne le sais pas.

— Ça ne t'inquiète pas ?

— Parfois, si.

Elle n'avait pas l'air inquiète pour autant.

— Tu ne l'empêches pas de voler ?

— C'est un oiseau, elle vole. C'est normal.

Elle ramena sa couverture sur ses épaules, et tenta de trouver le sommeil. Mais des pensées l'obsédaient. « Comme ce lieu ressemble à ma vie », songeait-elle. « Une nuit de toute une vie. Et peu importe si le jour se lève, et puis le jour d'après un autre jour encore, c'est toujours la nuit, la même nuit éternellement recommencée. Demain n'existe pas plus qu'hier. C'est une nuit d'avant le Premier Jour, d'avant la création du monde, où seul règne un aujourd'hui informe, sans étoiles ni lune – car Dieu ne les a pas encore créées. C'est une nuit tempête, où lumière et ténèbres sont étroitement mêlées. Une nuit vorace, où notre seul espoir est d'être digérés. Une nuit toile d'araignée, dont nous sommes les proies, et le temps l'araignée… »

Elle s'endormit sans même s'en apercevoir, tandis que Simon ne quittait pas le feu des yeux.

Un soir – ou un jour –, ils arrivèrent au pied d'un monticule constitué de dizaines de milliers de pierres. Comme ils n'en avaient pas vu aux alentours, ils se dirent que des dizaines de milliers de voyageurs avaient dû les ramasser dans la steppe, et les apporter ici. Pour quelle raison ? Ils l'ignoraient. Mais la petite colline était le premier relief qu'ils voyaient depuis qu'ils s'étaient éloignés de la porte de Fer.

Ils décidèrent de l'escalader.

L'ascension ne leur demanda pas beaucoup de peine, et rappela à Simon l'amoncellement de crânes qu'il avait escaladé autrefois, dans les souterrains de la Moriah, avec Morgennes. Une fois à son sommet, ils contemplèrent les alentours. Hélas, partout régnait la nuit – une même nuit uniforme, comme si cette partie du monde était trop pauvre pour se vêtir d'autre chose que de noir.

— Notre propre petite nuit, soupira Simon. Rien que pour nous deux.

— Pour nous troiiis, mugit Rufinus depuis le sac à dos où il avait été fourré.

Mais Cassiopée n'écoutait pas. Elle déposa un caillou au sommet du petit tumulus qui ornait le faîte du monticule.

— Que fais-tu ? demanda Simon.

— J'honore les dieux. Je rends hommage aux voyageurs qui nous ont précédés ici, et je salue ceux qui viendront après.

— Les dieux ? Quels dieux ? Ceux des Enfers ?

— N'importe quels dieux. Ceux des Enfers ou d'ailleurs...

— Tu les honores alors qu'ils t'ont pris ton père ! éructa Simon.

Tapant du pied dans une pierre, il l'envoya rouler au bas de la colline.

— Si j'étais toi, je ne ferais pas ça, le mit en garde Cassiopée.

— Superstition que tout cela ! s'écria Simon.

Il s'approcha du tertre, où des souches de cire fondue témoignaient du fait qu'on y avait fait brûler des bougies, et prit l'une des pierres – au hasard.

— Je ne crains ni les dieux ni la mort ! cria-t-il en la jetant le plus loin possible, si loin qu'ils ne l'entendirent pas retomber.

Cassiopée secoua la tête, navrée. Puis elle redescendit préparer le bivouac, en proie à un très mauvais pressentiment.

32.

« Dans le feu, les paroles dolentes se traduisaient en langage de flamme. »

(Dante, *L'Enfer.*)

— Crucifère !

Cassiopée s'éveilla, haletante, le front trempé de sueur et la poitrine en feu. Dans le brasier à côté d'elle, une branche avait craqué. Ce bruit, probablement, l'avait tirée de son sommeil. Mais qui avait crié ?

— Papa ?

Dans la nuit noire, personne ne lui répondit. De l'autre côté du feu, Simon continuait de dormir, le visage tourné vers les flammes. Sur ses paupières closes, elle voyait danser les reflets mordorés du brasier, cause – peut-être – des mauvais rêves qui hantaient ses nuits.

Car, depuis plusieurs semaines, Simon dormait très mal, faisant cauchemar sur cauchemar.

« C'est à cause de mon père », se dit Cassiopée. « Simon se sent coupable de ne pas l'avoir sauvé… »

— Et moi, murmura-t-elle en arrachant aux flammes un tison. Que devrais-je dire, moi qui n'ai pas fait mieux ?

Elle regarda le tison, comme si la petite flammèche qui rougeoyait à son extrémité pouvait lui répondre.

Nouveau craquement dans le feu, qui attira son attention. S'approchant du brasier, elle plongea son regard au plus profond des flammes incandescentes, cherchant à établir un lien avec les puissances infernales qui retenaient Morgennes prisonnier.

— Papa…

Mais elle s'interrompit, de crainte que Simon ne la prenne pour folle s'il se réveillait. « Papa », continua-t-elle en pensant aux rêves que faisait Massada. « Où que tu sois, je te retrouverai. Je te sauverai, c'est promis. »

Elle rejeta le tison dans les flammes, où il disparut sans un bruit, puis le regarda brûler, sans se soucier de la chaleur qui lui rongeait les sourcils et les joues. Enfin, le tison consumé, elle se releva et ceignit celle qui avait jadis été l'épée de son père : Crucifère.

Se tournant vers Simon, toujours baigné de reflets orangés, elle lui donna un petit coup de pied :

— Réveille-toi. On y va…

Simon grogna mais n'ouvrit pas les yeux. Au contraire, il fit celui qui avait le plus grand mal à s'éveiller. Il ne voulait pas que Cassiopée se doute que depuis le début il l'observait à travers ses paupières mi-closes.

Car lui aussi avait entendu la voix dans les flammes.

33.

« Le feu que tu n'as pas allumé ne te brûlera pas. »

(Bède le Vénérable,
Historia ecclesiastica gentis Anglorum.)

Cassiopée n'était pas rassurée. La façon dont Simon avait jeté la pierre du haut du tertre, la veille au soir, était encore un signe – signe qu'il perdait la raison. « Et si je partais sans lui ? Dans cette nuit si noire, jamais il ne me retrouverait. Mais non, c'est impossible. En plus, il porte Rufinus… » Elle regarda Simon, qui avait au jour près le même âge qu'elle, et le trouva bien jeune. Trop jeune pour être abandonné.

« Son père est mort, ses frères aussi. Il n'a jamais connu sa mère, et il voudrait fonder une famille. D'une certaine manière, je le comprends. Je compatis. Mais son attitude m'horripile. »

Du plus loin qu'elle se souvenait, elle avait toujours fait plus que son âge. Les mauvaises langues lui prêtaient des pensées qu'elle n'avait jamais eues, des actes qu'elle n'avait jamais accomplis. Mais ces mêmes mauvaises langues n'auraient pu imaginer tout ce qu'elle avait fait, de son enfance à Saint-Pierre de Beauvais jusqu'à Constantinople – où elle s'était pliée aux règles les plus strictes.

Se remémorant les milliers d'heures passées à l'académie du mégaduc Coloman, le Maître des Milices de Constantinople, elle eut un vague sourire. « Une enfance sans père, avec un géant et un *litterato* comme parrains, et une adolescence solitaire, passée à s'entraîner au milieu de mercenaires… Mais pourquoi, grands dieux, ma mère m'a-t-elle envoyée là-bas, chez Coloman ? » Elle se l'expliquait d'autant moins que, d'après ce qu'elle avait compris, l'académie du Maître des Milices était réservée aux hommes. « Alors, pourquoi m'accepter, moi ? » Elle donna un coup de pied dans le feu qu'ils avaient allumé pour la nuit, enterrant les braises sous les cendres. Le feu commença de mourir, puis s'éteignit tout à fait, lâchant un nuage de poussière en guise d'ultime râle.

— Assez traîné, dit Cassiopée.

Ils reprirent leur marche, s'inquiétant de la quantité de nourriture qu'il leur restait, se demandant ce qu'ils allaient manger, si la douleur qu'ils avaient dans les jambes allait se calmer, lorsqu'ils entendirent des aboiements. Dans le lointain, des chiens jappaient.

— Toi qui voulais un Cerbère, dit Cassiopée, tu vas peut-être le rencontrer.

Simon porta la main au côté, touchant la poignée de son épée.

— J'ai de quoi le mater.

Ils avancèrent au milieu de pyramides de crânes qui leur arrivaient à la taille, puis distinguèrent en vue d'un blanc collier de tentes rondes. On aurait dit les yeux globuleux d'une étrange créature enterrée dans le sable. Elle poussait des jappements suraigus, dont ils perçurent bientôt l'origine. D'immenses dogues, mastiffs au poil gris, se disputaient un cadavre – qu'ils réduisaient en morceaux. Un chien tirait sur un bras, un autre attaquait la poitrine, tandis qu'un troisième déchiquetait une jambe.

La main de Simon se crispa sur la poignée de son épée.

— Du calme, dit Cassiopée.

Comme ils approchaient des tentes, des hommes en sortirent. Les yeux bridés, le cheveu noir et la peau jaune, ils les regardaient d'un air goguenard en échangeant des plaisanteries dans une langue inconnue. Simon s'en offusqua. Mais les Tartares – si c'étaient eux – se contentèrent de mâchonner le brin d'herbe qu'ils s'étaient mis entre les dents, et ne lui accordèrent pas le plaisir de se battre.

— Sont-ce là des démons? s'interrogea Simon à haute voix.

Cassiopée ne fit aucun commentaire, mais Rufinus demanda :

— Sortez-moi un peu du saaac, que je puisse voir, moi aussiii…

Sur des feux de brindilles grillaient des brochettes – peut-être de cheval. Pour leur donner plus de goût, les Tartares – si tel était le nom de ces démons – les arrosaient de vin. S'il en restait, ils le buvaient en s'esclaffant. Ailleurs, c'étaient des côtelettes, qu'ils faisaient rôtir sur des grils posés sur des feux à demi enterrés. Cette abondance de viande fit saliver Simon et Cassiopée.

Apparemment, les Tartares faisaient grand cas de leurs chevaux. Ils se régalaient de leur chair et se confectionnaient des vêtements avec leur peau : sortes de tuniques à manches très larges, grossièrement coupées, fermées sur le devant par des boutons de corne, si longues qu'elles traînaient par terre. Les sabots seraient probablement taillés pour être transformés en petits objets de décoration, ou en manches de couteaux pour les enfants.

Dans un coin d'ombre, une poignée de vétérans goûtait un fromage avec des airs de conspirateurs. C'était un fromage très particulier, fait à partir du lait d'une jument fraîchement tétée par son poulain. À peine celui-ci avait-il fini de se nourrir que le Tartare l'égorgeait, prélevait son estomac plein de lait et le suspendait quelques mois dans sa yourte. Le fromage était ensuite servi à même la panse du poulain. Ce fromage, appelé « lait de mère », était une rareté. On n'en mangeait que dans les grandes occasions. On disait qu'en avaler une bouchée nourrissait autant qu'un repas tout entier, et qu'en abuser rendait fou. Un des conspirateurs – un vieillard aux yeux clairs – lança soudain un cri, puis fit signe qu'on le suive.

— Ils n'ont pas du tout l'air hostile, dit Cassiopée.

— C'est mauvais signe, fit Simon, la main plus crispée que jamais sur son épée.

— Tu n'as jamais pensé que ce pouvait être toi, l'ennemi ?

Simon ne répondit rien, mais prit une mine contrite. Cassiopée était toujours là pour lui apporter la contradiction. Ces gens étaient des démons, il en était certain. Et même s'ils n'en avaient pas l'apparence, il savait que si Cassiopée dégainait Crucifère, il en émanerait une lueur bleutée – signe de danger imminent.

S'il ne lui demandait pas de l'extraire du fourreau, c'est qu'il ne voulait pas provoquer les démons. Pas encore.

Dans le ciel opaque au-dessus des yourtes, que plusieurs feux et torches disposés çà et là teintaient de jaune orangé, Simon et Cassiopée virent battre des rubans de soie multicolores. Ailleurs, au sommet de piliers, c'étaient des crins de chevaux tressés qui s'agitaient dans le vent. Puis une cohorte d'enfants et de vieilles édentées les conduisit au milieu du campement, vers une yourte d'où émergea un homme immense, à la barbe fournie. Elle lui pendait au-dessus du ventre, tel un blanc étendard. Visiblement, elle faisait sa fierté, car il passait son temps à la caresser, et à la faire bouffer sur sa poitrine.

— Approchez, approchez, amis, amis..., dit-il en *lingua franca* mâtinée d'un fort accent oriental. Avez-vous bien chevauché ?

— Hélas non, répondit Cassiopée. Nos chevaux étant morts, nous avons dû venir à pied.

— Hum, fit le vieillard. C'est mauvais signe... J'espère que les démons ne vous ont pas suivis.

— Je ne crois pas.

— Mais vous parlez notre langue ! s'étonna Simon.

— Pour honorer le prêtre Jean, lui apprit le vieillard. Car son domaine comprend nos steppes, ainsi que toutes les terres qui les bordent. Êtes-vous ses émissaires ?

— Oui, mentit Simon.

— Non, répondit Cassiopée en même temps.

— Moi oui, elle non, se hâta d'ajouter Simon pour conclure.

— Ah, je vois. Alors cette jeune femme est votre…

— Elle est mon garde du corps.

— Ah, je vois ! Est-ce vous que le prêtre Jean m'envoie, pour négocier l'achat de la carte ?

— L'achat de la carte…

— La carte des Enfers. Il m'a fait savoir que sa promise en voulait une absolument.

Simon et Cassiopée s'entreregardèrent, tâchant de réprimer leur excitation, puis Simon s'exclama :

— La carte des Enfers, oui. Tout à fait !

Ils touchaient enfin au but, après des mois et des mois de périple.

— Venez prendre le thé, dit-il en les invitant à le précéder sous sa yourte, d'où sortaient de délicieuses odeurs de thé noir.

— Ça sent bon, remarqua Cassiopée.

La première, elle entra dans la yourte, au centre de laquelle ronronnait un brasero. Simon la suivit, sans prendre garde au fait que le plafond de la yourte était bas – si bas que son front le heurta. Le chef des Tartares lâcha un râle de contrariété, comme si Simon venait de proférer un juron.

— Quoi ? fit Simon. Ce n'est pas ma faute si je suis grand…

Cassiopée se contenta de lui jeter un regard exaspéré, et s'abstint de tout commentaire. Lorsqu'ils se furent installés sur des coussins de soie rouges et jaunes, Simon et Cassiopée acceptèrent avec plaisir la tasse de thé que le chef leur offrit.

— Merci, merci, dit Cassiopée en inclinant la tête à plusieurs reprises.

— Merci, dit simplement Simon.

Tandis qu'au-dehors des enfants l'observaient en riant, Cassiopée huma le thé à l'aspect boueux. Elle perçut des arômes de lait, de thé noir et de sel. « Intéressant », se dit-elle. Elle en prit une gorgée :

— Très bon, merci.

Quant à Simon, il se contenta de poser sa tasse par terre, et n'y toucha plus.

Le chef leur adressa de grands sourires, et leur proposa de terminer ce qui apparemment lui tenait lieu de repas. Il s'agissait d'une plâtée de petits carrés blanchâtres, fourrés d'une étrange matière brune.

— Du chien bouilli, ajouta-t-il.

— Ça a l'air délicieux, dit Cassiopée en en prenant une bouchée, soucieuse de ne pas l'offenser.

— Vous avez un mort, là-dehors, dit Simon en faisant allusion au corps qu'il avait vu dépecé par les chiens.

— Oui, oui… Parti ce matin même, dit le chef. Grande tristesse.

— Vous ne l'enterrez pas ?

— L'enterrer ? Bien sûr que non !

— Mais pourquoi ?

— Où donc irait son âme si nous l'enterrions ? Le peuple des steppes n'enterre jamais ses morts. Nous les laissons au grand air, à l'entrée du village. Comme ça les chiens les mangent, et tout le monde est content…

Cassiopée fut prise d'un haut-le-cœur, qu'il ne remarqua pas. Il était trop occupé à leur expliquer comment – grâce à l'aide d'un chaman et d'une carte des Enfers déployée devant lui – l'âme du défunt commençait par traverser neuf ponts gardés par les démons… Ayant franchi les neuf enceintes des Enfers, l'âme se dirigeait alors jusqu'aux sept montagnes d'or, chacune plus haute que la précédente, pour atteindre enfin…

— L'Arbre de Vie, médecine d'immortalité qui nous permet de revenir à la vie, conclut-il, les yeux luisants de bonheur.

— Pratique, commenta Cassiopée en reposant son plat de chien bouilli.

— Trois régions, cinq fleuves, six portes, et maintenant neuf enceintes et sept montagnes…, maugréa Simon. Je me demande ce que ce sera la prochaine fois. Huit cieux et douze cathédrales ?

— Ne l'écoutez pas, dit Cassiopée. Il est très fatigué…

Le chef des Tartares fit comme s'il n'avait pas entendu. Cassiopée en profita pour l'observer. Bien qu'usés par des années de chevauchées, ses vêtements paraissaient d'excellente facture. Détail amusant, ses bottes avaient les pointes relevées, comme s'il craignait de blesser la terre en marchant.

— Comment vous appelez-vous ? lui demanda Cassiopée.

— Je me nomme Sanglier-le-Simplet, et je suis le chef du clan des Borjigid.

— Je m'appelle Cassiopée, et voici Rufinus.

— Très honoooré, mugit Rufinus.

Simon se présenta à son tour (« Comte Simon de Roquefeuille »), mais Sanglier-le-Simplet n'avait d'yeux que pour Cassiopée et la tête coupée qu'elle tenait sur ses jambes croisées.

— Quelle chose étrange vous avez là, entre vos cuisses, dit-il. Cela fait-il partie de votre corps ?

— Mais pas du tooout ! éructa Rufinus. Je suis moi-même une persoonne, indépendante de cette jeune feemme…

— Et comment vous êtes-vous retrouvé dans ce misérable état ?

— Miséraaable ? Qui vous dit que c'est miséraaable ? Bon, d'accord, c'est effectivement miséraaable. Cela dit, je ne m'en sors pas si maaal, pour quelqu'un privé de ses braaas, de ses jambes et de son torse. Néanmoins, si vous aviez un sortilège capaaable de me les rendre, je serais plus que preneur…

— Désolée, excusez-le, intervint Cassiopée en plaquant sa main sur la bouche de Rufinus. C'est un bavard incorrigible.

— C'est tooout ce qui me reste ! meugla Rufinus.

Cassiopée leva les yeux au ciel, vers la toile de feutre et les branchages entrecroisés formant le toit de la yourte. Un berceau y était suspendu. Vide, apparemment. Un malheur avait-il frappé la famille du chef ? L'enfant avait-il grandi normalement ? Ou le bébé était-il avec sa mère, quelque part dans le camp ? C'est alors qu'elle pensa à Morgennes, et demanda au chef :

— Nous sommes à la recherche d'un homme…
— D'un mort, précisa Simon.
— Un mort? s'étonna le chef. Alors nos chiens l'ont mangé.
— Mais non, pas un mort, rectifia Cassiopée.
— Vous l'avez donné aux chiens? Morgennes? Comment avez-vous osé ! s'offusqua Simon en se relevant brusquement.

Si brusquement qu'il heurta une nouvelle fois le toit de la yourte. Le chef émit un sifflement énervé. Un gamin fit irruption dans la yourte, agrippa Simon par les braies et tenta de l'entraîner au-dehors. Sanglier-le-Simplet lui parla dans une langue gutturale, que ni Cassiopée ni Simon ne comprirent. Mais le gamin continua de tirer, ignorant les récriminations du chef de sa tribu. Finalement, Sanglier-le-Simplet se leva et prit le gamin par le bras. Le serrant à lui faire mal – mais sans que le gosse laisse rien voir de sa douleur –, il l'obligea à lâcher Simon et le flanqua dehors, avec un coup de pied aux fesses.

— Veuillez excuser mon fils, dit-il en baissant la tête. Il est têtu comme la nuit.
— Comment s'appelle-t-il? demanda poliment Cassiopée.
— Temüdjin.
— Que me voulait-il? s'enquit Simon.
— Vous faire sortir. Il dit que vous portez malheur.

Simon le regarda, bouillonnant de colère, le cœur battant à se rompre.

— Mais revenons à l'homme que vous cherchez, poursuivit Sanglier-le-Simplet. À quoi ressemble-t-il?
— Il a une cinquantaine d'années, répondit Cassiopée. La dernière fois que je l'ai vu, il portait la barbe… Mais elle a peut-être brûlé, depuis qu'il…

Elle s'interrompit. Comment décrire un homme – son père – qui se trouvait entouré de flammes la dernière fois qu'elle l'avait vu? Devait-elle parler de celles-ci? Elle décida que non.

— C'était mon père, dit Cassiopée. Un homme droit et généreux. Un homme bon, pudique. Tenez, regardez. C'était son épée.

Elle sortit Crucifère du fourreau, et la tendit au chef des Tartares. La lame jetait de terribles lumières bleues. Conscient de l'honneur qui lui était fait, Sanglier-le-Simplet la considéra avec attention, sans oser la toucher.

— C'est une épée magnifique. Je crois que, si j'avais vu son propriétaire, je m'en serais souvenu.

Simon jeta un regard de braise à Cassiopée, un regard où se lisait : « Tu vois, je te l'avais bien dit. Ces hommes sont les enfants du Diable. » Mais Cassiopée n'y prêta pas attention. Au contraire, elle dit à Simon :

— Du calme.

Avant de se tourner vers Sanglier-le-Simplet pour lui proposer :

— Allez-y, prenez-la. Si vous voulez savoir quel genre d'homme était mon père, prenez donc cette épée. Elle était comme lui. Avec des racines plongeant loin dans le passé, un côté impénétrable, un côté austère, et en même temps quelque chose de lumineux.

Mais il n'osait pas la toucher. Alors, elle lui montra la croix de bronze sertie dans la poignée de l'épée.

— Regardez, dit-elle en la lui présentant. C'est lui qui l'y a insérée…

— Une croix, dit Sanglier-le-Simplet. C'était donc un chrétien ?

— Entre autres.

— Je peux peut-être vous aider à le retrouver, mais pourquoi pensez-vous qu'il est ici, au Pays des Herbes ?

— Mais parce que c'est ici l'Enfer, et que cet homme est mort ! éructa Simon.

— L'Enfer ? Mais ce n'est pas du tout là, bégaya Sanglier-le-Simplet. C'est beaucoup plus à l'ouest !

— À l'ouest ? Là d'où nous venons ? demanda Cassiopée.

— Tout ce que je sais, c'est que c'est à plusieurs jours de chevauchée, répondit Sanglier-le-Simplet. Par-delà une immense muraille… On dit qu'il faut, pour être autorisé à la franchir, laisser son cheval à l'entrée, et réussir ensuite plusieurs épreuves qui ont un caractère initiatique.

— Une muraille, s'enquit Cassiopée, munie d'une Porte de Fer en son milieu ?

— Oui, oui. L'Enfer est de l'autre côté, tout le monde le sait !

— Mais c'est de là que nous venons, ajouta Simon.

Instinctivement, Sanglier-le-Simplet recula vers le fond de sa yourte, et demanda :

— Seriez-vous des démons ?

Sa main, fébrile, sortit un long poignard à lame courbe du fourreau qu'il avait à la ceinture.

— Pas des démons, non, dit Cassiopée en courbant humblement la tête. Mais des hôtes indignes de votre hospitalité.

Elle leva ses mains nues dans l'espoir d'apaiser l'atmosphère.

— Nous aimerions voir la carte, s'il vous plaît !

Sanglier-le-Simplet émit un grognement, puis dit :

— C'est bien parce que cette carte est très importante pour la promise du prêtre Jean…

— Merci ! s'exclama Cassiopée. C'est très important pour nous aussi.

Le chef des Tartares la considéra longuement puis, rassuré sur ses intentions remit sa dague au fourreau.

— Ce ne sera pas donné, prévint-il.

— Nous avons de quoi payer.

Hélas, elle savait bien qu'il ne leur restait presque plus rien. Elle commença de regretter son or et ses diamants.

— Voici la carte que vous voulez, dit Sanglier-le-Simplet en brandissant un rouleau de papier.

Cassiopée tendit la main vers la carte, aperçut un territoire divisé par neuf enceintes traversées par autant de ponts, puis hésita un instant. Mais le Tartare eut un mouvement du menton :

— Vous pouvez y jeter un coup d'œil avant de l'acheter.

Il mit la carte dans la main de Cassiopée, qui lui demanda :

— Combien en voulez vous ?

Les yeux de Sanglier-le-Simplet se portèrent sur Crucifère.

— J'aimerais bien cette épée.

— Jamais ! dit Simon.

— Je veux d'abord m'assurer que cette carte est réellement ce que vous dites, ajouta Cassiopée.

Elle avisa alors le brasero qui se trouvait au milieu de la yourte, et se rappela la fois où – à bord de *La Stella di Dio* – Chefalitione avait approché d'une flamme sa carte des Enfers.

— Si cette carte mène en Enfer, ce ne sont pas ces quelques braises qui vont l'endommager.

Elle jeta le rouleau de papier dans le brasero. Le chef des Tartares poussa un cri en voyant le rouleau de papier se tordre, noircir puis s'enflammer, rongé par le feu.

— Malédiction ! s'écria-t-il.

— Désolée, dit Cassiopée. Mais nous ne ferons pas affaire.

D'un pas pressé, elle se dirigea vers la sortie de la yourte.

— Vous avez voulu nous rouler ! hurla Simon.

Elle n'avait pas fait un pas au-dehors que Simon frappait le brasero de son épée. Des braises s'en échappèrent, et tombèrent sur les coussins – qu'elles enflammèrent aussitôt.

— Ce qui ne brûle pas nous mènera en Enfer, dit Simon.

Il donna un violent coup d'épée à Sanglier-le-Simplet.

— Non ! s'écria Cassiopée.

La lame bleutée brillait plus que jamais, tandis qu'à l'extérieur des cris retentissaient. Les yeux de Simon étaient incandescents, de la couleur des flammes qui dévoraient la yourte. Cassiopée cria de nouveau quelque chose, mais son cri fut étouffé par les aboiements des chiens qui se précipitaient vers eux, rameutés par des Tartares ivres de colère.

34.

« Écarte-toi, méchant oiseau ! »

(Dante, *L'Enfer.*)

Après la nuit vint le jour.

Un matin clair, avec un ciel d'un bleu ardent où planait l'oiselle. Au-dessous d'elle, à perte d'horizon, les cimes enneigées du djebel Ansariya ondoyaient, vagues minérales d'une mer pétrifiée. Et cette parodie d'écume, crispée sur son âme de pierre, renvoyait vers le ciel les reflets éclatants du soleil.

L'oiselle poussa un cri douloureux.

Un éclair troubla les brumes où baignaient les montagnes, et les vapeurs se dissipèrent – bien que le vent ne soufflât pas.

— Que fais-tuuu ? demanda Rufinus. Tu ne vas tooout de même pas les avertir de noootre venuuue ?

L'oiselle ne répondit pas.

— C'est vraaai, poursuivit Rufinus. J'avais oooublié. Tu ne sais pas paaarler.

L'ancien évêque d'Acre, qui n'avait pratiquement pas ouvert la bouche depuis le début de leur périlleuse mission, n'arrivait plus à supporter le silence des cieux.

— Et pooourquoi me tairais-je ? lança-t-il comme pour lui-même. Après tooout, il n'y a que toooi et moooi. Et je ne crois pas que mon discooours t'indispooose.

Pour toute réponse, l'oiselle battit des ailes et gagna les hauteurs, là où le ciel était sombre et les étoiles étincelantes.

— C'est beauuu !

Rufinus ouvrait de grands yeux, promenant son regard sur ces merveilles d'ordinaire réservées aux oiseaux et aux dieux.

— C'était donc vraaai ! Les étoiles restent accrooochées au ciel, même après le lever du soooleil ! Cependant, on diiirait qu'elles ont changé de plaaace…

Ce qui ne l'empêchait pas de reconnaître, ici la Grande Ourse, là-bas la constellation du Lion, et plus au nord celle de Cassiopée.

— Cassiooopée, reprit Rufinus. J'espère que tu vaaas bien…

Il songeait à celle qui les attendait, tout là-bas devant eux. Celle vers qui ils s'en revenaient à tire-d'aile. Était-elle encore en vie ?

— Faites que ouiii !

Pour lui, ces derniers jours se confondaient. Tout ce qu'il avait vu, suspendu par les cheveux aux serres de l'oiselle, c'était la nuit, la nuit et encore la nuit. Ainsi que parfois, quand il levait les yeux, la tête de l'oiselle, son court bec crochu, sa gorge bigarrée, bariolée de teintes brunes et grises. Autrement dit, une ombre parmi les ombres.

— Hé, l'oiseeelle, on arrive bientôôôt ?

Comme d'habitude, elle ne répondit rien.

— J'espère que Cassiooopée tient le coooup…

S'il avait eu un corps, Rufinus aurait éprouvé un frisson. Mais il n'en avait plus. Alors, il se contenta de crachouiller.

— Brrr…

« Allons, se morigéna-t-il. Cela ne doit pas faire si longtemps. Elle est sûrement encore en vie… Mais il faut se dépêcher. »

— Plus viiite !

Nouveau coup d'ailes de l'oiselle, qui les emmena plus haut dans l'obscurité, si haut que la Terre ressemblait à un œil, l'espace à une paupière et l'horizon à un cil.

— Je n'arrive plus à respiiirer! haleta Rufinus.

L'oiselle redescendit un tout petit peu.

« Mais non, suis-je bête. Je n'ai pas besoin de respirer, puisque je n'ai plus de corps... »

— Quel idiooot!

L'oiselle poussa un cri, et reprit de l'altitude. Elle volait si haut que ses plumes se mêlaient à l'azur. Depuis la Terre, même le plus consciencieux des observateurs n'aurait pu l'apercevoir.

— Prends gaaarde à ne pas me lâââcher! hoqueta Rufinus, terrorisé.

Malgré son vertige, il baissa les yeux et s'obligea à regarder. Montagnes aux sommets aiguisés, dressant leurs crocs pour s'attaquer au ciel. Villages, bourgs et hameaux, accrochés telles des tiques aux flancs émaciés du djebel Ansariya. Les dominant, de loin en loin, de vieux châteaux aux pierres usées, verdies par les lichens, s'élevaient en tourelles à demi éboulées. Elles servaient d'abri à des corbeaux, qui tout à coup s'envolèrent.

— Attentiooon! avertit Rufinus. Les cooorbins du Kraaak!

L'oiselle poussa un cri. Elle savait. Depuis longtemps. C'est justement parce qu'elle avait pressenti leur arrivée qu'elle volait si haut. Battant une nouvelle fois des ailes, elle entraîna Rufinus sur l'autre versant d'un pic escarpé. Chose étrange, son faîte était percé d'une galerie verticale – sorte de puits plongeant vers ses entrailles.

— Je connais cet endroooit! glapit Rufinus d'une voix chevrotante. C'est Masyaaaf, la forteresse du chef des Assaaassins. Il ne faut pas rester là. Pourquoi es-tu passée par là? D'accooord, c'était le chemin le plus cooourt pour revenir vers Cassiooopée, mais quand mêêême!

Trop tard.

Les sinistres corbeaux montèrent dans leur direction. On aurait dit les fumées d'un million de chaudrons, échappées des brouets d'un million de sorcières. L'oiselle et Rufinus furent entourés de vapeurs noires.

— Au secooours ! glapit Rufinus.

L'oiselle se ramassa sur elle-même et fila vers le jour.

— J'ai peuuur !

Après un long piqué, durant lequel Rufinus eut la face gelée, l'oiselle se rétablit. Elle vola, à quelques pieds au-dessus du sol, en direction des déserts de Syrie. Le bleu du ciel était là, aussi éblouissant qu'avant l'arrivée des corbeaux. Mais déjà, ceux-ci s'étaient dispersés et se laissaient pleuvoir, tels de gros flocons noirs, sur Rufinus et l'oiselle.

— On n'y voit riiien ! éructa Rufinus. Alexis de Beaujeuuu ! Envoie-nous tes aaarchers !

Mais le commandeur du Krak était trop loin pour l'entendre. Et quand bien même. Rufinus et l'oiselle étaient hors de portée. L'oiselle donna de puissants coups d'ailes et regagna l'abri des hauteurs. Malheureusement, deux grands corbeaux l'y attendaient en embuscade. Ils lui foncèrent dessus.

L'oiselle, qui avait plus d'une fois survolé cette région, savait que les corbeaux ne quitteraient pas leur aire. Quand elle aurait atteint le désert, ils s'en retourneraient vers leur perchoir, et leur maître – quel qu'il soit. Le problème, c'étaient les deux corbins qui l'attendaient en plein ciel, où ils battaient des ailes – nageurs entre deux eaux. Ils étaient deux fois plus gros qu'elle. L'oiselle déploya les ailes, et fut aspirée par les cieux. Elle s'éleva si vite que les corbeaux n'eurent pas le temps de la frapper. Ayant gagné suffisamment d'altitude, elle redescendit brusquement en piqué et lâcha Rufinus ! Telle une pierre de catapulte, l'ancien évêque d'Acre, hurlant de terreur, heurta de plein fouet l'un des corbins. Les ailes chiffonnées, la maléfique créature partit en vrille au cœur de la nuée fuligineuse qui déjà revenait à l'assaut.

L'oiselle referma les ailes et plongea pour récupérer Rufinus, qui tombait vers le sol à demi évanoui de terreur.

— Ne recooommeeence pluuus jaaamais çaaa ! s'écria-t-il quand elle l'eut rattrapé.

Ses cris disparurent dans le vent, tandis qu'elle filait vers le désert de Chamiyé. L'oiselle volait si vite que Rufinus n'avait pas le temps de fixer son regard sur quoi que ce soit. Mais les corbins les talonnaient toujours.

— Plus viiite !

Encore un coup d'ailes, et la montagne disparaîtrait.

— Alleeez !

Elle vola en rase-mottes, effraya quelques gazelles, dispersa une famille de gerbilles – rien à faire. Derrière eux, la nuée de corbeaux continuait d'approcher, toujours plus près, toujours plus noire.

— Ils vont nous raaattraper ! s'égosilla Rufinus.

Elle déploya ses ailes au maximum et monta en chandelle, dans l'espoir de semer la main sombre qui s'avançait dans leur direction.

— Mais ce n'est pas possiiible glapit Rufinus. Ils se nomment légiiion ! *Nomen illis legiiio !*

Soudain, quelques corbeaux les rejoignirent. L'oiselle esquiva, feinta, volta, effectua un tonneau... Et lâcha Rufinus, pour le rattraper de justesse, d'une serre.

— Au secouuurs !

N'en pouvant plus, il ferma les yeux. Une cacophonie de croassements suraigus lui brisa les oreilles, si fort qu'il rouvrit les yeux. Il faisait noir ; car les corbeaux les enveloppaient de si près, ils étaient si nombreux, qu'ils enfouissaient le jour sous un linceul d'ailes. L'oiselle aperçut une issue, droit devant. Tel un nageur en eau profonde se hâtant de remonter à la surface, elle battit des ailes pour s'extraire de la mélasse où ils étaient plongés, et finit par crever la masse noire des corbeaux qui s'agglutinaient devant eux.

Du sang gicla, suivi d'une vague lumineuse.

— Gloire à toi, ô soooleil ! s'écria Rufinus. Tu disperses la nuuuit, et réconfooortes les valeureux !

Claquant des dents, il ébaucha un début de prière. C'est alors qu'une ombre l'engloutit. Au-dessus d'eux, les doigts charbonneux d'une main composée d'un millier de corbins s'étendaient pour les attraper.

— Oiseaux de malheuuur !

Jamais il n'aurait cru qu'ils quitteraient leur aire.

Mais s'ils étaient nombreux – et certainement guidés par la magie –, l'oiselle était rapide. Accélérant, elle laissa sur place les corbeaux, qui peu à peu s'égaillèrent.

Le désert était là – vaste étendue de sable et de rocailles, mamelonnée de crêtes brunes d'où surgissaient quelques cactus à l'air mal réveillé. L'oiselle se dirigea vers eux en un long vol plané. Elle espérait que les corbeaux ne l'y suivraient pas, de crainte d'être taillés en pièces par les piquants, aussi affûtés que les sabres de Kali. Pourtant ils s'y risquèrent.

Alors elle se mit à voler en zigzags, frôlant de si près les cactus que l'escadrille de corbeaux s'y fracassa – telle une vague contre un rocher.

— Eh bien, souffla Rufinus, la prochaine fooois, fais-moi penser à tooourner sept fois ma langue dans ma booouche avant d'accepter de paaartir en mission. Et maintenant, en roooute pour Ténébroooc !

L'oiselle poussa un cri, qui retentit majestueusement sous la voûte des cieux, et ils poursuivirent leur voyage.

Plus tard, beaucoup plus tard et beaucoup plus à l'est, ils survolèrent une haute muraille, puis une vaste étendue noire – de cendre et de poussière. Ici, pas d'autre végétation qu'une herbe jaune et courte, ni d'autres animaux que quelques rats et des chevaux sauvages. Ce n'était pas un endroit pour la vie.

Deux taches blanchâtres, cependant, donnaient à ce paysage lunaire un aspect insolite. Deux taches, vraiment ? En fait non, il s'agissait de deux têtes ; deux têtes qui dépassaient du sol, et vers lesquelles l'oiselle descendit en piqué.

— On arriiive ! On arriiive ! Seigneur, faiiites qu'elle soit encore en viiie !

Peu lui importait que Simon le soit également, car c'était lui la cause de ce drame…

— Cassiooopée ! Cassiooopée !

Rufinus criait à en perdre la voix, mais Cassiopée ne bougeait pas. Était-elle morte ? L'oiselle se posa à deux pas de la jeune femme, et lâcha Rufinus – qui roula sur lui-même, puis se retrouva nez à nez avec...

— Cassiooopée !

Les lèvres de la jeune femme, au corps enterré jusqu'au cou, bougèrent doucement. Un fin râle de douleur émana de sa gorge, et Rufinus crut qu'elle essayait d'ouvrir les yeux.

— Tiens bon, Cassiooopée. Tiens booon !

Nouveau râle de douleur, suivi d'un frémissement des paupières.

— Il arrive, Cassiooopée ! Il arriiive !

II. ARRIVE

35.

> « Sous ce noble et beau sycomore, planté du temps d'Abel, jaillissait une source au débit rapide. »
>
> (CHRÉTIEN DE TROYES, *Lancelot ou le Chevalier à la Charrette.*)

Depuis sa chute dans le fleuve, combien de semaines, combien de mois s'étaient-ils écoulés ? Emmanuel n'en savait rien. Étant resté longtemps inconscient, il avait perdu toute notion du temps. Le plus souvent, il délirait. Croyait se trouver en Enfer ou au Paradis. Parfois, quand il surprenait l'Emmurée en train de se débarrasser, à l'aide d'un couteau, des vers qui lui couraient sur la langue, il était persuadé d'être chez Lucifer.

Jusqu'à ce que Guillaume de Tyr lui dise :

— En même temps qu'il la gratifiait de son don de voyance, Dieu l'a punie en lui emplissant la bouche d'asticots.

— Mais pourquoi ?

— Sans doute pour la contraindre à ne pas trop parler, bruissa le vieil arbre. Chacune de ses paroles lui vaut de nouveaux asticots. Ce qui explique qu'elle choisisse ses mots, et ses interlocuteurs, avec soin…

— Maintenant que je suis guéri, je dois retourner au Krak.

— Mais oui, preux chevalier.

Emmanuel regarda le vieil arbre, et crut voir un sourire entre ses branches.

— Vous riez ?

— Je ris, oui. Parce que tu ne fais pas assez confiance à Dieu.

— C'est-à-dire ?

— Si tu es ici plutôt qu'au Krak, c'est pour une bonne raison. Une raison connue de Dieu et de lui seul. Toi, certainement, tu te dis : « C'est une catastrophe. Je n'étais pas au Krak et il a pu leur arriver malheur... »

— Oui. Mais je ne vois pas ce que cela a de risible.

— Ce n'est pas drôle, mais ça me fait sourire. Parce que je sais, moi, que si tu es tombé dans ce fleuve, c'est grâce à Dieu – ou à cause de lui.

— J'y ai poussé mon cheval, car ma mort m'appartient !

Cette fois, il en eut la certitude : le vieil arbre n'était plus qu'un sourire.

Un jour – ou était-ce une nuit ? – Emmanuel décida de partir.

— Il est temps, dit-il à Guillaume et à l'Emmurée.

Celle-ci gémit. L'ancien archevêque de Tyr se contenta d'acquiescer :

— En effet, frère Emmanuel. Il est temps.

— Je ne vous remercierai jamais assez pour tout ce que vous avez fait. Vous m'avez sauvé la vie.

— C'est Dieu qui t'a sauvé la vie, répondit le vieil arbre.

Après avoir revêtu son gambeson de cuir, mais abandonné sa cotte de mailles – trop lourde et surtout complètement rouillée –, Emmanuel alla serrer l'Emmurée dans ses bras et saluer le vieil arbre.

— Adieu, leur dit-il. Peut-être nous reverrons-nous...

Le vieil arbre frémit des racines jusqu'au faîte, et lui expliqua que, de même que tous les arbres étaient un peu en lui, il était un peu dans tous les arbres.

— Alors j'aurai de tes nouvelles, c'est certain... Si tu veux me faire plaisir, respecte-moi. Plante un gland de temps en temps, si tu en as l'occasion. Ne nous coupe pas inutilement, et viens t'asseoir sur nos branches. Je serai content...

— C'est promis.

Il posa la main sur le tronc du vieil arbre, et l'y laissa appuyée, suffisamment longtemps pour que les nœuds du sycomore s'impriment sur sa paume.

Puis, sans un regard en arrière, il se dirigea vers le fleuve al-Assi, dont il remonta le cours – comme Morgennes et ses amis un an auparavant. Il se demanda si le monde tel qu'il l'avait connu existait encore. « Et Châtillon ? Est-il encore en vie ? Et ce jeune Templier qui sonnait du cor ? » Emmanuel s'essuya le front. Il commençait à faire de plus en plus chaud. Sous l'effet de la chaleur, même l'eau paraissait engourdie.

Le chemin qu'il suivait étant plongé dans l'obscurité, il devait garder la main sur le mur de droite et faire attention à ne pas glisser dans l'eau. « Les nymphes ne me sauveront pas deux fois », songea-t-il. Par endroits, le plafond était si bas qu'il devait se courber pour continuer à avancer. Il pensa alors au chef des Assassins, qui avait établi sa forteresse au creux d'une montagne. On racontait qu'il y avait fait forer des souterrains si profonds qu'il était tombé sur le feu originel – celui dont les djinns eux-mêmes étaient issus. On racontait aussi qu'il avait scellé un pacte avec ces forces élémentaires. En échange d'offrandes quotidiennes de sang humain, les djinns avaient creusé la pierre avec leurs propres mains incandescentes, allant jusqu'à Damas. Et même beaucoup plus loin...

Il s'épongea le front une nouvelle fois, et s'arrêta pour écouter. N'avait-il pas entendu comme le souffle d'une forge ? Non. Ce devait être le vent...

Pour se donner du courage, il murmura un *Ave Maria* et poursuivit sa marche. Enfin, après une longue progression avec pour seul guide le clapotis de l'onde, il perçut sur le plafond de son tunnel quelques reflets ambrés, et arriva bientôt en vue d'une béance ouverte dans la roche.

— De la lumière, enfin !

On aurait dit que le soleil avait glissé un œil dans le souterrain pour observer l'étrange créature qui marchait vers lui : un homme à la barbe et à la chevelure ébouriffées.

Se protégeant les yeux de la main, Emmanuel huma la chaude odeur du désert, se demandant s'il parviendrait à rejoindre un jour – au mieux, ses frères hospitaliers au pis les Sarrasins.

Sa curiosité rassasiée, le soleil reprit son ascension et laissa Emmanuel au milieu du néant. Car à l'extérieur du souterrain dont il venait d'émerger, ce n'était que sable, sable et sable, à perte de vue. « Décidément, se dit-il, ce n'est pas de chance. Survivre à une chute impressionnante, passer je ne sais combien de temps à me remettre de mes blessures dans une grotte, avec un arbre et une prophétesse pour toute compagnie, tout ça pour me retrouver seul au milieu de nulle part… »

Cette situation lui rappela la fois où il était parti à la rencontre du convoi transportant la rançon de la Vraie Croix, et où il avait dû s'orienter dans une région qu'il ne connaissait pas. « Quand on n'a pas le choix de sa vie, autant choisir sa mort », s'était-il dit alors.

— Mort pour mort, s'écria-t-il en reprenant à son compte la devise de Morgennes, autant se battre et aller jusqu'au bout !

Curieusement, Emmanuel ne s'était jamais senti aussi fort ni aussi vivant de toute son existence… Il survivrait. Il en avait la conviction. Guillaume de Tyr avait raison : si Dieu l'avait épargné, c'est qu'il y avait une raison.

« Hé toi, dit-il mentalement au soleil. Tu ne pourrais pas m'adresser un signe ? Me donner un petit coup de main ? » Les yeux levés vers le ciel, une main sur le front, Emmanuel guetta un mouvement. Rien. « Où aller ? » Pour se guider, il pensait se fier au soleil, et donc se rendre soit dans sa direction, soit dans la direction opposée. En marchant vers l'ouest, il finirait par atteindre le djebel Ansariya, ses Assassins et – s'il avait de la chance – le Krak des Chevaliers. Tandis qu'à l'est, c'était encore le désert, le désert, puis la Mésopotamie, la Perse et la nuit.

« Allons vers le Krak », se dit Emmanuel.

Après avoir longuement cheminé, dans un sable si fin qu'il s'y enfonçait jusqu'aux mollets, vint un moment où il se retrouva à bout de forces. Il s'assit pour se reposer, prit sa gourde et la porta à sa bouche... Elle était vide. Cette fois, c'était la fin.

« C'est trop bête. » Il se rappela l'époque où il avait accompagné Guillaume de Tyr et Baudouin IV dans le désert du Robat el-Khaliyeh, et où il avait déjà cru mourir. « On n'échappe pas deux fois au désert... »

Il s'allongea, et ferma les yeux. « Je puis au moins mourir en paix. Peut-être. » Il entama alors un énième *Ave Maria*, pour confier son âme à sa Dame. « *Ave, Maria, gratia plena : Dominus tecum; benedicta tu in mulieribus...* » Le bien-être l'envahit, comme une onde de fraîcheur.

« Une onde de fraîcheur ? »

Emmanuel rouvrit les yeux, et s'aperçut qu'il se trouvait effectivement dans l'ombre d'un... Il n'arrivait pas à définir ce que c'était. On aurait dit un homme, mais en beaucoup plus grand. « Un géant ? »

D'un coup, il bondit sur ses jambes et remua les bras en direction de l'ombre.

— Hé ho !

Oui. C'était bien un homme, mais qui ne l'avait pas remarqué – et venait vers lui à toute allure. « Quel démon est-ce là ? » se demanda Emmanuel. « Ai-je eu raison de lui signaler ma présence ? Ou est-ce un ange, descendu de son nuage pour me porter secours ? »

Il continuait d'observer l'étrange individu qui avançait à pas de géant. « Alors ? » se demanda Emmanuel. « Ange ou démon ? » Optant pour un dénouement heureux, il choisit de se porter à la rencontre du mystérieux voyageur, qui grandissait au fur et à mesure qu'il approchait. Et se rendit bientôt compte que chacun de ses pas en valait au moins cent d'un être humain normalement constitué.

« C'est bien un homme. De grande taille, certes, mais un homme quand même. Où court-il ainsi ? »

Il avait à peine terminé de se poser la question que l'inconnu l'enjamba aussi facilement que s'il avait été un brin d'herbe, et poursuivit sa folle course vers l'orient.

— Hé ! Vous ! Messire Vite, par ici !

L'avait-il entendu ? Apparemment pas, car l'étrange individu rétrécissait déjà à l'horizon.

— C'est bien ma chance. Une chance sur des milliers de croiser quelqu'un, et il faut qu'il soit sourd…

Il repartait vers l'ouest, dans la direction de ce qu'il supposait être celle du Krak des Chevaliers, lorsqu'une voix gronda dans son dos :

— Comment m'avez-vous appelé ?

Emmanuel se retourna. Il faisait face à un homme bâti comme une montagne, large d'épaules, grande barbe, et qui le dévisageait d'un air inquisiteur, les bras croisés sur la poitrine.

— Messire Vite, car vous allez à grands pas !

— Si fait. C'est que je suis pressé – quoique fort fatigué.

— Alors, messire est trop aimable de s'arrêter pour deviser.

— Je ne vais pas causer longtemps, je suis déjà fort en retard. Mais dites-moi cependant : que faites-vous en ces parages ?

— Je suis perdu.

— Voulez-vous que je vous dépose quelque part ?

Emmanuel réfléchit rapidement, et tendit le doigt vers le couchant.

— Je vais par là.

— Et moi par là-bas, dit le géant en indiquant le côté opposé.

Emmanuel n'hésita pas un seul instant.

— Alors moi aussi, si ça ne vous dérange pas.

— Que nenni.

Sans un mot de plus, le géant le souleva et le colla sur sa poitrine, où Emmanuel entendit les « boum, boum » du cœur du géant, qui battait tel un tambour militaire.

— Puis-je savoir où vous m'emmenez ?

— En Enfer, répondit Gargano.

36.

> « Gargano. La montagne tenait son nom de lui, ou bien, selon certains livres, c'est lui qui tenait son nom de la montagne. »
>
> (JACQUES DE VORAGINE, *La Légende dorée.*)

En route pour la Tartarie, septembre 1188

Le géant faisait de si grands pas qu'un seul lui suffisait pour franchir une colline, deux un bois, dix une forêt. Autour d'eux, les paysages se réduisaient à des taches de couleur, jaune poussière, sable et or patiné. Malgré le vent qui leur sifflait aux oreilles, Emmanuel et Gargano ne cessaient pas de discuter.

— Nous sommes donc toujours en septembre ? demanda Emmanuel au géant.

— Oui, pourquoi ?

— Parce que c'est le mois de ma chute. Je voulais savoir combien de jours, ou de semaines, s'étaient écoulés depuis, parce que j'ai complètement perdu le fil du temps...

Pourtant, un doute taraudait Emmanuel. « Septembre, septembre... Je ne puis croire que j'aie guéri si rapidement... » Ses blessures, à la cuisse et aux bras, s'étaient depuis longtemps refermées et avaient bien cicatrisé. En outre, ses cheveux avaient beaucoup poussé, et sa barbe lui tombait sur la poitrine.

— Septembre... Mais de quelle année? se risqua-t-il à demander d'une voix tremblante.

— 1188, répondit Gargano.

Un premier bond les emmena au sommet d'un mamelon, un second tout en bas. Emmanuel en avait des haut-le-cœur.

— Alors ça fait un an ! Racontez-moi...

Gargano l'informa de la tragédie qui avait frappé la chrétienté en Terre sainte, et Emmanuel en éprouva une immense culpabilité.

— Votre présence n'y eût rien changé. Considérez plutôt qu'il est heureux que vous soyez encore en vie, pour participer à la reconquête.

— J'ai tout de même un peu de mal à partager votre façon de voir les choses.

Très vite, ils arrivèrent en vue d'un arbre gigantesque, dont la verticalité tranchait avec les plaines qu'ils venaient de traverser.

— Quel drôle d'arbre, fit remarquer Emmanuel qui n'avait eu le temps que d'y jeter un coup d'œil, tant le géant allait vite.

— Oui, c'est l'Arbre Sec, ou l'Arbre Seul... Nous arrivons au bout du monde, et il en marque la frontière.

— La frontière...

— La première des frontières, car la véritable, la voici. Accrochez-vous !

Emmanuel passa les bras autour du cou de Gargano et regarda ce vers quoi le géant courait. C'était une gigantesque muraille, au sommet crénelé de nuages.

— Qu'est-ce donc ?

— La muraille d'Alexandre le Grand.

Ayant pris son élan, le géant bondit par-dessus la porte de Fer, en un saut qui parut durer une éternité. Une fois au milieu des nuages, où des oiseaux effarouchés s'écartèrent en criaillant, Emmanuel demanda à Gargano :

— Nous n'allons pas sous terre ?

— Non, dit Gargano. L'Enfer, c'est de l'autre côté.

— Ah...

— Tenez-vous bien, nous descendons !

Leur chute se fit au milieu de telles rafales de vent qu'ils n'échangèrent pas une parole. Quand Gargano toucha terre, Emmanuel en fut si secoué qu'il se demanda s'il avait bien fait d'accepter l'aide du géant.

— J'ai la cervelle au fond des pieds, dit-il à Gargano pour lui décrire le piteux état où il se trouvait.

— Estimez-vous heureux, la mienne m'est sortie par les fesses, répliqua Gargano.

Et de poursuivre sa route, au beau milieu d'une nuit sans étoiles.

— Et maintenant, l'interrogea Emmanuel, que cherchons-nous ?

— Un oiseau.

Soudain, il y eut un bruit d'os piétinés.

— Qu'est-ce que c'était ?

— Je crois que je viens d'écraser quelques crânes, répondit le géant en regardant sous son pied. Tant pis.

— On dit que ça porte chance.

— C'était du pied droit.

— Oh, vous savez, il ne faut pas croire à toutes ces fadaises...

Ils poursuivirent leur route, au milieu des ténèbres. Sentinelle en faction au sommet d'une tour de guet humaine, Emmanuel s'acquittait de sa tâche avec un professionnalisme rodé par des centaines de nuits passées à guetter depuis le Krak des Chevaliers.

— L'oiseau que vous cherchez, demanda-t-il, à quoi ressemble-t-il ?

— À un faucon pèlerin.

— Oh, je vois. Petit, rapide. De couleur bleu et brun.

— Messire est connaisseur !

— Qu'a-t-il de si particulier ?

— C'est celui de ma filleule, qui est en grand danger.

— Alors dépêchons-nous !

Gargano accéléra encore. Mais la nuit succédait à la nuit, se recopiant elle-même sans souci d'originalité. Depuis combien de temps couraient-ils ? Emmanuel se dit que ça ne devait pas faire plus d'une heure.

— Que vous courez vite ! Quel souffle vous avez !

— Et encore, je tombe de sommeil.

Emmanuel était épaté.

— N'empêche, c'est épatant !

— Ce n'est pas moi, lui apprit Gargano. Ce sont mes bottes. Ce sont elles, et elles seules, qui me permettent d'aller si vite. Et si je me dépêche, c'est que j'ai déjà perdu beaucoup de temps à rechercher leur propriétaire pour lui demander de me les prêter.

— Il a accepté facilement ?

— Elle. C'était pour sauver sa fille.

— Ah, fit encore une fois Emmanuel. Ce doit être une jeune femme bien extraordinaire, pour avoir une telle mère, et un tel sauveur.

— De tels sauveurs ! fit Gargano. Car maintenant nous sommes deux !

« Décidément, songea Emmanuel. Tout cela est bien étrange. Mais après tout, pas plus étrange que mon séjour à l'oasis des Moniales… »

— Et comment s'appelle votre filleule ?

— Cassiopée.

— Joli prénom !

— Jolie personne.

— Est-elle mariée ?

— Pas encore.

— Dépêchons-nous ! Plus vite ! Plus vite !

Gargano sourit, et continua sa foulée, rapide et régulière. Il ne voulait pas s'épuiser sur le premier millier d'arpents, car il ignorait tout de la superficie des Enfers – encore appelés Ténébroc ou pays des Tartares. Surtout, il savait qu'il lui faudrait probablement courir en cercles concentriques, pour avoir une chance de retrouver Cassiopée – si l'oiselle ne se manifestait pas d'ici là.

— Gargano ! Regardez !

Sortant une main de l'étroit cocon formé par les bras du géant, Emmanuel lui indiqua un rougeoiement à l'horizon.

— Un incendie !

— Non pas, dit le géant. C'est l'aurore...

C'était effectivement l'aurore, qui grandissait à toute allure – comme si le soleil était pressé de rattraper le temps passé à éclairer l'autre versant de la Terre.

— Ne laissons pas la lumière les atteindre, ça la tuerait.

— Grands dieux ! Votre Cassiopée serait-elle une vampire, pour craindre ainsi l'astre solaire ?

— Que nenni. Simplement, elle s'y trouverait exposée de telle manière qu'elle y perdrait la vie. Scrutez donc le ciel, à la recherche d'une tache gris-bleu mâtiné de brun...

— Comme celle-ci ?

Emmanuel tendit le doigt vers un point tournoyant dans le ciel bleuissant.

— Galline, enfin !

Gargano bondit dans sa direction, et dit à Emmanuel :

— Regardez à la verticale de l'oiselle, vous qui avez de si bons yeux !

Emmanuel se redressa dans le nid-de-pie formé par les bras du géant, et scruta l'horizon, là où l'aube chassait l'ombre. Suivant des yeux le long rai de lumière qui balayait la steppe grisâtre, il aperçut soudain un minuscule scintillement.

— Là-bas !

Gargano obliqua dans la direction qu'il lui indiquait, et nos compères se retrouvèrent rapidement à quelques pieds seulement des trois têtes posées à terre : celles de Simon, de Cassiopée et de Rufinus – qui glapit :

— Enfiiin !

37.

« Et ma sœur, je la surpris enveloppée dans le châtiment divin ; elle avait séjourné dans la part obscure de la nuit. »

(Sohrawardi, *L'Exil occidental.*)

Emmanuel et Gargano creusèrent la terre autour de Cassiopée et Simon, en prenant soin de les dégager aussi délicatement que possible de la tombe où les Tartares les avaient enfouis. Par moments, les deux jeunes gens ouvraient les yeux, jetant des regards vides sur leurs sauveurs. Ils semblaient plus morts que vifs, et il fallut à Emmanuel tout le secours de ses talents d'Hospitalier pour ressusciter les parties de leur corps qui avaient commencé de mourir. Massant une jambe ou un bras, obligeant un genou à plier, une main à fermer les doigts, Emmanuel se concentra sur les deux malheureux voyageurs des Enfers que les Tartares avaient voulu faire périr à petit feu – quand Simon avait voulu les incendier.

— Ce jeune hooomme a totalement perdu la têêête, leur expliqua Rufinus. Il a tenté de ficheeer le feu à leur caaamp, et y est en partie arrivééé…

— Pour quelle raison ? demanda Emmanuel.

— Il était persuadé d'être tooombé sur des démooons, parce que la laaame de l'épée de Cassiooopée émettait une luuueur bleue.

— Sa lame luisait ?

Emmanuel prit alors la peine de considérer le fourreau et l'épée que Gargano avait retirés du trou où Cassiopée avait été jetée, et reconnut aussitôt Crucifère.

— Mais c'est l'épée de Morgennes !

— Et maintenant celle de sa fille, ajouta Gargano en montrant Cassiopée.

— Morgennes avait une fille ? s'étonna Emmanuel, en regardant le visage meurtri de la jeune femme, marqué par une trop longue exposition au soleil.

— Vous connaissiez Morgennes ?

— Je le connais autant qu'il me connaît, et nul ne me connaît mieux que lui ! J'ai même été son écuyer...

— C'était également mon ami.

— Le mien aussiii ! ajouta Rufinus en reniflant bruyamment.

— Mais, par la Vierge Marie, pourquoi parlez-vous de lui au passé ? leur demanda Emmanuel, soudain parcouru de tremblements à l'idée qu'il ait pu arriver malheur à celui qu'il avait toujours considéré comme un père de substitution.

Gargano allait lui répondre lorsqu'un râle retentit du côté des rescapés : Cassiopée gémissait pour attirer leur attention.

— Ma filleule ! Elle cherche à nous dire quelque chose, dit Gargano en se précipitant pour lui relever la tête.

Emmanuel colla son oreille contre la bouche de la jeune fille, qui murmura :

— Crucifère...

— Elle est là, répondit Gargano. Entre les mains du beau doux sire Emmanuel.

Cassiopée regarda Emmanuel à travers ses paupières entrouvertes, et l'observa aussi attentivement que possible. À cause de sa fatigue et de l'obscurité, elle crut voir Morgennes, l'épée à la main.

— Papa, souffla-t-elle.

— Elle délire, dit Gargano. Il faut se hâter de l'emmener auprès d'un médecin.

Soudain, Emmanuel s'exclama :

— Une tempête de poussière ! Elle vient vers nous...

— Il faut partir d'ici !

— Mais comment faire ? s'inquiéta Rufinus. Les Tartares nous ont pris nos montures.

Pour toute réponse, Gargano se contenta d'un sourire. En un bond formidable, le géant gagna le refuge des airs, Simon sous un bras, Cassiopée sous l'autre, Emmanuel accroché à son dos et Rufinus dans sa besace. Il courait moins vite qu'à l'aller, de façon à ne pas distancer l'oiselle, qui suivait à tire-d'aile.

— Où allons-nous ? s'enquit Emmanuel.

— À Damas.

— Mais c'est chez Saladin !

— Oui, mais il a les meilleurs médecins du monde.

Confiant dans le destin, certain de s'être trouvé d'excellents compagnons, Emmanuel renonça à discuter. Il eut un haussement de sourcils amusé, et – curieux – jeta un coup d'œil derrière lui. La tempête avait enfin atteint les tombes de Simon et Cassiopée. Des éclairs de sabres et des chevaux hennissants se dessinaient dans les trombes de poussière. Les Tartares étaient fous de colère. L'un d'eux, un tout jeune homme, pointa son glaive en direction de la porte de Fer, et jura de se venger.

38.

« Il faut laisser les morts dormir avec les morts
Dans ce monde d'iniquité, ne sois pas la proie de la peine
Avec l'ami aux douces lèvres et à la stature de fée
Livre ton cœur et bois ton vin, ne jette pas ta vie au vent… »

(Omar Khayyâm, *Les Quatrains Rubbâ'yât.*)

Guyane de Saint-Pierre n'en croyait pas ses yeux.

Cassiopée était là, vivante ! Caressant le front de sa fille, l'embrassant tendrement, elle lui prodigua toute la tendresse qu'elle avait omis de lui donner pendant presque vingt ans.

« Merci mon Dieu ! Je savais bien que Nâyif ibn Adid se trompait ! » se disait-elle en repensant à la cloche de bronze que le cheik des Muhalliq lui avait montrée. « Pourquoi ai-je attendu d'être à Damas pour embrasser ma fille ? »

Elle se rappela la naissance de Cassiopée, au Caire, le 23 décembre de l'an de grâce 1169. Puis leur arrivée en France, où Chrétien de Troyes et le père Poucet (Dieu ait leur âme !) les avait recueillies – avant de les faire entrer à Saint-Pierre de Beauvais, déguisées en moines. Pas question, donc, de témoigner un quelconque amour à la jeune personne qui la suivait partout. Ce qui ne les avait pas empêchées d'y être heureuses.

C'était d'ailleurs pour rendre hommage à cette abbaye que Guyane avait choisi de prendre comme nom de famille Saint-Pierre ; car de famille, hormis sa fille, elle n'en avait pas... Sa mère – Aliénor d'Aquitaine – considérait qu'elle n'existait pas ; et son père – Chirkouh le Volontaire – était mort depuis longtemps. Tué par Morgennes. Certes, il y avait bien ce dernier – avec qui elle s'était mariée. Mais elle ne l'avait pas revu depuis presque vingt ans...

— Cassiopée, murmura-t-elle. Guéris, je t'en supplie...

Grâce aux soins du bon docteur Ibn al-Waqqar, l'ancien médecin de Nur al-Din et maintenant celui de Saladin (quand il séjournait à Damas), Cassiopée se rétablissait doucement. Mais il lui faudrait des mois pour récupérer de l'épreuve qu'elle avait subie en Tartarie, par la faute de Simon.

— C'était à cause de l'épée...

— Comment ? demanda Guyane de Saint-Pierre. Que dis-tu ?

— Crucifère..., articula Cassiopée.

Guyane regarda l'épée, toujours glissée dans son fourreau, auprès du lit où sa fille reposait. Crucifère ! C'était donc la fameuse épée que Morgennes avait momentanément renoncé à chercher parce que Amaury Ier de Jérusalem lui avait ordonné de se mettre en quête de la « femme qui n'existait pas » – c'est-à-dire d'elle-même.

Curieuse, Guyane se leva du fauteuil qu'elle n'avait pratiquement pas quitté depuis que Gargano avait ramené Cassiopée, et se dirigea vers l'épée.

— Te voici donc...

Telle une femme à qui l'on aurait présenté la maîtresse de son mari, elle considéra l'épée d'un air grave, sans oser la toucher. « Cette croix... » Avisant la croix de bronze sertie dans la poignée de l'épée, elle reconnut la croix que Morgennes portait toujours sur lui. « La croix de son père. »

— Papa..., soupira Cassiopée. Morgennes !

Guyane de Saint-Pierre se tourna vers sa fille, les yeux baignés de larmes. « Pardon, ma petite, ma chérie. Pardon de t'avoir caché pendant toutes ces années son existence. » Réfrénant un soupçon de colère – la colère qui l'avait saisie en apprenant que Morgennes avait empoisonné son propre père, Chirkouh le Volontaire –, Guyane s'approcha de l'épée et la tira du fourreau. Dans la lumière du jour, qui entrait par les grandes fenêtres ceintes de rideaux blancs du bimaristan, Guyane voyait la lame briller d'une lueur métallique, argentée.

Après avoir examiné sa rivale quasi dédaigneusement, elle la remit au fourreau et revint auprès de sa fille. « Qui aurait dit que tu deviendrais une guerrière ? »

— Ton père, probablement, soupira-t-elle en se rappelant combien Morgennes avait rêvé d'être adoubé chevalier.

— Maman ?

Cassiopée ouvrit un œil, et regarda sa mère, qui lui tenait la main.

— C'est bien toi ?

— Je suis là, ma chérie.

Guyane se pencha sur sa fille et la serra dans ses bras.

— Je suis heureuse de t'avoir retrouvée, murmura Cassiopée

— Moi aussi.

La mère et la fille s'étreignirent un long moment, au bout duquel Cassiopée demanda :

— Tu vas rentrer au couvent ?

— Non, répondit Guyane. Plus maintenant...

Elles se séparèrent, et Cassiopée – qui avait repris des couleurs – se redressa dans son lit, regardant autour d'elle.

— Où suis-je ?

— À Damas. C'est Gargano qui vous a ramenés, Simon, Rufinus et toi, avec l'aide d'un jeune chevalier prénommé Emmanuel.

— Emmanuel ? Qui est-ce ?

— Un ami de ton père.

— Ce n'est donc plus vraiment un jeune homme ?

— Si. Car si j'ai bien compris ce qu'il m'a raconté, il n'était encore qu'un enfant quand ton père l'a pris à son service. Il a été son écuyer.

— Alors ce doit être quelqu'un de bien.

— Je le crois, oui.

Soudain prise d'un violent mal de tête, Cassiopée se massa le front, et dit :

— Et papa ? Tu l'as...

— Hélas, non, je ne l'ai pas retrouvé – si c'est là ta question. Mais d'une certaine façon, tu sais, ton père ne nous a pas quittées. Il est là, dit-elle en posant la main sur le cœur de sa fille, et là aussi, ajouta-t-elle en se touchant le cœur.

— J'aurais tellement aimé mieux le connaître.

— Je sais. Mais c'est encore possible. Il existe une bibliothèque, en France, où Chrétien de Troyes a caché un important manuscrit. Il y raconte sa rencontre avec ton père et les voyages qu'ils firent ensemble.

— Où est ce manuscrit ?

— À Saint-Pierre de Beauvais. Dans la bibliothèque de l'abbaye, il existe un passage secret menant à une seconde bibliothèque, où sont précieusement gardés toutes sortes de manuscrits enluminés. L'un d'eux n'est autre que celui de *Morgennes*, sur lequel Chrétien a travaillé bien des années, sans pouvoir l'achever. Ce livre raconte l'histoire de ton père, de sa naissance à son adoubement... Va à Saint-Pierre, trouve-le, et si tu veux connaître ton père, plonge-toi dans cet ouvrage.

Cassiopée serra la main de sa mère et promit :

— Je le récupérerai. Foi jurée !

Guyane eut un immense sourire.

— Ma chérie, j'ai un aveu à te faire...

Cassiopée regarda sa mère et attendit qu'elle lui parle. Mais Guyane ne savait comment aborder le sujet, alors Cassiopée lui dit :

— Tu as rencontré quelqu'un, dont tu es amoureuse. Cela se lit sur ton visage.

Guyane eut un nouveau sourire, et murmura un « merci » du bout des lèvres. À presque quarante ans, elle avait acquis une manière de beauté que bien des filles du tiers de son âge enviaient. Une sorte d'assurance, une façon d'être au monde qui lui permettait sans fausse honte de profiter des plaisirs de la vie.

— Je suis heureuse comme jamais…

Elle n'acheva pas sa phrase, parce qu'elle n'avait pas très envie d'avouer à sa fille que l'homme qu'elle avait rencontré la comblait plus que son père.

— Merci, maman.

— Pourquoi me remercies-tu ?

— Parce qu'une mère heureuse est le plus beau cadeau dont puisse rêver un enfant. Avec un père heureux…

— Je n'entre plus au couvent, foin de Dieu ! Je pars en Inde, retrouver mon ami.

— En Inde ? C'est un Indien ?

— Non. C'est un Français, qui s'appelle Philippe. Mais il connaît bien les trois Indes – et leurs langues. Il a jadis été le médecin et l'ambassadeur extraordinaire de Sa Sainteté Alexandre III, qui l'avait envoyé rencontrer… Ma chérie, peux-tu garder un secret ?

— Les Arabes ne disent-ils pas : « Mieux vaut embrasser un serpent que confier un secret à une femme » ?

— Ils le disent, oui. Mais tu es ma fille, et c'est à elle que je m'adresse. Tu sais que je suis partie l'année dernière en toute hâte pour la Terre sainte parce que j'avais envie de te revoir…

— Oui, je l'ai lu dans ta lettre.

— En fait, ce n'était pas l'unique raison.

Guyane se mordilla la lèvre, comme si ce qu'elle avait à lui apprendre allait beaucoup lui coûter. Pourtant, sa décision était prise. Elle en parlerait à sa fille, et tant pis si elle ne la croyait pas. Quittant une nouvelle fois sa chaise, elle marcha vers la table où elle avait posé un petit paquet, enveloppé dans de la toile. Le défaisant, elle en montra le contenu à sa fille.

— Un tableau ! s'exclama Cassiopée.

— Une icône, peinte il y a plus d'un demi-siècle par un ami de ton grand-père, le propre père de Morgennes… C'est sa contemplation qui m'a donné le goût de la peinture. C'est grâce à elle, en quelque sorte, que je pratique l'enluminure. Regarde.

Cassiopée examina la peinture et vit un jeune homme au regard pétillant de malice et au corps tatoué.

— C'est lui, mon grand-père ?

— Non. L'individu que tu vois là s'appelle Azyme. C'était un copte que j'ai bien connu, un grand ami de ton père et moi. Dans sa jeunesse, il avait accueilli chez lui le père de Morgennes, qui voyageait en compagnie d'un certain moine, prénommé Pixel.

— Pixel… J'ai déjà entendu ce nom, dit Cassiopee en s'efforçant d'assimiler les informations que sa mère lui livrait. N'était-ce pas un armier ? Un homme capable de parler aux morts ?

— Oui. Mais c'était surtout un peintre de très grand talent. Il est mort assassiné il y a une quarantaine d'années, par des tueurs qui l'ont forcé à boire ses pots de peinture…

— Quelle horreur !

— Ce tableau est presque tout ce qui me reste de ton père. C'est Azyme qui me l'a offert, parce que…

Guyane parut bouleversée et sur le point de fondre en larmes. Se ressaisissant, elle dit :

— J'ai tant de choses à te dire, ma douce et bien-aimée fille, que je ne sais par où commencer. Je te demande de m'excuser. Cette icône a changé, mystérieusement. Azyme m'avait offert une peinture le représentant en compagnie de ton grand-père – le père de Morgennes. Or ton grand-père a disparu. Je sais que ça va te paraître incroyable, mais cette icône – qui était tout ce qui me reliait à Morgennes – s'est modifiée l'année dernière. À peu près au moment où ton père mourait. À cette époque, évidemment, je n'avais aucune raison de repenser à lui. Cela faisait tellement d'années que nous étions séparés. Mais quand je me suis aperçue que ton grand-père s'était effacé de cette icône, j'ai su qu'un drame était arrivé.

Cassiopée pâlit brusquement, déclarant :

— C'est incroyable ! Sur un tableau peint par un artiste musulman, prénommé…

— Hassan Basras.

— Tu le connais donc ?

— Bien sûr. Je suis allée le voir, chez les Muhalliq. Comme c'est un très fin connaisseur des arts, j'avais pensé qu'il pourrait me renseigner sur les techniques employées par Pixel pour peindre cette icône. Et ce fut, en effet, une rencontre des plus fructueuses. Il m'a dit employer les mêmes pigments que ceux dont s'étaient servis certains peintres de l'Antiquité. Pigments, m'expliqua-t-il, ayant la propriété de donner vie à ceux qu'ils représentaient… Je sais qu'il travaillait au portrait de Nâyif ibn Adid. J'espère qu'il l'a terminé.

— Maman, il est mort.

— Mort ? Mais comment ?

— Les Assassins l'ont tué.

Cassiopée lui raconta ce qu'elle avait vu dans le désert de Chamiyé, et ce que lui avait expliqué Nâyif ibn Adid – pour qui la terrifiante tempête de feu qui s'était abattue sur sa tribu ne pouvait être que l'œuvre de Sohrawardi, Maître des Djinns et redoutable nécromant au service du Vieux de la Montagne…

Les deux femmes se regardèrent un moment sans parler, puis Guyane de Saint-Pierre déclara :

— Écoute-moi, Cassiopée. Tu dois penser à toi. Et laisser les morts dormir avec les morts. Tu devrais repartir en France, récupérer le manuscrit de Chrétien de Troyes et te marier…

— Maman, l'interrompit Cassiopée, il n'est pas encore temps. Je suis d'accord avec toi. J'ai eu tort d'entraîner Simon dans ma folle quête des Enfers – en Tartarie ou Dieu sait où. Car le seul Enfer que j'y aie trouvé, c'est celui que j'ai créé. Surtout, quoi qu'il arrive, c'est une quête que je dois accomplir seule… Même si, en t'écoutant, j'en arrive à me dire que papa vivra toujours, pourvu que je parvienne à le coucher – non pas en terre, mais dans mon œuvre.

Guyane de Saint-Pierre lui caressa la joue.

— Si un jour tu vas en Inde, viens me voir. Je réside au palais du prêtre Jean.

— Le prêtre Jean ? N'est-ce pas à lui qu'obéissent les Tartares ?

— Pour le moment, mais ils sont fiers et farouchement indépendants. Or quand celui dont je partage désormais la vie a appris quel était l'objet de ma quête, il leur a demandé une carte des Enfers. Au lieu de la lui offrir respectueusement, ils ont cherché à la lui vendre... Philippe craint que ce ne soit un premier signe de rébellion contre son autorité. On peut tenir les gens par des fictions, jusqu'à ce qu'une crise éclate...

— Des fictions ? De quoi parles-tu ?

Guyane eut un sourire énigmatique, et avoua :

— Après avoir en vain parcouru l'*India Maior, Minor et Media* à la recherche du prêtre Jean, Philippe a compris que ce n'était qu'une légende. Qui l'a forgée ? Quand ? Pour quelles raisons ? Le temps nous l'apprendra peut-être, mais pour l'instant nous n'en savons rien. Ce que je peux te dire, cependant, c'est comment Philippe a repris cette légende à son compte. Avec ses draconoctes – ces soldats d'élite chargés de chasser les dragons –, il s'est forgé un royaume en Inde, où il a pris le titre de « prêtre Jean ». Personne, jusqu'à présent, n'est venu le lui contester. C'est sous ce nom qu'il règne désormais sur les trois Indes et les royaumes alentour, dont la Tartarie. Et c'est cet homme que j'ai rencontré en vous cherchant, ton père et toi...

— Je l'avais deviné, quand j'ai croisé Gargano, au pied de l'Arbre Sec.

— Grâce aux bottes que Poucet m'a léguées, j'ai parcouru des milliers de lieues avant d'arriver à cet arbre. Et c'est là, dans ses branches, que j'ai découvert une carte. L'âge et les intempéries l'avaient fort endommagée, mais j'ai décidé de la suivre et d'aller là où elle me disait d'aller.

— C'est-à-dire ?

— Dans le royaume du prêtre Jean !

— Mais je croyais qu'il n'existait pas ?

— À mon arrivée, il existait. Philippe l'avait fondé.

Cassiopée trouvait formidable la façon dont les légendes prenaient vie, presque indépendamment des volontés humaines. Comme si les idées s'imposaient aux hommes, quoi qu'ils fassent pour leur échapper. Ce n'était ni une question de folie ni une affaire de raison. Certaines idées devaient naître. L'humanité leur servait de réceptacle. Voilà tout.

39.

> « Il est bien fou, celui qui désire sa propre mort comme tu le fais, par inconscience ! »
>
> (CHRÉTIEN DE TROYES, *Lancelot ou le Chevalier à la Charrette.*)

Après le temps des légendes vint celui du sommeil, et Guyane laissa sa fille se reposer. Elle ferma doucement la porte de la chambre et regagna le jardin du bimaristan. Là, Gargano et un Emmanuel peigné et rasé de frais devisaient tranquillement, en sirotant une tasse de café sur la margelle d'une fontaine où gazouillaient des oiseaux.

— Quel magnifique jardin ! fit observer Guyane. On se croirait au Paradis…

— Seulement depuis que vous y êtes, dit Emmanuel en galant homme.

Elle lui fit un sourire, appréciant le compliment.

Cette scène lui en rappelait une autre, qui s'était déroulée presque vingt auparavant, au Caire. Un chevalier avait surgi au sein du Coffre où elle vivait enfermée, et l'avait enlevée. Ce chevalier, c'était Morgennes. « D'ailleurs », se dit-elle, « il n'y a pas de hasard. Ce n'est pas pour rien que Morgennes a proposé à ce jeune homme de devenir son écuyer. »

— Emmanuel, s'enquit Guyane, votre cœur est-il pris ?

— Oui, madame, répondit Emmanuel.

— Oh, fit Guyane, dépitée. Puis-je savoir le nom de celle qui a l'honneur de vous avoir pour chevalier servant ?

— Marie, sainte patronne de l'ordre des Hospitaliers, répondit Emmanuel.

« Alors tout n'est pas perdu, pensa Guyane. Si j'ai renoncé à Dieu pour Philippe, pourquoi Emmanuel ne renoncerait-il pas à la Vierge pour Cassiopée ? »

C'est alors que Simon fit son apparition. Il était d'humeur si maussade qu'autour de lui l'air même paraissait s'assombrir. Son affliction rejaillissait sur le jardin, où les oiseaux s'arrêtèrent de chanter.

— Comment vous portez-vous ? lui demanda Gargano, les yeux rouges de fatigue.

Simon lui jeta un regard débordant de haine, et répliqua :

— Je sauverai Morgennes, dussé-je y perdre la vie.

— Personne ne vous le demande, lui dit Guyane.

— Je sauverai Morgennes, s'obstina Simon. Personne ici ne semble s'en soucier. Moi si.

— Le sauver ? Mais de quoi, de qui ? s'inquiéta Emmanuel, à qui nul n'avait encore annoncé la terrible nouvelle. Quelqu'un va-t-il enfin me dire ce qui lui est arrivé ?

Gargano et Guyane de Saint-Pierre se tournèrent vers lui, se demandant comment lui révéler la chose de la plus douce manière qui soit, mais Simon déclara brusquement :

— Il se trouve en Enfer !

— Je suis désolé, dit Gargano. J'allais te le dire, mais…

Emmanuel hocha la tête tristement, tentant de réprimer un frisson. Un grand froid l'envahissait. Pour la seconde fois de sa vie, un être cher l'abandonnait, le laissant seul au monde.

— Eh bien, fit-il en inspirant à grands poumons, il ne reste plus qu'à prier.

— Prier ! s'offusqua Simon. C'est bon pour les couards. Il faut se battre, l'épée à la main, et aller le chercher.

Emmanuel leva des yeux rougis par la tristesse, et répliqua :

— Personne ne connaît mieux Morgennes que moi. Je l'ai longtemps servi, comme écuyer. Et je crois pouvoir dire, beau doux frère chevalier, que vos méthodes ne sont pas les siennes. Je doute qu'il les approuverait.

— Peu m'importe qu'il les approuve ou non. Ce qui compte, c'est de le sauver.

— Et qu'en pense Cassiopée ?

— Je crois qu'elle y a renoncé.

— Comment pouvez-vous dire une chose pareille ? intervint Guyane de Saint-Pierre. Elle a bravé les feux du Vésuve, affronté ceux du dôme du Rocher, traversé le désert de Chamiyé et parcouru la Tartarie – où *vous* avez perdu l'esprit, conclut-elle en pointant un doigt accusateur vers Simon.

— Je l'ai accompagnée dans chacun de ces endroits. Si je n'avais pas été là pour la sauver du Vésuve, elle n'aurait même pas atteint Tyr. Je suis le seul à avoir cru en elle...

Il fit une pause, afin de contenir sa colère.

— Nul n'est plus digne d'elle et de Morgennes que moi, ajouta-t-il à l'intention d'Emmanuel, les poings tremblants comme s'il se retenait de le frapper.

— Allons, calmez-vous, lui dit Guyane de Saint-Pierre.

— Du calme ! C'est aussi ce que m'a dit Cassiopée, face aux démons de Tartarie.

— Mais de quels démons parlez-vous ?

— De ceux que Crucifère a dénoncés. Cassiopée n'a pas voulu tenir compte de son éclat, alors que l'épée brillait comme jamais.

— Et si c'était toi, le démon ? demanda Emmanuel.

Les yeux de Simon semblèrent jeter des éclairs, et le jeune homme déclara :

— Alors je me tuerais !

— Les commandements de ton Dieu l'interdisent.

— Parfait. Comme ça j'irais tout droit en Enfer, et je sauverais Morgennes !

L'échange entre les deux jeunes gens avait été vif, chargé d'électricité. Soudain, s'agenouillant aux pieds de Guyane, Simon lui prit les mains et jura :

— Sur mon honneur et ma foi, je jure devant vous, noble et belle dame, que je sauverai Morgennes, dussé-je y perdre mon âme !

— Relevez-vous, vous me faites peur, répondit Guyane.

Simon se releva, dans un silence que Gargano troubla en citant son vieil ami Chrétien de Troyes : « Il est bien fou, celui qui désire sa propre mort comme tu le fais, par inconscience ! »

— Ma mort n'est rien à côté de la damnation éternelle à laquelle vous condamnez Morgennes, déclara Simon sans regarder le géant.

Reculant d'un pas afin de les avoir tous les trois dans son champ de vision, il ajouta :

— Et si vous dites l'aimer, vous mentez.

Sur ce, il regagna sa chambre.

— Il est devenu complètement fou, dit Guyane de Saint-Pierre.

— Devenu ? s'interrogea Emmanuel, qui commençait à se demander s'il n'avait pas déjà vu ce Simon quelque part.

40.

> « Ils savent beaucoup d'enchantements et d'arts diaboliques, et passent leur temps à invoquer les démons. »
>
> (MARCO POLO, *Le Devisement du monde.*)

À cheval sur Extase mystique, Saladin paradait au milieu de la foule.

Celle-ci s'efforçait d'approcher son sultan, dans l'espoir de toucher son caftan ou – faute de mieux – son destrier. Mais les mamelouks veillaient, formant entre la foule et Saladin un mur de lances et de cimeterres, n'hésitant pas à la repousser violemment. Car à Damas, si près du djebel Ansariya où les Assassins avaient leur fief, il fallait se méfier plus qu'ailleurs.

Ici plus qu'au Caire, la foule avait davantage de raisons d'approcher Saladin. Soit parce qu'elle l'adorait (ayant détesté son prédécesseur, Nur al-Din), soit parce qu'elle le détestait (ayant adoré son prédécesseur, Nur al-Din), soit parce qu'elle le détestait comme elle avait détesté Nur al-Din – ce qui était justement le cas des Assassins. Tenir la foule à l'écart de ceux qu'elle adulait ou haïssait n'était pas tâche facile. Parfois, un adorateur un peu trop excité recevait un coup de lance pour avoir voulu caresser le caftan du sultan. « Loué soit Allah, disaient alors ses amis. Il ne faut pas le plaindre ! Il est au Paradis maintenant. Allah est grand ! »

Mourir pour cela, c'était presque aussi bien que mourir pour avoir esayé de baiser la Kaaba, lors du pèlerinage à La Mecque.

Mais Saladin n'avait aucune envie qu'on meure pour lui. Mourir pour l'islam ou pour Jérusalem – d'accord; mais mourir pour avoir voulu effleurer sa tunique... « Quelle imbécillité ! »

En ce 27 de rajab 566, premier anniversaire de la reconquête de Jérusalem, le sultan était en proie à toutes sortes d'émotions positives et négatives. Oui, négatives. Car qui sait combien cette foule comptait d'adeptes de Rachideddin Sinan, le Vieux de la Montagne ?

Scrutant la multitude venue le saluer, Saladin s'interrogeait : « Et celui-là, avec ses cris enthousiastes ? Ne va-t-il pas sortir un kandjar de sous sa chemise et me sauter dessus ? Et cet autre, qui sourit benoîtement, qui peut m'assurer qu'il ne s'agit pas d'un conspirateur ? »

Mais une fois encore, Saladin choisit de s'en remettre à Allah, seul maître de nos destinées. Il repensa à ce que lui avait dit autrefois Sohrawardi, quand ils étudiaient le Coran en compagnie de Nur al-Din : « Souviens-toi que tout ce qui t'arrive ne pouvait être évité et que ce qui ne t'arrive pas ne pouvait pas t'arriver... » Saladin soupira puis sourit. « En ce cas, à quoi bon mes mamelouks ? »

Regardant les soldats qui composaient sa garde rapprochée, il eut une pensée pour ces esclaves, achetés enfants sur les marchés de la basse Volga. Dans leur tunique jaune safran, on aurait dit des épis de blé entourant un corbeau.

Au côté du sultan chevauchait Shams al-Dawla Turansha, l'atabeg de Damas. Il venait enfin de clore la longue et difficile enquête dont l'avait chargé Saladin. Il s'agissait d'explorer les mille et un souterrains qui gangrenaient les sous-sols du marché de Damas, afin d'en extirper les Assassins. Malheureusement, comme les taupes, ceux-ci ne s'en étaient pas laissé facilement débusquer; et les galeries qu'ils avaient creusées ne s'étendaient pas seulement sous la place du marché.

— … Mais sous toute la ville, et même au-delà, Excellence, ahana le gros atabeg au front luisant de sueur.

— Raison de plus pour les en chasser, rétorqua Saladin.

— C'est que, Sérénissime, ces souterrains s'étalent sur plusieurs niveaux.

— Envoies-y d'autres hommes.

— C'est fait, Grandeur de l'Islam.

— T'ont-ils fait leur rapport ?

— Pas encore, ô Pilier de la Religion.

— Arrête avec ces salamalecs. Et explique-moi pourquoi tes soldats ne t'ont pas encore fait de rapport.

— C'est qu'ils ne sont jamais revenus, ô Saladin.

— Tu m'as pourtant dit que l'enquête était close.

— Elle l'est, autant que ces souterrains.

— C'est-à-dire ?

— Je les ai fait boucher. Des équipes de sapeurs les ont fait s'effondrer. Les Assassins ne pourront plus jamais les utiliser pour surgir à leur guise en tel ou tel point de la grande, silencieuse et blanche Damas.

« En fait, se disait Saladin, cet incapable a surtout trouvé le moyen de se débarrasser du problème. »

Sur la place du marché, où le drame avait eu lieu un an plus tôt, la vie avait repris. De l'esclave rossé à coups de bâton à la houri dansant au son des tambourins, des riches épouses venues faire leurs courses aux mendiants et aux ânes, tout ce qui faisait d'un marché un marché se trouvait réuni ici. Oranges, citrons, aubergines et artichauts côtoyaient un bruyant méli-mélo de moutons et de chèvres, amenés là pour y être égorgés. À ceux qui n'avaient pas de couteau, un armurier en proposait de superbes, forgés par son voisin forgeron, mais fort chers – ou d'autres moins onéreux, mais de moins bonne qualité, abandonnés à Hattin par les Franjis.

Immobile au milieu de la foule, un homme de grande taille, mince et au nez fort busqué, braquait sur Saladin son regard d'acier. Malgré ses cheveux gris, il n'avait rien perdu de sa superbe. C'était le docteur Ibn al-Waqqar.

Saladin sauta de cheval et se dirigea vers le docteur, qu'il serra contre lui.

— Le salut soit sur toi, lui dit-il.

— Sur toi le salut, mon sultan, répondit al-Waqqar. Es-tu content de ta tournée ?

— Oui et non, fit Saladin avec un geste évasif. Mais maintenant que tu es là, ça va mieux. Et toi ? Es-tu content de ton nouveau bimaristan ?

— Plus que content, j'en suis ravi – et honoré. Car il m'a permis de guérir des centaines de braves. Ainsi, récemment, ta nièce…

— Cassiopée.

— Oui. Elle se rétablit doucement, grâce à mes soins.

— Tu veux dire, grâce à Allah ? rectifia Saladin.

— Grâce aux nombreux talents dont Allah m'a pourvu, répondit le médecin avec un sourire.

Saladin lui rendit son sourire, et remercia une vieille dame venue lui offrir une orange.

— Eh bien, eh bien, fit-il en commençant d'éplucher son orange, allons voir cette merveille de bimaristan qui m'a coûté aussi cher qu'une compagnie de mamelouks…

— Mais qui t'épargnera d'avoir à la racheter !

Nouveau sourire de Saladin, qui se mit dans la bouche un quartier d'orange.

— J'ai pris une décision, dit Saladin en mâchant.

— Laquelle ?

— Comme tu le sais, j'ai dû renoncer à m'emparer de Tyr. Ces chiens galeux de Franjis s'attendent sans doute à me voir annoncer quelques mesures punitives. Mais je vais faire tout le contraire. Ils m'en remercieront, me loueront dans leurs chants et récits, quand cette action – loin de les servir – leur nuira plus qu'une offensive militaire.

— Quelle action ?

— Je vais – entre autres prisonniers – libérer le maître des Templiers, que je tiens en mes geôles depuis la reconquête de Jérusalem. Conrad de Montferrat est un redoutable adversaire, trop rusé à mon goût. Je vais donc renforcer les pouvoirs de son principal concurrent, l'ancien roi de Jérusalem Guy de Lusignan, en lui rendant son plus fidèle allié…

— Gérard de Ridefort ?

— Quoi de mieux qu'un Templier pour semer la zizanie dans le camp de ces chiens d'Infidèles ?

Saladin eut un nouveau sourire, et prit encore un quartier d'orange. C'est alors que sa main toucha quelque chose de visqueux. L'orange grouillait d'asticots ! L'ayant lâchée, l'orange explosa par terre, où des larves se mirent à ramper. Parmi les morceaux d'orange avariée, un bout de papier apparut. Ibn al-Waqqar se pencha pour le ramasser, retira les asticots qui couraient dessus, et le tendit à Saladin. Qui le déplia et lut ceci : « Tu es en notre pouvoir. »

Juste au-dessous de cette phrase, une main blanche en filigrane évoquait les motifs d'une toile d'araignée. Il s'agissait du symbole des Assassins : la main de l'Imam occulté, qui par-delà la mort guidait ses disciples vers la Vérité.

41.

« Il n'existe pas de remède à tous les maux de la terre. Le mien est si profondément enraciné qu'il ne peut être guéri. »

(Chrétien de Troyes, *Cligès*.)

Alerté par les clameurs, Simon regarda par la fenêtre de sa chambre. Saladin venait de pénétrer dans le bimaristan, suivi du docteur Ibn al-Waqqar, de ses gardes et d'une foule immense de courtisans poussant des cris d'orfraie, comme si une tragédie s'était produite.

— Par Allah, gardez votre calme ! criait le médecin. Et qu'on m'apporte mes électuaires, vite !

Des assistants en blouse noire couraient dans tous les sens, craignant – s'ils ne s'agitaient pas – d'attirer les soupçons.

— Que se paaasse-t-il ? demanda Rufinus depuis la table où Simon l'avait déposé.

— Avec un peu de chance, il va crever, dit simplement Simon.

— Qui çaaa ?

— Saladin, lâcha sèchement Simon. J'ai l'impression qu'il a été victime d'une tentative d'assassinat…

— Mon Dieu, quel draaame ! J'espère qu'il s'en remeettra.

— Pas moi. Je veux qu'il crève dans d'atroces souffrances.

— Oh ! Ce n'est pas très gentiiil de vouloir une chooose pareille. C'est l'oncle de Cassiooopée, tu ne peux pas lui souhaiter çaaa.

— Je le lui souhaite un millier de fois.

— Tu es fâââché, à cause d'Emmanueeel. Tu vois en lui un rivaaal, parce qu'il vous a sauvééés.

— Ce n'est pas lui qui nous a sauvés, c'est Gargano.

— Aloors, peut-être que tu es fâââché parce que tu te sens coupaaable…

— Coupable ? De quoi, grands dieux ?

— De t'être empooorté cooomme tu l'aaas fait, chez les Taaartares.

— C'étaient des démons. Quelqu'un devait les tuer. Nous avons eu le dessous, ce n'est pas ma faute.

— Vous étiez deeeux, contre des millieeers.

— C'est bien ce que je dis.

— Tu devrais t'aliiiter, tu es encore malaaade. Je le vois à tes yeux, ils brûûûlent de fièèèvre.

— Le mal dont je souffre ne peut être guéri.

— Tu sooouffres d'aimer et de ne paaas être aimé en retooour. C'est un mal baaanal.

La face de Simon s'empourpra sous l'effet de la colère, tandis que Rufinus continuait :

— Caaassiopée n'est pas amouuureuse de toooi. Alors tu t'imagines que c'est la fiiin du mooonde. Mais ce n'est pas le caaas !

— Toi, tu commences à m'échauffer les oreilles.

— C'est paaarce que je diiis la vériiité ! Mooontre-toi diiigne d'elle, arrêêête de te plaaaindre…

Simon s'avança brusquement vers la table, attrapa Rufinus par les cheveux et l'amena vers son lit, où il lui enfouit la face dans un oreiller. Au début, la tête poussa force gémissements. Alors il appuya de plus belle, et commença de compter jusqu'à cent. À trente, Rufinus gémissait beaucoup moins. À soixante, il ne disait plus rien.

— Cent ! s'exclama Simon. Et enfin le silence !

Il se frotta les mains, ravi de s'être débarrassé de cette odieuse tête parlante, puis sortit dans le couloir.

C'est le moment que choisit un oiseau pour entrer dans la chambre. Après s'être posé sur le bord de la fenêtre, il regarda de droite et de gauche, en poussant quelques « tchiip » amicaux. Comme tout était silencieux et calme, il voleta jusqu'à la petite table – où il picora quelques grains de raisin, avant d'aviser la drôle de tête tonsurée qui dépassait de l'oreiller. D'un coup d'ailes, il alla s'y poser. La tête ne bougeait pas.

— Tchiip ! chanta l'oiseau.

— Il est partiii ? demanda Rufinus, d'une voix étouffée.

— Tchiip ! Tchiip !

— Galliiine, ch'est toooi ?

L'oiseau tourna la tête dans tous les sens puis, trouvant son perchoir trop bruyant à son goût, repartit dans le jardin.

— Vaaa ferfer Galliiine !

Mais l'oiseau n'était déjà plus là. Rufinus attendit donc un court instant, clignant des yeux dans l'obscurité où ce fou de Simon l'avait plongé, épiant les sons – à l'affût du moindre signe indiquant que son bourreau revenait... Mais il y avait trop de raffut, trop de cris poussés par il ne savait qui. À tout hasard, il appela :

— Au fecooours ! Caffiooopée !

Cette fois, il y eut un grand vacarme au-dehors, et Rufinus se dit qu'il était inutile de s'égosiller. « Personne ne peut m'entendre. Attendons donc un peu... »

Il patienta, chantonnant pour passer le temps. Intérieurement, il souriait. Intérieurement – car s'il avait souri pour de vrai, les plis de l'oreiller lui seraient rentrés dans la bouche. Or, s'il y avait bien une chose que Rufinus détestait, c'était qu'on le bâillonne. En revanche, s'il souriait, c'était parce que Simon, dans son brutal accès de fureur, avait oublié un détail : il n'avait pas besoin de respirer. Quand le calme fut revenu, Rufinus se remit à crier :

— Au fecooours ! À moooi !

La porte s'ouvrit, et quelqu'un entra. Rufinus essaya vainement de se tasser sur lui-même, tâchant de se faire le plus humble possible – au cas où ce serait Simon.

— Alors, Rufinus, dit un jeune homme. On traîne au lit ?

— Au fecooours !

Une main le saisit délicatement par la base du cou, et le retourna face à la lumière. C'était Yahyah – l'ancien esclave de Massada parti un an plus tôt avec les « Dix » à la recherche d'un moyen de faire sortir des Enfers tous ceux qui y étaient tombés par erreur.

— Oh, Yahyah, quelle booonne surpriiise ! Que fais-tu lààà ?

Yahyah prit une mine contrite. Après avoir parcouru la Terre sainte pendant toute une année, il n'avait toujours pas découvert d'accès aux Enfers. Pis, les Assassins, les djinns, n'avaient cessé de harceler les « Dix ».

— J'en suis le seul, l'unique rescapé, dit Yahyah. Les « Dix » sont devenus « Un ». Un « Un » bien impuissant....

— Oh ! Je suis désoléé. Mais je veux croire que tout celaaa n'a pas été en vain.

Yahyah s'efforça de faire contre mauvaise fortune bon cœur, puis demanda :

— Et toi ? Que faisais-tu, le nez dans ce coussin ?

— C'est ce fooou ! haleta Rufinus. Il a cherché à me tueeer ! Il a voulu m'étouffeeer !

— Mais qui ?

— Simooon ! Juste au moment où Saladiiin entrait...

— Il faut le retrouver, dit Yahyah d'un ton grave. Simon a toujours été un exalté. Capable du moins bon comme du pire.

— Il a dit qu'il voulait qu'il crèèève !

Calant Rufinus sous son bras, Yahyah courut vers la salle d'examens, où les médecins du bimaristan al-Nûrî recevaient les malades.

Pour l'heure, seul l'un d'eux faisait l'objet de tous les soins : Saladin. Le sultan, plus atteint dans sa fierté que physiquement, pestait contre les médecins qui s'évertuaient à l'ausculter.

— Ce n'est pas de moi qu'il faut vous occuper, mais d'eux !

Il désignait les nombreux patients, qui attendaient depuis de longues heures allongés sur des nattes. Une rumeur de protestation jaillit de la foule – tout le monde était d'accord pour dire que le sultan valait mieux que quiconque. Alors, se relevant, et après avoir ordonné aux médecins de le laisser tranquille, Saladin s'écria :

— Menez-moi à ma nièce ! Pour le reste, je vais fort bien, merci…

Il quitta la salle, sans trop savoir où il allait, mais suivi par une vingtaine d'hommes en armes, d'autant de courtisans et de médecins. « Je vais fort bien », répétait-il en son for intérieur. Et pourtant, il tremblait. Il n'oubliait pas que son oncle adoré, Chirkouh le Volontaire, était mort après avoir pressé sur ses lèvres un citron empoisonné.

— Yahyah ! Tu es donc de retour ! s'exclama-t-il en voyant le jeune homme qui portait Rufinus dans ses bras.

Yahyah s'agenouilla aux pieds du sultan, dont il pressa la main sur son front.

— Hélas, trois fois hélas, je viens en pénitent implorer votre pardon, noble sultan. Car j'ai échoué.

Courtisans, médecins, patients et soldats entouraient Yahyah, attendant la réponse du sultan.

— À l'impossible nul n'est tenu.

— J'aurais tellement aimé sauver votre neveu.

— Allah est le Clément. Comme je l'ai dit à Cassiopée l'année dernière, je ne crois pas que Taqi soit resté en Enfer. Quant à ce chevalier Morgennes, qui suis-je pour m'opposer aux désirs du Très-Haut ? Allons, relève-toi, mon cher Yahyah, brave d'entre les braves, et accompagne-moi plutôt auprès de ma nièce. Elle sera sûrement heureuse de te revoir.

Puis le sultan baissa les yeux vers la tête coupée, et lui demanda :

— Et votre ami Simon, où est-il ?

Yahyah eut un frémissement, et bredouilla une parole que Saladin n'entendit pas.

— Il s'est enfuiii, expliqua Rufinus. Après avoir tenté de me tuuuer. D'ailleurs, je crains qu'il ne veuuuille…

Le sultan était tout ouïe.

— Attenter à votre vie, conclut Yahyah à la place de Rufinus.

— Je vois, dit Saladin calmement. Eh bien, il va falloir qu'il fasse la queue, car les prétendants sont nombreux.

— Malheureusement, nous ne savons pas où il est.

— Retrouvez-le, ordonna Saladin à ses gardes. Fouillez l'hôpital. Au besoin, fouillez la ville. Envoyez des cavaliers au-dehors, mais ramenez-le-moi. Je le veux pour ce soir !

Deux mamelouks inclinèrent la tête, puis s'éloignèrent en criant des ordres à des gardes alignés le long des murs et près des portes. Dans le bimaristan se mit à bruire cette rumeur : « Un diable blanc cherche à tuer Saladin ! Il faut absolument l'en empêcher, et le ramener au sultan pieds et poings liés ! »

Saladin sourit à Rufinus et Yahyah, prit ce dernier par le bras et lui dit :

— Et maintenant, allons voir Cassiopée.

42.

« Il soigne son honneur ? Moi le mien !
Il cherche sa gloire ? Moi la mienne !
Il veut à tout prix se battre ? Eh bien, moi, cent fois plus ! »

(CHRÉTIEN DE TROYES,
Lancelot ou le Chevalier à la Charrette.)

« Saleté de tête coupée », se répéta Simon pour la millième fois. Sans elle, sans ses paroles imbéciles, il serait peut-être encore en train de regarder Saladin entrer dans le bimaristan, et tout serait pour le mieux. Mais, maintenant, il devait fuir. À l'heure qu'il était, on avait probablement découvert Rufinus. Et la nouvelle de sa mort devait être en train de se propager dans la ville… Il n'y avait pas un instant à perdre.

Mais où aller ? « Là où les Francs résistent encore. À Tyr. À Tripoli ! »

Caché derrière un pilier, dans un couloir réservé au personnel soignant, Simon guettait le passage d'un individu isolé – pour l'assommer ou le tuer, et lui voler ses vêtements. Afin de tromper son attente, il s'amusait à imaginer ce qu'il ferait à Emmanuel s'ils venaient à se retrouver en tête à tête. « Et d'abord, comment se fait-il qu'il ne soit pas mort ? Car si je me rappelle bien, c'est lui que j'ai vu à el-Khef, quand j'étais chez les Templiers blancs et que je travaillais avec les Assassins... »

Simon était en effet le mystérieux Templier blanc qu'Emmanuel avait poursuivi, après l'attaque du convoi des Hospitaliers. D'ailleurs, Simon se souvenait maintenant parfaitement de l'avoir vu tomber dans les eaux de l'al-Assi, où son cheval et lui avaient disparu dans une floraison d'écume. « Il est allé en Enfer, et a passé un pacte avec Satan pour en revenir », se dit Simon.

— En tout cas, s'il cherche la bagarre, il va l'avoir, chuchota-t-il entre ses dents.

C'est alors qu'une porte s'ouvrit.

Un jeune homme, la tête enveloppée d'un turban, s'avança dans le couloir. Seul. « Une proie facile », observa Simon en constatant l'aspect chétif de sa victime. Dès qu'il fut à sa hauteur, Simon lui sauta dessus et lui passa un bras autour du cou. Malheureusement, le jeune homme se défendit avec la vigueur d'un tigre. Et, après s'être libéré de l'étreinte de son agresseur, il le fit basculer par-dessus son épaule et le plaqua à terre, prêt à le frapper entre les yeux.

— Le diable blanc ! s'exclama l'infirmier, reconnaissant celui après qui tous couraient.

Pour toute réponse, Simon chercha à lui balancer un coup de pied – mais l'infirmier l'esquiva.

— Arrête, dit-il. Je peux t'aider ! Sans moi, tu ne sortiras jamais d'ici. Toutes les issues sont gardées, et les mamelouks fouillent tout le monde.

Méfiant, Simon demanda :

— Pourquoi ferais-tu ça ?

— Parce que nous poursuivons un même but.

L'infirmier compta trois battements de cœur avant de s'expliquer, pour que Simon comprenne bien ce qu'il allait lui apprendre :

— Je suis un Assassin.

— Et alors ? Tu n'es pas mon allié pour autant !

De l'autre côté de la porte, un bruit leur fit tourner la tête – et l'infirmier dit sur un ton pressant :

— Veux-tu que nous en débattions ici ? Ou préfères-tu en parler plus tard, dans un endroit sûr ?

— Va pour l'endroit sûr, dit Simon. Mais méfie-toi, si jamais tu m'as tendu un piège…

— Ne crois-tu pas que je t'aurais déjà tué ?

Simon ne fit aucun commentaire, et attrapa la main que l'infirmier lui tendait pour l'aider à se relever.

— Et maintenant ? demanda Simon.

— Suis-moi.

43.

« Sottise, voilà décidément le grand mot que j'emploierai pour les Franjis. »

(OUSAMA IBN MOUNQIDH, *Des enseignements de la vie.*)

Avant d'entrer dans la chambre de Cassiopée, Saladin congédia une vingtaine de gardes et de courtisans, et pria ses médecins de l'attendre au-dehors. Connaissant les manies de sa nièce, et son refus de porter le voile, il expliqua qu'il n'était pas convenable que d'autres que lui la vissent tête nue – surtout à Damas, sa capitale !

Les gardes, sa cour et les médecins prirent un air dépité, navrés pour Saladin que cette jeune femme – sa nièce qui plus est ! – refuse de se soumettre à la sainte loi du Coran.

— Écoutez, expliqua Saladin, l'important n'est pas la façon dont les femmes vivent la religion. Après tout, ce ne sont que des femmes. Et il ne nous appartient pas de les juger. Le Très-Haut le fera !

Dressant un doigt sentencieux, il annihila chez ses gardes et ses courtisans toute velléité de jugement.

Puis il alla saluer sa nièce.

Cassiopée était toujours couchée dans l'étroit lit qu'on avait mis à sa disposition. Entourée de coussins, elle savourait ce qui pour elle était une situation inédite – à l'exception de cette étrange nuit passée au Krak. Jusqu'à présent, elle avait surtout connu les selles de cheval ou de chameau, la dure pierre de l'académie du Maître des Milices, à Constantinople, ou la paillasse arrangée dans un coin du *scriptorium* de Saint-Pierre de Beauvais. Elle se souvenait encore du crissement des plumes courant sur les parchemins – la journée – et du trottinement effréné des souris, la nuit.

— Comment te portes-tu, très chère enfant ? lui demanda Saladin en entrant.

— Mieux que bien, répondit Cassiopée.

Le sultan referma la porte derrière lui, et eut alors la surprise de constater que – par respect pour lui –, Cassiopée tendait la main vers un voile et s'apprêtait à s'en couvrir les cheveux.

— Inutile, dit Saladin. Je te remercie pour cette attention, mais si tu veux vraiment me faire plaisir, contente-toi de guérir !

— Merci, mon oncle.

Elle reposa le voile sur la petite table à côté de son lit, tandis que Saladin lui demandait la permission de s'asseoir.

— Tu ne m'avais pas dit que Morgennes était ton père, dit-il en agitant le doigt.

— Je ne voulais pas vous faire de peine. Pardon de vous l'avoir caché.

— Tu es toute pardonnée. Car si ton père était un mécréant, c'était aussi un chevalier comme les Franjis n'en auront jamais plus. Tu ne pouvais pas avoir de meilleur père. Sais-tu qu'il a lui-même été soigné ici, dans ce bimaristan, par mon propre médecin ? L'excellent docteur Ibn al-Waqqar…

On frappa à la porte.

— Qu'est-ce que c'est ? demanda Cassiopée.

— Ce doit être Rufinus et Yahyah, répondit Saladin. Je leur avais demandé d'attendre un peu avant d'entrer.

— Eh bien, qu'ils viennent ! s'écria Cassiopée.

Yahyah fit donc son apparition, en tenant Rufinus dans ses mains.

— Yahyah ! s'exclama Cassiopée. Je suis heureuse de te revoir. As-tu abouti dans ta quête ?

— Hélas non, gente dame. J'ai échoué. Nous avons remué ciel et terre, interrogé de nombreux sages et encore plus de fous, mis sens dessus dessous je ne sais combien de montagnes et traversé plus de dix mille villes, villages, bourgs, hameaux et lieudits, en vain. L'Enfer s'est bel et bien éboulé sur Morgennes et Taqi – et sur les « Dix » aussi, je le crains.

— C'est-à-dire ?

— Des Dix, il n'y a plus que moi, répondit Yahyah piteusement.

— Mon oncle, ce garçon a plus que démontré sa bravoure. Ne peut-on l'en récompenser ?

Saladin caressa son fin bouc, et déclara :

— Bien sûr que si. Je vais l'envoyer à Tyr, pour qu'il y consolide nos positions.

— Merci, Excellence, dit Yahyah en s'inclinant.

— Vous faites de Yahyah l'ennemi de mes amis, murmura Cassiopée.

— Seulement celui de ces chiens de Franjis, rétorqua Saladin.

Cassiopée prit les mains de son oncle et s'enquit :

— Vous n'avez donc pas renoncé à vous emparer de Tyr ?

Le sultan leva les yeux au ciel.

— Malheureusement, si la plupart des Infidèles sont des imbéciles, ce Conrad de Montferrat a oublié de l'être. Il m'a offert une si belle résistance que j'ai provisoirement renoncé à prendre sa cité d'assaut.

Cassiopée eut un demi-sourire, car cette nouvelle n'était pas forcément mauvaise pour elle.

— Et maintenant ?

— Comme je viens de le dire, je consolide mes positions.

— En cherchant le moyen d'affaiblir celles de vos ennemis ?

— Non, cela je ne le cherche plus. Je l'ai trouvé.

— Qu'allez-vous faire ?

Saladin sourit à sa nièce et l'embrassa tendrement sur le front.

— Je t'aime trop pour te dire mes secrets. Je n'oublie pas que ton père était un Hospitalier, et que ta mère…

— Se tient dans votre dos, dit une voix aussi reconnaissable qu'un nom, juste derrière Saladin.

Lâchant les mains de Cassiopée, le sultan se releva et observa longuement sa cousine, Guyane de Saint-Pierre. Il cherchait en elle un trait, une expression, qui lui eût rappelé son oncle, Chirkouh le Volontaire. Comme souvent en ces cas-là, c'est dans les yeux qu'il les trouva. Le regard de Guyane de Saint-Pierre brillait de malice et d'ingéniosité. En outre, deux fines rides de sourire, aux coins de sa bouche, disaient son amour de la vie – même dans les pires épreuves. C'était une femme à fière allure, au caractère déterminé. Pas étonnant qu'elle ait toujours refusé de se convertir, et qu'elle se soit enfuie avec Morgennes – avant de le quitter.

— Alors, c'est vous, l'épouse de Morgennes, la mère de Cassiopée ?

— Pour vous, je suis surtout la fille de Chirkouh. Ainsi que – je l'espère – votre bien-aimée cousine…

— Ma bien-aimée cousine, fit Saladin en se frottant la barbichette. Eh bien, parlez sans détour et dites-moi franchement : la vie ici ne vaut-elle pas infiniment mieux que la vie en France ?

— Pas quand on est une femme, Excellence.

— Les femmes n'ont pas les mêmes besoins que les hommes.

— Ne nous disputons pas. Je vous suis infiniment reconnaissante de nous avoir accueillies – ma fille et moi – dans ce bimaristan qui est, je le sais, interdit aux personnes de sexe féminin. Je suis donc votre obligée…

— Mon oncle, ma mère, si vous le permettez, je vais prendre congé de vous, les interrompit Cassiopée. Car je n'ai pas l'intention de m'attarder ici, même si cet endroit ressemble au Paradis. Mon très cher oncle, vous qui avez eu la bonté de demander au docteur Ibn al-Waqqar de s'occuper de moi, je ne sais que vous dire, sinon, comme ma mère, infiniment merci. Et quant à toi, maman, merci aussi. Pour tout ce que tu as fait. Je ne sais si nous nous reverrons, mais sache que je vais faire ce que tu m'as dit, et me remettre sans plus tarder à l'écriture de ma *Suite et fin de Perceval*, trop longtemps repoussée.

— C'est une excellente décision, dit Guyane de Saint-Pierre.

— Excellente, approuva Saladin en souriant finement.

— Puis-je entrer ? demanda Emmanuel, dont la tête apparaissait par la porte entrouverte de la chambre.

— Ça va, laissez-le passer, dit Saladin à l'un de ses mamelouks, qui menaçait Emmanuel de son sabre. C'est l'un des braves qui ont secouru ma nièce…

Alors qu'Emmanuel entrait, Cassiopée le remercia avec effusion de l'avoir sauvée. L'Hospitalier rougit, bégaya que « tout l'honneur » était pour lui et que d'ailleurs il s'était contenté de suivre Gargano, et que lui-même avait été sauvé, et qu'il ne pouvait pas faire moins pour la fille de Morgennes, et que, et que, et que… Il donnait l'impression de ne plus pouvoir s'arrêter de parler, et continuait comme pour cacher son trouble.

Saladin regarda sa nièce, prenant alors conscience qu'il aurait pu la perdre. « Comme je suis fier d'elle », pensa-t-il. « Dommage qu'elle ne soit pas un homme, elle aurait fait un neveu formidable ! » Certes, il coulait dans ses veines plus de sang chrétien que de sang musulman, mais le sang musulman était de telle qualité – se disait-il – qu'une seule goutte suffisait à faire basculer un océan de sang chrétien du côté de l'islam.

— Si vous partez, dit Saladin, vous devriez vous joindre à la caravane de prisonniers chrétiens que j'autorise à rentrer chez eux. J'ai donné l'ordre à mes cavaliers de les escorter jusqu'à Tyr, où ils feront ce qu'ils voudront.

— Votre magnanimité vous perdra, fit observer Guyane.

— Peut-être, sourit Saladin. Mais peut-être pas.

C'est alors qu'on frappa de nouveau à la porte.

— Qu'est-ce que c'est ? s'emporta Saladin, qui commençait à trouver exaspérante cette manie que tous avaient d'entrer quand il avait ordonné qu'on ne les dérangeât pas.

Le docteur Ibn al-Waqqar passa la tête par l'embrasure de la porte et dit :

— J'ai là un certain Gargano, qui souhaiterait vous parler.

— Qu'il entre ! tempêta Saladin. Et vous aussi, par la même occasion. Comme ça nous serons au grand complet…

Ibn al-Waqqar entra, suivi de Gargano, qui se tenait tête baissée, tout penaud.

— Merci, murmura le géant.

— J'ai pensé que vous aimeriez entendre ce qu'il a à vous dire, expliqua le médecin.

Saladin darda sur Gargano son regard d'acier et s'enquit :

— Eh bien, qu'avez-vous à me dire ?

— Simon a réussi à s'enfuir, susurra le géant.

— Comment le savez-vous ?

— Babouche me l'a appris.

— Babouche ? Qui est-ce ?

— C'est ma chienne, dit Yahyah. J'ai dû la laisser à la porte du bimaristan.

— Et alors ? Elle parle ?

— Non, elle aboie, précisa Gargano. Mais il se trouve que je sais parler aux animaux. Babouche m'a assuré avoir flairé l'odeur de Simon…

— S'il est sorti, mes mamelouks l'ont sûrement arrêté. Ils ont ordre de fouiller tout le monde.

— D'après elle, il serait passé par un souterrain. Elle a reniflé son odeur à travers une bouche d'aération, et elle en est certaine : c'était lui.

— Un souterrain ? Que Diable, je croyais que…

Fou furieux, Saladin tonna :

— Qu'on m'amène Shams al-Dawla Turansha ! Je veux parler à cet hippopotame !

Deux mamelouks partirent en quête de l'atabeg de Damas, tandis que Saladin demandait :

— Mais que faisait votre chienne à l'entrée de l'hôpital ? Le guet ?

— Non, répondit Yahyah. Elle n'avait pas le droit d'entrer.

Comme Saladin avait l'air étonné, le bon docteur Ibn al-Waqqar lui expliqua :

— Excellence, permettez-moi de vous rappeler que vous avez vous-même interdit l'entrée de ce bimaristan aux animaux et aux femmes.

44.

« La méchanceté, la honte ou la paresse ne peuvent connaître de déchéance, mais c'est le lot des valeureux que de tomber. »

(CHRÉTIEN DE TROYES, *Perceval ou le Conte du Graal.*)

« Ceux qui n'ont pas voulu de moi s'en mordront les doigts », pensa Simon. « Comme aux temps valeureux des Templiers blancs, je m'associe aux Assassins. Sauf qu'aujourd'hui je n'ai plus mes anciens compagnons. Renaud de Châtillon est mort. Wash el-Rafid aussi... Qu'à cela ne tienne : je fonderai un nouvel ordre ! Les Chevaliers de Simon ! »

Devant lui, l'Assassin avançait, guidant ses pas, l'avertissant :

— Prends garde à ne pas marcher au milieu du souterrain, des pièges y sont posés. Contente-toi de longer le mur de droite...

— Pas celui de gauche ?

— Question stupide, le tança l'Assassin. Je ne répondrai pas.

Simon se contint pour ne pas le frapper. Les Assassins n'étaient pas ses alliés. Non. Mais ils pouvaient lui être utiles. À lui de trouver comment les utiliser.

Ils progressèrent dans des corridors suintant d'humidité, où grouillaient de grosses blattes noires. Des taches verdâtres s'étendaient sur les murs, comme des plaques de gale. Par endroits, d'étranges échos se répondaient – bruits étouffés de la ville, choses tombant dans l'eau, couinements de rats, « plic » et « ploc » divers.

— Où m'emmènes-tu ? demanda Simon.

— Loin d'ici, en sécurité.

— Pourquoi fais-tu ça ?

— Parce que mon maître l'a ordonné.

— Rachideddin Sinan ?

L'Assassin ne répondit pas.

Ils marchèrent un certain temps dans une galerie éclairée par de rares soupiraux qui lui donnaient un aspect de cachot. Des racines pendaient du plafond. Certaines étaient si longues et si rapprochées les unes des autres qu'elles formaient d'épais rideaux, que l'Assassin écartait de la main. Enfin, ils débouchèrent dans une pièce ronde où grondaient des cours d'eau.

— C'est là que convergent les sept fleuves de Damas, expliqua l'Assassin. Nous sommes au cœur de la ville, en son âme même…

Puis, s'agenouillant sur une grille métallique au-dessous de laquelle bouillonnaient les eaux usées de la ville, il ordonna à Simon de l'imiter :

— Prosterne-toi !

Simon hésita à obéir à cet Infidèle. Mais une force inconnue lui fit ployer les genoux, malgré lui. Là, dans la brume au-dessus des flots, une forme commençait d'apparaître. Simon cligna des yeux, cherchant à mieux la distinguer malgré l'absence de lumière… « Papa ? » demanda-t-il en croyant reconnaître les traits de son père. Mais l'image changea, s'effaça. Il n'y avait plus rien. C'était probablement son imagination, qui s'amusait à lui faire voir des objets dans la vapeur d'eau, comme on en voit parfois dans les nuages…

— À genoux ! répéta l'Assassin.

Cette fois, Simon consentit à s'agenouiller. Plaçant les mains bien à plat sur la grille, il murmura :

— J'obéis.

La forme dans la brume changea de consistance, passant du blanc au rouge incandescent. Les fleuves eux-mêmes ne semblaient plus constitués d'eau, mais de lave. La chaleur augmenta. Simon se mit à suer à grosses gouttes, comme dans une fournaise. Le feu ronflait doucement, grondant et palpitant tel un cœur de bête sauvage.

« L'âme du mal, se dit Simon. Et le cœur de Damas… »

Il comprenait que, malgré leurs efforts, les Damascènes ne pourraient jamais se débarrasser de ces flammes. Le feu les gangrenait. La ville n'était qu'une plaie, un furoncle. Les parfums des magnifiques roses qui fleurissaient en ses jardins masquaient difficilement l'Enfer qui la rongeait. Damas était le mal, un mal immense, profond, au-dessus duquel les Damascènes vaquaient, telles des fourmis sur un corps putréfié.

— Crucifère ! siffla une voix étrange.

Simon releva la tête et regarda dans les flammes. Mais y avait-il vraiment des flammes ? Ou bien se trouvaient-elles dans ses yeux, embrasant tout ce sur quoi son regard tombait ? En vérité, oui. C'était cela. Il n'y avait d'autres flammes que celles qui brûlaient en lui, et qui lui faisaient porter sur toute chose un regard embrasé.

— Crucifère ! crépita de nouveau la voix.

C'était la même que celle qui s'était adressée à lui dans le Val Ténébreux.

— Sohrawardi, murmura Simon. Est-ce vous ?

— Je suis celui que tu as appelé ! s'enflamma la voix.

— Quand ? Où ?

— Au Krak des Chevaliers. Aurais-tu déjà oublié ?

— Non.

— Apporte-moi Crucifère, siffla la voix. Et je te promets qu'en échange Morgennes sera sauvé, et Cassiopée heureuse.

— Et si je veux qu'Emmanuel meure dans d'atroces souffrances ?

— N'est-ce pas incompatible avec le bonheur de Cassiopée ? Mais enfin, si c'est là ce que tu souhaites… Donne-moi Crucifère, et nous en parlerons.

— Où ? Quand ? D'ailleurs, je croyais que vous étiez mort.

— Le feu ne meurt jamais, crépita la voix.

— Pourtant…

— Il suffit d'une braise. Peu importe le lieu. Le feu, c'est la résurrection. Le feu, c'est la vie !

— Bien sûr, approuva-t-il.

Simon eut soudain l'impression que la température avait augmenté. Il suait à grosses gouttes, des perles de sueur qui venaient se perdre dans ses sourcils, dans ses yeux.

— Quant à toi, poursuivit la voix dans les flammes en s'adressant à l'Assassin, voici ta récompense, pour m'avoir amené ce jeune homme.

Sous l'Assassin, la grille métallique se mit à rougir. Très vite, une odeur de cochon brûlé emplit l'air, tandis que l'Assassin gémissait, poussait des hurlements de douleur, d'atroce souffrance. Simon le regardait se métamorphoser en un paquet de chairs informes, mélange de viande calcinée et de vêtements brûlés. La puanteur était si suffocante que Simon en avait la nausée. Enfin, avant de s'effondrer sur la grille incandescente, une fente obscène s'ouvrit tel un sourire au beau milieu de son visage carbonisé.

— Et toi aussi tu souriras, firent les flammes en s'adressant à Simon.

Le jeune Templier releva les yeux, et demanda sur un ton aussi ferme que possible :

— Maintenant qu'il n'est plus là pour me guider, où dois-je aller ?

L'un des sept corridors partant de la petite salle circulaire s'embrasa subitement. Simon eut un sursaut, de crainte que les flammes ne lui soient destinées. Mais elles ne le brûlèrent pas – se contentant de lui montrer la voie. D'ailleurs, il y apercevait des rats à la moustache frétillante en train de fouiller dans des détritus.

— Le feu que tu n'as pas allumé ne te brûlera pas, continua la voix dans les flammes.

Simon se releva, et s'avança dans le corridor embrasé.

45.

« En effet, Dieu hait les traîtres et la trahison plus que n'importe quel méfait. »

(CHRÉTIEN DE TROYES, *Cligès*.)

Trois mamelouks entrèrent, et les libérèrent de leurs fers.

— Quelqu'un a enfin payé notre rançon? demanda Gérard de Ridefort.

Pour toute réponse, l'un des mamelouks se contenta d'indiquer la sortie du cachot.

— Peut-être Héraclius, le patriarche de Jérusalem?

— Plutôt ta saleté de roi de Jérusalem, répliqua Kunar Sell depuis sa paillasse. Car ton Héraclius, il ne faut pas rêver, même les juifs sont moins attachés à leur or!

Gérard de Ridefort se tourna vers lui, haussa les épaules et continua de l'ignorer.

— Pouah, pesta Kunar Sell. Saleté de Templiers. Ça chante la paix avec une voix de fausset, mais ça ne pense qu'à la guerre.

— Au moins nous battons-nous, murmura Ridefort.

— Si le royaume est tombé, c'est à cause de vous! tempêta Kunar Sell.

L'ancien Templier blanc au front tatoué d'une croix se remémora les circonstances qui les avaient menés là. Ridefort avait été capturé par les Sarrasins, alors qu'il tentait de s'enfuir de Jérusalem au moment où Saladin s'en emparait. Quant à lui – qui avait fini par se ranger au côté de Morgennes, lors du combat qui l'avait opposé à Sohrawardi et à ses sbires –, il avait accepté de déposer les armes aux pieds de Saladin, reconnaissant sa défaite.

— Le comte Raymond de Tripoli était un sage, poursuivit Kunar Sell tandis qu'un mamelouk lui ôtait ses chaînes. Tu aurais dû l'écouter, Templier.

— C'était un traître, cracha Ridefort sans se retourner.

— Qui valait mieux que toi.

Le Danois se releva, se massa les poignets, remercia le mamelouk qui l'avait libéré et rejoignit le maître des Templiers qui trépignait au pied de l'escalier menant hors des cachots.

— Tu me fais pitié, rétorqua Ridefort avec un regard plein de morgue. Comme ce Morgennes, dont tu as choisi le camp.

— Parce qu'il a combattu les Assassins !

— C'était un traître, lui aussi. Et de la pire espèce ! Et un traître est toujours un salaud, même si celui qu'il trahit est le Diable. Et quand en plus il trahit Dieu…

— Dieu est intrahissable, répliqua Kunar Sell.

L'ancien maître des Templiers le toisa du regard. Peine perdue, le Danois faisait largement deux têtes de plus que lui, et ne s'en laissait pas conter.

— Je me demande bien pourquoi ils m'ont mis dans ton cachot, s'interrogea Ridefort à haute voix.

— Sans doute parce que leur religion leur interdit d'avoir des porcheries, répliqua Kunar Sell.

Ridefort voulut envoyer son poing dans la figure du Danois, mais celui-ci lui attrapa le bras et le tordit, annihilant chez lui toute velléité belliqueuse.

— On réglera ça dehors, dit Ridefort.

— En ce qui me concerne, c'est déjà réglé, dit Kunar Sell.

Les mamelouks les poussèrent vers le haut des marches en leur donnant de petits coups avec le bois de leurs lances, et les deux anciens prisonniers se retrouvèrent à l'air libre.

— Eh bien, fit Ridefort, verrons-nous jamais la tête de notre bienfaiteur ? A-t-il seulement été autorisé à pénétrer en ville, ou bien ces porcs de musulmans l'ont-ils obligé à nous attendre ailleurs ?

— C'est à « ces porcs de musulmans », comme vous dites, Ridefort, que vous devez d'être libres, tonna une voix.

Le cadi Ibn Abi Asroun – chef des affaires judiciaires, civiles et religieuses du royaume – se tenait sur une petite place environnée de maisons à toit plat, où des Damascènes étaient montés pour observer les Infidèles. Un cordon de mamelouks interdisait d'approcher de trop près des Franjis – de peur d'un attentat.

Gérard de Ridefort fit celui qui n'avait rien entendu. D'autres chrétiens, autrefois prisonniers, se trouvaient également présents. Parmi eux, Ridefort et Kunar Sell reconnurent le vieux marquis Guillaume de Montferrat – que Saladin avait enfin accepté de libérer.

— Si vous êtes là, lui dit Ridefort, alors je suppose que Tyr est tombée ?

— Absolument pas, répondit Montferrat. Saladin, dans sa magnanimité, a décidé de me libérer – alors même qu'il n'a pas touché un sou de ma rançon. Voyez si c'est un grand sultan !

— La paix soit sur lui, murmura le cadi.

— Sur lui la paix, fit Montferrat.

— Cette magnanimité cache sûrement quelque couleuvre, dit Ridefort.

— Peut-être, poursuivit Montferrat. Mais, en attendant, n'êtes-vous pas content d'en profiter ?

— J'en profiterai, dit Ridefort, comme Morgennes autrefois…

— Autrement dit en trahissant ? demanda Kunar Sell.

— Pardon de vous interrompre, messires, intervint le cadi Ibn Abi Asroun, mais j'espère – et le sultan avec moi – que personne ici ne trahira. Car si Saladin accepte de vous rendre la liberté, et de vous faire escorter jusqu'à la ville de votre choix, ce n'est qu'en échange de la promesse de ne jamais reprendre les armes.

— C'est promis, répondit un peu trop hâtivement Ridefort. Mais à quoi devons-nous ce soudain accès de « magnanimité » ?

— Saladin n'a pas été insensible aux nombreuses requêtes de Guy de Lusignan, votre roi. Se trouvant bien isolé, voire menacé par Conrad de Montferrat, il a supplié Saladin de libérer ses alliés. Et lui a juré de traverser la mer.

— De traverser la mer ? Bigre !

— Si vos rois sont comme nos sultans, on doit pouvoir s'y fier, dit le cadi. Jamais un roi ne reviendrait sur un serment.

— Chez nous, jamais personne – manant ou roi – n'y reviendrait ! s'offusqua Gérard de Ridefort.

— Fort bien, alors êtes-vous prêts à jurer ?

— Fin prêts, dit Ridefort.

— En ce cas, répétez après moi, dit le cadi en s'adressant à Gérard de Ridefort et à Kunar Sell : Nous jurons...

— Et eux, ils ne jurent pas ? interrompit Gérard de Ridefort en désignant Montferrat et les autres prisonniers francs.

— Ils ont déjà juré, expliqua le cadi. Reprenons : nous jurons, sur tout ce que nous avons de plus sacré, de passer la mer et de ne jamais reprendre les armes contre les musulmans, sous quelque prétexte que ce soit. Nous jurons également de ne pas financer de combat contre eux, ni d'inciter à la révolte, mais au contraire de tout faire pour aider à la paix entre chrétiens et musulmans.

Kunar Sell et Ridefort répétèrent les paroles du cadi, et jurèrent de respecter ce serment sur ce qu'ils avaient de plus sacré.

— Étrange serment en vérité, fit observer Gérard de Ridefort à Ibn Abi Asroun. Chez nous autres, Templiers, un jurement comprend toujours une partie où l'on expose le type de châtiment qu'encourrait une personne se parjurant.

— Chez nous autres, musulmans, expliqua le cadi, cela n'est même pas envisageable.

Gérard de Ridefort eut l'air surpris. Il n'était pas loin de penser que les musulmans étaient tous des imbéciles.

— Et pourquoi donc ?

— Parce qu'il ne viendrait à aucun d'entre nous l'idée de se parjurer…

Pressé de changer de sujet, Ridefort demanda :

— Où donc est notre escorte ?

— La voici, dit le cadi en lui montrant une centaine de cavaliers, massés au milieu de la voie principale.

Vêtus d'or et de blanc, ils resplendissaient au soleil. C'était une magnifique escorte – et Yahyah la menait, accompagné de Babouche. La petite chienne rousse remuait la queue, impatiente de partir en promenade.

— Fort bien, dit Ridefort sur un ton impatient. J'ai hâte de retrouver mon roi… Allons, dit-il en se dirigeant vers les cavaliers.

Mais ni le cadi, ni Kunar Sell, ni les autres prisonniers libérés ne le suivirent.

— Qu'attendons-nous pour partir ? s'impatienta Gérard de Ridefort.

— Les adieux d'une fille à sa mère, répondit le cadi.

46.

« Il est mauvais d'entretenir le deuil, car il est stérile. »

(Chrétien de Troyes, *Cligès*.)

— Prends mes bottes, dit Guyane. Elles te seront utiles.

Elle tendit à Cassiopée la paire de bottes que lui avait léguée Poucet, mais Cassiopée la repoussa, expliquant :

— J'ai très bien vécu sans jusqu'à présent, alors qu'elles t'ont permis de venir jusqu'ici, et même de trouver ton gentil ami. Garde-les.

Guyane de Saint-Pierre parut hésiter, mais un échange de regards avec Cassiopée lui apprit qu'il était vain d'insister.

— En tout cas, ma chère fille, poursuivit Guyane de Saint-Pierre, il est une chose que tu ne m'empêcheras pas de t'offrir, c'est ceci.

Guyane sortit d'une aumônière une pierre, où noir et blanc s'entremêlaient.

— Qu'est-ce que c'est ? demanda Cassiopée en sentant un picotement dans sa poitrine.

— Cette pierre a permis ta naissance, et celle de ton père, murmura Guyane d'une voix chargée d'émotion. Sans elle, je n'aurais jamais été enceinte.

— Et c'est seulement maintenant que tu m'en parles ?

— Aurais-je dû le faire avant, quand tu n'étais encore qu'une enfant innocente ?

— Et après ?

— Après ? Dois-je te rappeler que tu es partie, à peine adolescente, à l'académie militaire de Constantin Coloman ?

— Parce que tu m'y as envoyée.

— Sur les conseils de Chrétien de Troyes, et aussi parce que…

Guyane déglutit, comme si ce qu'elle avait à apprendre à sa fille était douloureux.

— Parce que ton père y était allé. Voilà pourquoi, déclara-t-elle sur le ton de celle qui franchit une épreuve difficile.

Elle se leva, croisant et décroisant les mains, faisant des allers et retours entre le lit de sa fille et la fenêtre. Une brise légère entrait dans la pièce, soulevant les fins rideaux de coton blanc.

— Je souhaitais, malgré tout, que tu te rapproches de ton père. Même si je ne voulais pas t'en parler. J'ai toujours considéré qu'il était mort, certes. Mais j'ai toujours pensé qu'il était mauvais d'entretenir le deuil. Parce qu'il est stérile. C'est pour ça que je n'ai pas fondu en larmes quand Alexis de Beaujeu m'a appris le décès de ton père. J'ai d'abord, surtout, pensé à toi. Qui ne l'avais jamais connu…

Cassiopée s'avança vers sa mère et l'implora :

— Maman, je t'en conjure. Ne nous disputons pas. Bientôt nous serons séparées, probablement pour toujours.

— Alors prends cette pierre.

— Je refuse d'être mère, répliqua Cassiopée en repoussant la pierre.

— Maintenant, peut-être. Mais demain ? Qui sait ce que tu vas vouloir, dans six mois ? Dans un an ?

Cassiopée se mura dans un silence dont rien ne semblait pouvoir la tirer.

— Je suis une femme, je sais ce dont je parle, poursuivit Guyane.

— Jamais.

— Ce jeune homme, Emmanuel, mon petit doigt me dit que tu lui plais…

— C'est un Hospitalier, qui se doit à sa Dame

— T'entendre mentionner ce fait m'incite à penser qu'il a attiré ton attention.

— Maman ! Laisse-moi tranquille. Tout ce que je veux, c'est terminer mon œuvre.

— Tu la termineras, j'en suis certaine. Pour quelqu'un comme toi, qui as triomphé de tant d'épreuves, quoi de plus simple que d'achever un conte d'aventures ?

Cassiopée eut un demi-sourire. Oui, quelque chose lui disait qu'elle réussirait. Elle en avait le pressentiment.

— Je crois savoir pourquoi Simon s'est brusquement emporté, dit-elle subitement à sa mère.

Sa mère la considéra gravement. Qu'allait-elle lui apprendre ?

— C'est à cause de Crucifère. Je pense que Simon aurait voulu l'épée pour lui. C'était celle de papa, d'accord. Mais pour lui, elle aurait dû lui revenir. Il se considérait comme l'écuyer de Morgennes, celui qui devait prendre sa suite. Voir Crucifère entre les mains d'une femme – fût-elle la fille de Morgennes – lui était par trop insupportable. Je l'ai compris en Tartarie, et je crois qu'il l'a compris lui aussi, quand l'épée s'est mise à briller…

Cassiopée fit une pause, en quête d'un peu d'eau. Malheureusement, devançant leur départ, les esclaves de l'hôpital avaient ôté toute la vaisselle de la chambre. Seules de magnifiques oranges, posées dans un saladier décoré de versants du Coran, semblaient à même de la désaltérer. Cassiopée s'en approcha, en prit une et commença de l'éplucher.

— Ah, c'était donc ça, dit Guyane. Quand Emmanuel et Gargano t'ont ramenée de Tartarie, je t'ai entendue me parler de l'épée…

— Si sa lame brillait, ce n'était pas à cause des Tartares. C'était à cause de Simon. Le danger, c'était lui.

Guyane la considéra sans rien dire, puis lui remit une mèche de cheveux en place.

— C'était aussi ce que pensait Emmanuel.

Cassiopée prit un quartier d'orange et l'avala.

— C'est délicieux. Tu en veux ? proposa-t-elle à sa mère en lui tendant un autre quartier.

Guyane l'accepta et s'en délecta. L'orange était particulièrement rafraîchissante.

Il était temps de se séparer. Alors, Guyane enfila les bottes de Poucet, attrapa son paquetage et le mit sur son dos. Sur la table de la chambre d'hôpital, elle laissa l'étrange pierre que sa fille avait refusée, ainsi qu'un petit paquet.

— Tu y trouveras le portrait que Pixel avait fait du père de Morgennes et d'Azyme. Il te revient.

Puis, regardant par la fenêtre comme s'il lui tardait de s'envoler, elle ajouta :

— Même si ton grand-père s'en est effacé depuis, ça te fera toujours un souvenir.

Elle poussa un profond soupir, s'approcha de Cassiopée et la serra dans ses bras :

— Je t'en conjure. Prends cette pierre. Elle est à toi désormais, et personne d'autre que toi ne pourra la toucher. Même pas moi... Si jamais tu désires un enfant, cette draconite pourra t'y aider. Tu comprendras pourquoi.

Cassiopée hocha silencieusement la tête. Inutile de faire de la peine à sa mère. D'ailleurs, Guyane avait raison : « On ne peut pas savoir ce que les prochains mois, les prochaines années nous réservent. Alors, ne fermons pas les champs du possible. »

Guyane serra sa fille à l'étouffer, si fort que cette ultime étreinte en valait mille.

— Adieu, ma très chère fille.

— Adieu, ma très chère mère.

— Et si un jour tu passes en Inde, viens me voir.

— Je te le promets.

Guyane rajusta les lanières de son sac à dos et bondit par la fenêtre. Cassiopée s'y précipita, pour voir si sa mère avait atterri dans le jardin. Mais celui-ci était vide, à l'exclusion des oiseaux batifolant dans le bassin.

— Alors adieu, jolie maman, dit Cassiopée en levant son regard vers les cieux.

47.

« Je suis le lieutenant des rois d'Oultremer, lesquels ne m'autoriseraient pas à t'abandonner la ville. »

(Conrad de Montferrat, cité par Abu Shama, *Le Livre des deux jardins.*)

Debout sur les créneaux de Tyr, Conrad de Montferrat regardait s'approcher le long convoi de prisonniers que les mahométans venaient de libérer. Leur escorte partie, il leva la main pour indiquer à ses hommes de ne pas abaisser le pont-levis.

— Je veux d'abord leur parler.

Parmi les nombreuses bannières colorant le cortège de ceux qui désiraient entrer dans sa cité, il avait reconnu celle de l'ancien roi de Jérusalem : Guy de Lusignan. Or, pour lui, cet étendard ne signifiait plus rien. Avec le désastre de Hattin, Guy avait perdu tout son prestige, toute légitimité à gouverner ; ce qui ne l'empêchait pas de hurler, du haut de son cheval tout crotté :

— Ouvre à ton roi !

— À qui ? demanda Conrad, feignant d'avoir mal entendu.

— À nous, Guy de Lusignan, roi de Jérusalem !

Conrad sourit, répliquant :

— Un roi ? Où ça ?

— Conrad ! Pour la dernière fois, je te somme de nous ouvrir les portes de Tyr. Sinon...

Guy s'interrompit.

« Sinon quoi ? » C'était ce que tous se demandaient, en bas comme en haut des créneaux. Conrad défia Guy du regard, croisa les bras et lui sourit de manière on ne peut plus narquoise.

— Sinon quoi ? lança-t-il. Cela fait plus d'un an que mes braves et moi résistons aux troupes de Saladin, et tu voudrais m'obliger à t'ouvrir ? À toi et à tes douze cavaliers ? Peuh ! Jamais ! Si je t'autorise à entrer ici, ce ne sera pas en roi – mais en humble soldat, prêt à combattre sous mes ordres.

Au pied des murailles, un murmure de mécontentement parcourut la douzaine de chevaliers qui entouraient Sa Majesté.

— Peut-être devriez-vous me laisser lui parler, dit une forme encapuchonnée juste à côté du roi.

— Non, répliqua Guy. Je suis le roi. Si quelqu'un doit convaincre ce petit marquis de m'ouvrir les portes de ma cité, c'est moi !

— À votre guise, acquiesça Cassiopée. Comme vous dites, c'est vous le roi.

Elle fit reculer son cheval auprès de ses compagnons de voyage : Emmanuel, Gargano, Kunar Sell et Guillaume de Montferrat.

— Il devrait me laisser parler à mon fils, dit le vieux marquis à Cassiopée. Conrad m'ouvrirait...

— Justement. Guy ne veut pas que ce soit à vous que Conrad ouvre. Mais à lui...

— Conrad ne cédera jamais, soupira Guillaume. Je connais mon fils. Quand il est persuadé de défendre une juste cause, on ne peut pas plus le faire changer d'avis que dévier une flèche de sa course.

— Quelle juste cause défend-il, au juste ? demanda Emmanuel.

— Mon fils est persuadé que si Tyr tombait entre les mains de Guy de Lusignan, un nouveau désastre se produirait. Or il voit dans Tyr la seule chance pour les chrétiens de reprendre pied en Terre sainte, et de délivrer à nouveau Jérusalem. Il préférerait mourir que capituler.

Guillaume échangea un regard plein de tristesse avec Cassiopée. Ils n'avaient pas oublié comment, au moment de négocier la reddition de la ville avec Conrad de Montferrat, celui-ci avait refusé de céder au chantage du sultan.

— Finalement, Saladin ne m'a pas tué, soupira Guillaume en crispant les poings sur ses rênes.

— Mon oncle sait reconnaître le courage. Votre fils aussi, d'ailleurs.

Leur conversation fut de nouveau interrompue par Guy, qui continuait de s'égosiller.

— Conrad, ouvre-moi tout de suite les portes, sinon je vais à Tripoli !

— Va en Enfer si ça te chante, peu me chaut.

Guy fit un geste pour signifier à Conrad qu'il ne l'écoutait plus, et se tourna vers Gérard de Ridefort et les autres cavaliers :

— Conrad n'est qu'un traîne-chausses, qui préfère le confort de Tyr plutôt que le combat avec l'ennemi. C'est pourquoi nous, Guy de Lusignan, roi de Jérusalem, invitons tous ceux qui veulent poursuivre le combat à nous accompagner à Tripoli.

— Poursuivre le combat ? dit Emmanuel, étonné. Mais vous aviez promis de traverser la mer.

— Et j'ai tenu promesse. J'ai navigué un peu, avant de revenir ici.

— C'est indigne d'un roi, s'offusqua Emmanuel.

— Parce que vous comptez rendre les armes, peut-être ?

— Je n'ai jamais juré de le faire. Saladin ne m'a rien demandé.

— Je vois, ricana Guy. Mais il est vrai qu'en tant qu'ancien écuyer de Morgennes, vous êtes expert en façon de vous arranger avec votre conscience...

— Mon père n'était pas un traître ! s'écria Cassiopée.

— Bien sûr que non, répliqua Lusignan. S'il s'est converti à l'islam, c'était seulement par goût de l'aventure.

— C'était pour continuer à servir sa foi.

— Si c'était le cas, pourquoi ses frères de l'Hôpital l'ont-ils jugé et condamné ?

— Parce qu'il est allé les trouver, et n'a pas craint d'affronter leur tribunal.

Gérard de Ridefort fit avancer son cheval vers Cassiopée, et lui dit :

— Je connais bien cette affaire, mademoiselle, car j'y ai moi-même participé. Or, j'aimerais savoir ceci : si votre père est le héros que vous dites, alors où est la Vraie Croix ?

— À Rome, murmura Cassiopée.

— Vraiment ?

Prenant à témoin la douzaine de cavaliers qui l'entouraient, il poursuivit :

— Elle est à Rome, et nous n'en savons rien ? Depuis Urbain III, deux Très Saints-pères se sont succédé au Saint-Siège, et ils ne nous ont pas informés de cette glorieuse nouvelle ? Foutaises ! Non, moi je crois que si Morgennes a renié, c'est tout simplement parce que c'était un lâche.

— Retirez vos paroles, ou je vous les rentre dans la gorge, fit Cassiopée en dégainant Crucifère.

Ridefort la regardait en ricanant, s'amusant beaucoup de l'avoir mise en colère aussi facilement.

— Cassiopée, calmez-vous, dit Emmanuel.

Il lui posa la main sur le bras, et dit à Guy de Lusignan :

— Sire, je crois que nous allons rester à Tyr. Je dois d'ailleurs y retrouver mes frères…

— Mon Dieu mais c'est terrible, poursuivit Ridefort sur un ton sarcastique. Vous entendez ça, vous autres ? Cette donzelle et l'ancien écuyer de Morgennes ne veulent pas se joindre à nous, pour poursuivre le combat ! Mais c'est une catastrophe !

Et tous de s'esclaffer.

— Je reste avec eux, dit Guillaume de Montferrat en regardant Emmanuel, avec qui il avait autrefois tenté de sauver la vie de Baudouin IV.

— Bon débarras, ricana Ridefort. Ce n'est pas votre faible bras qui nous manquera.

— Je reste aussi, dit Gargano.

Ridefort se contenta de hausser les épaules. Gargano? C'était qui, ce drôle?

— Et toi? demanda-t-il à Kunar Sell. Je suppose que tu as épousé la cause de ces pleutres?

— Moi, contrairement à toi, répondit le Danois au front tatoué d'une croix, je tiendrai ma promesse.

— Ça t'arrange bien! ricana Ridefort.

Soudain, Guy de Lusignan – dont le regard avait été attiré par la magnifique épée que Cassiopée avait dégainée – s'enquit:

— Dites-moi, cette épée ne serait-elle pas Crucifère?

— Si fait, répondit Cassiopée.

— C'est l'épée des rois de Jérusalem...

— C'était celle de mon père, répliqua Cassiopée.

— Et, avant lui, celle de Baudouin IV et d'Amaury Ier.

— Et, avant eux, celle de saint Georges, ajouta Emmanuel, qui connaissait bien l'histoire de Crucifère pour l'avoir entendu raconter de la bouche même d'Amaury Ier.

— Cette épée est à moi! déclara rageusement Lusignan.

— Pas plus que Tyr! répliqua Cassiopée sur un ton déterminé.

Voyant Gargano serrer les poings, Kunar Sell empoigner sa lourde hache danoise et Emmanuel tirer son épée, Lusignan temporisa.

— Je vous autorise à me la garder, pour le moment. Mais quand je serai remonté sur le trône, il faudra me la rendre.

— On verra.

— C'est tout vu.

Puis, se tournant vers les épais remparts depuis le sommet desquels Conrad et ses hommes avaient observé cette scène, il cria:

— Hé, vous autres! S'il y a encore des braves parmi vous, je vous invite à me rejoindre à Tripoli. Ça vous changera de l'air vicié de Tyr, où vous vous contentez d'attendre des secours qui ne viendront jamais.

— Détrompe-toi, ils sont déjà en route, répondit Conrad. On vient de m'informer de l'entrée de Barberousse à Laodicée, trente jours seulement après avoir franchi les Dardanelles.

— Balivernes ! tonna Guy.

Conrad se pencha entre les créneaux, et continua :

— Cent mille hommes l'accompagnent ! Il suit le même itinéraire qu'Alexandre le Grand et, comme lui, se rend à Tyr !

— Mon royaume que non !

— Tu n'as plus de royaume à miser.

Guy de Lusignan haussa les épaules, et poursuivit :

— Pour la dernière fois, laisse-moi entrer dans ma cité !

— Tu me demandes, répondit Conrad, de te livrer une ville qui ne t'appartient pas plus qu'à moi, car je n'en suis que le gardien. Ses véritables maîtres s'appellent Plantagenêt, Philippe de France et Barberousse. Oserais-tu te mesurer à eux ?

— Je l'ose !

— Alors en leur nom je te dis ceci : Tu n'entreras point !

Lusignan fit faire demi-tour à sa monture en marmonnant :

— Assez parlé avec ce concierge.

Quand il eut pris suffisamment de distance par rapport aux murailles de Tyr, il dégaina l'épée qu'il avait au côté, se dressa sur ses étriers et déclara d'une voix tonitruante ce magnifique discours, qui devait résonner pour les siècles et les siècles et inspirer le cœur des braves :

— Le dernier mot est-il dit ? L'espérance doit-elle disparaître ? La défaite est-elle définitive ? Non ! Car la chrétienté n'est pas seule ! Elle n'est pas seule ! Elle n'est pas seule ! Elle a l'Europe derrière elle. Cette guerre n'est pas limitée au territoire malheureux du royaume de Jérusalem. Cette guerre n'est pas tranchée par la bataille de Hattin. Cette guerre est une guerre sainte. Toutes les fautes, tous les retards, toutes les souffrances, n'empêchent pas qu'il y a, dans le monde, tous les moyens nécessaires pour écraser un jour les Infidèles. Foudroyés aujourd'hui par les forces païennes, nous pourrons vaincre dans l'avenir si Dieu le veut! Le destin du monde est là. Nous, Guy de Lusignan, invitons les chevaliers et les soldats chrétiens qui se trouvent en Terre sainte ou qui viendraient à s'y trouver, avec leurs armes ou sans leurs armes, j'invite les sapeurs, les artisans et tous les ouvriers spécialisés dans l'armement qui se trouvent en Terre sainte ou qui viendraient à s'y trouver, à nous rejoindre à Tripoli afin de poursuivre le combat. Quoi qu'il arrive, la flamme de la résistance chrétienne ne doit pas s'éteindre et ne s'éteindra pas!

À peine eut-il fini de parler que ses hommes dégainèrent à leur tour leur épée et la brandirent vers le ciel, avant de la heurter bruyamment contre leur bouclier. Enfin, ayant longuement acclamé leur roi, ils s'en allèrent vers Tripoli.

Lorsqu'ils furent partis, seuls cinq chevaux restaient encore sous les remparts de la cité. Le lourd pont-levis s'abaissa dans un grondement de chaînes, et Conrad de Montferrat fit son apparition. Il s'avança vers son père, et l'étreignit chaleureusement.

— Père! Je me réjouis de vous revoir en vie! J'aurais bien donné l'ordre de préparer un festin pour fêter nos retrouvailles, mais j'ai, hélas, déjà commandé qu'on rationne les vivres.

Cependant Guillaume n'avait nul besoin d'un banquet. Revoir son fils lui donnait plus de joie encore que la danse de Cassiopée, sous la tente de Saladin.

— Tu dois un père à Saladin, dit-il en embrassant tendrement son fils. Ainsi qu'à Cassiopée.

— Je n'oublierai pas, répondit Conrad en se tournant vers elle pour lui demander : Si j'ai bien compris, vous ne l'avez donc pas retrouvé?

Cassiopée descendit de sa monture, et en confia les rênes à l'un des pages de Conrad.

— Hélas non, soupira-t-elle. Se rendre aux Enfers est beaucoup plus difficile que ne le croyait Virgile. À ce propos, comment va Chefalitione?

— Suivez-moi au port, répondit Montferrat. Vous verrez par vous-même.

48.

« Chagrins, malheurs, nous les avons eux, et c'est tout !
Dans ce monde, un instant d'asile, nous l'avons reçu, et c'est tout !
L'énigme de la Création nous demeure une énigme entière
Et nous partons pleins de regrets, sans en savoir plus. Et c'est tout ! »

(OMAR KHAYYÂM, *Les Quatrains Rubbâ'yât.*)

Conrad de Montferrat les entraîna vers le port, mais *La Stella di Dio* n'y était plus. Deux autres embarcations étaient amarrées à sa place – l'une, petite et ronde, pour aller à la pêche ; l'autre, droite et racée, pour assiéger l'adversaire, le prendre en chasse et couler ses nefs.

— Chefalitione est parti ? demanda Cassiopée.

— Oui, répondit Montferrat, l'air réjoui.

— Où ça ?

— À Venise, pour y acheter des armes, dit-il en baissant les yeux vers Crucifère.

Cassiopée eut un sourire en repensant aux bourses d'or et de diamants qu'elle avait dissimulées dans la cassette de Montferrat. Y avait-il un rapport entre cet achat d'armes et cet afflux d'argent ? Apparemment oui, car Montferrat continuait :

— Vous ne devinerez jamais ce que j'ai découvert dans le coffret où je gardais mon petit tableau...

— Quoi donc ? demanda Cassiopée le plus innocemment du monde.

— Deux bourses pleines d'or et de diamants !

Montferrat était transporté. Pour lui, c'était un don des cieux.

— Le signe que Dieu m'a désigné, moi, Conrad, comme gardien de cette ville... Les rois comptent sur moi.

— À ce propos, avez-vous des nouvelles de Josias ? A-t-il réussi à convaincre Angleterre et France de traverser la mer ?

— Hélas non, pas encore. J'ai un peu exagéré, tout à l'heure, quand j'ai dit à Guy que les rois venaient... Mais ça ne saurait tarder ! D'ailleurs, après Venise, Chefalitione a ordre de se rendre à Marseille, pour y attendre Josias.

— Mais alors, cela veut dire qu'il n'y a pas de navire pour nous ramener en France ?

— Il va falloir patienter, répondit Conrad.

Cassiopée s'arrêta de marcher, et avec elle Emmanuel, Gargano et Kunar Sell. Autour d'eux des portefaix s'activaient, chargeant et déchargeant des navires, sous les regards de mouettes à l'air moqueur.

— C'est là un contretemps fâcheux, soupira Cassiopée. J'avais à faire en France. N'y a-t-il pas moyen de...

— Hélas, trois fois hélas, non.

— Eh bien, nous patienterons, dit-elle en s'asseyant sur une bitte d'amarrage.

Conrad se frotta la barbe, et lui demanda en montrant Crucifère :

— J'ai vu que vous teniez beaucoup à cette épée.

— En effet.

— Faites-moi une faveur : gardez-la avec vous. Ne laissez jamais personne vous l'arracher. Cela pourrait avoir de funestes conséquences.

— Vous pouvez compter sur moi.

— Et maintenant, plutôt que de rester ici à tenir compagnie aux mouettes, que diriez-vous de venir partager mon repas ?

Cassiopée se tourna vers ses compagnons, afin de recueillir leur avis.

— Mes vieux os ont bien besoin d'un peu de repos, grommela Guillaume de Montferrat.

— Quant à moi, je tombe de sommeil, dit Gargano. Un tonnelet de café ne serait pas pour me déplaire.

— Ma hache est à votre service, déclara martialement Kunar Sell.

— Merci, soupira Cassiopée. Hélas, elle ne nous fera pas franchir la Méditerranée...

— Je dois rejoindre mes frères, dit Emmanuel comme à regret.

Cassiopée le regarda, déçue qu'il veuille déjà repartir. Surtout, elle aurait bien aimé comprendre pourquoi sa mère l'appréciait. Après tout, elle n'avait pas passé beaucoup de temps en sa compagnie. Mais, visiblement, il lui avait fait une forte impression.

Avant qu'une chandelle ne se soit consumée de la hauteur d'un pouce, Cassiopée et ses amis prenaient place autour d'une table, dans la grande salle du palais. Le contraste avec la dernière fois qu'ils s'y étaient trouvés, à leur arrivée à Tyr, était saisissant. Une atmosphère de guerre y planait pesamment. Conrad en avait fait ôter toutes les tapisseries, ainsi que les bougeoirs d'or et d'argent, pour les revendre.

— Grâce à eux, et aux fruits de la vente de diverses concessions aux Provençaux, aux Pisans et aux Génois, j'ai pu faire venir certains des plus brillants artisans vénitiens. De même, j'ai vendu à des juifs de Venise le monopole de la teinturerie, et de l'industrie du verre.

— Prends garde cependant, dit son père tout en massant ses muscles endoloris, à ne pas te retrouver dépouillé de tes rentes. À trop céder de concessions et de monopoles, tu perds ton capital.

— Sois sans crainte, père, répondit Conrad en mordant dans une cuisse de poulet. J'ai déjà gagné plus que je n'espérais. En outre, ces juifs de Venise font un travail remarquable. Ils ont établi des ateliers où se créent les plus magnifiques objets que j'aie jamais admirés. Fenêtres, vases, fioles... il n'y a pas de formes qu'ils ne sachent donner au verre ou au métal ! Ils n'ont pas leur pareil pour vous redresser une épée, détordre un bouclier ou tisser une cotte de mailles...

— Messiiire..., commença Rufinus, que Cassiopée avait déposé sur la table. Puis-je me permettre de quéééмander une faveur ?

— Je vous en prie, répondit Montferrat.

— Vos artisaaans seraient-ils capables de me fixer un crooochet, à la baaase du cou ? Non que je veuille adooopter les us et coutumes de nos aaamis les chauves-souris, mais cela permettrait à Caaassiopée de me promener ailleurs que dans son saaac à dos ou sa sacoooche de selle, et surtout, fit-il en roulant des yeux, cela éviterait à Gaaalline de me saisir par les cheveux la prooochaine fois que Caaassiopée m'enverra en miiission.

— C'est entendu, dit Montferrat. Nous verrons cela dès demain.

Gargano étouffa un bâillement avec le dos de la main, tandis que dans un coin résonnait le cliquetis de dés agités dans un gobelet de cuir. Pour tromper l'ennui, des gardes déplaçaient sur un plateau de petits jetons d'os, dont les mouvements étaient réglés par les résultats des dés. « Double six ! » s'exclama l'un des gardes. Conrad de Montferrat ne leur prêta pas attention, mais Emmanuel ne put s'empêcher de penser : « Peut-être que tout n'était pas faux, dans ce qu'a dit Lusignan. Ces hommes ont besoin d'action, et pas seulement de garder cette ville bien au chaud pour les rois... »

— Pardon, s'excusa Gargano après avoir fini de bâiller.

— Vous êtes fatigué, messire, lui dit Montferrat. Souhaitez-vous vous coucher ?

— J'en meurs d'envie, soupira Gargano. Mais ma montagne est loin d'ici.

— Votre montagne ?

— Je suis l'esprit d'une montagne, venu passer quelques années parmi les hommes... Maintenant ma tâche est terminée. Mes vieux amis, Morgennes et Chrétien de Troyes, sont morts, Guyane va se remarier, quant à Cassiopée...

Il tourna un regard plein d'amour vers sa filleule, et lui caressa tendrement les cheveux.

— Je n'ai plus rien à lui apprendre. Il est grand temps pour moi d'aller retrouver ma montagne et mes animaux, et d'aller m'endormir pour quelques siècles.

Sur ce, il bâilla encore, tandis que tous – à l'exception de Cassiopée – ouvraient de grands yeux étonnés.

Leur frugal repas terminé, Gargano et Cassiopée partirent se promener sur les remparts. Le littoral était criblé de tentes sarrasines. De la musique en parvenait. Des joueurs d'oud et de tambourin accompagnaient le crépuscule, en attendant d'aller prier, et les bannières sarrasines ondulaient dans le vent comme sous le joug de charmeurs de serpents.

— Yahyah doit se trouver dans l'une de ces tentes, déclara Cassiopée en s'accoudant sur un créneau. Avec Babouche...

Gargano ne répondit rien, se contentant d'écouter tous les sons de la nuit – les cris de l'oiselle volant dans le soir, les bruits des vagues s'attaquant aux rochers, puis l'appel à la prière du muezzin...

— Tu sais, murmura-t-il, quand j'ai dit tout à l'heure que je n'avais plus rien à t'apprendre, ce n'était pas tout à fait vrai.

— C'est-à-dire ?

— Je ne t'ai jamais parlé de ton père.

— En effet.

— Pourtant, je l'ai très bien connu. C'était même un ami...

Son regard se troubla. En vérité, Morgennes n'était pas seulement son ami. C'était, surtout, celui qui l'avait sauvé autrefois d'un sort pire que la mort.

— Je ne t'ai jamais vraiment parlé des Marais de la Mémoire ?

— Non. Qu'est-ce que c'est ?

— Connais-tu les marécages de Noir Lac ?

— Oui. C'est là que poussent les champignons dont Hassan Basras s'est servi pour exécuter les portraits de Taqi et du cheik des Muhalliq... Les Marais de la Mémoire seraient donc ces fameux marécages dont Nâyif ibn Adid et toi m'avez déjà parlé ?

Un large sourire éclaira la figure de Gargano, avant d'être remplacé par une mine plus sombre.

— C'est un endroit terriblement dangereux. Ton père m'y a sauvé la vie.

Prenant une profonde inspiration, Gargano lui raconta comment – en l'an de grâce 1169, l'année de la naissance de Cassiopée – Morgennes l'avait aidé à échapper aux Marais de la Mémoire.

— Je m'y trouvais avec la petite nièce du basileus, Marie Comnène. Mais, à l'époque, elle voyageait sous les habits d'un homme, et se faisait appeler Nicéphore...

Ses yeux s'embuèrent, et Cassiopée voyait bien qu'il avait de plus en plus de mal à s'exprimer. Parfois, une larme venait s'échouer sur sa joue, où Gargano l'essuyait d'une main distraite.

— Morgennes est arrivé, et il nous a sortis de là, Marie et moi. C'est que, vois-tu, ces marécages ont le pouvoir de te faire perdre la mémoire.

— Comme le Léthé ?

— Comme le Léthé, oui. Ce fleuve des Enfers, où les morts viennent boire dans le but d'oublier les plaisirs et les maux de leur vie d'autrefois...

— Je vois, dit Cassiopée. Alors, c'est à cause de cela que les champignons qui y poussent sont si difficiles à récolter ?

— Oui. Ceux qui veulent les cueillir oublient rapidement pourquoi ils sont venus dans ces marais, et ne les quittent plus jamais. Pis, ils s'y transforment lentement en arbres...

Cassiopée buvait les paroles de Gargano, se demandant comment son père avait fait pour ne pas succomber à la malédiction des marais.

— Je crois que c'est grâce à sa sœur, lui apprit Gargano.

— Mon père avait une sœur !

— Oui. Une sœur jumelle, morte juste avant la naissance de ton père. J'ignore s'il m'appartient de t'en révéler toutes les circonstances.

— Je veux tout savoir !

Une toux étouffée retentit à côté d'eux. Ils se retournèrent, et virent – sortant de l'ombre d'une tour de guet – Emmanuel. Il semblait fatigué, épuisé. Et en même temps heureux.

— Pardonnez-moi, leur dit-il, mais j'ai tout entendu. J'ai pensé qu'il valait mieux me montrer.

— Si Cassiopée le permet, vous êtes le bienvenu, répondit Gargano.

Cassiopée se contenta de sourire, regardant comment le vent faisait jouer sur le front d'Emmanuel ses mèches de cheveux. Aux abords des tempes, de vagues reflets blancs témoignaient d'une maturité prématurément acquise. Elles lui donnaient un air sérieux, qui n'était pas désagréable – surtout quand il était compensé, comme c'était le cas, par un bon regard, brillant d'intelligence et de générosité.

— Je n'y vois aucun inconvénient, dit Cassiopée.

— Merci, répliqua Emmanuel en s'inclinant légèrement, une main sur le cœur. Mais je ne voulais pas vous interrompre...

Gargano inspira profondément l'air aux senteurs marines, et poursuivit :

— Ce fut un vrai cauchemar. Une scène d'épouvante, qui a hanté ton père pendant de nombreuses années, jusqu'à ce qu'il rencontre le fantôme de sa sœur.

— Où ça ?

— Dans les Marais de la Mémoire. J'avais juré à ton père de ne jamais en parler à ta mère. J'ai pris sur moi de ne pas t'en parler non plus. Mais maintenant qu'il est mort, je suppose que je peux le faire. Le fantôme de ta tante hante ces marais, flottant au milieu des morts, avec lesquels elle communique en permanence.

— Alors je veux y aller.

— Surtout pas ! Tu n'en reviendrais pas.

Au-dessus d'eux, dans le ciel étoilé, l'oiselle poussa un cri.

— Mon père l'a bien fait !

— Il l'a payé très cher. Et puis, sa sœur le protégeait. Mais même cela ne l'a pas empêché de perdre en force et en capacité mémorielle. Car ton père avait la mémoire de cent hommes, et la force d'une dizaine. Demande à Kunar Sell, je suis sûr qu'il s'en souvient.

— Il l'a connu ?

— Ils ont été tous les deux élèves de Coloman, à la même période.

— Amis ?

Gargano haussa les sourcils, et déclara :

— Plutôt le contraire.

— Je dois aller dans ces marais. Si ma tante s'y trouve, je veux la rencontrer. Peut-être pourra-t-elle me permettre de parler à mon père ? En tout cas, elle est la seule à pouvoir me dire certaines choses sur lui.

— Comme quoi ?

— Quelle sorte d'enfant il était. Comment étaient mes grands-parents. S'il est toujours en Enfer...

— Cassiopée, ma filleule adorée, je t'en supplie. Ne me fais pas regretter de t'avoir parlé de ces marais.

Cassiopée appuya sa tête contre le ventre de son parrain, ainsi qu'elle avait l'habitude de le faire quand elle était petite et qu'elle se sentait seule. Car elle se sentait seule. Son père était mort. Chrétien de Troyes aussi. Sa mère était partie, et Gargano s'en irait bientôt. C'était la fin d'une époque – qu'elle n'avait pas eu le temps de vivre.

— Je dois comprendre, dit-elle. Je veux savoir. Bientôt, je vais rentrer en France. Je ne reviendrai probablement plus jamais ici, dans cette Terre absolue que même les princes chrétiens se disputent. Qui sait ? Peut-être que, moi aussi, ma tante me protégera des effluves des marais ?

Gargano bâilla encore une fois, puis dit :

— Très bien. Je te connais, tu ne renonceras pas. Alors écoute-moi bien...

Cassiopée releva la tête, pour regarder son parrain.

— Avant d'aller dans ces marais, tu dois te rendre à Constantinople, chez Constantin Coloman.

— Je doute qu'il accepte de me revoir. Dois-je te rappeler qu'il m'a bannie de son académie ?

— Il s'agit simplement de t'introduire dans son palais.

— Dans l'Œil de la Terre ? La forteresse de Coloman lui-même ? Là où se forment les meilleurs guerriers du monde ?

Gargano hocha gravement la tête.

— Justement, tu as bénéficié de la meilleure formation qui soit. Alors, il est temps de la mettre à profit. Puisque tu es résolue à arpenter ces marais – en attendant le retour de Chefalitione –, voici ce que je te propose. Je vais t'accompagner dans les parages de Constantinople, où Kunar Sell et moi te dirons quoi faire…

Emmanuel fit un pas en avant.

— Si vous le permettez, je viendrai moi aussi.

— Je croyais que vous deviez rejoindre votre ordre ? s'étonna Cassiopée.

Emmanuel eut un léger sourire, et répondit qu'il l'avait fait. Il était allé trouver le frère chevalier en charge de la douzaine d'Hospitaliers qu'Alexis de Beaujeu avait envoyés au Krak, pour se mettre à son service. Ses ordres avaient été on ne peut plus simples : « Gardez Crucifère ! Il n'est pas question que cette épée tombe entre les mains de Guy de Lusignan. »

— Autrement dit, j'ai reçu l'ordre d'escorter la porteuse de l'épée, où qu'elle aille.

Plantant son regard dans celui de Cassiopée, il lui demanda néanmoins :

— Si vous le permettez, répéta-t-il.

— Je n'y vois aucun inconvénient, répondit-elle.

L'ŒIL DE LA TERRE

49.

« Elle, le malheur la rend audacieuse. »

(OVIDE, *Les Métamorphoses.*)

L'Œil de la Terre était plus qu'une simple forteresse.

Avant de servir de palais à Coloman, l'immense bâtisse aux mille et une colonnes avait été la résidence des basileus. Des empereurs y étaient morts assassinés, des centaines de princes et princesses y avaient été conçus, dans des chambres assez grandes pour tenir lieu de maison à de riches marchands. Les marbres les plus roses, les ors les plus brillants, avaient été utilisés pour sa construction lorsque Constantin avait choisi de transférer la capitale de son empire de Rome à Byzance – rebaptisée Constantinople.

C'était au IVe siècle après l'Incarnation de Notre-Seigneur. Depuis, près de neuf siècles s'étaient écoulés. Presque mille ans, durant lesquels l'Œil de la Terre avait incarné la puissance et la gloire d'un empire à nul autre pareil.

Mais, à partir de la dynastie des Comnène, les basileus avaient installé leur trône au palais des Blachernes, au nord-ouest de la ville. C'était là que Manuel Comnène avait reçu Guillaume de Tyr et Amaury Ier de Jérusalem. Là qu'Isaac Ange – le basileus actuel – accueillait en ce moment même des émissaires de Saladin. Car, après avoir longtemps soutenu l'action des Francs de Terre sainte, Constantinople favorisait maintenant les Sarrasins. Après tout, ceux-ci étaient ses plus proches voisins. Ceux avec qui il lui faudrait cohabiter pour les siècles à venir, les Francs risquant à tout moment d'être boutés hors de Terre sainte. D'ailleurs ils n'y contrôlaient plus qu'un maigre littoral, qu'ils se disputaient en braillant.

— Sans toutes nos dissensions internes, peut-être que nous aurions encore Jérusalem, remarqua amèrement Emmanuel.

— Sans toutes *leurs* dissensions internes, jamais les Sarrasins n'auraient perdu Jérusalem, dit Cassiopée en souriant.

Emmanuel lui rendit son sourire et s'approcha d'elle. Ils se trouvaient en compagnie de Kunar Sell et de Gargano, dans une petite charrette arrêtée au sommet d'une haute colline boisée. Le long bras parfumé du Bosphore s'enroulait autour d'elle, avec sur son autre rive les lumières des bâtisses et des centaines d'églises de Constantinople.

— Je vous parie que ces églises seront un jour remplacées par des mosquées, soupira Emmanuel.

— Qui seront peut-être elles-mêmes remplacées par d'autres édifices, ajouta Cassiopée en souriant de plus belle. La vie n'est pas figée. Si vous voulez des églises, vous devez accepter le changement – car avant elles il n'y avait rien.

— C'est vrai.

— Je sais !

Ils rirent, tandis que l'oiselle planait dans l'aube naissante, loin de leurs rires et des cochons qui grognaient à l'arrière de leur charrette.

— Je pense qu'elle n'aime pas leurs cris, fit remarquer Cassiopée.

— Ou leur ooodeur, mugit Rufinus.

— Désolé pour ces désagréments, expliqua Gargano, mais ils sont nécessaires.

— C'est notre couverture, ajouta Kunar Sell.

— Absolument. En ce moment, la ville grouille de musulmans. Or il vaut mieux qu'ils ne vous approchent pas de trop près…

Le plan qu'ils avaient mis au point consistait à se présenter à l'entrée des cuisines de Coloman, pour y proposer leurs cochons. L'académie faisait une telle consommation de vivres de toutes sortes qu'ils devraient être autorisés à y décharger leurs bêtes – Cassiopée profiterait de l'occasion pour se faufiler dans le palais.

— La zone que vous cherchez, lui répéta Kunar Sell, est située à l'extrême nord-est de l'Œil de la Terre. Dans un endroit interdit aux novices.

Cassiopée opina du chef, se rappelant fort bien les trente-trois coups de fouet qu'elle avait reçus pour s'en être approchée autrefois d'un peu trop près.

— Il vous faudra passer par les appartements privés de Coloman, gagner les sous-sols de son phare puis traverser ses jardins, en prenant soin de ne pas vous faire voir des draconoctes.

— Les draconoctes ? demanda Emmanuel.

— Ce sont des chasseurs de dragons, lui apprit Cassiopée. En l'occurrence, il s'agit de la garde rapprochée de Coloman. Ils sont montés sur des dragonnets.

— Les dragons existent donc pour de vrai ? Morgennes, qui connaissait bien le sujet, m'avait dit que non.

— Ces dragons-là sont plus petits que ceux de nos légendes. On raconte qu'ils viennent d'Inde.

— D'une île appelée Komodo, précisa Kunar Sell. Je le sais, car j'ai moi-même formé et commandé quelques escouades de draconoctes. Bref, le risque n'est pas qu'ils vous entendent ou vous voient…

— Mais qu'ils me sentent.

— Absolument. Ces dragonnets ont l'odorat plus développé que des chiens. Vous devrez constamment vous assurer de la direction du vent avant de faire le moindre pas. En cas de doute, allongez-vous sans bouger. Ils ont très mauvaise vue, et ne vous repéreront pas si vous êtes immobile. Il vous faudra donc adopter, comme le disait notre vieux maître Imru'al-Qays, l'aisance du loup, la hâte du renardeau…

— Les flancs de la gazelle et les pattes de l'autruche, termina Cassiopée.

— C'est bien. Je vois que vous n'avez pas oublié vos leçons.

— Elles sont gravées dans ma chair !

— Pouvez-vous m'expliquer, demanda Emmanuel, pourquoi on ne se contente pas d'aller voir Coloman, pour lui acheter ses armures ?

Cassiopée lui répondit :

— Parce qu'il ne nous les vendrait pas. Constantin Coloman soutient Isaac Ange, qui soutient Saladin.

— Ce qui en fait notre ennemi, ajouta Kunar Sell. Certains vont même jusqu'à prétendre qu'il l'a aidé à accéder au trône. D'ailleurs, je me demande souvent si Coloman n'a pas toujours été du mauvais côté. Isaac Ange n'aurait jamais pu devenir empereur sans le soutien du Maître des Milices.

— Ces armures sont vraiment nécessaires? s'enquit encore Emmanuel.

— Sans elles, dit Gargano, vous ne survivrez pas aux marais.

— Mais les marais…

— Je ne vous oblige pas à m'y accompagner, dit Cassiopée.

Une lueur brilla furtivement dans les yeux d'Emmanuel. Pour lui, pas question d'abandonner Cassiopée.

— C'est mon devoir ! déclara-t-il.

— Une seule armure suffira, précisa Kunar Sell. Car d'après Conrad de Montferrat, ses artisans devraient être capables de la dupliquer.

— Ses juifs de Venise ? demanda Emmanuel.

— Ils m'ont faaait un très beau crooochet, mugit Rufinus en baissant les yeux vers son cou.

Sa base en avait été obstruée par une nouvelle plaque de métal, d'où dépassait un crochet métallique. Ainsi, on pouvait le suspendre à un arbre, le planter dans la terre ou le tenir à la main – sans lui arracher les cheveux.

Il y eut un bref instant de silence, puis une brise leur apporta une odeur de pin – qui les changea agréablement de la puanteur dans laquelle ils voyageaient depuis plus d'une semaine.

— Vous ne pouvez vraiment pas venir avec nous? demanda Emmanuel à Gargano.

Tous les regards se portèrent vers l'aimable géant qui avait aidé Cassiopée à faire ses premiers pas. Il semblait chagriné, et comme sur le point de changer d'avis. Mais il expliqua :

— J'ai déjà trop tardé à rentrer. Ma montagne me manque, et sans moi elle se meurt. Si je ne m'y rends pas très vite, il y a de fortes chances pour qu'elle disparaisse, et avec elle toute sa faune et sa flore. Et puis, avec vous, je ne suis pas inquiet, dit-il en posant la main sur l'épaule d'Emmanuel. Je sais que vous veillerez sur elle…

— Il est temps d'y aller, coupa Cassiopée. Constantinople nous tend les bras.

Gargano se leva, s'étira. Puis se massa les genoux, endoloris à force d'être restés pliés.

— Tiens, dit-il en donnant à Cassiopée l'une des pommes d'ombre de l'Arbre de Vie. C'est la dernière. Un petit cadeau d'adieu.

— Merci, dit Cassiopée en la fourrant dans son sac. Au fait, ça a marché avec les Muhalliq?

— Hélas non. Les morts sont restés morts…

Le géant mit la main dans les cheveux de Cassiopée, et les lui ébouriffa :

— Tu te rappelles, quand tu étais petite, tu ne supportais pas qu'on te touche les cheveux?

Cassiopée sourit à son parrain, lui prit la main et y déposa un baiser :

— Sur ce point-là, je n'ai pas changé!

— Adieu, mes amis, dit-il alors à Rufinus, Emmanuel et Kunar Sell. Adieu, ma filleule adorée!

— Adieu, mon parrain adoré, répondit Cassiopée. Embrasse ta montagne pour nous.

— Je n'y manquerai pas.

Et, comme Guyane de Saint-Pierre quelques semaines plus tôt, Gargano disparut. Non pas d'un bond, dans les cieux, mais en descendant vers l'orient. D'abord, ils virent sa massive silhouette cacher celles des troncs. Puis disparaître entre eux. Ensuite, il n'y eut plus que quelques craquements de branches.

Un animal poussa un cri.

C'était fini.

Gargano était parti.

50.

« Flancs de gazelle, pattes d'autruche,
Aisance du loup, hâte du renardeau. »

(IMRU'AL-QAYS, *La Mu'allaqa.*)

Cassiopée rabattit sur son visage le fin voile de lin blanc qu'elle avait pris à Tyr, afin de se donner l'apparence d'une épouse byzantine. Emmanuel, qui s'était déguisé en marchand, arborait de magnifiques bagues et avait enfilé plusieurs rangs de colliers. Un drap de grosse toile, enroulé autour de son estomac, lui faisait une jolie bedaine qui témoignait du dynamisme de ses affaires. Quant à Kunar Sell, de vieilles braies et un vilain surcot lui conféraient l'allure d'un valet – rôle dans lequel il excellait. Leurs armes étaient dissimulées dans une cache, située sous leur carriole.

Rufinus, lui, avait été glissé dans le sac à dos d'Emmanuel, où deux fentes avaient été pratiquées. Ainsi, il pourrait y voir et assurer les arrières de tout le monde.

— N'oooubliez pas d'y faire aussi un trooou pour me permettre de respireeer, haleta-t-il quand le sac à dos fut refermé.

— Tu ne respires pas, lui rappela Cassiopée.

— Ah oui, c'est vraaai !

— N'oublie pas de garder les paupières baissées. Je vais te les farder de noir. Ainsi personne n'y verra rien. Seulement, évite d'ouvrir les yeux au beau milieu de la foule, je n'aimerais pas qu'on s'exclame : « Oh ! mon Dieu, un sac à dos avec des yeux ! »

— Je gaaarderai les paupièèères baissées, promit Rufinus. Et me contenterai de regaaarder entre mes ciiils.

Ces préparatifs terminés, l'oiselle fut envoyée survoler les alentours afin de s'assurer qu'ils étaient exempts de tout danger. À son retour, la carriole descendit la petite colline et se dirigea vers Constantinople.

Le problème n'était pas d'y entrer. C'était d'y circuler. Une foule dense, compacte, en occupait les rues à toutes les heures du jour. Des attroupements s'y formaient, pour échanger des idées. Des groupes se mêlaient les uns aux autres, parlant philosophie ou religion. Parfois, une bagarre éclatait. Des gardes intervenaient – mais plutôt que de séparer les belligérants par la force brutale, ils s'évertuaient à les convaincre d'arrêter de se battre, ou d'aller discuter ailleurs. C'était une ville où les idées régnaient. Même la nuit n'interrompait pas les conversations. Des torches étaient apportées au milieu des rues, et les causeurs débattaient à leur lueur crachotante. Deux chaises suffisaient à six culs. C'est donc au pas de la tortue qu'ils remontèrent la principale artère de la ville.

— Laissez passer, convoi de philosophes ! s'égosillait Emmanuel.

Petit à petit, les gens s'écartaient de leur chemin – mais, comme la mer se refermant derrière la coque qui la fend, d'autres venaient les remplacer. Vendeurs de petits pains, de sucreries ou de vin, les étals étaient partout, mouvants. Ils n'attendaient pas le client – ils le devançaient. Mieux : ils procédaient à sa création. Telle femme, célèbre pour l'appétit de ses enfants, était poursuivie par une demi-douzaine d'éventaires. L'un voulait lui vendre fourchettes et couteaux, indispensables aux grands de la cité. Un autre des draps où s'essuyer les doigts, et un troisième du rouge à lèvres ! La femme les ignorait superbement, confiant à ses laquais le soin de les chasser.

Cassiopée et Emmanuel continuaient d'avancer, en s'efforçant de refuser tout ce qu'on leur proposait.

Après avoir acheté toutes sortes de babioles inutiles, ils virent enfin se dessiner, au bout de l'avenue, l'un des portiques menant à l'Œil de la Terre. Comme c'était l'heure du déjeuner, plusieurs chariots – certains chargés de chèvres, d'autres de poissons frais – s'y pressaient, tassés les uns contre les autres. Nul n'était autorisé à avancer sans avoir été fouillé. Des gardes enfonçaient leur lance dans des sacs de grains, ouvraient les tonnelets de vins, examinaient les animaux.

— Que redoutent-ils ? demanda Emmanuel.

— Il y a plusieurs années, des tueurs ont réussi à pénétrer dans le palais de l'empereur en se cachant dans une statue d'éléphant.

— Drôle d'idée.

— Heureusement, précisa Kunar Sell, Coloman était là. Il a démasqué les intrus et les a passés par le fil de l'épée.

— Je suppose, dit Emmanuel, que c'est comme ça qu'il a gagné son titre de Maître des Milices.

— Non, dit Kunar Sell. Il l'était déjà.

C'est alors qu'un garde leur fit signe d'approcher.

— Que vendez-vous ?

— De bons cochons bien gras.

— Combien ?

— Tout juste une dizaine.

— Combien en voulez-vous ?

— Deux besants.

Le garde inspecta leur carriole, mais la puanteur était telle qu'il leur dit rapidement :

— Entrez donc, allez voir le payeur général.

Puis, leur ayant fait signe de franchir l'enceinte du palais, il s'avança vers un autre chariot.

— Vous voyez, dit Cassiopée. Ce n'était pas difficile.

— Non. C'est maintenant que ça se complique.

Selon le chargement qu'ils transportaient, les chariots étaient dirigés vers les bâtiments « chauds » ou « froids ».

Dans les bâtiments « chauds », les bêtes étaient remises entre les mains d'équarrisseurs; dans les bâtiments « froids », les marchandises étaient entreposées dans l'attente d'un prochain repas.

— L'endroit qui nous intéresse est au nord-ouest, expliqua Kunar Sell.

Emmanuel, de plus en plus rongé par l'inquiétude depuis qu'ils étaient à Constantinople, demanda à Cassiopée :

— Vous êtes vraiment sûre de ne pas vouloir que je vous accompagne?

— Vous me mettriez en danger, c'est beaucoup trop risqué.

— Silence, leur dit Kunar Sell. Ce n'est pas le moment de parler de ça. Nous approchons...

Comme ils entraient dans un vaste entrepôt, Cassiopée mit à profit un cahot du chariot pour se laisser couler à terre, et vite se faufiler sous les roues de l'attelage voisin. Passant entre les jambes d'un bœuf, puis d'un âne, elle gagna un long couloir baigné d'ombre. Si ses souvenirs étaient exacts, la terrasse où les nouvelles recrues étaient invitées à festoyer le soir de leur arrivée était située juste de l'autre côté. Il lui suffisait de gagner le petit jardin dont elle percevait les odeurs d'herbe et de roses fraîchement coupées, puis de longer un mur orné de magnifiques fresques...

La difficulté consistait à éviter les nombreux gardes et apprentis miliciens qui se trouvaient dans les parages. Même les serviteurs étaient des militaires. Il n'y avait aucun civil. Cassiopée retourna le voile de lin blanc qui lui recouvrait le visage, et en dévoila la doublure. De couleur noire. Gagnant l'autre extrémité du couloir, elle jeta un coup d'œil vers le ciel, afin de s'assurer que son faucon y volait. L'oiselle était bien là, qui tournoyait nonchalamment.

« Tout va bien », se dit Cassiopée. Se coulant derrière une haie de cyprès, elle s'approcha d'une petite porte. Fermée à clé. Qu'à cela ne tienne, elle fouilla dans son aumônière, et en sortit quelques crochets et passe-partout. Très vite, un « clic » lui signala que la serrure avait cédé, et elle poussa la porte. Une bouffée d'air frais lui monta au visage, chargée d'une odeur aigre-douce. Du vin. Celui des chais de l'académie, une pièce de vaste dimension où des centaines d'amphores et de tonneaux étaient entreposés.

C'est là que conformément à leur plan elle attendit la nuit, cachée entre deux fûts.

La nuit venue, elle reprit sa progression. Mais, comme le sol de la cave était recouvert de sable, elle était obligée d'effacer ses traces, et donc d'avancer lentement. En outre, il faisait très sombre – ce qui compliquait sa tâche.

Aussi légère qu'une gazelle, elle s'avança à pas de loup vers le fond de la pièce, qui se voyait dans la lueur d'un soupirail. Un escalier de pierre menait à une porte – « donnant sur les cuisines », se rappela Cassiopée. Elle se revit, à douze ans, ouvrir cette porte et descendre ces mêmes marches, pour aller chercher dans la cave un tonneau. Le plus souvent, elle n'avait pas la force de le soulever. Elle avait donc dû trouver toutes sortes de stratagèmes pour le déplacer. Généralement, elle le faisait rouler. Ou elle en répartissait le contenu dans plusieurs tonnelets, qu'elle transportait un à un, puis deux à deux. Jusqu'au jour où elle arriva enfin à soulever tout un tonneau. Ce jour-là – elle s'en souvenait comme si c'était hier – Coloman l'avait promue « marmiton ». Croyant tout d'abord que cela lui faciliterait la vie, elle déchanta lorsqu'elle s'aperçut qu'au lieu de tonneaux de vin, c'étaient de gros chaudrons bouillants qu'il lui faudrait maintenant charrier des cuisines jusqu'aux salles à manger. Elle eut un sourire à l'évocation de ses souvenirs, et se demanda : « Morgennes a-t-il eu lui aussi à franchir ces épreuves ? »

— Allons, murmura-t-elle. Ne perdons pas de temps…

Après s'être assurée que la voie était libre, elle gagna prestement l'escalier de pierre qui menait aux cuisines. Arrivée au bas des marches, elle eut une idée. Afin de cacher son visage, pourquoi ne pas remonter un tonneau ? Ainsi, elle se fondrait dans le paysage…

Avisant un fût de bonne taille, elle l'empoigna et le plaça sur son épaule gauche. Le problème, c'est qu'il y avait toujours un monde fou aux cuisines. Or, chez Coloman, une femme était forcément une intruse. Faisant un effort de mémoire, elle se rappela la configuration des lieux où elle allait déboucher. Cuisines à perte de vue, hautes de plafond, où des alignements de marmites et de fours cohabitaient avec des nuées de vapeur et de cris. Avec un peu de chance, elle aurait le temps de tourner à main droite – vers une petite bibliothèque où des milliers de recettes de cuisine étaient entreposées, et d'où partait un escalier métallique montant aux appartements de Coloman.

Elle prit une profonde respiration, puis s'engouffra dans les cuisines comme elle l'avait jadis fait des centaines de fois. Chaleur et vacarme l'assaillirent. Des marmitons couraient dans tous les sens, tandis que des ordres fusaient : « Plus chaud ! », « Moins froid ! », « Plus d'eau ! » Des jets de vapeur partaient du sol en sifflant, se heurtaient aux voûtes du plafond où ils se transformaient en brume avant de retomber en ruisselant sur les dalles des cuisines. « Rien n'a changé », constata Cassiopée en fonçant tête baissée vers la bibliothèque. Des sangliers étaient portés à rôtir, suspendus à des barres. Des poules passaient entre les mains d'apprentis pour y être décapitées – si nombreuses que leurs têtes formaient une pile qui montait aux genoux de leurs meurtriers.

« Voici comment on s'habitue au sang », songea Cassiopée en repensant une nouvelle fois à son père, et se demandant si lui aussi avait décapité des poulets. « Encore un pas et j'y suis », se dit-elle en prenant soin de garder son visage entre son tonneau et le mur.

« C'est ici. »

C'est alors que la porte de la bibliothèque s'ouvrit à la volée sur Coloman.

51.

« Il était convenu entre nous qu'il se dirigerait droit vers le Pont sous l'Eau. »

(CHRÉTIEN DE TROYES,
Lancelot ou le Chevalier à la Charrette.)

Comme convenu, donc, Emmanuel avait conduit la charrette maintenant vide de cochons vers le Bosphore ; non loin du fameux pont sous-marin par où Cassiopée devrait surgir, telle Vénus de son coquillage.

— C'est ici, dit Kunar Sell quand ils atteignirent une rive du Bosphore où la berge était particulièrement boisée.

Un épais brouillard planait sur les rives basses qui descendaient doucement vers le fleuve. Minuit n'était pas loin et, dans le ciel constellé, la lune à son zénith faisait doucement miroiter les ors des coupoles des nombreuses églises de Constantinople.

Emmanuel tournait le dos à la charrette et contemplait les eaux du fleuve. Sur l'autre rive, des barques, nefs et huissières s'y reposaient en attendant la frénésie du matin. Levant les yeux, il aperçut le Sanctuaire de la Vierge, et lui adressa cette prière silencieuse : « Ma Dame, prenez Cassiopée sous votre aile. »

Un cri d'oiseau lui répondit – celui de l'oiselle, passant nonchalamment devant la lune.

« Elle est entrée ! » pensa Emmanuel.

Son regard se concentra sur les flots, d'où Cassiopée émergerait. Mais quand ? Dans quel état ? Il frémit à l'idée d'avoir failli à sa mission. « J'avais promis de garder l'épée… » Il se voyait, tel Morgennes, condamné à plonger en Enfer pour aller la récupérer. Mais en vérité, ce qui le troublait, ce n'était pas seulement d'avoir laissé partir l'épée. C'était d'avoir abandonné celle qui la portait. Cassiopée. Il poussa un soupir, rapidement transformé en buée par le froid. C'était elle dont il se souciait, beaucoup plus que de l'épée. Il avait du mal à se l'avouer. Mais c'était bel et bien le cas.

Nerveux, il s'approcha de l'eau, qui reflétait la lune en la multipliant. Tout était calme. Le ciel et ses nuages alanguis concouraient à créer une douce atmosphère, d'où le danger semblait banni ; même la brume au-dessus du Bosphore paraissait insoucieuse des risques que prenait Cassiopée, et remontait se disloquer entre les arbres. Seule la masse imposante de l'Œil de la Terre, avec ses meurtrières laissant filtrer l'éclat de braseros, faisait peser sur eux un sentiment de menace.

Soudain, la voix de Rufinus caqueta depuis le sac à dos où il était enfoui :

— Au fait, combien avons-nous gaaagné avec nos cochooons ?

— Deux besants, lui apprit Kunar Sell tout en mâchonnant un brin d'herbe.

— Deux besaaants ! Bon sang de booois, je vais me faire charcuuutier !

— Vous êtes complètement fou, lui dit Kunar Sell.

— Normal, j'ai perdu la têêête.

52.

> « De là vient le bruit de gémissements et le sons de cruels coups de fouet : c'est alors le grincement de chaînes de fer traînées
> Énée s'arrêta et demeura terrifié par le fracas. »
>
> (Virgile, *L'Énéide*.)

Cassiopée ne put s'empêcher de faire brusquement demi-tour. Elle profita d'un jet de vapeur craché par une marmite pour se cacher de Coloman, et l'observa. Il n'avait pas changé. C'était toujours la même masse compacte de muscles et d'agilité, qui se déplaçait avec une aisance étonnante. Son allure tenait à la fois de la panthère et du loup – d'un grand loup noir, d'un chef de meute. Car Coloman régnait sur son académie comme le Diable sur les Enfers, et nul, ici, n'aurait osé lui désobéir.

« Nul, se dit Cassiopée, sauf moi. »

En effet, elle avait rapidement refusé d'accomplir les missions pour lesquelles elle avait été formée, les trouvant répugnantes et horribles. « Vous ne ferez pas de moi une esclave !

— Tu avais promis de me servir, ta vie durant ! » lui avait rappelé Coloman. C'était la vérité. Elle avait même ajouté, au moment de prêter serment : « Croix de bois, croix de fer, si je mens, je vais en Enfer ! »

« Eh bien, c'est fait », songea-t-elle.

À l'époque, Coloman s'était contenté de la chasser de son académie, maugréant : « La peste soit des femmes et de cette famille ! » Cassiopée avait cru qu'il faisait allusion à sa mère, à Chrétien de Troyes ou à Gargano. Maintenant, elle se disait que Coloman devait penser à Morgennes.

« Qui sait? Après tout, peut-être qu'il m'avait acceptée dans son académie – où normalement les femmes sont interdites – parce qu'il savait que Morgennes était mon père... »

Cachée par la vapeur et son tonneau, elle regarda le mégaduc marcher vers l'un des escaliers qui remontaient au rez-de-chaussée. Elle ne le quittait pas des yeux, voulant être certaine de son départ. Soudain, Coloman ralentit le pas. Il se retourna, fouillant la haute salle voûtée du regard. Qu'avait-il entendu ? Vu ? Senti ?

Autour de lui, l'activité décrut. Les marmitons, gâte-sauces, tournebroches, maîtres coqs et maîtres queux redoutaient sa colère. Une onde de terreur se propagea dans les cuisines, dont l'activité frénétique fondit comme neige au soleil. Les « clac-clac » des couteaux sur les marbres se turent, et l'on n'entendit plus dans toute la salle que le chant des marmites et des casseroles.

C'est alors que Cassiopée faillit tressaillir. Subitement, inexplicablement, Crucifère parut doubler de poids. Pis. Elle semblait peser un quintal, et Cassiopée ploya le genou droit – manquant lâcher son tonneau.

Heureusement, au moment même où cela se produisait – et où les yeux de Coloman passaient sur elle – une marmite siffla à côté d'elle, l'enveloppant d'un épais nuage de vapeur. Malgré la chaleur, Cassiopée se sentit soulagée. Et comme Coloman regardait ailleurs, elle s'avança vers la bibliothèque et s'y faufila rapidement.

Ce n'est qu'une fois à l'intérieur qu'elle s'autorisa – après avoir vérifié que la pièce était vide – à se laisser glisser à terre, et à souffler. « Les livres m'ont sauvée », se dit-elle, les mains posées sur son tonneau. Elle bascula le loquet de la porte en position fermée, et examina les lieux. Un candélabre illuminait des étagères où s'entassaient des milliers de parchemins.

« Nous verrons cela plus tard », se dit Cassiopée en dégainant Crucifère.

La lame de l'épée luisait d'une vive lueur bleue, mais elle était redevenue d'un poids normal. « Eh bien, que t'est-il arrivé ? » demanda-t-elle silencieusement à l'épée. Évidemment, celle-ci ne lui répondit pas. « C'est la première fois que tu me fais ça... »

Petit à petit, l'épée retrouva son éclat métallique habituel. Soulagée, Cassiopée la remit au fourreau, plaça son tonneau en travers de la porte – au cas où quelqu'un viendrait. Depuis les étagères, l'œil de parchemins enroulés sur eux-mêmes la regardait déambuler au milieu des codex empilés dans la pièce. L'un d'eux, rédigé en grec ancien, était intitulé *Comment servir les dragons*. Rapidement, Cassiopée le feuilleta. Il était écrit en onciales, c'est-à-dire en lettres majuscules, séparées les unes des autres. Curieusement, il ne s'agissait absolument pas d'un manuel de cuisine, mais d'un ouvrage expliquant que les dragons existaient bel et bien, et qu'ils régnaient depuis toujours en maîtres sur la Terre. « L'homme est né pour les servir », expliquait cet ouvrage, écrit par un conteur anonyme qui prétendait être un contemporain d'Alexandre le Grand.

D'ailleurs, disait aussi ce livre, Alexandre le Grand était lui-même un dragon ayant pris forme humaine. « Eh bien, se dit Cassiopée. Au moins, je ne serai pas venue pour rien... » Elle referma l'ouvrage, lorsque des parchemins s'en échappèrent. « Qu'est-ce que c'est ? » Cassiopée les ramassa, et vit des symboles tracés à l'encre violette, dans une langue inconnue, surmontés de ce titre en latin : *Draco fictio.* Quelqu'un avait dû commenter ce manuel, et prendre des notes. Mais quelque chose l'intriguait. L'écriture... Il s'agissait de minuscules cursives, formées par une main délicate. Non, ce n'était pas celle de Coloman – comme elle aurait pu s'y attendre –, mais celle d'une femme. Elle aurait pu le jurer ! Un frisson la parcourut. Était-ce celle de la légendaire Shyam ? Cette Maître des Épices – que Cassiopée n'avait jamais connue – avait été l'une des toutes dernières femmes (avant elle) à avoir été acceptées dans l'académie. Combien de fois n'avait-elle pas entendu, à la faveur de la nuit, vanter son savoir, sa sagesse ? On prétendait que Coloman l'avait tuée. Pour quelle raison ? Mystère.

Apparemment, Coloman était venu ici pour consulter cet ouvrage – ou les notes que Shyam y avait consignées.

Rédigées dans une langue que Cassiopée ne connaissait pas, elles étaient indéchiffrables. Mais quelqu'un, quelque part, saurait forcément les lui lire. Elle fourra livre et notes dans le sac à dos étanche que Kunar Sell lui avait fabriqué, et continua sa route.

L'escalier métallique remontait en tournant sur lui-même vers une pièce circulaire, dans laquelle s'ouvraient de petites fenêtres rondes. « Curieux décor », se dit Cassiopée. « On le croirait venu d'un autre temps, d'un autre monde... » Tendant l'oreille afin de s'assurer que personne ne se trouvait à proximité, elle s'approcha à pas feutrés d'une petite porte et l'ouvrit doucement. Personne... Elle vit alors un long couloir, et reconnut l'intérieur du phare de Coloman. « D'après Kunar Sell, l'endroit que je cherche n'est pas loin... »

Quelques pas à l'intérieur du corridor lui permirent d'admirer divers dessins et esquisses accrochés à ses murs – schémas d'armures et de navires, dont l'un évoquait l'Arche de Noé. Des odeurs cuivrées se mirent à flotter autour d'elle tandis qu'elle gagnait la sortie du phare, pour se diriger vers un escalier en plein air. Celui-ci descendait vers un jardin qui s'étageait jusqu'au Bosphore. L'air embaumait l'acacia. La nuit était chaude, calme, envahissante. Cassiopée s'y coulait comme dans un ample vêtement de soie, rassurée par la présence de son faucon, tout là-haut dans le ciel – étoile au milieu des étoiles.

Le vol de l'oiselle lui donnait toutes sortes d'informations. Présence ou non de danger; direction à suivre... Le risque, c'est qu'elle pouvait la faire repérer. Coloman la connaissait – et, s'il la voyait, il la reconnaîtrait certainement.

Tout au fond du jardin, Cassiopée aperçut un antique passage dissimulé par des fourrés. Sans les informations de

Kunar Sell, elle ne l'aurait jamais remarqué. À vrai dire, c'était plus une embrasure qu'un passage ; une faille ouverte sur un autre monde – le palais, tel qu'il existait à l'époque de Constantin. Soudain, un bruit dans l'obscurité la fit se figer. Se tassant sur elle-même, tâchant de se faire brindille, elle observa. Là, dans le jardin, une forme impossible avançait d'un pas lent. Qu'est-ce que c'était ? Un dragon.

Mais un dragon de petite taille, monté par un soldat en armure hérissée de piquants et muni d'une lance. « Un draconocte ! » D'après Kunar Sell – qui savait de quoi il parlait – ils étaient plus redoutables que les gardes du corps de l'empereur. C'est alors que, dans le ciel, son faucon poussa un cri. Il n'était pas question de se battre, mais au contraire de faire preuve de discrétion. Nul ne devait savoir qu'elle était venue dérober…

« Une armure. Dans la partie antique du palais. »

Focalisant toute son attention sur son but, Cassiopée oublia le draconocte et son dragonnet, et se faufila discrètement dans le passage qui lui faisait face. Progressant parmi les ruines d'un couloir à demi éboulé, elle se rappela avoir lu – dans le *Traité d'armurerie* de Mardi al-Tarsussi – la description d'une armure forgée par Héphaïstos pour la reine des Crevisses. Une armure dont les pièces s'articulaient à la manière des écailles de homard, et qui conférait à celui qui la revêtait la capacité de se mouvoir et de respirer sous l'eau. Cette armure, d'un rouge écarlate, avait ensuite été offerte à Alexandre le Grand pour lui permettre d'explorer l'Atlantide.

Cassiopée, que cette légende fascinait, se demandait de quelle couleur seraient les armures qu'elle trouverait.

Rouges. Elle n'en tira cependant pas la conclusion qu'il s'agissait de copies de l'armure de la reine des Crevisses, même si la ressemblance était troublante. En fait, de là où elle était – au bord du bassin au fond duquel s'alignaient deux douzaines d'armures –, Cassiopée se disait qu'elles auraient pu tout aussi bien avoir été fabriquées à partir d'écailles de dragons. Après tout, les Anciens ne les avaient-ils pas pourchassés pour cette raison même : s'en faire des armes et des armures ?

Aspirant l'air à pleins poumons, elle chercha des yeux un treuil ou une poulie, mais il n'y en avait pas. En fait, une légère pente permettait de descendre au fond du bassin. Visiblement, ces armures pouvaient être enfilées dans l'eau. « C'est étrange », se dit-elle. Mais après tout, guère plus étrange que d'arpenter des marais dont les vapeurs provoquaient l'amnésie.

Soudain, son épée s'alourdit.

« Coloman ? »

Cassiopée se dépêcha de se déshabiller, vite. Très vite ! N'ayant gardé que Crucifère et son sac à dos étanche, elle entra dans l'eau. L'une des armures semblait faite pour elle, n'étant point aussi grande que les autres.

C'est alors que des ondes de choc firent trembler les caisses qui se trouvaient dans la pièce. Une pluie de poussière tomba du plafond, s'ajoutant à l'eau trouble.

— Les draconoctes !

Cassiopée plongea dans l'eau froide, entraînée par le poids de Crucifère. À côté des armures, l'eau était rouge comme si du sang y avait été versé. Cassiopée battit des jambes et des bras, s'approcha de l'armure qu'elle avait repérée, et en défit les attaches. Celles-ci jouèrent sous ses doigts comme si elle avait répété ces gestes un millier de fois, et elle commença de revêtir la cuirasse, tout en se disant : « Je suis certaine que d'habitude des assistants aident les chevaliers à les enfiler... » Pourquoi y arrivait-elle si facilement ? Elle n'aurait su le dire, mais elle avait l'impression qu'une présence lui prêtait main-forte. « J'ai déjà fait ces gestes, ou quelqu'un qui les a faits des milliers de fois est en train de m'aider. »

Elle avait à peine revêtu son armure qu'un dragonnet fit son apparition, dans un sifflement de colère.

Le cœur battant, Cassiopée se dirigea vers le fond du bassin, y manoeuvra une sorte de roue qui ouvrait une porte circulaire dissimulée au milieu des fresques, et s'y engouffra tandis que des carreaux d'arbalète s'abattaient autour d'elle, venant fracasser en silence les mosaïques du bassin.

Une fois de l'autre côté, elle referma la porte et la bloqua à l'aide du fourreau de Crucifère. L'épée jetait de tels éclats bleus qu'on aurait dit un orage, et elle était si lourde que Cassiopée pouvait à peine la soulever.

Du côté du bassin, des mains cherchèrent à forcer le passage, tandis que Cassiopée s'en allait à pas lents et pesants, en direction du Bosphore où ses compagnons l'attendaient. Du moins l'espérait-elle.

LA VOIE DES ARMES

53.

« Ô comme fut clémente celle qui vint à mon secours ! »

(Dante, *L'Enfer.*)

Une année entière s'était écoulée depuis leur expédition dans l'Œil de la Terre, et pour Emmanuel il n'y avait aucun doute : si Cassiopée avait réussi, c'était grâce à la Vierge Marie. Pour remercier sa sainte Dame, patronne de son ordre, il passait ses journées à prier dans la petite chapelle du palais de Tyr, lui assurant de la vénérer « sa vie durant » – pour parler comme Cassiopée. Une Cassiopée qui occupait de plus en plus ses pensées, au point qu'il rêvait souvent d'elle. Il la voyait aux prises avec un danger dont il ne pouvait la sauver. Il se réveillait alors, trempé de sueur – et se jurait de ne jamais plus la laisser s'aventurer seule dans l'antre de qui ou de quoi que ce fût.

Toute une année, durant laquelle Cassiopée s'était vainement efforcée de comprendre pourquoi Crucifère s'était brusquement alourdie en présence de Coloman ; tandis que Rufinus s'usait les yeux sur le manuscrit intitulé *Draco fictio.* Malgré tous ses efforts, il n'était pas parvenu à déchiffrer les étranges cursives tracées à l'encre violette.

— Je n'enteeends rien à ces symboooles ! rouspétait-il. Tu me fais perdre mon teeemps !

Baissant les yeux, il désigna la pile de parchemins que Cassiopée avait rapportée des cuisines de Coloman.

— Ce n'est ni du laaatin, ni du greeec, ni de l'araaabe, ni de l'araaaméen... Ce n'est pas du roooman, ni du saaaxon, ni du germaaain ! Que veux-tu que j'y compreeenne ? Ce n'est pas en les fixant plusieurs jooours d'affilée que les mooots vont quitter leurs habits de mystèèère.

— Ne râle pas, dit Cassiopée en rangeant les parchemins dans sa besace. J'ai pensé que ça t'amuserait – ces drôles de symboles font de jolis dessins. Je m'étais dit que, à la manière des étoiles qui finissent par révéler leurs secrets à celui qui les observe longuement, ces caractères finiraient par parler à quelqu'un d'aussi intelligent que toi. Je me suis trompée. *Mea maxima culpa...*

Rufinus leva ses grands yeux sur elle, et prit conscience de son chagrin. Cassiopée avait le sentiment qu'il s'agissait d'un document important – au moins aussi important que ce qu'ils avaient appris au sujet des champignons dans le propre journal intime de Guillaume de Tyr, trouvé sur place dans la cathédrale.

« Nous tenons pour assuré et sommes bien certains de ne pas nous tromper en écrivant ici que Jésus et ses disciples – les apôtres – avaient repris d'une très ancienne secte l'habitude de cultiver des champignons, dans des cavernes situées au-dessus de la mer Morte. Bien que l'histoire de ces champignons ne nous soit pas connue, nous pensons qu'ils sont originaires d'Æthiopia – la terre des Visages Brûlés. Et plus précisément des marais de "Noir Lac", que d'autres appellent encore "Marais de la Mémoire" ou "marécages de l'Oubli" – comme si l'on pouvait y perdre la mémoire ou y boire les souvenirs d'autrui. Ces champignons, que les anciens Romains nommaient Anamita muscaria, *ou plus communément* vita verna, *ont fait l'objet d'un culte de la fertilité depuis la plus haute Antiquité, et nous croyons savoir que l'illustre et très glorieux Alexandre le Grand en consommait régulièrement.*

« De même que – et nous le consignons ici pour nous acquitter d'un devoir de vérité tout en invitant fraternellement notre lecteur à

nous pardonner de révéler ce que d'autres, moins consciencieux que nous, auraient préféré cacher en gardant le silence – Notre-Seigneur, Jésus-Christ. »

À la lecture de ces mots, Cassiopée abandonna Rufinus, et partit aussitôt à la recherche d'Emmanuel. L'ayant trouvé dans la chapelle en compagnie de Kunar Sell, avec lequel il s'entretenait gravement, elle s'écria :

— Emmanuel ! Kunar Sell !

La voyant venir, en sueur et les joues écarlates, Emmanuel crut qu'un nouveau drame était arrivé. Quant à Kunar Sell, il empoigna sa lourde hache et demanda :

— Quelqu'un est mort ?

— Venez voir ! Les champignons ! Les champignons !

— Quels champignons ? demanda Emmanuel.

— Ceux de Noir Lac ! Guillaume de Tyr les mentionne dans son journal ! Tu ne comprends donc pas ? Les Marais de la Mémoire !

— Justement, nous allions t'en parler. Kunar Sell...

Le chevalier de l'Hôpital se tourna vers l'ancien Templier blanc, qui s'inclina et dit à Cassiopée :

— Ma dame, j'ai deux nouvelles à vous annoncer : une bonne et une mauvaise. Laquelle voulez-vous en premier ?

Cassiopée n'hésita pas un seul instant :

— La mauvaise.

— Ces fourbes de Ridefort et de Lusignan se sont fait délier de leur serment par Héraclius...

— Le père de Rufinus, commenta Cassiopée.

— Ils ont pris les armes, portant le combat à Acre. Ils y affrontent les troupes de Saladin.

— C'est une mauvaise nouvelle, en effet. Mais plutôt pour mon oncle.

— Pour nous aussi, car le marquis de Montferrat a décidé de les rejoindre.

— C'est-à-dire ?

— Lassé d'attendre des rois qui mettent des années pour traverser la Méditerranée, craignant d'être traité de lâche par toute la chrétienté, il a préféré se rallier à Lusignan et Ridefort plutôt que de les voir s'arroger seuls le titre de vainqueurs.

— Alors il faut l'aider, cela va de soi ! Et la bonne nouvelle ?

Kunar Sell eut un large sourire, et lui apprit :

— Les juifs que Montferrat a fait venir à Tyr ont réussi à percer les secrets de l'armure des Crevisses. Ils sont en train d'en fabriquer une réplique. D'ici à un mois, ils pensent en avoir deux. Une troisième, si l'on attend Noël.

— Une seule suffira, puisqu'il n'y a qu'Emmanuel qui m'accompagne.

Elle se tourna vers l'Hospitalier, toujours en charge d'escorter la porteuse de Crucifère, et lui demanda :

— Si ça te va, évidemment.

— Je n'y vois aucun inconvénient, répliqua-t-il en souriant.

Kunar Sell fit un pas en avant, expliquant :

— Ma dame, il est de mon devoir de vous recommander d'attendre. J'ai moi aussi une dette que rien n'effacera jamais. Vis-à-vis de vous-même, et surtout de Morgennes. Permettez-moi de vous accompagner.

— Merci, répliqua Cassiopée, mais nous avons déjà trop perdu de temps. Et si le marquis de Montferrat n'avait pas eu besoin de nous à Acre, je crois que je serais partie immédiatement pour ces marais.

— Je ne l'aurais jamais permis, décréta Emmanuel.

— Moi non plus, ajouta Kunar Sell.

Elle leur sourit, heureuse d'avoir d'aussi bons compagnons.

54.

« On affirme qu'il y aura, et qu'il y a même, un Enfer !

Comment voulez-vous que j'y croie ? C'est une erreur ou un mensonge.

S'il existait un Enfer pour les amoureux, les buveurs, le Paradis serait désert. »

(Omar Khayyâm, *Les Quatrains Rubbâ'yât.*)

Un enfer de boue, où la terre et la merde le disputaient à la blancheur des ossements et au gris violacé des cadavres. Fossés emplis de morts, murailles et collines formées par les morts, corps tombés au combat, percés d'une flèche ou d'un coup d'épée, la tête entrée dans les épaules par une massue ou une pierre de catapulte qui avait enterré le corps et son cri dans la glaise entourant Acre.

Acre. Jamais ville n'avait mieux porté son nom, songea Simon en levant les yeux vers les murs rougissants qu'il assiégeait en compagnie des forces de Lusignan. « Des forces... »

— Qui parle de forces ? marmonna-t-il dans sa barbe aux poils agglutinés par la crasse et la sueur.

S'extirpant de la gangue de boue qu'une pluie automnale n'en finissait pas de ramollir, il se dirigea à pas lents vers le Toron de Saint-Nicolas – au sommet duquel s'élevait le pavillon du roi. Simon n'arrivait plus à se souvenir des raisons qui le poussaient à s'y rendre.

Un rocher s'abattit à quelques pas de lui, projeté depuis les hauts remparts d'Acre, et il se rappela alors : « L'informer de mon échec… »

Il avait reçu pour mission de diriger les travaux de sape entrepris sur le flanc est de la cité, et tout ce qu'il avait réussi à obtenir, c'était un trou particulièrement profond ; si profond qu'il avait fait s'ébouler une partie des remparts sur ses propres sapeurs. Avait-il vraiment envie d'aller annoncer cela au roi ? Il haussa les épaules, indifférent au sort qui l'attendait. Depuis sa fuite de Damas, plus rien n'avait d'importance. À vrai dire, il se considérait comme mort.

« Sans Cassiopée, la vie n'a plus de sens. » Promenant de droite et de gauche son regard de braise, il vit les soldats dont les corps amaigris par les maladies et l'épuisement se confondaient avec les parois des sombres tranchées où ils avaient établi leur camp. Cottes de mailles en lambeaux, écus et casques bosselés, visages noircis par la fumée des batailles… Des gémissements, des soupirs s'exhalaient de barbes drues, grouillantes de vermine. Des mains squelettiques peinaient à se refermer sur des hampes de lance ou des poignées d'épée. Tous, ici, étaient à bout de forces. Et les Sarrasins ne l'étaient pas moins. « Eh bien, se dit Simon, j'ai donc fini par trouver l'Enfer… »

Il n'aurait pas été surpris d'y croiser Morgennes.

Les membres, les armes, l'armure et les cheveux recouverts de cendre et de boue, les soldats donnaient l'impression de sortir des Enfers – une armée de morts, la *mesnie hellequin*. Quelles sortes de démons les mèneraient au Sabbat ?

S'arrachant dans un bruit de succion à la terre spongieuse, à la tourbe ensanglantée, il leva les yeux en direction des pieux inclinés servant à défendre la tente du roi Guy. Des fumerolles montaient en tourbillonnant dans un ciel saturé de noir, où des orages grondaient depuis plusieurs semaines sans jamais éclater. Simon s'essuya le front, y laissa une traînée de suie, et poursuivit son ascension. Au sommet du pavillon, un étendard pendouillait au-dessus de l'entrée. Des gardes, vaincus par la morosité, s'étaient enfoncés dans un tel ennui qu'ils paraissaient avoir dégouliné de l'étendard. Tout le monde était las. Les assiégés de résister, les assaillants d'assaillir – et même l'armée de secours, envoyée par Saladin pour prendre à revers les forces du roi Guy, semblait s'être arrêtée. Des cerveaux ralentis guidaient mollement des membres englués dans un cauchemar.

Simon poussa un soupir, vague gémissement, et pénétra dans la tente. Les gardes ne firent même pas mine de l'arrêter.

Le roi se tenait juste à côté de l'entrée, près d'un meuble. Il avait la tête penchée, à cause du plafond bas qui lui frôlait les cheveux. La toile de coton, percée par Dieu sait quoi, laissait filtrer un jour poisseux dans le petit espace que l'ancien roi de Jérusalem occupait avec son état-major.

— Majesté, fit Simon.

Le roi se retourna, lentement, comme émergeant du sommeil. Il cligna des yeux, cherchant à distinguer celui de ses hommes qui s'était adressé à lui, depuis l'ouverture de sa tente.

Simon fit un pas en avant, ses yeux s'accoutumant à l'obscurité. Mieux, la trouant des mille langues de feu qui brûlaient désormais en lui et lui permettaient d'y voir en dépit de la nuit, mais teintaient tout en rouge.

Il se demandait pourquoi le roi n'avait pas donné l'ordre d'allumer les torches. Il sentit, surtout, la présence d'inconnus. Son regard se porta vers la droite, en direction d'un coin plus sombre de la tente, et il reconnut un éclat, bleu, lumineux. « Crucifère ! » Il se mordit la lèvre inférieure, pour s'empêcher de parler. « Cassiopée ? » Pourquoi n'arrivait-il pas à percer les ténèbres d'où émanait la hideuse lueur bleue ?

Son cœur se mit à battre la chamade, et des gouttes de sueur lui coulèrent dans le dos. Il se redressa, fixa son regard sur le roi, et croisa les bras derrière lui.

— Que venez-vous faire ici ? commença le roi.

— Mon rapport.

Le roi eut un geste, lui signifiant de parler.

— Les parois se sont écroulées…

— C'est bien.

— … sur nos hommes.

Guy de Lusignan blêmit, tandis que Simon s'agenouillait, baissant humblement la tête pour ajouter :

— La muraille est quasiment intacte. L'opération est un échec. Le trou que nous avons creusé l'a été trop profondément…

— Votre intention était-elle de vous rendre aux Enfers, pour en faire jaillir les démons ? N'en sommes-nous pas suffisamment cernés à votre goût ?

— Majesté, je… Tout est entièrement ma faute. Faites de moi ce que vous voudrez.

Tête penchée sur la poitrine, bras ballants le long du corps, Simon s'attendait à être livré au bourreau. Mais Lusignan se figea. Il paraissait hésiter. Puis, dans un claquement de langue, il dit :

— Bah, au moins aurons-nous essayé… Mais tout cela va changer. Car j'ai une bonne nouvelle.

Il invita Simon à se relever.

— Je crois que vous vous connaissez ?

Il indiqua de la main l'endroit où Crucifère – mais était-ce vraiment elle ? – brillait.

— Je… je ne sais pas, fit Simon.

— Oui, nous nous connaissons, répondit Cassiopée.

Elle fit alors un pas en avant, et Simon la vit – escortée d'Emmanuel et de Kunar Sell. Elle tenait dans ses bras la tête de Rufinus. Tous se dévisagèrent sans parler, Simon se demandant ce qu'ils faisaient là.

— Son Excelleeence le marquis Conraaad de Montferraaat nous envoie souteniiir Sa Maaajesté, finit par dire Rufinus avec un sourire de défi pour celui qui avait essayé de l'occire.

— Je suis ravi de voir le marquis se rallier à moi, expliqua Lusignan. Ensemble, nous vaincrons !

— Comment as-tu fait pour survivre ? demanda Simon à Rufinus. Et vous, comment avez-vous fait pour arriver ici ? Notre camp est entièrement cerné par les troupes de Saladin.

Effectivement, alors que Lusignan assaillait Acre depuis le 20 août, dès le 29 des renforts envoyés par le sultan étaient venus les prendre à revers. Acre était un comme un noyau de pêche – pêche dont la pulpe était les Francs, et la peau l'armée de secours envoyée par Saladin. Comment les Francs réussissaient-ils à tenir, entre ces deux adversaires ? Pour commencer, ils s'étaient ménagé un accès à la mer – par où des renforts leur parvenaient régulièrement. De quelques centaines, les hommes de Lusignan étaient devenus des milliers. Puis des dizaines de milliers. Ainsi, dès le mois de septembre 1189, cinq cents navires étaient arrivés du nord, par le détroit de Gibraltar. Danois, Frisons et Flamands – dont le vaillant chevalier Jacques d'Avesnes – s'étaient ajoutés aux Bretons qui étaient déjà là. Ensuite étaient venus les Français – les hommes du comte Henri de Bar, et ceux d'Érard II de Brienne, de Guillaume de Châlons, de Robert de Dreux et de son frère Philippe, évêque de Beauvais. Sans oublier de nombreux chevaliers champenois.

Dans la plaine qu'occupaient les chrétiens, la place commençait à manquer cruellement. Il fallait s'entasser. Et les secours continuaient d'arriver, de plus en plus nombreux. Car si les rois tardaient, les marquis et les comtes, les ducs, les princes et tout ce qui portait un titre se hâtaient de venir en Terre sainte. Fin septembre, ce fut au tour des Italiens et des Allemands de l'archevêque Gérard de Ravenne, de l'évêque Adelard de Vérone, du landgrave Louis de Thuringe et du comte Othon de Gueldre de s'ajouter aux nombreuses troupes déjà présentes.

L'Europe se pressait sur un morceau de terre à peine plus grand que Paris. Alors, ce qu'on ne put gagner horizontalement, on le gagna verticalement. Des sapeurs creusèrent des galeries, où ils forèrent des niches – comme dans les catacombes. Au début, il y avait plus de vivants que de morts, puis les morts l'emportèrent. Des cadavres servaient à consolider les murs. D'autres renforts arrivèrent – et il y eut de nouveau plus de vivants que de morts. Mais moins de nourriture pour les sustenter. Le nombre de morts remonta. On crut que c'était la fin, le moment où les rats gagneraient.

C'est alors que Conrad de Montferrat décida de prêter main-forte aux braves – ou aux fous – partis assaillir Acre et les armées de Saladin.

— Mon oncle nous a laissés passer, répondit Cassiopée. Quant à Rufinus…

— Je ne peux pas mouriiir, termina l'évêque d'Acre à sa place.

Simon observa Cassiopée. Depuis sa rencontre avec la voix dans les flammes, elle était la première à échapper au terrifiant linceul de feu dont son regard vêtait désormais toute chose.

— Es-tu venue pour nous trahir, et informer ton oncle de l'état de nos armées ?

— Votre état ? Tu crois qu'il l'ignore ? N'oublie pas que, jour et nuit, des observateurs vous guettent depuis les sommets de trois collines. Rien ne lui échappe. Il en sait plus que Sa Majesté – ici présente –, qui n'a pour l'informer qu'une poignée de messagers, réduits à se traîner à pied faute de chevaux.

— Nous avons dû les manger…

Simon fixa Crucifère du regard. Soudain, la main de Cassiopée se posa sur son pommeau, et la lueur bleutée disparut. Sentant ses jambes trembler sous lui, Simon demanda à son roi :

— Quels sont vos ordres, Majesté ?

— Tu les escorteras jusqu'à leur position, répondit Lusignan. Ensuite, tu rejoindras les lignes musulmanes, et tu leur transmettras ce message : « Nous, Guy de Lusignan, roi de Jérusalem, remercions le noble Saladin pour sa générosité. Nous prierons pour que son âme ne séjourne point trop en Enfer et lui disons ceci : Non, nous n'avons point trahi notre serment. Car nous avions promis de traverser la mer, ce que nous avons fait en nous établissant sur l'îlot de Ruâd après avoir quitté Tortose. Enfin, nous respectons notre promesse de ne plus ceindre l'épée, car notre épée est suspendue à la selle de notre cheval, et non à notre ceinture. Nous ne nous battons point avec elle, mais avec une masse… »

Simon eut un sourire amusé, tandis que Cassiopée, Emmanuel et Kunar Sell ne montraient rien de leurs sentiments, même s'ils voyaient dans cette rhétorique tout ce qui faisait de Lusignan un personnage peu estimable – mais qui tentait désespérément de se racheter, et de se faire pardonner la débâcle de Hattin, la perte de la Vraie Croix, la chute de Jérusalem.

Jusqu'alors, ses manigances lui avaient toujours permis de se tirer d'affaire. Une sorte de tristesse servait maintenant de masque à son visage – masque qu'il aurait été bien en peine de retirer. Se rendait-il compte du drame qu'il avait causé ? Hélas, il continuait de se considérer comme un roi, et pensait : « Si j'ai fauté, c'est parce que Dieu l'a voulu. »

55.

« Enfin, c'est ici-bas que la vie des sots devient un véritable enfer. »

(Lucrèce, *De natura rerum.*)

Simon menait la marche, conduisant Cassiopée et ses amis sous un plafond de nuages orageux, si bas que lorsqu'une pierre de catapulte le traversait, des éclairs crépitaient furieusement. Francs, Sarrasins assiégés dans Acre ou faisant partie de l'armée de secours, tous avaient droit à leurs lots d'éclairs et de rochers tombés du ciel, qui tuaient chaque jour une dizaine de braves. C'étaient d'ailleurs à peu près, depuis le début de septembre, les seules victimes de cet étrange conflit où les ennemis se fuyaient. Quand les cavaliers de Saladin descendaient de leurs collines pour assaillir les croisés, ceux-ci refusaient le combat, se caparaçonnant derrière leurs tranchées. Et quand les Francs trouvaient la force d'effectuer une sortie, c'étaient les Sarrasins qui ne répondaient pas à leur provocation, les laissant s'attaquer à quelques escouades situées à l'avant-garde.

Où donc étaient les vastes étendues d'herbe ou de sable, et les charges des fiers chevaliers francs ? Où donc étaient les vaillants archers arabes, montés sur leurs chevaux, et qui harcelaient comme des taons les flancs des combattants chrétiens ?

La boue, l'ennui et les maladies les avaient anéantis. Au point que, se demandant pourquoi ils guerroyaient, certains aidaient l'ennemi à retourner chez lui : « Ne me tue pas, je ne te tuerai point. Rentre chez toi, je ferai de même. »

Cassiopée et Simon marchèrent un certain temps sans parler. Ils ne savaient quoi se dire. Ne savaient pas non plus s'il fallait qu'ils se parlent. Parfois, Simon ralentissait l'allure, tâchant d'entendre le cliquetis des pas de Cassiopée derrière lui, le frottement de Crucifère sur sa cotte de mailles. Mais les bruits qu'elle faisait se mêlaient à ceux d'une dispute non loin d'eux, d'une partie de dés, ou de Dieu sait quoi – des hommes jurant contre Dieu, des hommes aimant des femmes, des hommes ou des outres de vin.

Tout était d'un marron et d'un gris à pleurer, et quand Simon s'essuyait la figure, il ne faisait qu'ajouter de la terre à celle qui maculait son front. Bien que debout, il était à demi enterré.

— Nous allons tenter une charge, dit-il sans se retourner.

Arrivé au sommet d'un monticule de terre – en fait, un amoncellement de corps jetés pêle-mêle les uns sur les autres –, il tendit le bras vers l'est. Peut-être aurait-il dû y avoir un soleil ? On ne voyait qu'un large bandeau de fumée noire, qui obstruait l'horizon.

— Par là.

Cassiopée tourna son regard vers la zone qu'indiquait Simon, et repéra son oiselle.

— Qu'est-ce que c'est ? Au-dessus de quoi vole-t-elle ?

Simon hésita un instant. Il ne savait s'il devait faire de sa réponse un enjeu quelconque, lui donner plus de force qu'elle n'était supposée en avoir. Alors il dit :

— Le Diable en personne. Ton oncle. Saladin.

Cassiopée haussa les épaules, comme pour conjurer le sort.

— Et Acre ? Vous ne l'attaquez plus ?

— C'est à cause de cette tour, répondit Simon en se tournant vers le nord-ouest du camp.

Désignant une masse émergeant de la brume, il poursuivit :

— C'est la Tour maudite... Du moins est-ce ainsi que nous l'appelons. Nos adversaires, ces chiens de musulmans, l'ont baptisée « Tour des Combats ». Mais elle est...

— Imprenable ?

— Nous nous y sommes cassé les dents à plusieurs reprises. J'ai moi-même échoué à la faire s'écrouler.

— Mais pas à tuer tes propres hommes, siffla Kunar Sell.

Les deux hommes se détestaient. Ils se connaissaient bien, pourtant. Peut-être ceci expliquait-il cela. Autrefois, ils avaient été amis – du temps où ils servaient dans les Templiers blancs. Quoi que veuille dire l'amitié entre gens uniquement préoccupés de guerroyer. Mettons qu'ils se faisaient mutuellement confiance pour se garder leurs flancs, se protéger l'un l'autre. « Kunar Sell est là, sur ma gauche. Rien à craindre de ce côté-là. » Combien de fois Simon avait-il pensé cela ? Une dizaine, peut-être... Mais, ce qui était sûr aussi, c'est que jamais Kunar Sell ne s'était dit : « Simon à ma droite, je n'ai rien à craindre. » Et cela, Simon le savait. Pour Kunar Sell – à l'époque du moins –, il n'y avait pas d'alliés. Seuls existaient sa lourde hache danoise et l'ennemi à trancher. Qui protégeait Kunar Sell ? Kunar Sell lui-même. Et Dieu – un peu.

Personne n'avait jamais compté pour celui que les Templiers blancs avaient surnommé le « diable à la hache », ou le « diable nordique ». Quand il donnait des coups de hache, fauchant ses rivaux comme un paysan sa récolte, des flammes s'allumaient dans ses yeux, ses narines s'élargissaient, et son souffle emplissait bruyamment l'atmosphère – un brasier dévorant, un taureau furieux que rien, sinon l'éradication de l'adversaire, ne pouvait calmer.

Non, en vérité, jamais Simon n'avait été aussi important pour Kunar Sell que Kunar Sell l'avait été pour lui.

Il crispa le poing sur la poignée de son épée. Pourquoi Kunar avait-il changé de camp ? Pourquoi, après avoir été farouchement opposé à Morgennes, était-il devenu l'allié de sa fille ? Était-ce son séjour dans les geôles sarrasines qui lui avait tourné la tête ? Alors quoi ? L'avenir le lui apprendrait peut-être.

— C'est ici, dit-il en écartant les bras. Installez-vous. Faites comme chez vous...

— Et la charge? Nous n'y participons pas? s'enquit Emmanuel.

— Il n'était pas prévu que vous y participiez, et le roi ne m'a point ordonné de vous y inviter. Mais si vous voulez venir, qui suis-je pour m'y opposer?

Cassiopée regarda la masse des crânes, chauves, chevelus, casqués, bosselés, mités, pansés, ensanglantés, qui s'étalait depuis la base du mont où elle se trouvait jusqu'à se perdre dans un brouillard mêlé de taches brunes. Crânes dont les propriétaires serraient qui une pique, qui une épée ou une masse d'armes. Crânes impatients de pousser ce cri : « En avant ! Pille ! Tue ! Dieu le veut ! Dieu le veut ! »

Impatients? Vraiment. On aurait dit des jarres, des têtes d'amphores – tant ils étaient immobiles. Pourquoi ne bougeaient-ils pas? Peut-être, faute de place pour s'allonger, dormaient-ils debout? Coincés entre Acre et les collines où Saladin avait établi son camp, des milliers de soldats, marins, fantassins, cavaliers forcés d'aller à pied, Francs, Bretons, Saxons, Pisans, Provençaux, Espagnols, Siciliens, Nordiques, étaient plantés ici, contraints de roupiller verticalement... Comme des arbres en plein hiver.

Cassiopée, quant à elle, semblait revivre l'attente – à croire que sa quête n'était que cela, ne serait jamais que cela, ne pouvait être autre chose qu'une longue, très longue et terrifiante attente. Dans un port. Dans une ville. Dans un désert. Dans un campement. Et alors quoi? La patience n'était-elle pas son point fort? Et celui de Morgennes? Comme lui, n'était-elle pas capable d'attendre que le ciel perde ses étoiles, que la mer se dessèche, que la terre se fendille? « J'attendrai sans faillir, comme l'aube attend que le soleil vienne la caresser, la lune que la nuit vienne la révéler. J'attendrai, immobile, car j'ai confiance dans le monde. Je sais qu'au bout du temps je retrouverai mon père. »

Son regard se perdit à l'horizon, dans la brume où volait l'oiselle.

56.

« Ensemble, dans la poussière, ils se couchent, et la vermine les recouvre. »

(Job, XXI, 26.)

Des chevaux. Oui, des chevaux. C'était là tout ce dont les chevaliers avaient besoin. Pour charger. Piétiner. Affoler. Effrayer. Embrocher. Étêter. Éventrer. Massacrer.

Alors des fantassins allèrent leur en chercher. Où? Chez les mahométans.

Des mains se tendirent, avides, armées de dagues et d'épées, et tranchèrent les gorges des Sarrasins qui gardaient les enclos des montures. Puis ces mêmes mains, rouges de sang, guidèrent les bêtes jusqu'à leurs nouveaux maîtres : ces chevaliers dénaturés que la famine avait privés de destriers, et qui trouvaient bizarre de fouler la terre. Pieds impatients de sentir l'étrier, genoux avides d'enserrer le corps humide et chaud que leur maître montait, fesses affamées de selle, mains empoignant rênes et lance.

Quand une centaine de cavaliers furent réunis, et que les Sarrasins – ayant repris courage – firent face aux Francs, les rangs des fantassins qui avaient réussi ce coup d'éclat se fendirent, laissant passer l'orage. Un tonnerre de cris et de hennissements retentit, accompagné par les clameurs des buccins, des trompettes et des tambours de guerre. Suivit un galop effréné, qui se métamorphosa en un déferlement de corps et de piétinements, de lances embrochant l'ennemi glapissant.

« Ah ça, nous avions bien raison de ne pas nous entêter sur cette tour. Bien raison de ne pas nous entêter. Nous entêter… » Simon chargeait, mais n'était pas au combat. Et s'il voyait sa main guider sa lance au creux d'une poitrine, puis l'abandonner au profit de l'épée, il n'était pas là. Il pensait à Morgennes, à Cassiopée.

« J'ai tout donné pour vous sauver ! »

Que faisait Cassiopée ? Se servait-elle de Crucifère, l'épée qui ne devait pas tuer ? Non, Crucifère était restée au fourreau, et Cassiopée demeurait en retrait, accompagnée de ses amis. « Les traîtres », pensa Simon au beau milieu de la mêlée. « Pourquoi ne se battent-ils pas ? »

Son arme frappa de nouveau, trancha en deux un Sarrasin. Mais c'est à peine s'il savoura sa victoire, car il se demandait pourquoi Cassiopée restait en arrière, sous l'étendard de Guy de Lusignan.

Ce dernier avait pris la tête de la charge, en compagnie d'un fort bataillon de Templiers, menés par Gérard de Ridefort. Ils semaient une telle terreur parmi les gens de Saladin que ses archers à pied couraient aussi vite que leurs poursuivants. Cette offensive était une réussite. « Montjoie ! Montjoie ! Tue ! Tue ! » Déjà, des chevaliers parvenaient au pavillon du sultan – qui l'avait abandonné pour se réfugier quelques milles plus loin, de l'autre côté de la colline d'Ayâdiya.

La gent de fer s'en donna à cœur joie. Simon tira sur les rênes de sa monture, et lui fit faire brusquement volte-face. Car si leur charge avait été couronnée de succès, qu'en était-il des fantassins qui les suivaient ? Ils les avaient distancés. Emportés par leur élan, les chevaliers ne s'étaient pas aperçus qu'ils s'étaient coupés de leurs lignes. D'ailleurs, ils ne s'étaient pas aperçus de grand-chose, se contentant de faire ce pour quoi ils s'étaient entraînés depuis l'enfance : éperonner leur monture et taper de l'épée.

Le camp de Saladin fut soumis à un pillage qui vit les nobles destriers volés aux Sarrasins transformés en vulgaires bêtes de bât. Fort heureusement pour les Francs, tous n'avaient pas perdu de vue l'objet de leur offensive : s'emparer de Saladin lui-même, ou en tout cas le repousser si loin qu'il ne lui reviendrait pas de sitôt l'envie de s'attaquer aux chrétiens établis autour d'Acre.

— Soldats ! cria Simon. Mes beaux doux frères, messires chevaliers !

Quelques têtes se tournèrent vers lui – pour la plupart c'étaient des moines militaires, qui se regroupaient non loin du gonfanon baussant, symbole du ralliement des chevaliers du Temple.

— Il faut faire demi-tour ! s'époumona Simon. Ne nous laissons pas couper de nos lignes ! Pensez aux fantassins qui cherchent à nous rejoindre ! Ne nous laissons pas encercler par l'adversaire !

— L'adversaire ? lui répondit un Franc. Il est plus occupé à déguerpir qu'à contre-attaquer...

Simon piqua un galop de reconnaissance vers le sommet de Tell Keisân où Saladin avait établi son camp. Juste derrière, les drapeaux noirs et jaunes des musulmans tournoyaient comme à la manœuvre. Soudain, l'air vibra de coups de tambour, et des fumées, plus noires et plus compactes que les précédentes, s'élevèrent dans la brume de ce 4 octobre 1189.

Et c'est alors qu'aux tambours de Saladin répondirent les trompettes d'Acre. Des hautes murailles de la ville assiégée s'élevèrent des volutes de fumée qui s'en allèrent rejoindre les sombres colonnes montant du camp de Saladin.

— Ils vont nous prendre à revers !

Dans un grincement horrible, les portes d'Acre s'ouvrirent. Le pont-levis s'abattit, et un déluge de soldats s'élança à l'assaut des chrétiens.

Les chevaliers, étonnés, s'entreregardèrent. Comment ? Les musulmans n'avaient pas fui la queue entre les jambes sous les coups de leur maître ? Les habitants d'Acre, pour n'être pas en reste et soutenir leurs soldats, hissèrent au-dessus des créneaux des drapeaux pris aux Franjis, que des têtes de chrétiens décapités au cours des précédents combats rehaussaient hideusement.

Chez les Francs, la panique fut totale. De quel côté contre-attaquer? Au nord, sur l'aile droite de Saladin, ou bien au centre, là où le gros des chevaliers peinait à faire demi-tour? Fallait-il se porter en direction du pavillon du roi, afin que l'ennemi ne l'investisse pas, ou bien foncer vers Acre, et tenter de la prendre de force malgré les flots de braves que vomissait sa gueule? Les quatre points cardinaux conspiraient contre eux, et ce n'est que grâce à la terre et aux cieux que les chrétiens eurent la vie sauve.

Car la boue, mêlée de corps à moitié décomposés et d'armures rouillées, ralentissait la progression des musulmans, laissant aux Francs le temps de se regrouper.

Pendant ce temps-là, Cassiopée, Kunar Sell et Emmanuel – fort opportunément restés en retrait – protégeaient le camp de Lusignan; tandis que les Templiers formaient avec leurs boucliers un mur défensif, véritable rempart de fer, qu'ils opposaient courageusement à la contre-offensive musulmane.

Saladin, après avoir rallié son aile droite en déroute, avait opéré une habile manœuvre destinée à prendre les Franjis en étau entre Acre et ses propres troupes. Son aile gauche, demeurée intacte, se porta contre la piétaille que les chevaliers francs – trop impatients de se saisir des richesses de son camp – avaient laissée loin derrière eux. Les piquiers, les arbalétriers, ceux qui n'avaient pour se battre qu'un poignard ou une épée courte, virent fondre sur eux plusieurs milliers de musulmans ivres de joie, qui les arrosèrent de flèches avant de les terminer au cimeterre.

Conrad de Montferrat, qui ne s'était pas déplacé jusqu'à Acre pour y mourir, se joignit aux efforts désespérés des Templiers pour contenir la charge des Infidèles, et combattit au côté de Guy de Lusignan.

Un mamelouk muni d'un fléau d'armes donnait bien du fil à retordre au marquis de Montferrat. Le gigantesque fléau, où des bouts de chair étaient restés collés, vrombissait dans l'air avec un bruit d'essaim.

Conrad para un premier coup avec son bouclier, qui fut fendu en deux par le choc. Se débarrassant des débris, il opposa au second coup sa propre épée, mais elle fut arrachée à son poing par la fureur du mamelouk. Désormais, entre sa tête et le fléau il n'y avait plus que le vide. Conrad s'apprêtait à mourir aussi dignement que possible, lorsque le bras du mamelouk voltigea dans les airs. Du sang gicla sur la poitrine de Conrad, tandis que Guy de Lusignan parachevait ce qu'il avait commencé en plantant son épée dans le cœur du mamelouk. Stupéfait, peut-être, que le ciel ne comporte pas autant de houris que le Prophète l'avait promis, le mamelouk mourut avec une expression de terreur dans les yeux.

Grâce aux efforts réunis de Conrad de Montferrat, de Guy de Lusignan et des moines soldats, le flot de troupes que Saladin avait renvoyées au combat fut endigué. Au centre du camp des chrétiens, Emmanuel et Cassiopée avaient empêché le pavillon royal de tomber aux mains des habitants d'Acre. Mieux, sous la violence de leur contre-offensive, les habitants d'Acre se hâtèrent de réintégrer leur cité.

Kunar Sell, par respect pour la promesse qu'il avait faite aux musulmans, s'était efforcé de rester à l'écart des combats. Ayant décidé de rallier les parages de la tente royale, il y surprit un mystérieux Chevalier Vert accompagné d'un ours gigantesque et d'un horrible nain – en grande conversation avec Rufinus.

— D'accooord ! D'accooord ! D'accooord ! mugissait ce dernier.

— De quoi parlez-vous ? s'enquit Kunar Sell.

— De rien, beau doux sire, répondit le nabot.

Et il sortit de la tente, avec le Chevalier Vert.

— Eh bien ? demanda Kunar Sell à Rufinus.

— Rien. Enfin si, on a gaaagné ? Nooon ?

— Il s'en est fallu de peu.

En effet, cette étonnante journée – glorieuse le matin pour les Francs, l'après-midi pour les Sarrasins – se terminait par un gain de quelques arpents de terrain pour les chrétiens.

Tandis que la retraite sonnait chez les Francs, et que les troupes musulmanes s'épuisaient à percer la blanche et rouge muraille que les Templiers opposaient à leurs coups, Saladin appela à cesser le combat. Et donna l'ordre de déplacer son camp vers l'est, de Tell Keisân à Tell Kharrûba.

La rage manqua l'étouffer, mais il trouva dans la capture de Gérard de Ridefort – ancien grand maître du Temple – de quoi soulager sa colère. Il le massacra de sa propre main, sans même lui proposer d'abjurer. Un tel chien se serait certainement empressé de se convertir à l'islam, pour se parjurer ensuite – comme si de rien n'était.

« En vérité, se dit Saladin, il n'y a que Morgennes pour prononcer la shahada et se conformer aux préceptes de l'islam... »

Retranchés derrière de puissantes défenses – pieux taillés en pointe, fosses au fond tapissé de piques –, Cassiopée et Emmanuel tinrent le camp jusqu'au retour de Guy de Lusignan et de Conrad.

La peine qu'éprouva le roi lorsqu'on lui apporta la tête de Ridefort fut atténuée par la satisfaction d'avoir sauvé Montferrat, qui lui était désormais redevable. Mais si Lusignan avait encore un camp, c'était grâce à Emmanuel et Cassiopée.

— Je suppose que nous sommes quittes, dit Guy de Lusignan au marquis de Montferrat.

— Non pas, répliqua Conrad. Vous m'avez sauvé la vie. C'est donc moi qui suis votre débiteur.

Lusignan hocha la tête, doucement, comme s'il prenait la mesure de la grandeur d'âme de celui que presque tous, ici, appelaient le « petit marquis ».

Simon arriva à son tour, furieux que personne ne l'ait écouté sur le champ de bataille quand il avait crié de ralentir l'allure pour attendre la piétaille.

« Est-ce la peine que d'Oultremer des renforts se portent à notre secours, par dizaines de milliers, si c'est pour se soucier d'eux aussi peu que des moutons d'écume ? À quoi sert-il que des hommes croient en Dieu et viennent ici donner leur vie pour racheter le Saint-Sépulcre, si l'on se fiche de leur sacrifice ? »

C'est alors qu'un aide de camp se présenta à la tente du roi, annonçant :

— Majesté ! L'aile droite de Saladin ayant été repoussée, nos troupes ont réussi à s'emparer des terrains qu'elle occupait autrefois, au pied d'Acre…

Cela voulait dire que désormais la ville était entièrement entourée par les Francs ! Fini, les promenades de Saladin sur les remparts d'Acre et ses regards amusés jetés de haut sur les chrétiens. Rufinus repensa aux étés qu'il avait passés à savourer la douceur du soir, quand il était évêque de la cité. Connaîtrait-il encore un jour la joie de sentir une brise lui caresser le corps ? « Peut-être, oooui. Peut-êêêtre… »

Malgré leur incapacité à porter leur victoire à son terme, les Francs reprenaient espoir. Ils entouraient entièrement Acre, sur terre comme sur mer. Saladin ayant déplacé son camp, les chrétiens avaient plus de place.

Malheureusement, cet espace était essentiellement occupé par des cadavres.

Saladin avait donné l'ordre de jeter les corps des soldats morts au combat dans le Na'mân, que les Franjis appelaient le « Fleuve doux », et qui prenait pour eux des allures de fleuve infernal, avec son chargement pestilentiel. Les maladies s'abattirent sur les chrétiens, qui ne savaient plus où étancher leur soif sans croiser le regard vitreux d'un ancien compagnon, ou plutôt son absence de regard.

Les Sarrasins eux-mêmes furent victimes des poisons que les morts charriaient et Saladin, atteint de dysenterie, dut regagner Damas en toute hâte, pour s'y faire soigner.

D'ailleurs, l'hiver approchait. Les musulmans commençaient à trouver le temps long. Car s'il est doux de quitter le foyer pour aller guerroyer, il est plus doux encore de le retrouver après avoir guerroyé. Les hommes se languissaient de leurs femmes, de leurs enfants. Certains se demandaient si tel petit, qu'ils avaient quitté ne sachant pas marcher, savait maintenant se tenir sur ses jambes. Et l'aînée ? Le temps de la marier n'était-il pas venu ?

Ainsi, l'armée de Saladin forte au début de l'été d'une centaine de milliers d'hommes, n'en comptait plus qu'une vingtaine vers la fin de l'automne. Les chrétiens, de leur côté, avaient vu leurs rangs se grossir de nouveaux renforts. Des navires arrivaient quasiment tous les jours, arrachant aux guetteurs ces cris : « Le roi Richard d'Angleterre ! », « Sa Majesté Philippe de France ! ».

Mais ce n'était jamais eux. C'étaient d'autres Danois, d'autres Frisons, d'autres Provençaux, Flamands ou Italiens. Vint un matin, enfin, où une nef arriva de Tyr. Elle n'apportait point de renforts, mais des nouvelles. Un artisan se précipita vers la tente de Conrad de Montferrat, et lui remit un pli. Aussitôt après l'avoir lu, Conrad partit chercher Cassiopée – en se guidant sur son oiselle.

L'ayant trouvée les bras passés autour des genoux, en train de deviser avec Kunar Sell et Emmanuel au beau milieu d'un paysage auquel des piles de morts tenaient lieu de collines, il lui dit :

— Les juifs ont terminé l'armure !

BAB EL-MANDEB

57.

> « Me joindre à toi m'est impossible ; vivre sans toi, le temps d'un souffle
> Impossible aussi. Le courage de confier à qui que ce soit
> Mes tourments, je ne puis l'avoir. Je suis une douleur étrange
> Ô vertige, déséquilibre, délices et passion, quel amour ! »
>
> (OMAR KHAYYÂM, *Les Quatrains Rubbâ'yât.*)

Aussi loin que portait son regard, Cassiopée s'efforçait de deviner les contours de ce que les Arabes appelaient Bab el-Mandeb : les portes de l'Enfer.

Mais elle ne voyait que la nuit, dans la mer et les cieux.

Déguisés en Arabes, ses compagnons et elle avaient quitté Tyr quelques semaines auparavant pour gagner Akaba – où les attendait la felouque qui devait les mener à Bab el-Mandeb, cette zone maudite de la mer Rouge. Pourquoi maudite ? Parce que, en plus des pirates, les djinns y résidaient. Plus qu'ailleurs ? Oui. Car c'était là qu'ils avaient leur cour. Là que Sohrawardi – leur soi-disant maître – avait passé plusieurs années d'exil, avant de revenir au monde, changé à jamais.

Du temps de la reine de Saba, déjà, le Yémen et l'Éthiopie étaient deux contrées séparées par un bras de mer – que les

Arabes surnommaient Bab el-Mandeb. Mais des milliers d'années avant cette fameuse reine, alors que les enfants d'Adam et Ève commençaient tout juste à lever les paupières sur la contrée bénie où Dieu les avait déposés, ces deux contrées ne faisaient qu'une. Il n'y avait pas de mer.

C'était du moins ce qu'on disait.

Un cataclysme avait fendu la terre en deux. Combien de victimes ? Combien de civilisations, combien de rêves avaient été engloutis par les flots, anéantis à jamais ? Personne ne pouvait le dire.

Cassiopée laissa échapper un soupir. Que faisait-elle ? Elle repensait à son père. « Et s'il y avait encore un espoir ? Un tout petit espoir ? » Peut-être qu'en tendant la main droit devant elle, là où la nuit régnait... Elle referma la main sur le vide. Rien.

Rouvrant le poing, elle regarda sa paume, et se sentit soudain terriblement seule.

Qu'avait tenu cette main, ces dernières années, sinon une poignée d'épée, un manche de fouet, une arbalète ou les rênes d'un cheval ? À quoi servait-elle ? À qui servait-elle ? Elle n'avait même pas su empêcher son père de tomber en Enfer. Cassiopée en voulut à Dieu – s'il existait – de lui infliger cette épreuve.

« Je triompherai », se dit-elle. « Là où personne n'est allé j'irai, et je reviendrai en vainqueur... »

Elle eut un sourire en s'apercevant que « vainqueur » n'existait pas au féminin, comme si seuls les hommes pouvaient vaincre, quand les femmes étaient condamnées à échouer.

« Voilà pourquoi je suis restée si longtemps seule. Rares sont les hommes à m'accepter telle que je suis. »

Elle repensa à Nâyif ibn Adid, le cheik des Muhalliq, et à Taqi ad-Din, son cousin. Eux l'avaient acceptée telle qu'elle était, sereinement. Jamais ils ne s'étaient sentis offensés, remis en question, démasculinisés par sa liberté, son indépendance – sa force. Saladin, aussi. À sa façon. Et Morgennes.

Ainsi qu'Emmanuel, songea-t-elle en se tournant vers le pont de la felouque. L'ancien écuyer de son père était là, le dos appuyé contre un baril d'eau, s'efforçant de dormir un peu malgré les mouvements du bateau. Elle regarda sa figure, sa barbe et ses cheveux noirs... Furtivement, presque en cachette d'elle-même, elle s'imagina passer la main dans ses cheveux, descendre vers sa nuque, caresser le bas de son visage, fuir le long de ses yeux bienveillants, effleurer sa bouche, sentir ses lèvres humecter le bout de ses doigts, s'entrouvrir...

Emmanuel ouvrit les yeux – elle referma les siens. L'avait-il vue ? L'avait-il sentie ?

Elle éprouva alors une forme inédite de peur. Elle qui ne craignait pas de monter au combat, de défier les dieux ni de se mesurer au Diable, voilà qu'un homme – un simple humain, mortel comme elle – lui faisait baisser les yeux. Sachant que son regard la trahirait, elle choisit de se tourner de nouveau vers la proue du navire, et l'obscurité.

— Comment te sens-tu ?

C'était lui. Il était là, à deux pas de son dos. Il avait dû se lever, marcher vers elle et regarder comme elle vers la nuit.

— Impatiente..., répondit-elle. Puis, après une pause : Et terrorisée.

Emmanuel ne fit aucun commentaire. Comprenait-il? Parlaient-ils de la même chose ? D'ailleurs, il ne savait plus trop quelle question il lui avait posée. Mais il lui semblait qu'elle y avait répondu.

— Moi aussi, dit-il.

Il aspira une profonde bouffée d'air marin, emplissant ses poumons de saveurs jusqu'alors inconnues.

— C'est une nuit particulière. On la croirait faite pour nous. Comme si les dieux l'avaient préparée à notre intention, et l'avaient déposée à cet endroit de la Terre pour notre bon plaisir.

Ils restèrent un moment à contempler l'obscurité, oubliant le roulis, oubliant même que le vent se levait, que derrière eux les voiles claquaient, et que les vagues battaient la coque de manière si régulière qu'on aurait dit un sorcier de village africain tapant sur son tambour pour endormir les gens.

Peu à peu, ils glissèrent dans une sorte de torpeur hypnotique, couchés ensemble dans les draps d'une nuit qui n'existait que pour eux.

Ils seraient bien restés ainsi jusqu'au petit matin, mais un marin vint les trouver.

— Pardon de vous déranger, mais j'ai cru bon de vous prévenir.

— Qu'y a-t-il ? demanda Cassiopée.

— Nous sommes poursuivis.

D'un même mouvement, Emmanuel et Cassiopée se tournèrent vers la poupe du navire, et virent au loin un minuscule point blanc scintiller à l'horizon.

— C'est une étoile ? questionna Emmanuel.

— Hélas non, je ne crois pas, répondit le marin. Je crains qu'il ne s'agisse d'une voile !

— C'est étrange, dit Cassiopée. S'ils nous suivent, pourquoi se signaler ?

— Je l'ignore, répondit le marin. Peut-être n'ont-ils pas peur de nous. À moins qu'ils veuillent nous effrayer ?

— Je pencherais plutôt pour cette seconde hypothèse, déclara Emmanuel.

Cassiopée descendit dans la cale, à la recherche de Rufinus. Comme souvent depuis qu'il avait son crochet, il avait passé beaucoup de temps au plafond, suspendu à l'envers.

— Enfiiin ! Je commençais à trouver le temps looong !

— Tu n'es jamais content…

— Je n'aime paaas qu'on m'abandooonne.

Tendrement, Cassiopée se pencha sur le front de Rufinus et y déposa un baiser.

— Désolée !

Ce baiser… Rufinus en resta bouche bée tout le long du trajet de la cale au pont de la felouque. Là, Cassiopée l'entraîna avec elle à l'arrière du navire.

— Et ça, demanda-t-elle en l'installant sur le bastingage, arrives-tu à le déchiffrer ?

Rufinus observa le petit point blanc qui luisait à l'horizon, clignant des yeux et fronçant les paupières pour essayer d'y voir mieux.

— Vous avez donc une si bonne vue, monseigneur ? lui demanda Emmanuel.

— J'y vois si bien, répondit Rufinus, que je pourrais compter le nooombre de pis qu'ont les vaaaches sur la Luuune.

Emmanuel eut un sourire étonné, et demanda :

— Sacré exploit en vérité. Et puis-je savoir, s'il vous plaît, combien elles en ont ?

— Plus taaard, répliqua Rufinus. Ce que je fais requiert toooute mon attention.

Mais il eut beau écarquiller les yeux, froncer le nez, tirer la langue ou se mordre la lèvre inférieure, il ne parvenait pas à voir quelle sorte de voile les suivait.

— Elle est peut-être plus éloignée de nous que la Lune, murmura Cassiopée, pour se moquer de Rufinus.

— Je faaais de mon mieux ! Mais mon auguuuste vision ne pooorte pas à l'infiniii.

— N'empêche, poursuivit Cassiopée, si ce que tu dis est vrai, tu y vois bien mieux que la vigie. Peut-être devrais-tu aller la remplacer ?

Du doigt, elle désigna le sommet du mât de la felouque, où un ouistiti était perché.

— C'est ça, notre vigiiie ? s'étonna Rufinus. Il sait paaarler ?

— Il pousse un cri quand il voit la terre, précisa le marin.

— Et ça suffiiit ?

— Amplement.

— Et dans le cas de ce navire ? demanda Emmanuel, en indiquant du doigt le point blanc qui scintillait à l'horizon.

— Il vient me trouver. Ce qu'il a fait tout à l'heure...

Comme s'il avait compris qu'on parlait de lui, le ouistiti leur adressa un rapide salut et se remit à guetter, une main au-dessus des yeux, l'autre accrochée au mât. Le corps arqué, il adoptait la posture des naïades dont les anciens Égyptiens adoraient décorer leurs galères.

C'était là-haut que Rufinus devait aller.

— Mais comment faire pour l'y emmener? s'interrogea Emmanuel à haute voix. Le mât n'est pas assez solide pour supporter le poids d'un être humain…

Cassiopée leva le poing – pour convoquer son faucon. Parfois, l'oiselle venait s'y poser si rapidement qu'elle semblait en jaillir. Ce fut le cas. Durant une fraction de seconde, le poing de Cassiopée se dressa, nu. L'instant d'après l'oiselle était dessus. Cassiopée n'eut qu'à regarder Rufinus pour que l'oiselle l'emmène dans les cieux, tête à l'envers, en le tenant par son crochet.

Ils n'eurent pas longtemps à attendre – un glapissement de Rufinus leur révéla qu'il avait vu du haut de son perchoir ce que le manque de hauteur ne lui avait pas permis de distinguer depuis le pont de la felouque.

— Des Teeempliers!

— À quoi le savez-vous, monseigneur? demanda Emmanuel.

— À la tête de mooort flottant au sommet de leur veeergue. Ils ont pour habituuude de l'y hisser quand ils veulent dire à leurs ennemiiis : « La mooort arriiive! »

Cassiopée baissa aussitôt les yeux vers Crucifère. L'épée ne luisait pas. Pas encore.

« Nous sommes trop loin », pensa-t-elle. « Pourtant c'est lui, je le sens… »

— C'est Simon, souffla-t-elle.

— Lui? Ce démon! Mais dans quel but?

Cassiopée fit une moue étrange, à la fois triste et désolée :

— Est-ce que je sais? Peut-être s'imagine-t-il que nous allons sauver mon père?

— Je crains, fit Emmanuel en s'appuyant des deux mains sur le bastingage, que ce ne soit pas son unique but…

Il regarda Cassiopée, cherchant à lui dire qu'il tenait plus à elle qu'à la Vierge Marie, mais s'en abstint. Depuis qu'ils avaient quitté Acre, il en était convaincu : Cassiopée était la dame de son cœur. Elle était la flamme qui brûlait dans sa poitrine, pour lui donner envie de vivre et l'emplir de bonheur. Depuis sa résurrection au sein de l'oasis des Moniales, il n'était plus lui-même. « Le chevalier de l'Hôpital est mort. Frère Emmanuel est à l'agonie. »

Parfois, il lui arrivait de songer – non sans mélancolie – à cet Emmanuel arrivé tout bébé de sa Picardie natale, et qui était tombé sous le charme des paroles de Morgennes alors qu'il n'avait pas sept ans, avait intégré l'Hôpital, était devenu écuyer du plus vaillant des chevaliers établis en Terre absolue, avait été adoubé par Alexis de Beaujeu, puis était mort... Tué par Renaud de Châtillon, un mystérieux arbalétrier et un jeune Templier blanc.

« Non, je n'ai pas été tué par eux. » En vérité, personne ne l'avait tué. Il avait pris seul la décision de pousser sa monture dans le gouffre au fond duquel coulait l'al-Assi. Ainsi il avait tué son destrier, et avait survécu...

Une chaleur lui empourpra le visage. « Heureusement, se dit-il, il n'y fait pas assez clair pour que Cassiopée s'en aperçoive. »

Car cette chaleur, il le savait, c'était elle. Cette pression dans sa poitrine, au niveau du cœur, c'était elle aussi. Quand elle s'approchait de lui. Quand elle lui parlait. Et même, oui, même à ces moments-là, quand elle chevauchait devant lui et qu'il regardait sa chevelure onduler sur son dos, ses fesses posées sur sa selle, et ses jambes enserrer sa monture... Il éprouvait un sentiment de jalousie.

La première fois que cette rougeur était apparue, c'était à Constantinople. La deuxième fois, c'était à Tyr, lorsqu'ils avaient visité les fonderies des artisans juifs. Des bains de métal en fusion, d'autres où du sable se transformait en verre, emplissaient une salle enfumée. Là, au milieu du souffle des forges, près de ces cuves où des liquides bouillonnaient, il s'était senti rougir. C'est à ce moment-là qu'il avait compris qu'il ne s'appartenait plus, et s'était réjoui de pouvoir mettre sur le compte des forges l'intense chaleur qui l'envahissait quand Cassiopée était près de lui. « Mais je me dois à ma dame ! Je suis aussi un moine, qui a fait vœu de célibat, de chasteté ! »

Alors, il s'était fait distant. Ombrageux. Pour qu'elle ne perce pas à jour le secret qui lui brûlait la poitrine, il feignait d'être préoccupé.

— À quoi penses-tu ? lui demanda Cassiopée.

Emmanuel sortit de ses rêveries.

Émergeant des nuages, la lune donnait l'impression de se balancer entre le mât et les cordages de leur felouque. Était-ce par espièglerie ou par timidité, toujours est-il qu'elle semblait prendre plaisir à se cacher derrière la grand-voile, pour en surgir l'instant d'après, illuminant le visage d'Emmanuel.

— À ce qui nous attend, répondit-il. Au sang que nous ferons couler.

— Aucun sang ne coulera, rétorqua Cassiopée. Car nous allons les semer, n'est-ce pas ? demanda-t-elle au capitaine, un vieillard à la barbe d'un noir de suie.

— Hélas, mon savoir-faire et mon expérience ne sont rien quand on les compare à ceux du grand Chefalitione, ou à la magie noire. Car c'est bien elle qui, je le crains, gonfle les voiles de nos poursuivants.

— Elle ou les djinns, fit Cassiopée.

— Ou autre chooose encooore, déclara Rufinus, ramené de la voûte céleste par l'oiselle.

— Quoi par exemple ? lui demanda Cassiopée.

— Riiien.

Comme un enfant pris en faute, Rufinus détourna le regard.

— Te voilà bien mystérieux…

Faisant celui qui n'avait rien entendu, Rufinus réclama :

— Tu me reprends en maaain ?

Alors, à la façon d'une lanterne, Cassiopée l'agrippa délicatement par le crochet qu'il avait au cou et l'orienta vers leurs poursuivants.

— C'est donc bien un navire, et il se rapproche.

— Et tout là-haut, ironisa Cassiopée en montrant la Lune, combien de pis ont les vaches ?

Rufinus fit la moue, puis déclara :

— Ne cooompte pas sur moi pour te révéler ce secreeet.

— En tout cas, monseigneur, intervint Emmanuel, je suis fort aise de constater que la privation de bras et de jambes ne vous a pas gâté la vue.

— Même la tête à l'enveeers, j'y vois mieux que jaaamais. Et j'entends bien des chooooses aussi..., déclara Rufinus d'un air de conspirateur.

— En ce cas, n'oubliez pas qu'il est bon parfois de savoir garder bouche close.

En guise de réponse, Rufinus s'installa dans un silence que seuls des cris d'oiseaux vinrent perturber.

— Des mouettes, commenta Cassiopée. Cela veut dire que la côte n'est pas loin.

— Peut-être devrions-nous gagner le couvert d'une crique ; et puis attendre un jour ou deux, proposa Emmanuel.

— C'est une possibilité, approuva Cassiopée.

— Si c'est celle que vous pensez suivre, c'est maintenant ou jamais, dit Kunar Sell depuis l'endroit du pont où il s'était allongé pour se reposer, à côté de sa grande hache à double tranchant.

Tous sourirent, car tous avaient cru qu'il dormait. Cela avait peut-être été le cas. Mais quand le danger pointait le bout de son nez, Kunar Sell recouvrait aussitôt ses esprits, sa vigueur et sa hargne. Se redressant comme après une bonne nuit de repos, le Danois marcha vers eux et regarda à son tour vers la voile qui grossissait à l'horizon – lentement, mais inexorablement.

— On profite de la nuit pour trouver une crique, on s'y cache. Eux nous dépassent, ils nous cherchent... Et ne nous trouvent pas.

— Reste un problème, dit Emmanuel. Si nous pouvons les voir, ça veut dire qu'ils nous voient eux aussi.

— Pas forcément, objecta Cassiopée. Leur voile est rendue brillante par je ne sais quel sortilège... Nous qui ne nous servons que de la force des vents et des courants pour avancer ne souffrons pas des mêmes désavantages. Mais il est vrai que si la lune voulait nous prêter main-forte, elle nous aiderait à trouver une crique, puis irait se cacher juste après.

Ils tournèrent leurs regards vers la Lune ; et c'est alors que, comme si celle-ci avait été à leur service, elle jeta un fin rayon vers une crique distante de seulement quelques brasses.

Là, ils pourraient se dissimuler.

Cassiopée dirigea la manœuvre, leur felouque vira de bord, et la Lune fit de même – allant se taire derrière un nuage.

58.

« Avant que je m'en aille sans retour au pays des ténèbres et de l'ombre épaisse, où règnent l'obscurité et le désordre, où la clarté même ressemble à la nuit sombre. »

(Job, X, 21-22.)

— Où sommes-nous ? demanda Emmanuel sans qu'on puisse savoir s'il s'interrogeait lui-même, à haute voix, ou s'il posait la question à quelqu'un.

À vrai dire, cette question, à bord de la felouque, tout le monde se la posait.

Certes, ils se savaient en route pour Bab el-Mandeb, à mi-chemin des côtes de l'Afrique et de l'Arabie intérieure – autrement dit, cernés de tous côtés par l'ennemi. Déserts de sable fauve, djinns et pillards à l'orient ; jungles, démons cannibales et tribus d'anthropophages à l'occident. Le nord ne valait pas mieux – c'était de là que venaient leurs poursuivants ; quant au sud, leur destination, il leur paraissait désormais plus dangereux de s'y rendre que de se dérouter un instant pour attendre.

— Faute d'étoiles, dit Cassiopée, il est impossible de déterminer notre position avec précision. Mais je suppose que nous sommes à deux ou trois jours de notre destination. Il va nous falloir naviguer avec précaution. Le risque, c'est de s'échouer sur des rochers. Nous ne connaissons pas ces côtes. Qui peut dire les dangers qu'elles recèlent ?

— Plaçons-nous de chaque côté du navire, et sondons le fond, proposa Kunar Sell.

L'un des marins suggéra qu'on apporte des torches sur le pont, mais Cassiopée s'exclama :

— Non ! Pas de torches. Rien qui puisse avertir nos poursuivants que nous nous déroutons. Puisque la lune est notre amie, mettons l'obscurité à profit et naviguons au plus près de la côte.

Ainsi, après plusieurs mois de quête, Cassiopée se retrouvait dans une situation qui lui rappelait par bien des aspects celle qui l'avait vue quitter Marseille, près de deux ans auparavant. Seules différences : une felouque et un équipage grimé en Arabes s'étaient substitués à *La Stella di Dio* et à ses marins venus de toutes les rives de la Méditerranée ; Chefalitione et Conrad de Montferrat n'étaient plus là ; Kunar Sell s'était joint à son expédition, et Emmanuel avait remplacé Simon.

Cassiopée regrettait parfois l'impatient jeune homme qui les avait accompagnés – son père, Taqi et elle – dans toutes leurs aventures. Si la Vraie Croix avait été retrouvée, c'était aussi en partie grâce à lui. Elle se remémora l'épisode où Simon s'était enfoncé son propre couteau d'armes dans le ventre, afin de vérifier si la croix qu'ils avaient découverte était bien la Vraie Croix… « Si cette croix est la Vraie Croix, Dieu ne permettra pas que je meure », avait-il alors déclaré. Il avait survécu. Mais cela prouvait-il quoi que ce soit ?

Elle se rappela aussi que cette nuit-là, tandis qu'ils veillaient un Simon mal en point, elle avait déclaré à Morgennes : « Je sais qui tu es. »

Quelle ironie ! Oui, Morgennes était bien celui que Philippe d'Alsace et Chrétien de Troyes l'avaient chargée de ramener : le chevalier dont les aventures avaient servi de modèle à Chrétien de Troyes pour Perceval, le héros de son dernier roman. Combien d'années avait-elle passées à parcourir l'Orient, à la recherche d'un mythe, d'une fiction, d'une légende – son père ?

Et si le *litterato* n'avait pas réussi à terminer son *Conte du Graal*, faute d'inspiration peut-être, qui était-elle pour prétendre y arriver, alors que Morgennes continuait toujours de lui échapper ?

Elle poussa un soupir, tandis que derrière elle Kunar Sell déclarait :

— Arrêtons-nous là ! Plus près, nous risquons de nous briser…

— Pourquoi ? demanda-t-elle.

— Vous n'entendez pas ?

Cassiopée prêta l'oreille, et perçut sur sa droite le bruit du vent dans les arbres, et des cris d'animaux – minuscules roucoulements d'oiseaux nocturnes, échangeant des signaux : « Par ici ! Nourriture ! »

Plongeant les yeux dans une pénombre aussi épaisse que son désarroi, elle crut distinguer la ligne grise d'une côte, bordée d'arbres aux troncs pressés les uns contre les autres.

— Oiselle, dis-moi…

À peine eut-elle commencé sa phrase que l'oiselle quitta le bastingage pour s'envoler vers le rivage.

Un cri perça l'obscurité. Cassiopée vit alors la forme d'un cavalier briller dans le lointain. Il se tenait, immobile et luminescent, tel un fantôme au sommet d'un phare.

« Taqi ! » pensa aussitôt Cassiopée. Comment avait-il fait pour surgir ainsi, à l'autre bout du monde ? Elle ne perdit pas de temps à rechercher des explications, se contentant de dire à ses compagnons :

— Par ici !

Il y eut un autre cri dans les airs. Il provenait de l'endroit même que leur désignait Cassiopée.

— Vous méritez le noble titre de « dame Oiselle », décréta finement Kunar Sell.

— Elle mérite d'être appelée « gente dame », dit Emmanuel.

Cassiopée ne commenta point ces gentilles paroles, mais indiqua à ses compagnons :

— Ne le voyez-vous pas ?

— Qui donc ? demanda Kunar Sell.

— Le cavalier, tout là-bas, sur la côte. Il doit se tenir sur une falaise, car il me semble plus haut que la ligne d'horizon.

Emmanuel et Kunar Sell tournèrent leurs regards vers l'endroit qu'elle leur indiquait, mais ne virent rien.

— Même pas la plus petite étoile, dit Emmanuel sur un ton de regret.

Cassiopée prit Rufinus dans ses bras et l'orienta vers le cavalier luminescent.

— Et toi ? Le vois-tu ?

Rufinus plissa les yeux, et susurra :

— Il me semble que oooui... Je vois une ombre noooire au milieu des ooombres, elle se dessine en creux dans les ténèèèbres.

— Mais ce n'est pas une ombre ! Au contraire, elle brille !

Sa déclaration fut accueillie par un profond silence. Mais elle savait que c'était Taqi. Comme autrefois, dans le volcan, au pied du Krak des Chevaliers ou à l'orée de la porte de Fer, il était venu la sauver. Mieux que l'étoile des Rois Mages, il la guidait loin des périls, vers plus de sécurité. « Cousin Taqi, mon vieux compagnon de voyage, tu ne m'as donc point abandonnée... »

Comme ils étaient presque à l'arrêt, des frondaisons surgirent soudain au-dessus d'eux, mains gigantesques venues les ôter de la mer pour les porter vers la gueule des forêts. Un marin poussa un cri, et se jeta à l'eau. Au bruit de son plongeon succéda celui de ses brasses, et il s'exclama bientôt :

— Une plage !

Il agitait les bras pour qu'on le voie.

— Méfie-toi, malheureux, lui cria Emmanuel. Ne t'a-t-on pas dit que cette mer était infestée de requins ?

— Et de crocodiles, ajouta placidement Kunar Sell en empoignant sa hache.

L'homme eut un grand sourire – qui dessina une courte ligne blanche au-dessus des vagues. Apparemment, requins et crocodiles ne l'effrayaient pas.

— Venez !

On s'aida de ses signaux pour amener le navire au plus près de la côte, puis d'autres marins sautèrent par-dessus bord, bientôt suivis de Kunar Sell et d'Emmanuel – et tous tirèrent la felouque sur le rivage.

— Encore un effooort, caqueta Rufinus en les encourageant depuis la proue. Comme ça, ouiii. C'est biiien !

Un choc suivi d'un bruit de coque raclant le sable leur indiqua qu'ils avaient touché terre. Cassiopée sauta à son tour dans l'eau, et aida les marins à amener la felouque sous les arbres.

— N'oubliez pas de raaabattre le mâââât ! ajouta Rufinus.

Prestes comme des singes, deux marins remontèrent à bord, retirèrent les cales qui maintenaient le mât en place et le déposèrent sur le pont. Avec un cri, leur vigie bondit dans les branches d'un jujubier, d'où elle leur adressa force signes de colère. Ils lui avaient pris son arbre ! Quand ils eurent suffisamment mis la felouque à couvert, trois hommes s'empressèrent d'en dissimuler le pont avec des feuilles de palmiers.

— Maintenant, attendons, déclara Emmanuel.

Le moment était venu de partir au ravitaillement. Deux groupes furent constitués, l'un chargé d'abattre perroquets, petits singes et fourmiliers, l'autre de découvrir une source où remplir les tonneaux.

— Quant à moi, décréta Cassiopée, je veux grimper en haut de la falaise où j'ai cru voir mon cavalier.

— Je viens avec toi, dit Emmanuel. Tu ne sais rien de ces contrées, ni quels dangers elles recèlent. Je ne veux pas qu'il t'arrive malheur.

— Je reste pour garder le camp, dit Kunar Sell en enfonçant la base de sa hache dans le sable, en un geste de défi.

Emmanuel et Cassiopée marchaient au plus près du rivage, tout en prenant soin d'éviter les vagues qui venaient régulièrement leur lécher les mollets. Il y faisait très sombre, si sombre qu'on aurait pu croire que la mer brillait plus que les cieux. Les arbres formaient une muraille confuse, vivante. Par intervalles, les branches s'agitaient sous l'effet d'une brise. Parfois, d'étranges murmures montaient des fourrés pour leur rappeler qu'ils n'étaient pas seuls.

— Tu crois vraiment que c'était Taqi ? demanda Emmanuel en mettant ses pas dans ceux de Cassiopée.

— Sûre et certaine.

Avec un chuintement, elle s'arracha au sable détrempé avant d'y replonger la botte, au pas suivant.

— Alors, il n'est pas en Enfer ?

— Je ne sais pas. Je ne sais plus où est l'Enfer, ni si Taqi s'y trouve encore, ni même si mon père…

Emmanuel garda le silence. Jamais, contrairement à Simon, il ne s'était exprimé au sujet de Morgennes. D'ailleurs, on aurait dit qu'il en avait fait son deuil, comme si Morgennes était mort en même temps que l'Emmanuel de l'Hôpital – le fier chevalier qui n'avait pas voulu laisser à Renaud de Châtillon le privilège de le tuer.

Avalant sa salive, il déclara :

— Peu m'importe, je te crois. Où tu iras j'irai…

— C'est gentil, répondit-elle bien que cette phrase lui rappelle Simon.

Mais il n'y avait aucune comparaison possible entre les deux chevaliers. Alors que Simon s'était laissé envahir par le mal, Emmanuel avait su rester bon. C'était quelqu'un de lumineux, à qui l'on pouvait se fier… « Comme Taqi », songea-t-elle en pensant à son cousin, pour qui elle avait toujours éprouvé une infinie tendresse.

Emmanuel ne se lassait pas de contempler Cassiopée, dont la délicate silhouette se détachait dans la nuit. Elle commençait de gravir la pente avec souplesse, ne ménageant pas ses efforts sans paraître en souffrir. Jamais il ne l'entendait haleter ni reprendre son souffle. Jamais elle ne s'arrêtait pour se reposer un instant, les mains sur les genoux, buste penché en avant. Cette femme était-elle en acier ? Faite d'un métal aussi mystérieux et solide que l'épée qu'elle portait au flanc gauche ? Jamais il n'avait rencontré pareille détermination.

Après plusieurs heures de marche, ils atteignirent enfin le sommet d'une haute falaise. Dans le ciel, un cri d'oiseau leur confirma que c'était bien l'endroit qu'ils recherchaient. Celui où était apparu Taqi. Car si nul – hormis Cassiopée et peut-être Rufinus – n'avait vu le cavalier, l'oiselle, elle, savait que c'était là qu'il s'était tenu.

— C'est ici, dit Cassiopée.

Elle regarda autour d'elle, vit une bande de forêt s'avancer timidement jusqu'aux rochers où Emmanuel et elle se trouvaient. Emmanuel s'accroupit, passa la main sur les pierres recouvertes de lichen, prit un air déçu et annonça :

— Aucun cheval n'est venu là, je puis te l'assurer.

— Ce genre de cavalier ne laisse pas de traces, répondit placidement Cassiopée.

Elle se tourna vers l'horizon, où un orage se préparait. De gros nuages gris, au ventre chargé d'éclairs et parcouru de reflets bleus, s'amoncelaient au-dessus de la mer, comme une armée battant le rappel des troupes. Cassiopée sentit alors qu'on lui prenait la main, pour la serrer avec chaleur. Elle n'eut que le temps de croiser le regard d'Emmanuel. Ses paupières se fermèrent, sa bouche s'entrouvrit et une langue força sans peine le barrage de ses dents. Elle fut envahie d'une joie immense, des larmes lui brûlèrent les paupières, ruisselèrent sur ses joues.

— Cassiopée, dit-il entre deux baisers passionnés, je...

— Chut...

« Ce n'est pas le moment de parler. »

Elle passa les bras autour de la taille d'Emmanuel, l'attira contre elle, l'enlaça, l'étreignit. Le corps d'Emmanuel s'ajusta au sien, elle sentit son sexe sur sa cuisse, ses mains sur ses hanches, ses lèvres chercher sa gorge. Elle inspira profondément, respirant son odeur, mélange de sueur et de cuir.

— Je ne sais pas si je dois..., commença-t-il.

— Je n'y vois aucun inconvénient, répondit-elle en souriant, l'embrassant de plus belle.

Elle riait de bonheur, et bientôt le rire d'Emmanuel se joignit au sien, tandis que leurs regards se joignaient, osant enfin s'avouer ce qu'ils n'avaient jamais su se dire encore.

— Emmanuel, murmura Cassiopée entre deux rires.

Elle s'apprêtait à refermer les yeux pour un nouveau baiser, lorsque leur attention fut attirée par une lueur sur la mer. C'était le navire de leurs poursuivants. Il se tenait à plusieurs milles des côtes, mais semblait avoir mouillé l'ancre. Ils eurent beau l'observer depuis la falaise où ils s'étaient allongés, il ne bougea pas de tout le temps que l'orage emplissait l'horizon.

— Ils nous ont repérés, dit Emmanuel.

— Peut-être pas, dit Cassiopée. Mais ils savent que nous nous sommes déroutés.

Emmanuel se tourna vers elle, comme pour lui demander ce qu'il fallait faire.

Cassiopée recula vers la forêt, afin qu'on ne la voie pas depuis la nef des Templiers, et déclara :

— Allons prévenir les autres !

59.

« La Géhenne sera sûrement pour eux tous leurs rendez-vous. »

(Coran, XV, 43.)

Ils quittèrent la falaise sous un ciel couleur d'ecchymose, se hâtant de regagner le camp que leurs camarades avaient passé la matinée à fortifier. Des arbres avaient été abattus, et leurs troncs élagués, pour fournir un fortin aux marins. Entre la plage et la forêt, une fosse au fond serti d'épais rondins taillés en pointe constituait une première ligne de défense. On aurait dit un jeune lion à la crinière naissante, montrant les dents pour effrayer les hyènes. Une troupe aguerrie n'aurait aucun mal à en venir à bout, mais face à des marins, ses défenseurs pouvaient espérer tenir un jour ou deux.

— Je vois que vous n'avez pas perdu votre temps, fit Emmanuel, admiratif, en s'adressant à Rufinus. Vous avez même débarqué les deux caisses d'armures des Crevisses.

— C'est Kunar Seeell qui a tooout fait, répondit Rufinus en louchant du côté du Danois.

Celui-ci venait de donner un puissant coup de hache dans un palmier, qu'il termina d'abattre avec un vigoureux coup de pied. L'arbre, aux palmes d'un vert éclatant, tomba sur la plage, dans un formidable craquement.

— Encore une douzaine, gronda le Danois, et nous aurons un toit. À en juger par ce qui se prépare là-bas, fit-il en désignant les gros nuages noirs qui s'avançaient sur l'océan, nous en aurons besoin…

— Je vais vous aider, fit Emmanuel en s'approchant pour couper les palmes. Même si la pluie n'est pas ce qui m'effraie le plus.

Kunar Sell jeta un regard interrogateur à Emmanuel, qui lui expliqua :

— Nos poursuivants n'ont pas mordu à l'hameçon.

— Ils se sont arrêtés à peu près là où nous avons changé de cap, ajouta Cassiopée.

— Par le Diable ! Comment ont-ils su ?

Ni Emmanuel ni Cassiopée n'avaient de réponse à sa question. Alors, depuis la sorte de pagode où il était perché, Rufinus caqueta :

— Ce sont les djiiinns ! Sohrawardiii est avec eux, le Maître des Djiiinns arrive ! Craignez sa colèèère !

— Rufinus, dit Cassiopée, calme-toi. On te croirait revenu en chaire. Sohrawardi est mort, et tu le sais – comme moi.

Elle faisait allusion au fait que le nécromant avait péri dans l'incendie qui avait précédé la chute de Morgennes et causé la quasi-destruction du puits des Âmes, à Jérusalem.

— Le feu ne meurt paaas ! ajouta Rufinus en ouvrant de grands yeux. En vérité, je vous le diiis : il est revenuuu !

Les marins, auxquels la superstition tenait lieu de seconde nature, blêmirent. Beaucoup n'avaient jamais manié de lame – sauf en rêve, quand il s'agissait d'aller tuer un dragon pour sauver une princesse. Et s'ils savaient se servir d'une rame, très peu avaient eu l'occasion de l'enfoncer dans autre chose que les flots. L'inquiétude, sinon la peur, commença de les prendre.

— Ne craignez rien ! tempêta Kunar Sell en achevant d'étêter son palmier. Je doute qu'il y ait énormément de soldats parmi nos poursuivants. Et je suis sûr qu'aucun d'eux n'est aussi brave, et expérimenté, qu'Emmanuel ou moi.

— Ou moi, ajouta Cassiopée avec un petit sourire.

— Ils n'en ont pas besoooin ! tonna Rufinus. Les djiiinns sont avec eux !

Cassiopée roula des yeux en direction de l'ancien évêque d'Acre, et lui demanda :

— À t'entendre, on dirait que tu souhaites leur victoire.

— Pas du tooout ! Je sais que vous croooyez comprendre ce que vous peeensez que j'ai dit, mais je ne suis pas sûr que vous réalisiiiez que ce que vous avez entenduuu n'est pas ce que je peeense !

Tous se regardèrent, interloqués. Qu'est-ce que c'était que ce charabia ? Alors Cassiopée réagit comme elle avait l'habitude de le faire, autrefois, quand Rufinus lui cassait les oreilles.

— Fort bien. En ce cas, puisque tu retournes à tes anciennes manies, moi aussi.

Elle sortit de son aumônière un foulard, qu'elle noua autour de la bouche de l'évêque. Il fit la grimace, gonfla les joues, écarta les narines et ouvrit de grands yeux. Rien n'y fit. Le foulard resta noué, et le flot de paroles se tarit.

— Voilà une bonne chose, décréta Cassiopée. Quand tu te seras calmé, cligne trois fois des yeux et je te l'enlèverai…

Rufinus ferma les yeux, et ne les rouvrit pas. « Bah, qu'il boude… », songea Cassiopée. « Nous, nous avons à faire… »

— Cela dit, l'évêque n'avait peut-être pas tout à fait tort, souffla Kunar Sell en portant derrière la palissade une brassée de branches. Et si les djinns sont avec eux…

— Nous ne pouvons pas repartir, dit Emmanuel. C'est trop risqué, et notre felouque se ferait aussitôt attaquer, voire couler.

— Je n'ai aucune envie de servir de pâture aux requins, dit Kunar Sell.

— Je n'en ai pas non plus l'intention, dit Cassiopée. Alors voici ce que je vous propose…

Leur plan mis au point, Emmanuel et Cassiopée s'enfoncèrent dans la jungle, tandis que Kunar Sell se préparait à défendre le campement.

— Qu'ils viennent, ils trouveront à qui parler ! avait-il dit en empoignant sa lourde hache.

Puis les défenseurs du petit camp de Bab el-Mandeb avaient salué de la main leurs amis, en leur souhaitant bon courage.

L'air était lourd et gras, empli de substances molles, saturé de moustiques et d'humidité.

— J'étouffe, dit Emmanuel. On n'avance pas…

Cassiopée ne lui répondit pas, mais abattit Crucifère sur une immense toile d'araignée qui lui barrait le passage. Les filaments gluants s'agglutinèrent autour de la lame, et glissèrent à terre. Rien, jamais, n'avait adhéré à Crucifère – dont la lame était si effilée, si tranchante, que même le sang n'y restait pas. D'une certaine façon, l'épée demeurait toujours vierge, comme au sortir de la forge.

— Tu es sûre que c'est par ici ? demanda Emmanuel en écartant de la main une autre toile d'araignée.

— Sûre et certaine.

Elle s'essuya le front avec son gant, y écrasant sans s'en apercevoir une minuscule araignée blanche. Un sang poisseux lui barbouilla le visage, tandis que dans ses cheveux d'autres araignées blanches se mirent à détaler. Emmanuel les aperçut :

— Cassiopée ! Sur ta tête !

— Quoi donc ?

— Des araignées !

Elle planta Crucifère dans le mélange de boue, de mousse et de feuilles mortes qui tapissait le sol, et se passa les mains dans les cheveux afin d'en faire tomber tout ce qui avait pu s'y réfugier. Mille-pattes, scolopendres, petits insectes et bien sûr araignées blanches en dégringolèrent, roulèrent sur sa tunique, et tombèrent à terre, où elle les laissa fuir, paniqués.

— Tu ne les écrases pas ? s'étonna Emmanuel.

— Jamais. Pourquoi ?

— Elles pourraient revenir…

— Elles sont probablement inoffensives.

— Elles, peut-être. Mais leur mère ?

— Eh bien, raison de plus pour ne pas la contrarier, n'est-ce pas ?

Nerveux, Emmanuel rajusta son keffieh, et se demanda s'il n'allait pas mettre son bouclier sur sa tête – plutôt que de le garder sur son dos. Mais il pensa que ce serait là offrir un peu glorieux spectacle à Cassiopée, et décida de n'en rien faire. Il avait la phobie des insectes depuis qu'il était tout petit. Les Sarrasins ne lui faisaient pas peur, mais les sales bestioles – de celles qui vous percent des trous dans la peau à votre insu – le dégoûtaient. Il s'en imaginait couvert, de la tête aux pieds. Elles lui entraient par la bouche, les oreilles et le nez, puis se frayaient de nouveaux orifices en lui forant le crâne. Était-ce d'avoir vu, enfant, le cadavre de son père dévoré par la mort ? Celle-ci avait pris la forme de minuscules chenilles, scarabées, larves, mouches et autres insectes rampants, bourdonnants et mordants, qui lui avaient rongé le corps de l'intérieur. Sa dépouille avait été abandonnée au pied de l'enceinte sud de Jérusalem, du côté de la vallée de Hinnom ; vallée qui servait depuis des temps immémoriaux de décharge à ordures aux Hiérosolomytains. Là, les détritus étaient jetés dans d'immenses brasiers, alimentés en soufre par des esclaves à la peau craquelée, aux poils et aux cheveux roussis. Ils jetaient ce dont les habitants ne voulaient plus, après avoir gardé pour eux ce qui pouvait encore servir. D'ordinaire, ils avaient l'interdiction de brûler les corps, mais il arrivait parfois que la carcasse d'un chien ou d'un chat y débute une nouvelle vie – pour ceux qui croyaient à l'au-delà des chiens et des chats.

Le père d'Emmanuel avait trouvé la mort on ne savait comment – peut-être empoisonné, par on ne savait qui. Sa dépouille avait été cachée dans une charrette à ordures, d'où elle avait roulé quand on en avait déversé le contenu dans la décharge. C'est là que les gardiens de la Géhenne l'avaient découverte. D'abord, ils n'avaient pas su quoi faire. Fallait-il la livrer aux flammes ? L'un des gardiens avait prévenu sa hiérarchie qu'un corps avait été trouvé mêlé aux ordures de la ville. Autrefois, c'étaient des cadavres de la plèbe, des criminels, dont Jérusalem se débarrassait ainsi. Mais, à en juger par ses habits, cet homme appartenait à la noblesse.

Le roi ordonna une enquête, durant laquelle le père d'Emmanuel ne fut pas brûlé – mais laissé à pourrir dans son fossé puant. Il se mit à gonfler, ballonner, se distendre. Sa bouche, d'abord close, s'ouvrit sur un sourire édenté ; d'où sortit une langue violacée, qui gonfla elle aussi avant de disparaître sous une nuée de mouches bleues. Des larves leur succédèrent. Et sous les yeux horrifiés d'Emmanuel – qui entendait bourdonner dans la bouche de son père toutes sortes de conversations endiablées – , le corps, petit à petit, se mit à se décomposer. La puanteur devint vite insoutenable, puis se mêla à celle des ordures. Si bien qu'on ne l'en distingua plus.

Emmanuel, penché sur les murailles de Jérusalem, ne quittait pas des yeux la tache jaune et brun qui avait été son père. Sa mère et lui attendaient les résultats de l'enquête. Ils avaient bon espoir de la voir avancer, afin de pouvoir enterrer leur mari et père dans le cimetière du Saint-Sépulcre. Hélas, chaque fois qu'ils demandaient où en étaient les investigations, on leur disait de patienter. Jusqu'au jour où un garde leur confia, sous le sceau du secret, qu'elles n'aboutiraient probablement jamais : un proche du patriarche du Saint-Sépulcre paraissait impliqué, et on ne voulait pas que ce dernier fût inquiété. Aussi s'efforçait-on d'interroger plutôt dans les faubourgs, à la recherche d'un coupable plus approprié.

La mère d'Emmanuel en perdit la raison, et son fils décida de passer à l'action. Avec quelques amis, il alla nuitamment récupérer le corps de son père, et le jeta dans la Géhenne. Ce n'était pas une tombe, ni même la fosse commune. Mais c'était, se disait-il, ce qu'il y avait de plus efficace pour délivrer son père de sa gangue d'insectes.

À l'évocation de ces pénibles souvenirs, Emmanuel frémit, se demandant s'il n'avait pas plongé son propre père en

Enfer – et si oui, comment faire pour l'en sauver. Serrant la poignée de son épée, il rattrapa Cassiopée.

Cassiopée sentit Emmanuel se rapprocher d'elle, puis la dépasser. Il abattait les lianes, les troncs et les toiles d'araignées qui leur bouchaient le passage avec une telle rage qu'elle craignit qu'il n'ait perdu la raison – ou ne soit poursuivi par un démon. N'avait-elle pas lu quelque part qu'une énorme araignée cannibale – la fameuse Reine Blanche des côtes de l'Afrique – habitait cette jungle ? Risquant un coup d'œil derrière elle, elle n'aperçut rien d'autre qu'un long corridor noir, que la végétation se réappropriait déjà.

Enfin, Emmanuel se retourna et lui dit :

— Viens voir !

Ses yeux luisaient sous son keffieh telles deux étoiles, et il tremblait d'excitation.

Cassiopée se précipita, impatiente de découvrir ce qu'il avait vu.

D'abord, elle ne comprit pas. Il n'y avait qu'un immense ravin, un gouffre béant au milieu de la jungle comme une cage thoracique fendue en deux par un géant. Au fond, à plusieurs dizaines de pieds au-dessous d'elle, un fleuve grondait dans un bouillonnement de vapeurs tumultueuses. Enfin, un frêle pont de lianes reliait les rives en oscillant dangereusement. Bien fol – ou brave – qui l'emprunterait.

Ce ne pouvait être ce pont qui avait suscité les cris d'Emmanuel. À moins que… Franchissant du regard l'abîme qui la séparait de l'autre rive, elle vit des arbres – en tout point identiques à ceux que Gargano lui avait décrits. Tordus, convulsés, ils avaient l'aspect d'êtres humains en proie à d'atroces souffrances. Les Marais de la Mémoire…

« C'est là », se dit Cassiopée en baissant les yeux, comme redoutant d'aller les affronter.

Au-dessous d'elle, la colère du fleuve s'accroissait au voisinage d'un édifice impressionnant. Des murs couleur de lune s'élevaient au milieu des flots, comme les dents d'un Titan. Des crêtes d'écume blanchâtres cherchaient à sauter pardessus, chevaux furieux s'enfuyant de l'enclos. Ici, l'homme et la nature étaient aux prises depuis des années, et la nature était en train de l'emporter. L'eau s'abattait avec la violence d'un millier de béliers contre ce qui n'était après tout qu'un mur, ou une porte : un barrage. Mais aucun barrage n'aurait pu résister éternellement à cet inexorable assaut. Ainsi, les flots – gonflés par une infinité de renforts descendus, triomphants, de l'amont – étaient en passe de détruire cet ouvrage qu'Amaury Ier de Jérusalem avait voulu aussi grandiose que les pyramides dont Saladin l'avait privé.

Vers la fin de son règne, l'ancien souverain de Jérusalem avait envoyé une armée d'architectes, de sapeurs et d'ingénieurs bâtir le plus délirant des édifices dont cervelle humaine avait jamais rêvé : un barrage sur le Nil.

« Impossible ! » lui avaient dit ses ingénieurs et conseillers.

Même Morgennes, qui d'habitude n'aimait rien tant que se mesurer à l'irréalisable, avait paru douter. Mais Amaury en était convaincu : « L'Égypte c'est le Ni-ni-nil, avait-il bégayé. V-v-vaincre le Ni-ni-nil, c'est vaincre Saladin.

— Mais, Majesté… »

Les obséquieux devenaient inquiets. Autrefois, déjà, Amaury avait empli les souterrains de son palais avec toutes sortes d'œufs. Y compris, soi-disant, de dragons. Il prétendait « mettre à l'abri des hommes les univers contenus dans chacun de ces œufs, et mettre au monde quelques dragons » – afin de les domestiquer. Il n'en était résulté qu'une puanteur infernale, qui avait envahi les couloirs du palais pendant plusieurs semaines. On pouvait y péter à loisir, personne ne le remarquait.

Morgennes avait accompagné les ouvriers d'Amaury au plus près de la source du Nil, dans ces contrées dont quasiment personne ne revenait : les Marécages de l'Oubli. Comme leur nom l'indiquait, ceux qui y pénétraient y perdaient la mémoire, s'y établissaient si bien, et si définitivement, qu'ils s'y métamorphosaient en arbres.

Emmanuel et Cassiopée frémirent en voyant l'édifice – haut comme dix fois les plus hauts remparts de Jérusalem – que Morgennes et les architectes d'Amaury avaient tenté d'élever pour dompter les eaux du Nil. Mais comme disent les Égyptiens, « le Nil est un dragon que nul ne peut dompter ».

— C'est donc là, dit finalement Cassiopée en relevant les yeux, pour regarder successivement les restes du barrage, le pont de lianes et les marécages. Là que mon père est venu, là que ma tante réside…

— N'oublie pas que je suis avec toi, lui dit Emmanuel en la prenant par l'épaule. Où que tu ailles j'irai.

À nouveau, cette phrase éveilla chez Cassiopée le souvenir de Simon. Malgré tout, elle serra tendrement la main d'Emmanuel.

— « *Du bist mîn, ich bin dindes solt dû gewis sîn.* »

— Que dis-tu ?

— C'est une chanson, que j'ai apprise autrefois, avec Chrétien de Troyes. Elle veut dire…

Elle n'eut pas le temps de terminer sa phrase qu'un éclair d'or zébrait le ciel. Le gouffre au fond duquel coulait le Nil s'emplit de mille et un feux, les éblouissant, tandis qu'un brutal coup de tonnerre marquait le début de l'orage. Des trombes d'eau s'abattirent subitement, et le pont de lianes s'agita si violemment qu'il leur parut plus sage de reporter leur traversée.

— Surtout que nous n'avons pas les armures des Crevisses, dit Cassiopée, trempée de la tête aux pieds.

— Rentrons, suggéra Emmanuel.

Ils firent demi-tour, laissant derrière eux un gouffre où le niveau de l'eau montait dangereusement, arrachant au barrage ses ultimes créneaux. Aux craquements des cieux s'ajoutèrent des bris de muraille et d'éruptions liquides : le barrage s'effondrait. S'il avait résisté jusque-là, ce n'était que pour permettre à Cassiopée de témoigner de l'œuvre de son père : le barrage qu'il avait érigé avait bel et bien existé.

Mais le Nil l'avait emporté.

60.

« *Du bist mîn, ich bin dindes solt dû gewis sîn.* »

(Tu es mien je suis tienne – de cela tu dois être sûr.)

(Chant anonyme du XIIe siècle.)

Autour d'eux, tout avait pris un aspect tourmenté. Les arbres, tordus par les eaux que le ciel déversait, et même la terre, sur laquelle plus d'une fois ils glissèrent, se retrouvant le nez collé dans un mélange de feuilles et de boue. Sales, épuisés, ils firent de leur mieux pour rallier le point où – pensaient-ils – se trouvaient leurs amis, la promesse d'un bon feu, d'une couverture et d'un toit au-dessus de leurs têtes.

Soudain, alors qu'ils estimaient avoir fait environ les deux tiers du chemin, un nouvel éclair fendit la nuit violette, donnant aux arbres des allures de spectres. Çà et là, dans la nuit, des yeux perçaient l'obscurité, apparaissant et disparaissant au gré de battements de paupières. Les animaux, oublieux du rôle que la nature leur avait attribué, avaient cessé de s'entre-pourchasser. Réfugiés dans les branches basses d'un jujubier, sous une racine ou une fougère, ils étaient blottis dans une même crainte, les proies tremblant auprès des prédateurs, les prédateurs auprès des proies.

— Par ici ! s'écria Cassiopée. Je vois de la lumière !

Elle agita le bras en direction d'une tache jaunâtre qui pointait au loin, tel un œil de panthère.

Emmanuel se releva pesamment de la mare où il était tombé, renonça à s'essuyer le visage, et s'avança vers Cassiopée, aussi mouillé qu'un poisson fraîchement pêché. Il éternua, une fois, deux fois, et s'approcha de sa belle.

— Tu as les yeux brillants, tu dois avoir de la fièvre..., lui dit-elle sur un ton compatissant. Comment te sens-tu ?

Elle lui prit la main, et y déposa un baiser.

— Auprès de toi ? Forcément en pleine forme, pourquoi ?

Elle ne put s'empêcher de sourire, tandis que dans la jungle se dispersaient les échos de l'orage. Bientôt, il n'y eut plus que la pluie, et par-dessous un mystérieux silence, plus profond que la nuit. Et c'est là, dans la boue et l'obscurité, au milieu des animaux, qu'elle s'offrit à lui.

Ils se dévêtirent lentement, à cause de leurs habits gonflés de pluie. C'était une pluie d'une chaleur intense, presque étouffante. En touchant le sol, elle se muait en nappes de brouillard, dans lesquelles ils plongèrent. Cassiopée souriait, invitant sur son corps nu le corps nu d'Emmanuel, ouvrant les jambes pour l'accueillir en elle.

Elle souriait, heureuse comme jamais. L'homme qui venait en elle, et dont elle sentait le rude poids sur sa poitrine, cet homme qui lui embrassait les seins, la gorge et le visage à pleine bouche, cet homme était le sien – celui pour qui elle était née ; celui pour qui elle avait fait ce long voyage. Ce n'était pas sa tante qu'elle était venue chercher. Ni même les Enfers, ni même son père. C'était...

— Emmanuel !

Le plaisir la saisit de façon si brutale qu'elle cessa de penser, s'abandonnant à son amant et à la terre contre laquelle il la prenait. Ils firent l'amour lentement, passionnément, savourant chaque instant de leur tendre complicité comme si c'était la dernière fois qu'ils s'unissaient.

Puis Emmanuel plaqua ses deux mains dans la boue et s'abattit sur Cassiopée, tel un ange endormi. Elle laissa le plaisir l'envahir, passa la main dans les cheveux de son amant, tout en l'embrassant fougueusement. Elle n'avait nulle envie de bouger, chair et boue, brume et eau. Elle avait l'impression d'avoir enfin trouvé son foyer, sa raison d'être.

— Je pourrais mourir ici, en cet instant, et tout serait parfait, dit-elle à mi-voix, craignant et espérant à la fois qu'Emmanuel l'entende.

Il avala une grande goulée d'air et répondit :

— D'une certaine façon, c'est un peu le cas...

— Je suis morte entre tes bras, entre tes bras je renais.

Il lui sourit à son tour, posa un genou en terre et se releva. Puis, lui tendant la main, il l'aida à se relever et la serra contre lui, du plus fort qu'il put. La tête de Cassiopée lui arrivait au niveau de la poitrine, et il sentait la douce odeur de ses cheveux qu'il ne se lassait pas de caresser. Il eut alors une nouvelle érection, et ils refirent l'amour, dans cet endroit dont ils n'étaient pas sûrs qu'il existe, à ce moment de la journée qui n'était ni le jour ni la nuit.

La pluie cessa brusquement, comme elle était arrivée. Parfois, des paquets d'eau dégringolaient des arbres. Le soleil se remit à briller. Cependant, dans la moiteur où ils marchaient, tout n'était que pénombre – des masses et des masses de branches et de feuilles gardaient le sol dans une obscurité quasi totale. La brume s'épaissit, s'opacifia, si bien qu'ils avançaient à travers des murailles intangibles, comme si un fantôme de jungle avait pris possession de la forêt qu'ils avaient traversée pour aller aux marais.

Les bruits revinrent, et avec eux les mouvements dans la brume. Craquements secs, clapotis de l'eau, hululements d'un animal. Une bête s'enfuit, une autre a été prise. Laquelle a capturé laquelle ?

Emmanuel et Cassiopée avaient remis leurs vêtements trempés. Les pieds enfoncés dans des bottes qui les serraient trop, la taille prise par un ceinturon gonflé d'humidité, ils savaient qu'en cas de danger ils n'auraient guère d'autre possibilité que de se rendre. Emmanuel hésita à abandonner son grand bouclier, mais décida de le conserver. Leurs armes – épées et dagues, sans compter Crucifère – étaient en excellent état. Mais il faudrait, de retour au camp, les nettoyer avec un tissu huilé avant de les renfourner.

Le chemin par lequel ils étaient venus avait été ravalé par la jungle. Et s'ils avaient réussi à s'éloigner du camp pour trouver les Marais de la Mémoire, y retourner serait une autre paire de manches.

Car la tache de lumière que Cassiopée avait vue tout à l'heure avait tout bonnement disparu. Avait-elle seulement existé ? Ils étaient perdus, irrémédiablement perdus. Soudain, ils entendirent un cri, par-delà la cime des arbres. Cassiopée eut un sourire, et Emmanuel songea tout à coup qu'elle n'avait jamais paru inquiète. Lui s'en était remis à sa Dame et à Dieu ; elle comptait sur son faucon pour les guider vers le campement. Le temps de l'orage, l'oiselle s'était réfugiée sur la cime d'un arbre. L'ondée passée, elle avait regagné ses cieux adorés.

— Je suis là, cria Cassiopée en se tournant vers le ciel, les mains en porte-voix.

Un nouveau cri lui répondit.

— Conduis-nous au rivage, s'il te plaît !

Silence suivi d'un cri, à main droite.

— Par ici, dit Cassiopée à Emmanuel en lui indiquant sa dextre.

Emmanuel eut un soupir de soulagement. Il ne se voyait pas terminer sa vie dans la jungle, vieillissant dans un arbre avec pour toutes compagnes Cassiopée et une vieille guenon. C'était un homme courageux, puissant, pareil au lion – qui ne supportait pas d'être enfermé dans une cage, fût-elle végétale. L'amour, en revanche, était un lien qu'il acceptait. Dans son cœur, Cassiopée avait remplacé la sainte patronne de son ordre. Loin de le vivre comme un drame, Emmanuel était persuadé que la Vierge Marie l'approuvait et, même, avait béni leur union. Sa Dame était une mère bienveillante, heureuse que ses enfants se soient enfin trouvés.

Ils marchèrent pendant des heures et des heures, dans des parfums de fleurs suaves, de terre et d'arbres pourrissants. Eux-mêmes étaient couverts – au niveau des jointures et du cou – de plaques écarlates, qu'ils grattaient sans éteindre le feu qui les démangeait. Enfin, l'oiselle poussa deux petits cris – signalant un danger.

— Arrête-toi ! ordonna Cassiopée.

Emmanuel obéit, et tendit l'oreille.

Tous les sens aux aguets, il essaya de faire le tri parmi les sons qu'il entendait : brise dans les branches d'un arbre, pas feutrés de félins, famille de singes bondissant d'une cime à l'autre, coassements de batraciens. D'étranges ménestrels jouaient pour Emmanuel et Cassiopée une mélopée faite de sons inédits, interprétant la partition d'une nature inhospitalière.

Emmanuel redoutait de tomber dans une embuscade – et si l'oiselle avait dit qu'il y avait du danger, c'est qu'il y en avait. S'accroupissant dans un filet de brume, il regarda droit devant lui, plissant les yeux, s'efforçant d'y voir à travers la muraille des arbres. Une odeur… Une odeur lui parvint aux narines. Cela sentait le bois brûlé… Soudain inquiet, il se releva, prêt à emmener Cassiopée à l'abri, loin de l'incendie qui… Mais non. Il se ressaisit, et échangea un regard avec Cassiopée. Elle aussi avait senti. Cela sentait le brûlé, oui.

— Le camp, dit-elle.

— Ils ont été attaqués !

Leur réaction fut la même : ils se précipitèrent en direction de l'odeur de brûlé, dégainant leur épée, passant – pour Emmanuel – le bouclier au bras.

Ils débouchèrent de la forêt, et prirent en un coup d'œil la mesure du drame qui s'était déroulé en leur absence. Deux soldats habillés de vert firent les frais de leur fureur. Ils reçurent chacun un coup d'épée, qui les envoya en Enfer.

Puis, s'orientant rapidement, Emmanuel et Cassiopée repérèrent la palissade de bois du fortin de Kunar Sell. Elle gisait, calcinée, au fond d'une fosse à moitié recouverte de sable et de corps… Cherchant des yeux qui attaquer, Emmanuel et Cassiopée se placèrent dos à dos, ne sachant d'où les prochains coups viendraient : de la plage ou de la forêt ?

Au son d'un olifant qu'Emmanuel reconnut en frémissant – « c'est lui ! Mon assassin ! » –, des soldats verts surgirent à leur tour des sous-bois. Les uns brandissaient une lance, les autres une arbalète ou une épée. Tous arboraient un air farouche et déterminé.

— Je reconnais ce son, dit Emmanuel à Cassiopée. Je ne l'ai d'ailleurs jamais oublié. Il hante mes nuits depuis que je me suis réveillé à l'oasis des Moniales. Ce mugissement, c'est celui de la mort de mes frères, et celui de ma chute !

— C'est le cor de Simon, ajouta Cassiopée tristement.

— Maudit soit-il, murmura Emmanuel.

Une poignée de soldats verts s'approcha d'eux, couverts par des arbalétriers restés à l'orée de la forêt.

— Vous n'aurez pas ma mort ! s'écria Emmanuel en assurant sa prise autour des énarmes de son bouclier.

— Ni la mienne, ajouta Cassiopée en serrant Crucifère, dont la lame se mit à luire…

Quelques carreaux volèrent, mal ajustés – et se perdirent au-dessus de la mer. Sans doute n'avaient-ils pas été tirés pour tuer, mais pour intimider. Rageusement, Emmanuel s'approcha d'un premier soldat vert, dont il dévia la lance avec son bouclier avant de lui enfoncer son épée dans l'estomac. Le soldat s'effondra sur le sol en gémissant, tandis qu'un de ses frères était aux prises avec Cassiopée – qui le décapita.

— Simon ! s'écria Emmanuel. Es-tu donc une hyène pour envoyer ces enfants se battre à ta place ?

— Ils sont plus vieux que moi quand je t'ai combattu, répondit Simon en sortant de la forêt avec une ourse formidable, à la gueule écumante.

— Te voilà donc…

Simon se contenta de sourire et demanda :

— Quand donc mourras-tu ?

— Après toi !

Nouvelle passe d'armes, durant laquelle Emmanuel et Cassiopée blessèrent ou tuèrent plusieurs soldats verts, sans que les arbalétriers puissent rien faire – de crainte d'atteindre leurs frères. Emmanuel se jeta sur Simon, tandis que Cassiopée était attaquée par l'ourse, qu'elle se rappelait avoir entraperçue à Acre. La bête se dressa sur ses pattes arrière en grognant et s'avança vers elle en montrant les crocs. Des coups furent esquivés ou parés, aucun ne porta, mais dans l'air embrumé de cette fin d'après-midi, les épées étincelèrent, furieuses.

Farouchement, Simon tenait tête à Emmanuel – autrement plus expérimenté que lui. Mais alors que les soldats verts observaient les combattants sans oser pénétrer ce maillage de griffes et d'acier, il fut touché à la joue gauche.

— À la bonne heure ! s'écria Emmanuel, heureux de pouvoir prendre sa revanche sur ce démon au cor maudit.

— Ne te réjouis pas trop vite, grinça alors une voix sortie des sous-bois.

Le combat ralentit. Emmanuel et Cassiopée firent deux pas vers le rivage, et virent venir vers eux celui que tous surnommaient le Chevalier Vert. Il était accompagné de son mystérieux acolyte, le nain Billis, un montreur d'ours à la tête ornée d'un bonnet à clochettes. C'est lui qui avait parlé. Dans sa main droite, la tête de Rufinus. Dans la gauche, un stylet à la pointe aussi effilée que la colère d'une femme. Les yeux de Rufinus brillaient de terreur. Il caqueta :

— Rendez-vous, par pitiééé !!!

— Rufinus, demanda Cassiopée, que t'est-il arrivé ?

— Je n'ai pas eu le choiiix !

— On a toujours le choix, dit Emmanuel.

Et il laissa tomber son arme à ses pieds, enjoignant à Cassiopée de l'imiter en lui montrant le stylet que le nain avait commencé d'enfoncer sous l'œil droit de Rufinus. Cassiopée hésita. Elle regarda Crucifère, plus luisante que jamais. Puis elle se tourna vers Simon :

— Tu vois cette arme. Tu sais ce que son éclat signifie ?

— Oui. Qu'un démon rôde dans les parages.

— Ce démon, dit froidement Cassiopée, c'est toi.

Simon cacha mal un frisson.

— Cela reste à prouver.

Mais il savait qu'elle avait raison.

— C'est tout prouvé, continua Cassiopée en approchant la froide lame bleue du visage de Simon.

La lame étincela de plus belle, arrachant des éclats bleutés aux yeux de Simon, qui semblait fasciné – tel le cobra face à la mangouste. Puis il se ressaisit et déclara :

— Lâche ton arme. Ou Billis tue Rufinus, et je tue Emmanuel.

Il s'approcha alors de l'Hospitalier qui venait de le défigurer, et se demanda quel sort il allait lui réserver. Oh, comme il avait attendu cet instant ! Comme il l'avait espéré ! Et comme il l'avait payé cher... Mais le Chevalier Vert leva la main.

— Arrêtez ! s'écria le nain.

Une demi-douzaine d'arbalètes et de lances se pointèrent en direction de Cassiopée.

— Qu'espérez-vous ? Tuer Simon puis mourir ?

— Non, répondit Cassiopée. Seulement le ramener à la raison...

Elle fixa son regard sur Simon, et put lire dans ses yeux toute la rage, toute la folie qui le hantaient, tous les espoirs qu'il avait fondés sur son impossible amour avec elle.

— Tu étais mon ami, dit Cassiopée.

— Moi je t'aimais. Tu aurais pu rester libre d'aimer qui tu voulais.

— Alors sois content, car je suis libre et j'aime. Mais ce n'est pas toi.

— Je sais qui c'est, et je m'en vais lui...

Il s'apprêta à frapper Emmanuel, mais celui-ci roula dans le sable et récupéra son épée. Les lames s'entrechoquèrent, métal contre métal, crachant des étincelles.

— Arrête ! s'écria Billis. Ta maîtresse te l'ordonne !

Simon leva les yeux et vit le Chevalier Vert s'avancer vers lui, cape flottant au vent. D'un geste brusque, le Chevalier

Vert lui asséna une gifle qui l'aurait assommé s'il avait été plus frêle. Mais Simon, bien que sonné, ne s'évanouit pas. Il serra les dents, et murmura :

— J'implore votre pardon…

— Et dire que tu parlais de liberté, murmura Cassiopée.

— Donne-lui ton arme, dit Emmanuel à Cassiopée.

Elle hésita. La main du Chevalier Vert se tendait à présent sous ses yeux, en quête d'une offrande dont bien des saints étaient indignes. Car cette épée était l'épée des rois de Jérusalem, auxquels il faudrait bien qu'elle revienne un jour. Mais, pour Cassiopée, c'était surtout la seule chose que lui avait donnée Morgennes. Tout ce qui lui restait de son père. Cela, et quelques rares et précieux souvenirs – comme le petit tableau de son grand-père et la draconite, que lui avait confiés sa mère. Cette pierre, elle le savait, était son seul moyen d'avoir des enfants. Si Emmanuel n'y voyait pas d'inconvénient…

Mais elle hésitait toujours. Où donc étaient la pierre et le tableau ? Dans sa besace. Où était Crucifère ? Dans sa main droite. Où donc était son intérêt ?

Croisant une nouvelle fois le regard d'Emmanuel, elle décida de s'en remettre au choix qu'il avait fait. Elle donna Crucifère au mystérieux Chevalier Vert et, comme morte s'effondra dans les bras d'Emmanuel. En même temps que l'épée, elle venait de perdre une seconde fois son père.

La nuit était tombée.

Emmanuel et Cassiopée, sans armes ni armures, croupissaient dans une fosse, en compagnie de trois marins.

— Où sont les autres ? demanda Cassiopée au plus âgé d'entre eux, un marin à la barbe fournie.

— Hélas, répondit-il, ils sont morts…

Cassiopée le regarda, une expression de terreur dans les yeux.

— Nous avons été pris par surprise, poursuivit le marin. L'orage semblait du côté de l'ennemi, si bien que je suis presque certain que ce n'était pas un orage naturel. Des éclairs se sont abattus sur nos défenses, faisant voler la palissade en éclats, tuant la plupart d'entre nous. Nous venions à peine de reculer dans la forêt, pour y panser nos plaies, que l'ennemi nous encercla. Où avait-il débarqué ? Probablement des deux côtés de la plage. Certains jaillirent même des arbres. Des fous furieux.

— Des soldats verts tombant des arbres ?

Un second marin, beau jeune homme aux cheveux bouclés, secoua la tête :

— Non, pas des soldats verts. Eux, ils marchaient vers nous, épée et bouclier au poing. Ceux qui se laissaient choir des arbres ressemblaient à des croisements de démons et de singes. C'étaient des fous, des hommes habillés de telle sorte qu'ils se confondaient avec la jungle. Ils poussaient des cris hideux et surgissaient de partout à la fois, la bave aux lèvres. Ils n'étaient point nombreux, peut-être à peine une demi-douzaine. Pourtant, ce furent eux qui firent le plus de victimes dans nos rangs.

— Des Assassins, commenta Emmanuel. J'ai déjà eu affaire à eux, autrefois. Ce sont des bêtes sans foi ni loi, qui ne redoutent rien…

— Hélas, dit Cassiopée, je crains au contraire qu'ils n'aient que trop de foi et de lois, et que ce soit même ce qui les pousse à agir ainsi.

— À l'arrivée des soldats verts, poursuivit le marin, nous étions déjà hors de combat, et Kunar Sell s'était enfui.

— Enfui ?

— Oui. Abandonnant sa lourde hache derrière lui.

— Je n'aurais jamais cru ça de lui, murmura Cassiopée.

Le silence suivit ce sinistre constat, puis Cassiopée demanda encore :

— Et Rufinus ? Pourquoi n'est-il pas ici ? Avec nous ?

Le jeune marin se prit la tête entre les mains, et marmonna :

— Je l'ignore.

Mais le troisième marin, au corps couvert de plaies sanguinolentes et étendu contre la paroi de la fosse, se releva sur un coude et souffla :

— Il nous a trahis !

— Tais-toi, ordonna Cassiopée. Je connais Rufinus. Il est peut-être lâche, mais ce n'est pas un traître...

Au moment même où elle disait cela, elle se rappela ce qui s'était produit au Krak des Chevaliers, trois ans plus tôt, lorsqu'ils avaient été manipulés par les Assassins, Rufinus et elle. Contre leur volonté, ils avaient été contraints d'assassiner l'une des plus belles âmes qu'ait jamais portées la Terre sainte : le comte Raymond de Tripoli. Quel sortilège, quelle menace avaient pu amener Rufinus à trahir – si tel était le cas ? Qu'est-ce qui avait pu l'amener à basculer du côté de Simon, qui avait cherché à le tuer ? Qui ? Quoi ?

C'est alors qu'une échelle fut descendue jusqu'au fond de la fosse, dans un bruit de grelots, et qu'une voix grinça :

— Que Cassiopée monte, et seulement elle !

Ils levèrent les yeux et virent Billis, une torche à la main, regarder dans leur direction. Le serviteur du Chevalier Vert se passa une langue verdâtre sur ses lèvres épaisses, et ajouta :

— Et plus vite que ça !

61.

« Le nain qui était perfide et de très mauvaise nature se tenait en milieu du chemin. »
(CHRÉTIEN DE TROYES, *Érec et Énide.*)

— Peux-tu m'expliquer à quoi servent ces armures? demanda Simon à Cassiopée, en lui montrant les lourdes caisses où les armures des Crevisses avaient été soigneusement rangées.

Cassiopée se tenait, tête basse, sous la tente de Simon. Regardant furtivement de droite et de gauche, elle chercha une arme. Quelque chose dont elle aurait pu se saisir pour assommer ou tuer Simon. Mais à quoi bon? Elle avait les mains liées dans le dos, et de l'autre côté de la tente deux soldats verts échangeaient des paroles à mi-voix.

— Non, répliqua Cassiopée sur un ton sans appel.

— Dommage. En fait, je connais déjà la réponse. Quelqu'un me l'a donnée.

— Qui?

— Tu le sauras bien assez tôt... Je ne t'ai posé la question que pour te laisser une chance d'être gentille avec moi; mais puisque tu ne me réponds pas, alors moi non plus je ne serai pas gentil avec toi.

— Tu parles comme un enfant.

— Un enfant qui a eu le courage, je te le rappelle, de t'accompagner aux Enfers pour y chercher ton père.

— Dommage que tu n'aies pas plutôt cherché, comme Emmanuel, à me conduire au Paradis.

Sa remarque attisa la colère de Simon, qui se contint pour ne pas la montrer et lâcha :

— Il ira pourtant bien en Enfer, crois-moi. Cassiopée, je t'en supplie – accorde-moi encore une chance de t'aider, en mémoire de ton père !

— Alors libère-nous ! Je veux aller dans les marais.

— C'est ce que nous allons faire, mais tous les deux. Rappelle-toi : « Où tu vas je vais. » Nous reprendrons notre voyage là où nous nous sommes arrêtés. Tu vas revêtir la plus petite de ces armures, et moi l'autre. J'ai vu qu'il y en avait une à ma taille. Probablement celle d'Emmanuel... En tout cas, ce n'est pas lui qui t'accompagnera dans ces marais, à la recherche de ta tante.

— Qui t'a parlé d'elle ?

— J'ai mes sources.

— Tu es fou.

— Pourquoi ? Parce que je t'aime et veux t'aider à sauver ton père ? Peut-être. Mais alors, ton Emmanuel aussi.

— Tu admets donc qu'il veut m'aider lui aussi ?

— Peu importe ce que j'admets. Je veux seulement t'aider !

— Bien sûr que non, ce n'est pas tout ce que tu veux ! Tu te soucies d'abord et avant tout de ta petite personne et de ton petit nom. Dans ta folie, tu as décidé de m'épouser. Mais qui te dit que j'en ai envie ? T'es-tu seulement posé la question ?

Simon ne répondit pas.

— Admettons que ma tante nous aide à entrer en contact avec le fantôme de mon père, poursuivit Cassiopée. Crois-tu vraiment que si nous lui parlons il te donnera ma main, Crucifère ou je ne sais quoi ? Tu te trompes. Car s'il a quoi que ce soit à nous dire, ce sera merci, je vous aime, soyez libres. Même si je doute qu'il te dise tout cela. Tu n'as rien compris à Morgennes.

— Tu m'amuses à parler de lui ainsi, répliqua Simon avec un sourire. Allons, tu ne l'as pas connu plus que moi.

— C'est mon père.

— Et alors ? Tu ne l'as su que bien après sa mort.

— Je l'ai su dès que je l'ai vu.

— Foutaises ! Tu dis ça maintenant, mais tu réécris l'histoire. Ce n'est pas bien de mentir, et encore moins de se mentir à soi-même.

Cassiopée ne répondit rien. Cela n'en valait pas la peine. Mais elle repensa à Morgennes, à l'homme qu'elle avait sauvé des Maraykhât, et dont elle avait arraché le foulard derrière lequel il se dissimulait. À peine avait-elle aperçu son visage qu'une violente secousse l'avait traversée. Elle l'avait reconnu – son père, c'était lui. Elle ne se l'était peut-être pas avoué sur le moment, préférant croire avoir vu un fantôme, mais sa chair le lui avait dit : « Cet homme est ton père, celui que tu as cherché toute ta vie ! »

Elle se rappela combien elle avait bataillé pour le sauver des Maraykhât, allant jusqu'à crever un œil à l'un de ces bandits – ce qu'elle avait chèrement payé. Elle avait envie de pleurer. Mais elle n'offrirait jamais à Simon ce spectacle. Jetant un regard dans sa direction, elle le vit se diriger vers une table basse, où un pichet se dressait à côté de deux coupes. Il le prit et se tourna vers elle :

— Je suppose que tu as soif ?

— Pas de cette eau-là.

— À ta guise, fit-il – parlant comme Saladin.

Il emplit les deux coupes d'un liquide grenat, en vida une, puis l'autre. Un sourire mauvais lui éclairait le visage. Était-il ivre, après seulement deux coupes ? Où l'était-il déjà quand on l'avait amenée devant lui ?

Soudain, un rugissement se fit entendre de l'autre côté de la tente.

— Tu reconnais ce cri ? demanda Simon.

Elle hocha la tête en signe d'assentiment. C'était Marseille, l'ourse de Billis. Qu'allait-il encore inventer ?

— J'ai pensé qu'Emmanuel aimerait faire plus ample connaissance avec elle. Qu'en penses-tu ?

— J'en pense qu'Emmanuel, tel Daniel dans la fosse aux lions, s'en sortira indemne.

— Emmanuel peut-être, mais les marins? Demain, à l'aube, je demanderai à Billis de descendre Marseille dans la fosse. Lequel dévorera-t-elle en premier? Celui qui est déjà malade, ou le plus jeune? Le barbu, peut-être...

« Tu es un monstre », pensa Cassiopée.

— Je sais ce que tu penses, dit Simon. Mais tu te trompes.

Il s'approcha d'elle et tendit la main pour lui caresser le visage, mais elle eut un mouvement de recul.

— Tu crois que je vais te violer?

Il lui tourna le dos, et déclara :

— J'aurais pu le faire aisément, quand tu étais entre nos mains, dans les fosses du château de la Fève...

Puis, la regardant à nouveau, il lui dit :

— Pourtant je ne l'ai pas fait. C'est donc que j'ai bon fond, n'est-ce pas?

Lui prenant le bas du visage par la force, il lui arracha un baiser.

— Mais plus maintenant. J'ai changé. Je ne suis plus le même homme, et j'ai envie de toi! Tu comprends ?

Cassiopée ne répondit rien.

— Comprends-tu? répéta-t-il, fou de rage. Comprends-tu tout ce que j'ai sacrifié pour toi? J'ai donné mon âme pour vous sauver, ton père et toi!

Elle susurra une phrase, afin de l'obliger à s'approcher. Et quand il fut là, à moins d'un souffle d'elle, elle lui enfonça son genou entre les jambes. Simon bascula en arrière, en hurlant de douleur. Alors, elle lui flanqua un coup de pied dans la tête, puis un autre – pour l'assommer. Ensuite, elle courut vers le pichet de vin, le prit entre ses mains nouées et le brisa contre la table basse.

— Tout va bien? demanda une voix à l'extérieur de la tente.

— Au secours! s'écria Cassiopée. À l'aide!

Des ricanements retentirent au-dehors, tandis qu'elle coupait ses liens avec un bout du pichet. Malheureusement, Simon se relevait déjà et murmurait entre ses dents :

— Je vais te tuer et violer tes viscères.

Crucifère ! Où était son épée ? Elle devait la retrouver. Mais elle ne semblait pas être ici. Où ce démon l'avait-il rangée ? Voyant qu'il était à genoux, elle lui donna un nouveau coup de pied qui l'étendit par terre, enfin évanoui. Dehors, Marseille s'agita. Elle avait dû sentir qu'on attaquait son maître. Et de nouveau l'un des deux gardes au seuil de la tente demanda :

— Est-ce que tout va bien ? Nous allons entrer...

« Pas un instant à perdre », se dit Cassiopée. Prendre l'initiative.

Alors que l'un des gardes soulevait le rideau de la tente, elle se rua sur lui et le fit tomber à la renverse.

— Alerte ! cria son compagnon. Elle s'enfuit !

S'enfuir, oui. Mais où ?

Cassiopée réfléchissait à toute allure. Soit elle courait vers Emmanuel et les marins, soit elle courait vers la forêt. Mais ses amis étaient sans armes, et au fond d'une fosse.

Elle choisit la forêt.

Là-bas, au moins, on ne la retrouverait pas et elle pourrait revenir après avoir repris son souffle, échafaudé un plan.

Elle n'avait pas fait trois pas qu'une voix retentit :

— Es-tu donc folle ou courageuse ? Tu es bien comme ton père.

C'était le nain, Billis. Il se tenait en travers de sa route, des soldats verts à ses côtés. Tous menaçaient Cassiopée d'une lance. Derrière elle, déjà, des renforts arrivaient, armés d'arbalètes et d'épées.

« Je suis cernée, constata Cassiopée. Voilà qui simplifie le problème. »

— Tu ne comprends donc pas que, si tu es encore en vie, c'est grâce à lui ? dit Billis en lui montrant Simon, qui sortait de sa tente le visage tuméfié. Si nous ne t'avons pas tuée, c'est grâce à lui. Alors, s'il meurt, c'en est fini de toi...

— Que m'importe sa mort ou la mienne, répliqua Cassiopée.

— Mais pas celle de tes compagnons ?

— Simon m'a dit qu'il les tuerait.

— Ma maîtresse a d'autres projets pour eux.

Cassiopée ne comprenait pas. De quelle « maîtresse » parlait-il ?

En guise de réponse, le nain tendit la main en direction du Chevalier Vert. C'était donc une femme ! Elle se tenait parfaitement immobile, entre la fosse et Cassiopée, Crucifère à la main. L'épée luisait d'un violent éclat bleu, et Cassiopée crut sentir sa souffrance. On aurait dit qu'elle saignait des larmes couleur de ciel. Le monde se déchirait. Que faire ?

— Rends-toi, lui dit le nain. Pense à ta tante. N'aimerais-tu pas la rencontrer ?

Cassiopée ne répondit rien. Elle ne bougea même pas quand les soldats verts s'approchèrent d'elle pour lui lier les mains et ne remercia pas Simon – qui les en empêcha.

La nuit était piquetée de petites étoiles rouges, feux des torches que des gardes tenaient. Le bruit des vagues continuait, imperturbable, de ponctuer la nuit. Le monde se fichait bien que Morgennes soit sauvé, que Cassiopée meure ou non, ou qu'Emmanuel et les marins soient dévorés par une ourse de guerre.

— Très bien, dit Cassiopée. Que voulez-vous ?

Le nain échangea un rapide coup d'œil avec sa maîtresse, qui hocha la tête, l'autorisant à expliquer à Cassiopée les termes de leur pacte.

— Nous avons promis à Simon que tu serais sienne s'il nous livrait Crucifère. Pour cela, nous avions besoin d'un allié, de quelqu'un proche de toi, pour nous renseigner.

— Rufinus, dit-elle.

Billis hocha la tête.

Dans le lointain, Cassiopée crut entendre Rufinus éclater en sanglots. Il regrettait déjà d'avoir trahi.

— Que lui avez-vous fait ?

— Rien. Juste une promesse. Ma maîtresse, qui s'y entend en médecine et en arts mécaniques, lui a promis un corps...

— Cela ne me dit pas comment vous avez fait pour savoir que nous nous déroutions sur cette côte.

— Nous avons à bord de notre navire un homme qui sait où se trouve Crucifère, quel que soit l'endroit où elle est. Un puissant mage, pour qui l'épée est comme le nord vers lequel pointent ces mystérieuses pierres aimantées dont se servent les Arabes.

— Sohrawardi ! Je le croyais en Enfer...

— Tu ignores donc où tu te trouves ? Sais-tu seulement le nom de cette contrée ?

— Bab el-Mandeb.

— Les portes de l'Enfer...

Plus tard, alors qu'elle cheminait avec Simon dans la jungle, repassant par les endroits où elle était passée avec Emmanuel, elle se remémora la fin de cette conversation. Rufinus, Simon et Sohrawardi s'étaient entendus avec le mystérieux Chevalier Vert – en fait, une femme – pour conclure un pacte. Sohrawardi voulait Crucifère, Simon voulait Cassiopée et Rufinus voulait un corps. Ils avaient conclu un marché avec le Chevalier Vert, dont l'obsession était de ruiner la vie de celui qui avait détruit la sienne : Morgennes.

Bien des années plus tôt, dans le désert du Sinaï, Morgennes avait tué au cours d'un incroyable duel un dénommé Palamède, général en chef des ophites.

Ce Palamède avait été l'amant de celle qui à l'époque s'appelait encore Philomène, et dont l'existence avait perdu tout son sens lorsque son *fedeli d'amore* avait été envoyé en Enfer par Morgennes. Celui-ci l'avait épargnée parce qu'elle était une femme. Alors, de rage, elle avait revêtu un habit d'homme – et quel meilleur habit, pour faire l'homme, qu'une armure ?

Si les ophites possédaient un art, c'était celui de la tromperie, de la dissimulation. Elle avait donc prétendu être un mercenaire espagnol, et était entrée au service de qui avait bien voulu la payer – de préférence grassement. Sa froideur, sa maîtrise des armes, lui avaient apporté victoire sur victoire ; jusqu'au fameux jour où le roi de Sicile, Guillaume II dit le Bon, l'avait engagée pour l'envoyer à Tyr, aider les Francs à reprendre l'offensive. Là, le destin avait voulu que sa route croise celle de Crucifère ! L'épée était entre les mains d'une jeune femme, qui cherchait à se rendre en Enfer pour libérer son père : Morgennes.

« Bonne nouvelle », avait alors silencieusement exulté le Chevalier Vert, qui ne parlait jamais. Mais ce n'était pas suffisant. Car si Morgennes était en Enfer, il devait y rester. N'en jamais sortir…

Il fallait donc que Cassiopée échoue. Mais Cassiopée étant de la trempe de son père, il fallait l'anéantir. Mieux : s'assurer qu'elle finirait elle aussi en Enfer, c'est-à-dire dans les bras de Simon – dont le Chevalier Vert avait mis au jour les failles aussitôt qu'elle l'avait retrouvé à Acre…

Tout ce qui concernait Simon et Sohrawardi, Cassiopée le déduisit seule des propos de Simon. Sa naïveté, curieusement, ne faisait pas son bonheur. Il était persuadé que le Chevalier Vert agissait dans son intérêt. Et s'il avait rêvé lui aussi d'avoir Crucifère, il était prêt à y renoncer. En échange de Cassiopée.

Quant à Rufinus, hélas, il ne cessait de réclamer un corps… Le Chevalier Vert, autrefois Maître des Secrets d'une troupe de ménestrels appelée La Compagnie du dragon blanc, était experte en artifices et en magie noire. Elle pouvait donner vie à presque tout ce qui était inanimé – et inversement. Beaucoup, d'ailleurs, doutaient que son corps soit composé de chair et de sang – d'où l'absence de voix.

Cassiopée tournait et retournait ces pensées dans sa tête, cherchant une issue – pour elle, pour Emmanuel et pour les marins. En attendant, elle était obligée de suivre Simon jusqu'aux Marais de la Mémoire, où il tenait à l'accompagner. Derrière eux, quatre soldats verts transportaient les lourdes caisses où les armures des Crevisses étaient rangées, telles de précieuses reliques. Elle pouvait les entendre buter contre les racines ou se prendre les pieds dans une liane.

Elle les entendait s'injurier. L'un d'eux dit à l'autre : « Tiens-la mieux, sinon je t'extermine ! »

Puis ce fut le silence.

Le cœur battant la chamade, Cassiopée avançait dans la jungle, reconnaissant ici l'arbre sous lequel Emmanuel et elle avaient échangé un baiser, là l'endroit où ils avaient fait deux fois l'amour.

« Il ne m'arrivera rien », pensa-t-elle. « J'en suis persuadée. » Dans le ciel, un cri d'oiseau parut être lancé à son intention, comme en écho à ses pensées.

— Maudite oiselle, maugréa Simon. Si je l'attrape, je la plume…

Mais il ne finit pas sa phrase. Inutile de provoquer Cassiopée, dont Galline avait longtemps été la seule amie.

Enfin, Cassiopée reconnut le passage où Emmanuel et elle avaient dû se frayer un chemin à grands coups d'épée. Les petites araignées… Malgré l'orage, et leur passage, les toiles avaient déjà été retissées.

— C'est par ici, dit-elle.

Simon et les gardes échangèrent un regard.

— Tu es sûre ? demanda Simon.

Les soldats verts paraissaient hésiter.

— Sûre et certaine.

Au-dessus de la canopée, un cri les invita à avancer. « Venez », semblait dire l'oiselle. « Tout va bien… »

— Je n'aime pas ça, dit l'un des soldats verts en posant à terre le bout de la caisse qu'il portait.

— Moi non plus, dit un autre en faisant de même.

— Ça pue le piège, décréta un troisième.

Le quatrième ne fit aucun commentaire, mais lâcha lui aussi la caisse qu'il tenait. Dans la jungle immobile, des perroquets à la queue verte et au corps rouge filaient tels des éclairs au-dessus d'eux. Parfois, un animal tenant à la fois du singe et du lémurien s'amusait à cogner une noix contre un tronc. Des gros moustiques vrombissaient autour d'eux, épais nuages d'entités vibrionnantes qu'ils traversaient en toussant pour en émerger le visage et les mains couverts de pustules rouges, un goût de sang dans la bouche.

— Très bien, dit Cassiopée. Si vous savez mieux que moi par où il faut aller, je vous suis.

Les quatre soldats verts et Simon échangèrent des regards qui semblaient dire : « Renonçons », mais Simon décréta :

— Cassiopée, tu vas nous précéder. Et, s'il y a du danger, tu nous appelles.

Cassiopée inspira une grande goulée d'air chargé d'humidité, et dit en esquissant une révérence :

— À ta guise…

Elle s'avança dans l'étroit boyau végétal, mélange si dense de toiles, de branchages et de lianes qu'il semblait impénétrable. Inclinant respectueusement la tête, saluant elle ne savait quels esprits de la jungle, elle fit un pas en avant, puis deux.

Il faisait sombre comme au fond d'un puits. Derrière elle, les lambeaux de jour où l'attendait Simon appartenaient à une autre vie. Cassiopée, qui n'avait pas d'arme pour fendre la toile d'araignée, l'écarta des deux mains, nageant dans un océan gluant, fait de coton et de lin. De minuscules bestioles s'y trouvaient prises au piège, certaines déjà mortes, d'autres à l'agonie. Quelques-unes étaient plus grosses que sa tête, et elle trembla en voyant un couple de singes enlacés dans la mort au milieu de la toile.

— Ça va ? demanda Simon.

Cassiopée ne répondit pas, craignant d'avaler Dieu sait quoi si elle ouvrait la bouche. Déjà, son visage, sa poitrine et ses mains étaient couverts de matière visqueuse, et elle était persuadée que des bêtes l'inspectaient, à la recherche d'un carré de peau nue où enfoncer leur aiguillon. Puis, finalement, comme elle n'y voyait rien, elle décida de fermer les yeux. Elle avançait à tâtons, cherchant à se remémorer la trajectoire qu'Emmanuel et elle avaient suivie…

Elle sentit la panique la gagner, pensa à son père et à Emmanuel. Il n'était pas question de les abandonner. Mais qui pouvait l'aider, elle ?

Dans le ciel, l'oiselle poussa un cri.

Cassiopée la remercia silencieusement, heureuse de pouvoir continuer à compter sur celle qu'elle avait toujours considérée comme sa bonne étoile « Ma fidèle Galline ! »

Soudain, elle perçut une présence. Là, au-dessus d'elle. Quelque chose de lourd et de massif se déplaçait entre les branches. Parfois, ça bondissait, passant d'un arbre à l'autre – avec un bruit de feuilles et de sourds craquements. Qu'est-ce que c'était ? La Reine Blanche ? « Allons, se dit Cassiopée. Certes, je dérange ses toiles. Mais ne me suis-je pas montrée respectueuse de son territoire, la première fois que j'y ai pénétré ? » Elle se rappelait combien Emmanuel et elle avaient pris soin de ne pas tuer de bébés araignées, espérant que cela suffirait à neutraliser l'hostilité de leur mère. Mais parfois, ce n'était pas assez. Il arrivait que les monstres aient envie de vous dévorer parce qu'il était dans leur nature de le faire.

C'était le cas.

Un mouvement d'air au-dessus de sa tête l'avertit que quelque chose d'énorme était en train de lui tomber dessus. Elle plongea en avant et poussa un cri.

Derrière elle, Simon l'appela :

— Cassiopée !

— Simon !

Un bruit d'épée tirée du fourreau résonna à l'entrée du boyau, et Simon pénétra dans l'antre de l'araignée anthropophage.

Cassiopée sentit qu'une créature la manipulait entre ses pattes pour lui planter son dard dans le dos. Multipliant les coups de poing et de pied à l'aveuglette, elle chercha à s'en débarrasser, mais la bête la tenait étroitement serrée entre ses huit pattes. Rouvrant les yeux, elle vit à travers la brume de toile qui lui obscurcissait les yeux deux crocs gros comme des dagues s'approcher de sa gorge. Elle cria de nouveau, et avec l'énergie du désespoir envoya un tel coup de pied à la Reine Blanche qu'elle parvint à la repousser. La bête stridula de douleur – tandis que de sa poche ventrale s'échappaient des milliers de bébés araignées, aussi lisses et blancs que leur mère. Mus par l'instinct, attirés par la délicieuse odeur de viande fraîche qui sourdait de son corps, ils partirent assaillir Cassiopée. Mais elle s'était déjà relevée, et détalait dans le noir, appelant :

— Simon ! Simon !

Comme autrefois dans le Vésuve.

Elle entendit une cavalcade confuse, s'imagina que la forêt refermait ses bras velus autour elle. Des branches lui cinglaient le visage – elle n'en avait cure ; des racines se mettaient en travers de ses pieds – elle bondissait par-dessus. Enfin, elle vit une lumière au bout de ce cauchemar.

Un cavalier vêtu de blanc l'attendait dans une sorte de clairière. Sans se soucier de savoir si c'était un rêve ou non, elle courut droit vers lui. Mais le cavalier s'éloigna, talonnant sa monture pour s'éloigner dans la forêt. Comment faisait-il pour se mouvoir aussi facilement dans cet inextricable lacis de lianes et de branchages ? On aurait dit que la forêt n'existait pas pour lui. Curieusement, Cassiopée eut moins de mal à le suivre qu'elle ne l'aurait cru. Le cavalier lui montrait le chemin – il était sur terre ce que l'oiselle était dans les airs.

« Taqi ! » pensa-t-elle. « Tu es revenu des Enfers pour me guider vers les marais... »

Avec une force et une foi renouvelées, elle accéléra sa course et distança la Reine Blanche. D'ailleurs, la bête avait cessé de la poursuivre, préférant tourner ses crocs, ses dix-huit yeux et ses milliers d'enfants vers Simon et ses soldats.

Cassiopée déboucha non loin de la cataracte où son père avait dirigé les travaux d'Amaury. Comme si le barrage n'avait jamais existé, le Nil avait repris son cours, coulant plus bas que la veille. Seule, telle une stèle funéraire, un bloc de pierre dépassait du Nil à l'endroit où celui-ci cascadait, avant de rejoindre l'Égypte et ses vallées.

Cassiopée était hors d'haleine. Elle se débarrassa rapidement des lambeaux de toiles d'araignée et des insectes accrochés à ses vêtements, et jeta un regard en arrière. La jungle s'était repliée sur elle-même, engloutissant la voie par où elle était venue.

— Taqi ! cria-t-elle.

Elle s'attendait à voir son vaillant cousin descendre de sa monture, et s'avancer pour la prendre dans ses bras.

— Taqi !

Mais il n'y avait personne. Si, là-bas, de l'autre côté du pont de lianes : un cavalier ressemblant à Taqi – ou au fantôme de Taqi. Cassiopée fit un pas en direction du pont, mit la main sur l'un des cordages qui reliait les deux rives et appela :

— Taqi ! C'est toi ?

— Cassiopée ! répondit une voix étouffée, dans son dos.

Elle entendit du bruit dans les fourrés, regarda dans la jungle et vit l'armure rouge des Crevisses émerger des broussailles, une épée à la main. Simon ? L'armure était maculée de substances rouges et noires – peut-être du sang d'araignée. Cahin-caha, elle s'approcha d'elle, et Cassiopée reconnut Simon derrière la visière de l'armure.

Derrière lui, trois soldats exténués, dont l'un se tenait le bras gauche comme s'il avait été blessé. Les deux hommes qui paraissaient le plus en forme transportaient la caisse où se trouvait l'autre armure des Crevisses.

— Simon ? C'est toi ? demanda Cassiopée.

— Oui !

À travers la visière de l'armure, Cassiopée vit un sourire éclairer le visage de Simon. Jamais elle ne l'avait vu si radieux, et elle eut presque pitié de lui. Mais elle tourna la tête et regarda de nouveau du côté de Taqi. Celui-ci avait disparu. Était-il seulement venu ?

— N'approche pas, dit-elle à Simon.

Celui-ci écarta les mains en signe d'apaisement, puis retira son heaume et souffla :

— Nous avons réussi à passer. Sans cette armure, nous y serions probablement restés. Mais je ne crois pas que cette araignée cannibale embêtera qui que ce soit désormais…

Derrière lui, le soldat vert qui avait posé la main sur sa blessure était d'une pâleur mortelle. Du pus coulait d'entre ses doigts.

— Cet homme a besoin de soins, il faut le ramener au camp, dit Cassiopée.

— Pas maintenant, rétorqua Simon. D'abord, les marais….

Il fit un signe, et les soldats déposèrent leur caisse, épuisés, las de cette aventure. Ils n'aspiraient qu'à retrouver leurs montures, le fracas des batailles. Une lance. Un cheval. Un Sarrasin et une charge de cavalerie. C'était ça, la vraie vie. Et non de jouer les portefaix dans une jungle empoisonnée, où des araignées de la taille d'un ours menaçaient à chaque pas de vous planter leur dard Dieu sait où.

— Ces marais ne sont pas pour toi, lui dit Cassiopée en s'avançant sur le pont. Rentre chez toi.

— Tu sais que si je retourne au camp sans toi, ils tueront Emmanuel.

Elle parut hésiter. Quels choix avait-elle ? Soit elle cédait, et acceptait d'entrer dans les marais avec Simon. Soit elle courait de l'autre côté du pont de lianes, s'arrangeait pour le faire s'effondrer dans le Nil et y pénétrait seule.

Mais Simon lui tendait la main de manière amicale. Un sourire, une chaleur dans le regard animaient son visage de manière nouvelle. Était-il possible qu'il ait à ce point changé ? Elle voulut croire que oui, et s'avança vers lui.

— Chienne, siffla-t-il en lui immobilisant le bras. Tu croyais m'échapper ?

De nouveau, ses yeux jetaient des éclairs de folie.

— Enfile cette armure !

Les soldats indemnes la menacèrent de leur épée, tandis que le blessé ouvrait la caisse où se trouvait l'armure de Cassiopée.

— Ne nous fais pas attendre, ajouta Simon. Ces hommes sont épuisés, et ils n'ont qu'une envie : venger la mort de leur frère, mangé par la Reine Blanche.

62.

« Il va dans le marais qui a nom Styx ; le sinistre ruisseau, quand il arrive au pied des affreuses berges grises. Et moi qui regardais très fixement, je vis des gens boueux dans le marais, tout nus, et à l'esprit meurtri. »

(DANTE, *L'Enfer*.)

À l'intérieur de l'armure, un étrange système permettait de respirer. La buée qui se formait dans sa visière était régulièrement balayée par une arrivée d'air à l'odeur de vase, que Cassiopée inspirait avec des haut-le-cœur. Elle avançait dans les marais à pas lents et lourds. Ses chausses de métal plongeaient dans une eau morte, troublant la fine pellicule mordorée que la lune plaquait sur tout le marécage – des végétaux qui affleuraient au fil de l'eau jusqu'aux hautes murailles de végétaux tressés. Tout autour d'elle, des restes de vapeur prolongeaient la rumeur du Nil – qui s'était tue depuis longtemps. « Par où faut-il aller ? » se demanda-t-elle. « Taqi va-t-il revenir pour me guider ? » Mais où qu'elle porte le regard, ce n'était que parodies d'arbres aux racines convulsées. Tout était grand, éternel, immuable. Silencieux.

Elle sentit qu'on lui tapotait l'épaule. C'était Simon. De sa main gantée de rouge, il lui montra des formes accroupies dans la vase, autour desquelles des mouches bombinaient.

C'étaient des choses grises avec un écho d'êtres humains, recroquevillées, allongées ou assises au milieu des marais, agrippées à la terre, et voilées de pénombre. Elles présentaient toutes les attitudes de l'agonie, de la souffrance, du désespoir. Gargano avait mis en garde Cassiopée : « Une fois dans les marais, n'enlève jamais ton armure où tu deviendras comme elles. »

Dans cette crypte végétale que la putréfaction des pénitents emplissait de vapeurs cruelles errait une âme en peine : la tante de Cassiopée. Grâce à elle, Cassiopée espérait accéder au passé de Morgennes, voire à son père lui-même, si comme elle le croyait sa tante était capable de parler aux morts.

Elle n'aurait pas été étonnée d'apprendre que dans ces marais coulait l'un des cinq fleuves des Enfers : le Léthé, dont les eaux noires volaient les souvenirs de ceux qui s'y désaltéraient. Ce fleuve condamnait à une errance éternelle les âmes des malheureux qui effleuraient ses ondes, les transformant en spectres sans passé ni futur, coincés dans un éternel présent – un terrifiant *purgatorium*. Pourquoi sa tante se trouvait-elle ici ? Était-elle l'une des gardiennes des Enfers ? Ou bien était-elle parvenue, par Dieu sait quel sortilège, à résister aux maléfices du Léthé ?

Emmanuel lui avait déjà raconté sa propre résurrection, dans l'oasis des Moniales, et la façon dont il avait retrouvé Guillaume de Tyr, transformé en arbre…

Soudain, Simon s'arrêta de marcher. Il s'appuya contre un tronc, comme pour reprendre son souffle. Malgré toute la haine qu'elle ressentait à son égard, il lui faisait encore plus pitié.

— Ça va ? s'enquit-elle tout en sachant qu'il ne pouvait pas l'entendre.

Simon lui fit signe d'avancer en direction d'une nouvelle trouée d'arbres, où luisait une lumière cireuse. Elle entra dans une eau si noire et si boueuse qu'elle avait presque la consistance de la terre. Mais son pied s'y enfonça lourdement, avec un chuintement vaporeux – dans son dos, le système d'aération de l'armure rejetait en sifflant l'atmosphère saturée de poison, pour la renouveler en y introduisant des brassées d'air filtré. Cassiopée sentit des vapeurs de limon lui emplir les narines, et se força à inspirer – comme si ce devait être sa dernière bouffée. Elle se passa la langue sur les lèvres, à la recherche d'un peu d'humidité. « Cela fait des heures que nous nous traînons dans ces armures, et nous n'avons pas fait trois lieues… »

Elle se demanda comment faisaient les chasseurs de l'Antiquité, dont le métier consistait à rapporter de ces marais de pleins chariots de champignons. Peut-être avaient-ils des repères ? Des cartes ? « Assurément, ils devaient suivre un même itinéraire, et ne s'en écartaient pas. »

La zone dans laquelle elle entra était cernée par des arbres tordus – à l'exception d'une clairière, où une stupéfiante paroi de bois en partie recouverte par un entrelacs de lianes et de branches pourries montait à l'assaut des cieux. On aurait dit la coque d'un navire ayant fait naufrage, plus de mille ans auparavant. « Bizarre… »

L'endroit abondait de mystérieux petits champignons blancs, dont elle emplit sa gibecière.

Elle eut alors la sensation d'être observée. Elle parcourut les marais du regard, vit des arbres aux racines si hautes qu'elles démarraient bien au-dessus des eaux, et eut bientôt un étrange pressentiment. Simon approchait. Il l'avait vue ramasser les champignons, et ne manquerait pas de lui demander pourquoi. Peut-être même l'obligerait-il à retourner au camp sans plus attendre. Là, elle serait envoyée quelque part, tandis qu'Emmanuel… Tout à coup elle comprit : le corps promis par le Chevalier Vert à Rufinus, c'était lui – Emmanuel ! Elle ne pouvait laisser faire cela. Mais comment le sauver ? Quand bien même se débarrasserait-elle de Simon, comment leurrer les soldats qui leur avaient servi d'escorte jusqu'à l'orée des marécages ? Et ensuite ? L'araignée qui l'avait attaquée avait peut-être une sœur ? Une mère ? Et les soldats du camp ? Ne risquaient-ils pas de massacrer les otages, si elle tardait à revenir – ou revenait sans Simon ?

« J'ai besoin d'aide, j'ai besoin d'aide ! » pensa-t-elle. Mais son faucon, s'il avait crié, était inaudible depuis l'intérieur de l'armure.

— Taqi ! cria-t-elle en tournant le dos à Simon, pour qu'il ne la voie pas hurler. Aide-moi !

Encore une fois, il n'y eut pas de réponse.

Elle jeta un rapide coup d'œil du côté de Simon, et le vit également occupé à cueillir des champignons blancs, tandis qu'autour de lui voletaient des myriades de papillons alternativement blancs ou noirs, changeant de couleur à chaque battement d'ailes. Désespérée, Cassiopée se laissa tomber à genoux dans la vase, se demandant s'il ne valait pas mieux s'ajouter aux spectres végétaux qui hantaient ces marais. Elle observa l'eau grise, et ne vit que les reflets de son casque, au milieu de la terre et des feuilles pourrissantes.

« J'en ai assez de cette armure ! » pensa-t-elle subitement. « Si ce que m'a raconté Gargano est exact, Morgennes avait survécu à ces marécages alors qu'il y avait longuement cherché un Templier égaré… » C'est décidé – elle ferait comme son père. S'en remettrait au destin. À sa tante.

Elle défit l'une des attaches de l'armure, qui coulissa en laissant échapper un filet d'air chaud dans l'atmosphère empuantie des marécages. C'était la bonne décision. Elle en était certaine. « Pas d'autre solution, pour retrouver ma tante, que d'imiter mon père… »

— Et pour le reste, dit-elle, je m'en remets à tous les dieux, connus et inconnus. Amen !

Simon avait déjà ramassé plusieurs champignons, lorsqu'il se rendit compte que Cassiopée n'était plus là. Où se trouvait-elle ? Il repéra son armure, abandonnée au pied de la curieuse coque de navire qui montait jusqu'aux cieux. S'approchant de l'armure des Crevisses, il eut un choc : elle était vide !

Où était Cassiopée ?

Tournant sur lui-même aussi rapidement que sa lourde armure le lui permettait, il ne vit pas venir le premier coup – qui le propulsa à terre. Cassiopée était juste au-dessus de lui et soulevait ce qui ressemblait à un tuyau d'orgue. À genoux, il fut incapable d'esquiver le deuxième coup – qui fracassa la visière de son casque, y laissant pénétrer l'air vicié des marais.

— Sois maudite ! hurla Simon.

Cassiopée tourna autour de lui, trop leste pour qu'il puisse l'attraper ou lui échapper, et lui flanqua un vigoureux coup de pied entre les omoplates pour le faire plonger, tête la première, dans la boue.

Quand il cessa de bouger – était-il mort, assommé ? –, elle se détourna de lui, et s'enfonça dans les marécages, entrant jusqu'à la taille dans l'eau boueuse.

63.

« Je vois un spectre qui monte de la terre. »

(I Samuel, XVIII, 13.)

Cassiopée passa près d'hommes et de femmes métamorphosés en arbres, genoux pressés contre le corps – mornes vies repliées sur elles-mêmes. Une femme à la chevelure de liane, à la peau comme un tronc, fixait les marécages de son regard vide. Une autre avait le menton baissé sur la poitrine, où s'accrochait un nourrisson. Aucune tendresse, aucune horreur, aucune peine ne se lisait dans son attitude. C'était un spectre, un fantôme sans âme – un vague végétal, qui se contentait de durer.

« Ces marécages ont englouti, lui avait dit Gargano, des armées entières. Tant d'êtres y ont péri que seule Mnémosyne, la déesse de la mémoire, saurait énumérer les noms de toutes ses victimes. »

Elle fit un pas, puis deux dans cet affreux tableau. S'accroupit en tremblant, apeurée mais déterminée. Caressa l'eau de feuilles vertes où se noyaient des reflets d'arbres dont les branches pleuraient au-dessus de sa tête, comme autant de silhouettes penchées sur sa tombe.

Petit à petit, sa peur se dissipa. S'ouvrant à ce monde où même le temps était mort, elle regarda les papillons voleter dans des rais de lumières. De la poussière – ou de la cendre ? – s'échappait de leurs ailes, et tombait dans les marécages – parmi les champignons. Elle ouvrit sa poche de ceinture, y piocha un petit champignon et le considéra. Sa chair d'un blanc d'ossement semblait onctueuse, et son odeur – qui rappelait celle des mousses, après l'ondée – réveilla en elle des souvenirs d'enfance. Cassiopée enfant, habillée en garçon. Elle court dans un pré, où elle rit à gorge déployée. Tellement heureuse d'être enfin dehors, après toutes ces heures consacrées à l'étude de vieux ouvrages poussiéreux. Chrétien de Troyes sort à son tour de l'abbaye. Il n'a pas l'air content. « Reviens ici, petit fripon ! »

Mais Cassiopée ne l'écoute pas. Elle est toute à sa joie de courir, et dans sa course trébuche sur une pierre. Le capuchon de sa robe de bure lui tombe sur les épaules, et laisse échapper ses cheveux – fleur châtain qui s'épanouit au soleil. « Mais c'est une fille ! » s'indignent les moines occupés à battre les foins. « Que fais-tu à l'abbaye ? » Regards gênés de Chrétien de Troyes. Cassiopée se recoiffe du mieux qu'elle peut. Pourquoi ne s'est-elle pas coupé les cheveux ? Elle aurait dû écouter sa mère… Maintenant, il va lui falloir partir, loin, très loin d'ici. Dans un autre pays. À Constantinople.

Ces souvenirs, combien d'années ont-ils ? « Sont-ils seulement les miens ? » se demande Cassiopée. « Ou ceux d'une autre ? Ceux d'une enfant insouciante qui ne savait même pas que, quelque part, un père l'attendait. »

Ce père dont elle ne s'était jamais sentie aussi proche. Comme si les marais avaient conservé la trace de sa venue, plus d'une vingtaine d'années auparavant.

« Papa. Je vais enfin rencontrer ta sœur, ma tante ! »

Fermant les yeux, le cœur battant à tout rompre, Cassiopée croqua le champignon puis l'avala entièrement. Elle s'étendit de tout son long dans la vase, comme dans les bras d'Emmanuel, et s'endormit.

« Cassiopée ? »

Une voix l'éveilla. Elle ouvrit de grands yeux et regarda autour d'elle. Où se trouvait-elle ? Tout était noir, d'un noir impénétrable, comme si la lumière n'avait pas encore été inventée. C'était une nuit lac. Une de ces nuits où l'on se désespère de toucher la vase, parce qu'il n'y a pas de fond et que nos jambes ont disparu. Une de ces nuits dont les eaux sont si noires et si empoisonnées, si peuplées d'algues et de périls, que ceux qui par malheur y sont plongés ne peuvent en réchapper. Ils n'appartiennent plus au monde des vivants. Ils sont de l'autre côté. Fantômes errant perpétuellement insatisfaits, dans une nuit où tout est nuit.

« Où suis-je ? » s'interrogea Cassiopée, un goût de limon dans la gorge. Mais ce croassement, était-ce sa voix ? Elle n'était plus sûre de rien. Elle se toucha le corps, les bras, les mains… C'était bien elle. Craignant le pire, elle se toucha les yeux puis la bouche. Non, pas de doute. Elle avait bien les yeux ouverts. Et sa lèvre inférieure trembla quand son doigt l'effleura.

« Il y a quelqu'un ? »

« Cassiopée ? »

La voix lui était familière. C'était une voix d'homme, monocorde et grave.

« Papa ? »

« Cassiopée ? »

« Papa ! » s'écria-t-elle.

Il n'y eut pas de réponse.

C'est alors qu'elle comprit. Il ne servait à rien – si c'était lui – de l'appeler ainsi. Morgennes ne savait pas qui elle était pour lui. Alors elle cria :

« Morgennes ! »

Un spectre se dressa devant elle. Il avait les traits de son père, mais était d'une pâleur mortelle. Ce qui n'empêcha pas Cassiopée de se précipiter vers lui, pour le prendre dans ses bras. Le spectre se laissa faire, mais ne réagit pas. Avait-il oublié comment on étreignait ? L'avait-il jamais su ?

« Papa ! » s'écria-t-elle. C'était plus fort qu'elle, il fallait qu'elle le répète, qu'elle le lui hurle. Là. En face de lui. Il devait savoir.

L'ombre leva une main tremblante vers Cassiopée, et lui caressa le visage. « Cassiopée ? Tu es ma fille ? »

« Je suis ta fille », dit Cassiopée en lui prenant la main pour l'embrasser. « Celle que tu as eue autrefois, avec Guyane de Saint-Pierre. »

« Guyane », dit-il avec une lenteur extrême, comme si ce nom évoquait un mélange infini de joies et de souffrances. « Je me souviens... Elle m'a manqué. Elle me manque encore. La femme qui n'existait pas... »

Le spectre de Morgennes se pencha sur Cassiopée, et des larmes irréelles lui tombèrent dans les cheveux.

« Et toi aussi tu m'as manqué, enfant que je n'ai jamais connue. »

Ils restèrent ainsi un certain temps, lovés l'un dans l'autre, à essayer de se donner une affection, une chaleur qu'ils ne s'étaient jamais données de leur vivant. Mais le temps leur était compté – Cassiopée en avait le pressentiment. Par ailleurs, elle ne comprenait pas pourquoi c'était Morgennes et non sa tante qui était venu.

« Est-ce toi qui m'apparais, ou moi qui t'imagine ? » demanda-t-elle.

« Quelle différence ? »

« Je veux savoir si c'est vraiment toi ! »

« Écoute ce que dit ton cœur. »

« Alors c'est vraiment toi. C'est donc ici, l'Enfer ? »

« Comment cela pourrait-il être l'Enfer, alors que tu t'y trouves ? Cassiopée... »

Elle se cramponna à lui de toutes ses forces, lui enfonçant ses ongles dans le dos, l'étreignant de telle sorte qu'aucun Dieu, aucun démon, ne puisse jamais le lui arracher.

« C'était donc toi, poursuivit Morgennes, la force qui m'empêcha de sombrer... Si je suis là aujourd'hui, c'est grâce à toi. »

« Puis-je te sortir d'ici ? »

« Je ne le crois pas. »

« Mais j'ai besoin d'un père ! » hurla-t-elle, entre deux sanglots.

Morgennes lui prit doucement le visage entre les mains, la regarda dans les yeux et lui dit :

« Mais tu n'es plus une enfant... Le seul père dont tu as besoin, aujourd'hui, c'est celui de tes propres enfants, et il s'appelle Emmanuel. »

Il lui sourit tendrement.

« Merci », dit-elle en pleurant à chaudes larmes. « J'étais venue pour te sauver, te ramener à la vie, et c'est toi qui me sauves. »

« Je serai toujours avec toi, pourvu que tu me gardes dans ton cœur. »

« Tu ne me quitteras jamais. »

Ils s'étreignirent une dernière fois – hélas trop brièvement. Déjà, les bras de Cassiopée commençaient à passer au travers de son père. Soudain, elle fut prise d'une violente quinte de toux et recracha de l'eau souillée de terre. Seuls les contours du visage de Morgennes lui apparaissaient encore. Ses lèvres, son nez, ses yeux, ses oreilles. Sa barbe et ses cheveux. Tout le reste s'effaçait.

« Je t'aime », lui dit-elle.

L'avait-il entendu ? Il avait presque entièrement disparu.

« Papa ! »

« Je t'aime, moi aussi. Je t'aimerai toujours... »

Sur ces derniers mots, il se dissipa entièrement, ne laissant plus qu'une main, puis un doigt, tendu en direction d'elle ne savait quoi, et elle entendit, comme surgi du néant : « Va vers la croix. »

Elle se retourna, et vit alors la coque de navire qu'elle avait aperçue en arrivant dans les marécages. Mais ce n'était pas qu'une simple coque de bateau, elle le comprenait maintenant.

Cassiopée se trouvait au pied de l'Arche de Noé.

La nef majestueuse, dont les flancs s'étaient au fil des ans fondus dans la végétation des marais, ressemblait à une colline, à un petit château. Elle se dressait au-dessus des arbres, dont le faîte ployait devant elle.

Chose stupéfiante, une sorte de porte se devinait dans l'un de ses flancs. En l'examinant plus attentivement, Cassiopée se rendit compte qu'elle avait une forme de croix.

— Mais que suis-je censée faire ?

Tournant sur elle-même, comprenant seulement qu'elle était revenue à son point de départ – à la surface des marais, au beau milieu des marécages – elle appela :

— Papa !

Seul un profond silence lui répondit.

Morgennes était parti.

Alors elle s'en alla aussi. Elle était couverte de boue de la tête aux pieds, avait des algues dans les cheveux et de la vase dans le nez et la bouche. Elle toussa, se moucha aussi fort qu'elle put. Mais elle savait que, même dans six jours, même dans six ans, ses poumons garderaient encore la puanteur des végétaux en décomposition, mélangés à la terre.

64.

« Et comme celui qui hors d'haleine, sorti de la mer au rivage, se retourne vers l'eau périlleuse et regarde, ainsi mon âme, qui fuyait encore, se retourna pour regarder le pas qui ne laissa jamais personne en vie. »

(DANTE, *L'Enfer.*)

Cassiopée jeta un dernier coup d'œil à Simon. Il dormait – ou donnait l'impression de dormir – au milieu des marais, sa visière ébréchée laissant pénétrer un peu de vase dans son casque. « Dors bien, Simon le Petit, Simon le Peu », lui souhaita Cassiopée. « Fais de beaux rêves… Offre-toi une vie dans laquelle tu m'as épousée et fait de beaux enfants. Une vie où Morgennes t'admire, où ton père et tes frères te respectent. Une vie où tu pars reconquérir Jérusalem, Crucifère au poing. Dors bien profondément et, surtout, ne te réveille jamais… »

Elle récupéra son armure, remit son casque et se dirigea à pas lents vers la sortie des marécages – et le pont de lianes.

« Vais-je y trouver les soldats verts ? » se demanda-t-elle. Quand elle émergea des marais, abandonnant ce qui pour elle était un autre monde, elle ne vit personne. Au bas du précipice, le Nil grondait comme à l'accoutumée, et le pont de lianes se balançait tranquillement dans le vent. Le jour commençait dans la quiétude d'un soleil éclatant. Il y avait un peu de brume, et les arbres luisaient, paisibles. Le ciel, sans un nuage, était d'un bleu immaculé, bienveillant.

Cassiopée regarda de droite et de gauche, se demandant où son escorte était passée.

C'est alors qu'elle repéra un rond dans l'herbe. Quelqu'un avait allumé un feu de camp, quelques jours plus tôt. « Quelques jours ? » Cassiopée s'approcha du foyer pour en inspecter les contours. Apparemment, deux ou trois personnes avaient longtemps campé ici. L'herbe portait encore les traces de leurs corps, et un trou creusé dans la terre avait servi à recueillir leurs excréments.

« Je ne comprends pas. Qui a laissé ces traces ? Les soldats verts ? »

Tout à coup, la nature lui parut plus inhospitalière qu'au sortir des marais. Le grondement du Nil, les relents de pourriture et de mort émanant des marais, la rumeur de la forêt – de l'autre côté du gouffre. Tout cela conspirait contre elle, visait à la détruire.

Elle se sentit gagnée par un début de panique, puis se morigéna. « Allons », se dit-elle. « Il doit y avoir une explication… »

Se dirigeant vers le pont de lianes qui franchissait le précipice, elle repensa à son père. « C'est lui qui l'a construit », se dit-elle en attrapant l'une des lianes qui courait d'un bout à l'autre du gouffre. Pour elle, son père était un passeur. Un nocher. Un nautonier. Dans sa jeunesse, Morgennes avait bâti un pont de pierre permettant de franchir un fleuve qu'on disait sans amont ni aval. Peu avant de mourir, il avait fait pareil. C'était comme si la vie de Morgennes avait elle-même été un pont. Entre le passé et l'avenir. Entre ses propres parents et sa fille, Cassiopée.

« Ce que mon père a entrepris, je dois le continuer. » Elle eut alors la conviction que l'œuvre de son père s'inscrivait dans la continuité de celle de ses grands-parents. « Qui étaient-ils ? » se demanda-t-elle. « Qui pourra me renseigner ? »

Cassiopée s'engagea sur le pont de lianes. Chacun de ses pas le faisait craquer, et quand ses regards se portaient vers les eaux bouillonnantes du Nil, elle craignait d'y tomber. Elle s'accrocha aux lianes qui soutenaient le pont, déterminée à ne pas échouer, pas maintenant. « J'arrive, Emmanuel, j'arrive ! »

Quand elle eut franchi le Nil, elle se retrouva face à la jungle. Le passage qu'elle avait emprunté pour arriver jusqu'ici avait disparu. Partout, la nature avait repris au vide les territoires que Cassiopée, Emmanuel et Simon lui avaient arrachés à coups d'épée. « Où aller ? »

Une ombre passa sur son visage. Cassiopée leva les yeux, et vit – juste au-dessus d'elle – son oiselle, flottant majestueusement dans les cieux. Elle leva la main pour la saluer, et l'oiselle poussa un cri chaleureux. Puis se laissa choir telle une pierre vers Cassiopée, pour se poser sur son poing dressé.

— Je suis si heureuse de te revoir, dit-elle à Galline en lui caressant la tête. Tu m'as beaucoup manqué.

L'oiselle cligna des yeux, poussa un petit cri, puis ouvrit et referma ses serres sur le poing de Cassiopée – façon pour elle de lui dire qu'elle aussi était heureuse de la retrouver, et qu'elle avait eu très peur de ne jamais la revoir.

— On ne se quittera plus. C'est promis.

L'oiselle enfouit sa tête dans la poitrine de Cassiopée, et y resta sans bouger le temps de cinq ou six battements de cœur. Cassiopée en profita pour caresser ses plumes, en admirer une nouvelle fois le magnifique mélange de gris et de bleu. « Tu as maigri », constata-t-elle. « Depuis combien de temps m'attends-tu ? »

L'oiselle redressa la tête et se laissa tomber du poing de Cassiopée. Ailes déployées, elle s'éleva rapidement dans les airs, rappelée au ciel comme si un fil invisible l'y avait happée. Elle y décrivit plusieurs lents vols planés.

« Essaies-tu de me dire que cela fait plusieurs jours ? »

L'oiselle poussa un cri.

« Plusieurs semaines ? »

L'oiselle redescendit vers Cassiopée, puis remonta brusquement en direction de la forêt. De nouveau, le regard de Cassiopée se porta vers l'épaisse muraille végétale qui obstruait la jungle, et d'où seules émergeaient des touffeurs et des odeurs de verdure.

« Cela expliquerait pourquoi les soldats ne nous ont pas attendus. D'ailleurs, qui sait s'ils ne sont pas entrés dans les marais, eux aussi, pour nous y rechercher... »

Elle eut un instant la tentation de retourner à Noir Lac. « Seuls, sans armure, ils n'ont aucune chance... »

Mais si plusieurs journées – ou, pis, plusieurs semaines – s'étaient effectivement écoulées depuis qu'elle s'y était aventurée avec Simon, alors il n'y avait plus aucun espoir. Ils étaient morts. Ou transformés en arbres. « Dieu ait votre âme », pensa-t-elle. « Ou qui que ce soit qui règne sur ces marais. » Elle longea la forêt, à la recherche d'une trouée assez large pour lui permettre de passer. Elle marcha vers le nord, dans l'espoir d'atteindre la côte, mais se heurta rapidement à un mur de troncs et de lianes mêlés, apparemment infranchissable.

« Prisonnière... »

Revenant sur ses pas, à l'endroit du pont de lianes, elle se dit : « Décidément, ce n'est pas de chance. Mais chance ou pas, je dois retourner au camp ! »

Son cœur s'emballa à l'idée qu'Emmanuel était peut-être déjà mort. Elle devait absolument trouver un moyen de traverser la forêt. Hélas, elle n'avait plus Crucifère pour s'y frayer un chemin.

À bout de forces, ayant marché tout le jour, en quête d'une trouée qu'elle ne trouva jamais, elle se rendit aux ténèbres montantes. Elle s'allongea dans l'herbe en se demandant s'il fallait continuer vers le sud, ou refranchir le fleuve et pénétrer dans les marais. « La nuit porte conseil », se dit-elle avant de s'endormir, accablée de sommeil.

Le lendemain matin, elle fut réveillée par une caresse sur la joue.

— Emmanuel ?

— Cassiopée ?

Ce n'était pas Emmanuel. Ouvrant à demi les yeux, encore à moitié assoupie, Cassiopée reconnut le visage de Kunar Sell.

Le Danois lui souriait.

— Comment vous sentez-vous, ma dame ? s'enquit-il. Où est Emmanuel ?

Cette simple question suffit à la réveiller tout à fait. S'asseyant dans l'herbe, elle regarda autour d'elle. Une dizaine de soldats arborant les couleurs de Conrad de Montferrat l'entouraient. Ils étaient munis de haches – outils avec lesquels ils avaient certainement pratiqué l'immense plaie qu'elle voyait s'ouvrir dans la jungle.

— Hier, il n'y avait rien…

— Nous avons travaillé dur pour arriver jusqu'ici, dit Kunar Sell.

— Comment m'avez-vous retrouvée ?

Kunar Sell lui sourit et leva un doigt vers le ciel.

— Grâce à Dieu ? demanda-t-elle.

Un cri d'oiseau vint lui dire son erreur.

— Ah ! Je comprends. Je te demande pardon, Galline…

Cassiopée se releva, mais la tête lui tournait. Sentant la terre glisser sous ses pieds, elle se rattrapa à Kunar Sell.

— Vous me semblez bien faible, dit-il. Vous devriez vous allonger. Je vais demander à mes hommes de vous préparer un brouet. En attendant, avalez ça.

Il lui offrit un peu de pain, qu'elle accueillit avec joie. L'ayant englouti quasiment sans mâcher, elle se sentit ragaillardie.

— Pourquoi cette question à propos d'Emmanuel ? demanda-t-elle. D'ailleurs, et vous ? D'où venez-vous ? Qui sont ces hommes ?

— Ces hommes font partie des secours que je suis allé chercher. Vous ne vous rappelez pas ?

— Non.

— Il y a plus d'un mois, quand Emmanuel et vous êtes partis dans la jungle…

— Oui. Je m'en souviens fort bien...

— Le camp a été attaqué. J'ai fait de mon mieux pour défendre le fortin, mais l'adversaire était trop fort.

— Je sais. Les marins survivants me l'ont dit. Mais pourquoi dites-vous « il y a plus d'un mois » ?

— Parce que c'était il y a plus d'un mois, Cassiopée.

Elle ouvrit de grands yeux, et Kunar Sell lui raconta comment, profitant d'un moment d'inattention chez l'ennemi, il avait gagné l'océan pour aller chercher des secours. Après avoir nagé des journées entières, dérivant la nuit au gré des courants qui le portaient vers le nord, il avait eu la chance d'être recueilli par des pêcheurs, fort étonnés de le trouver dans leurs filets. S'étant entendu avec eux, les marins l'avaient débarqué sur la rive orientale de Bab el-Mandeb, d'où il avait rallié un village côtier.

— Là, j'ai emprunté un cheval à un fermier et galopé à toute allure vers Tyr. Je voyageais de nuit et me reposais la journée, pour éviter les patrouilles sarrasines...

Mais heureusement, comme c'était encore l'hiver, la plupart des musulmans étaient dans leurs foyers, auprès de leur famille. Une fois à Tyr, Kunar Sell avait eu d'autant moins de mal à convaincre le marquis de Montferrat d'armer un équipage de secours que Tommaso Chefalitione et *La Stella di Dio* étaient de retour.

— Avec Josias de Tyr et Richard d'Angleterre.

— Josias a réussi ? Ils sont enfin venus ! s'exclama Cassiopée.

— Les rois ont débarqué à Acre en avril dernier. La reconquête de Jérusalem n'est plus qu'une question de semaines...

Un beau sourire éclaira le visage de Cassiopée : cela lui faciliterait la tâche.

— Chefalitione nous a conduits jusqu'ici, Josias et moi. À bord d'une felouque lourdement armée. Nous avons navigué aussi vite que possible. Hélas...

Son visage s'assombrit, et il baissa la tête, avant de reprendre :

— En arrivant au camp, je ne trouvai plus que cendres. Les troupes du Chevalier Vert ont dû partir peu avant notre arrivée…

Sa voix flotta un instant, comme répugnant à lui annoncer quelque terrible nouvelle.

— Y a-t-il des survivants ?

Kunar secoua la tête d'un air désolé.

— Hélas, trois fois hélas, dit-il en se frottant les mains. Nous avons même découvert des cadavres si mutilés, dans une fosse, que nous n'avons eu d'autre choix que de la remplir de sable et d'y planter une croix.

— Et Emmanuel ? s'écria Cassiopée.

Kunar la regarda, une lueur d'espoir dans les yeux :

— Emmanuel ? Mais, justement, je croyais qu'il était avec vous. Quand le camp a été attaqué, vous étiez partis tous les deux explorer la forêt.

— Alors, tout n'est pas perdu. Seulement, dit-elle en se relevant, il n'y a pas un instant à perdre.

Quand ils sortirent de la jungle, laissant derrière eux des millions d'arbres massifs, dernières sentinelles d'une nature hostile, ils débouchèrent sur la petite plage où ils avaient débarqué un mois auparavant. Le camp des soldats verts avait été levé, et seule une croix de bois sur un monticule de sable témoignait de leur passage. Chefalitione et Josias de Tyr se tenaient justement à côté. Ils se retournèrent en voyant arriver Cassiopée, lui adressant des sourires où se mêlaient la tristesse et la joie.

Épilogue

« Ils nous chargèrent de chaînes et de carcans de fer.
Et ils nous emprisonnèrent dans un puits d'une profondeur infinie. »

(SOHRAWARDI, *L'Exil occidental.*)

Lieu indéterminé, date indéterminée

Emmanuel s'éveilla, couvert de contusions, le dos et les épaules meurtris. Il ne sentait plus ses membres, et son torse n'était plus qu'une immense douleur. Il tenta de pousser un cri, mais ne put rien articuler. Il voulut bouger la tête, mais son cou ne lui obéissait pas. Cherchant à saisir son épée, il ne put remuer le bras. « En ai-je seulement encore un ? »

Il regarda autour de lui.

« Où suis-je ? »

C'est alors qu'il entendit un bruit de dents s'entrechoquant.

Ouvrant de grands yeux étonnés, il vit l'ancien évêque d'Acre, posé sur une étagère juste au-dessus de lui.

Rufinus claquait des dents. De terreur ou de froid ? En tout cas, un fin filet de buée haché par ses claquements de dents s'échappait de sa bouche.

— Tu te réveilles enfiiin, meugla Rufinus.

Emmanuel essaya de se libérer de l'étau qui le maintenait prisonnier, tenta de nouveau de bouger les bras – en vain. Finalement, au prix d'un effort surhumain, il parvint à articuler d'une voix travestie par les drogues :

— Où sommes-nouuus ? Où suuis-je ?

— Chez les Assaaassiiins, répondit Rufinus.

— Mon Dieuuu ! Diiites-moi que je rêêêve ! Cassiooopée !

La bouche pâteuse, la langue engourdie, il s'exprimait comme Rufinus.

Un sentiment de panique l'envahit.

Il s'efforça de retrouver son calme, s'astreignant à respirer lentement. Puis, ses yeux s'étant enfin accoutumés à l'obscurité, il distingua deux cages métalliques suspendues au plafond, où croupissaient des squelettes. Sur une table à côté de lui, il aperçut une scie. Les sinistres taches rougeâtres qui avaient séché sur sa lame ne laissaient aucun doute quant à l'usage auquel elle était destinée…

— Mais je n'ai jaaamais réclamé ton cooorps ! mugit Rufinus. Je croyaaais, je croyaaais…

— Tu croyais mal, lui répondit une voix accompagnée d'un tintement de grelots.

Emmanuel tourna les yeux vers la droite, et vit Billis s'approcher en claudiquant, un escabeau à la main. L'ayant installé au pied de l'étagère, le nain l'escalada jusqu'à se retrouver nez à nez avec l'ancien évêque d'Acre.

— Avale ! ordonna-t-il en lui fourrant dans la bouche une sorte de petit champignon blanc.

— Qu'eeest-ce que c'eeest ? glapit Rufinus.

— Ah ! Ah ! Ta récompense ! ricana le nain.

Puis il redescendit de son escabeau et s'en alla en boitillant d'un air satisfait. Il y eut un claquement de porte suivi d'un bruit de verrou, conclu par un affreux silence que la voix de Rufinus brisa.

— Mais qu'eeest-ce que c'eeest ? meuglait-il en s'efforçant de recracher le plus de champignon possible.

La vision de Rufinus se modifia brusquement. De grandes

taches lumineuses se mirent à danser devant ses yeux, et tout prit un aspect scintillant. Il avait l'impression de voir un dragon s'assembler devant lui. Un grand dragon de lumière, dont les ailes formaient deux soleils éclatants.

— *Dracooo fictiooo,* mugit-il en pleurant. *Dracooo fictiooo.*

ANNEXES

GLOSSAIRE

Armier : messager des âmes, celui qui rencontre les morts et se charge de leurs commissions auprès des vivants.
Atabeg : équivalent d'un maire chez les Orientaux.
Basileus : empereur des Grecs. (Ici, Isaac II Ange.)
Besant : monnaie d'or.
Bimaristan : hôpital oriental.
Cadi : magistrat musulman.
Codex : recueil constitué de feuilles pliées en cahiers.
Cogue : navire médiéval.
Cursives : type d'écriture en minuscules, généralement liées entre elles.
Djinn : esprit élémentaire oriental. Peut être bon ou maléfique.
Draconocte : chasseur de dragons.
Énarmes : sortes de poignées, à l'intérieur d'un bouclier, dans lesquelles on passe la main pour le tenir.
Felouque : petit bateau à voile oriental.
Fléau d'armes : arme médiévale, composée d'un manche au bout duquel est attachée une chaîne terminée par une boule hérissée de clous.
Galée : navire militaire médiéval.
Huissière : navire marchand pouvant servir au transport des chevaux.
Khan : caravansérail, lieu de ravitaillement.
Litterati (singulier : **litterato**) : les lettrés, ceux qui savent le latin. Par extension, désigne le plus souvent des moines, des hommes d'Église.
Maladrerie : hôpital.
Mantel : manteau médiéval.
Mésèlerie : léproserie.
Mihrab : niche pratiquée dans le mur d'un bâtiment servant à indiquer la direction de La Mecque.
Nocher : nautonier.
Onciales : type d'écriture romaine en majuscules, ignorant généralement la ligature entre les mots.

Orsalher : montreur d'ours.
Oud : sorte de luth oriental.
Portulan : ancienne carte maritime.
Scriptorium : pièce où les moines écrivent.
Vita verna : mystérieux champignons blancs poussant dans les Marais de la Mémoire.

INDEX DES PRINCIPAUX PERSONNAGES

Alexis de Beaujeu : Hospitalier, commandeur du Krak des Chevaliers. Ami de Morgennes.

Amaury Ier de Jérusalem : ancien roi de Jérusalem, père de Baudouin IV.

Billis : nain, orsalher (montreur d'ours). Valet du mystérieux Chevalier Vert.

Cassiopée : fille de Morgennes et de Guyane de Saint-Pierre. Née au Caire, au cours d'un tremblement de terre. Elle est également, par sa mère, la petite-fille d'Aliénor d'Aquitaine et de Chirkouh le Volontaire. Ce qui fait d'elle une parente de Richard Cœur de Lion et de Saladin.

Chevalier Vert : étrange chevalier ne parlant pas, vêtu d'une armure verte.

Chirkouh le Volontaire : général de Nur al-Din, mort en Égypte. Oncle de Saladin. Père de Guyane de Saint-Pierre.

Chrétien de Troyes : moine et écrivain, décédé fin 1187. Ami de Morgennes, parrain de Cassiopée.

Clément III : pape, élu en décembre 1187.

Constantin Coloman : mégaduc byzantin, Maître des Milices.

Conrad de Montferrat : marquis, fils de Guillaume de Montferrat.

Emmanuel : Hospitalier, ancien écuyer de Morgennes.

Emmurée (l') : devineresse des Amazones de l'oasis des Moniales.

Étienne de Roquefeuille : père de Simon.

Fenicia : mère de Josias de Tyr. Bonne amie du capitaine Tommaso Chefalitione.

Galline : faucon de Cassiopée.

Gargano : sorte de bon géant, esprit d'une montagne. Ami de Morgennes, parrain de Cassiopée.

Gérard de Ridefort : maître des Templiers.

Guillaume de Tyr : ancien évêque de Tyr, prédécesseur de Josias.

Guillaume de Montferrat : père de Conrad de Montferrat.

Guy de Lusignan : roi de Jérusalem au moment du désastre de Hattin. S'oppose maintenant farouchement à Conrad de Montferrat.

Guyane de Saint-Pierre : mère de Cassiopée, jadis surnommée la

« femme qui n'existait pas ». Fille d'Aliénor d'Aquitaine et de Chirkouh le Volontaire.

Hassan Basras : célèbre artiste peintre.

Ibn Abi Asroun : cadi en charge des affaires judiciaires, civiles et religieuses de Saladin.

Ibn al-Waqqar : médecin particulier de Saladin, à Damas.

Isaac II Ange : basileus de Constantinople à l'époque de cette histoire.

Josias de Tyr : archevêque de Tyr depuis 1185. Chargé par le pape Urbain III de convaincre les rois de France et d'Angleterre de partir en croisade…

Kunar Sell : Danois, ancien mercenaire, ancien Templier blanc au front tatoué d'une croix.

Maître des Clés et des Portes : mystérieux portier de la porte de Fer faisant passer des épreuves aux aventuriers.

Marseille : ourse de combat appartenant à Billis.

Massada : ancien marchand de reliques, autrefois lépreux. Guéri miraculeusement par Morgennes. Il s'occupe maintenant de malades, à la maladrerie de Saint-Lazare, à Jérusalem.

Morgennes : vaillant chevalier de l'Hôpital, tombé en Enfer. Père de Cassiopée.

Nâyif ibn Adid : cheik des Muhalliq, ami des arts.

Philippe : ancien médecin et ambassadeur extraordinaire du pape Alexandre III. Maintenant prêtre Jean.

Pixel : peintre et moine anglais, mort assassiné. Ancien compagnon du père de Morgennes.

Renaud de Châtillon : ancien chef des Templiers blancs, tombé en Enfer avec Morgennes et Taqi.

Renaud de Sidon : baron à la tête de Tyr en l'absence de Conrad de Montferrat.

Rufinus : ancien évêque d'Acre, fils de l'ancien patriarche de Jérusalem, Héraclius. Décapité au cours de la bataille de Hattin et réduit à l'état de tête parlante !

Saladin : sultan de la Syrie et de l'Égypte.

Sanglier-le-Simplet : chef des Tartares.

Shams al-Dawla Turansha : atabeg de Damas.

Sohrawardi : nécromant au service des Assassins. Maître des djinns.

Simon de Roquefeuille : plus jeune des cinq fils du comte Étienne de Roquefeuille.

Taqi : neveu de Saladin qui a suivi Morgennes aux Enfers. Cousin de Cassiopée.

Temüdjin : jeune Tartare, fils de Sanglier-le-Simplet.

Tommaso Chefalitione : marchand vénitien, capitaine de *La Stella di Dio*, bon ami de Fenicia.

Vieux de la Montagne : Rachideddin Sinan, chef des Assassins.

Yahyah : ancien esclave de Massada, parti, à la tête des « Dix », à la recherche des portes des Enfers.

Les citations de Chrétien de Troyes placées en exergue des différents chapitres du livre sont extraites des œuvres complètes de Chrétien de Troyes dans la « Bibliothèque de la Pléiade » et du *Perceval ou le Conte du Graal* édité en « Folio ».

Les autres citations proviennent pour la plupart des œuvres citées dans la bibliographie.

Deux passages du livre sont inspirés de l'appel du 18 juin 1940. Je vous laisse trouver lesquels. Un autre m'a été inspiré par Alan Greenspan, ancien président de la FED.

PETITE BIBLIOGRAPHIE

Parmi les ouvrages consultés pour l'écriture de ce roman, en plus de ceux cités dans les autres volumes du *Roman de la Croix*, je tiens à signaler :

ALAUX, Marc : *Sous les yourtes de Mongolie* (Transboréal, 2007)

ALEXANDRE DE PARIS : *Le Roman d'Alexandre* (LGF, « Lettres gothiques », 1994)

DANTE : *L'Enfer* (Flammarion, 1985)

DANTE : *Œuvres complètes* (LGF, « La Pochotèque », 1996)

KAPLAN, Michel : *Byzance* (Les Belles-Lettres, 2007)

HALLÂJ : *Poèmes mystiques* (Actes Sud, 2006)

LE GOFF, Jacques : *La Naissance du Purgatoire* (Gallimard, « Quarto », 2002)

MEDDEB, Abdelwahab : *L'Exil occidental* (Albin Michel, 2005)

MINOIS, Georges : *Histoire de l'enfer* (Puf, « Que sais-je ? », 1999)

POLO, Marco : *Le Devisement du monde* (La Découverte, 2004)

PERNOUD, Régine : *La Femme au temps des croisades* (LGF, 1999)
PRAWER, Joshua : *Histoire du Royaume latin de Jérusalem* (CNRS éditions, 2007)
RIMBAUD, Arthur : *Une saison en enfer* (Gallimard, « Bibliothèque de la Pléiade », 1983)
SCHILTBERGER, Johannes : *Captif des Tatars* (Anacharsis, 2008)
VILLENEUVE, Roland : *Dictionnaire du diable* (Pierre Bordas & fils, 1989)
ANONYME : *Le Roman d'Énéas* (LGF, « Lettres gothiques », 1997)

Pour plus d'informations sur la bibliographie, rendez-vous sur le site : www.leromandelacroix.com

MUSICOGRAPHIE

Au cours de l'écriture de mon livre, les albums suivants ont bercé mon imaginaire : *Felt Mountain*, de Gold Frapp, *The Silver Tree*, de Lisa Gerrard, *Princess Mononoke*, de Joe Hisaishi.

Pour Cassiopée, j'ai beaucoup écouté la chanson « Dionysus », dans *Untold Things*, de Jocelyn Pōōk.

Sinon, aux amoureux de la musique médiévale, je recommande vivement l'ensemble de la production de Diabolus in Musica.

REMERCIEMENTS

Un grand merci à mes Trois Mousquetaires relecteurs : Dorothée Camus, Robert Gallimard, Dominique Haas et Jeffrey Probst. Merci surtout à vous, Dominique et Dorothée. En ne m'épargnant point un enfer de critiques, vous m'avez aidé à porter ce livre vers de nouveaux sommets.

Un grand merci à Pierre Bezaud, pour le site Internet www.david-camus.com.

Un grand merci également à Adrien Richomme, qui m'a aidé pour les énigmes.

TABLE

ww.david-camus.com

www.leromandelacroix.com

Cet ouvrage a été imprimé par

CPI
Firmin Didot

Mesnil-sur-l'Estrée

pour le compte des Éditions Robert Laffont
24, avenue Marceau, 75008 Paris
en mai 2009

Dépôt légal : mai 2009
N° d'édition : 49688/01 – N° d'impression : 94902

Imprimé en France